लोपामुद्रा

आर्यावर्त की महागाथा-1

लोपामुद्रा

कन्हैयालाल माणिकलाल मुंशी

राजकमल प्रकाशन

ISBN : 978-81-267-0764-5

मूल्य : ₹695

पहला संस्करण : 1949
सातवाँ संस्करण : 2024

प्रकाशक : राजकमल प्रकाशन प्रा.लि.
1-बी, नेताजी सुभाष मार्ग, दरियागंज
नई दिल्ली-110 002
शाखाएँ : अशोक राजपथ, साइंस कॉलेज के सामने, पटना-800 006
पहली मंजिल, दरबारी बिल्डिंग, महात्मा गांधी मार्ग, प्रयागराज-211 001
1, अनमोल सोराबजी संतुक लेन, धोबी तलाव, मरीन लाइंस, मुम्बई-400 002
वेबसाइट : www.rajkamalprakashan.com
ई-मेल : info@rajkamalprakashan.com

मुद्रक : बी.के. ऑफसेट
नवीन शाहदरा, दिल्ली-110 032

LOPAMUDRA
Novel by K.M. Munshi

कथा-क्रम

आमुख

ऋग्वेद का जीवन नया है। उसमें इतिहास के उषाकाल की हलचल और तेजस्विता है। इस इतिहास की तुलना में पौराणिक कथाएँ नीरस लगती हैं। प्रायः ऐसा होता है कि पौराणिक साहित्य से बना हुआ हमारा मन इस जीवन की कल्पना तक नहीं कर पाता। बाद के संस्कृत-साहित्य पर निर्मित हमारी वाणी उसके साथ पूरा-पूरा न्याय नहीं कर पाती। इस काल का मानव-स्वभाव समझना भी कभी-कभी मुश्किल हो जाता है।

ऋग्वेद संहिता के दस मंडल हैं; प्रत्येक मंडल में अनेक सूक्त हैं, और हर सूक्त में अनेक मंत्र। इन सबकी भाषा महर्षि पाणिनि की संस्कृत से अनेक शताब्दियों पूर्व बोली जानेवाली भाषा है। इसके चार-पाँच मंडलों की रचना तो पीछे से हुई, पर बाकी के मंडलों के सूक्त अत्यंत पुराने काल के हैं। उनमें भारत के इतिहास की प्राचीन-से-प्राचीन घटनाओं का समकालीन उल्लेख पाया जाता है।

जब ये घटनाएँ घटित हुईं, तब आर्य लाग पाँच जातियों—पंच जना—में विभक्त हो गए थे। ये जातियाँ सप्तसिंधु में रहती थीं। सप्तसिंधु, सरस्वती, दृषद्वती, शतद्रु, परुष्णी, असिक्री और वितस्ता—इन सात नदियों से मिलकर बने हुए पंजाब प्रदेश को सप्तसिंधु कहते थे। आर्य अब तक जमुना के किनारे तक न पहुँचे थे। इनकी भाषा में अब भी जंगली अवस्था के संस्कार मौजूद थे। इनके हथियारों में लकड़ी के बने हुए दंड, और पत्थर और हड्डियों के बने वज्र शामिल थे। त्वष्टा, पर्जन्य और द्यावा पृथिवी-जैसे प्राचीन देवताओं का मान घट गया था। आकाश के देव वरुण भी, जो सत्य-असत्य की परख करते और लोगों के हृदयों में प्रेरणा करते थे, युद्ध के देव इंद्र की तरह सबको प्रिय नहीं हुए थे। अग्नि, सूर्य और सोम लोकप्रिय देवता थे।

ये आर्यजन कई हिस्सों में बँट गए थे। इन्हें 'विश्' कहते थे। विश् भिन्न-भिन्न ग्रामों में रहते थे। ग्रामों में जिनकी गौएँ एक साथ एक ठिकाने बँधती थीं, वे एक गोत्र के माने जाते थे। गोत्र पृथक्-पृथक् कुलों से बनते थे। प्रत्येक ग्राम का सारा प्रबंध उसका मुखिया ग्रामीण किया करता था। कभी-कभी ग्राम-के-ग्राम अपने बाल-बच्चे, गौएँ, घोड़े और बकरे लेकर चारे की तलाश में एक से दूसरे ठिकाने चले जाते थे। गाँव स्वावलंबी समुदाय होता था। जौ, चावल, तिल, मूँगफली—यही उन लोगों का सामान्य आहार था। वे घी-दूध भर-पेट खाते थे। मांस भी खाया जाता था, और गाय का भी। वे

कपास और ऊन के कपड़े बनाकर पहनते थे। मृगचर्म भी पहनने-ओढ़ने के काम में लाया जाता था। चमड़े की मशक पानी भरने के काम में आती थी। गौएँ आर्यों को बहुत ही प्रिय थीं। सिक्कों के बदले लेन-देन में उनका व्यवहार होता था। दान और पुरस्कार में गौएँ दी जाती थीं। पीछे से गौ को जो पवित्रता मिली, वह उस समय तक नहीं दी गई थी।

आर्य गौरवर्ण ऊँचे कद के और सुंदर-नयन थे। वर्ण-व्यवस्था उनमें नहीं थी। स्त्री या राजा भी ऋषि हो सकते थे। ऋषि युद्धक्षेत्र में उतरकर हजारों को संहार कर सकता था। राज्यपद या ऋषिपद जन्म से नहीं, कर्म से मिलता था। स्त्रियाँ पढ़ती थीं और कोई-कोई तो ऋषि भी बनती थीं। वे युद्धक्षेत्र में भी जाती थीं। युवक-युवतियाँ अपने हाव-भावों से एक-दूसरे को अपनी ओर आकर्षित करते थे। ऋषि रूपवती स्त्रियों के आकर्षण के लिए मंत्रों की रचना करते थे। प्रत्येक स्त्री को विवाह करने की आवश्यकता न थी। कुमारी से उत्पन्न बच्चे अधम, पतित नहीं समझे जाते थे।

आर्य बढ़ई, लोहार, वैद्य, सुनार, कुम्हार, चमार और जुलाहे का धंधा करते थे। वे खेती भी करते थे। कुछ लोग कविता भी करते थे। पणि नौकाओं में बैठकर परदेस को जाते और व्यापार करते थे। लोगों की गौएँ चोरी चली जाती थीं। आर्य भेड़ियों की तरह लोभी थे। ब्याज का धंधा करते और इसलिए ऋषि उन्हें तिरस्करणीय दृष्टि से देखते थे। व्यापार के लिए घोड़ों, ऊँटों, कुत्तों और बैलों की पीठ पर बोरे लादकर एक जगह से दूसरी जगह जाते थे। गधों की भी कद्र थी।

आर्य लोग दस्युओं और दासों से बहुत सताए जाते थे। उन्हें अनेक बाधाओं और संकटों का सामना करना पड़ता था, अतः दास उनसे बहुत द्वेष करते थे। दास लोग कृष्ण वर्ण, चपटी नाक के, बलवान और स्वभाव के बड़े दुष्ट होते थे। वे आर्यों की गौओं को चुरा ले जाते, पत्थर से बने पहाड़ी किलों में रहते और शिवलिंग की पूजा करते थे। वे लोग यज्ञ नहीं करते थे। आर्यों के देवों का तिरस्कार करते और व्रत-विहीन होते थे। लेकिन दासों का यह वर्णन आर्यों द्वारा किया हुआ है—यह आर्य ऋषियों की गवाही है। परंतु यथार्थ में दस्यु भारतवर्ष के शिवपूजक मूल निवासी थे। मोहन्जोदरो, जिसके खंडहर आज सिंध में मिले हैं, इन दस्युओं का मुख्य नगर था। दस्युओं के राजा शंबर के पास पत्थरों के बने सुदृढ़ सौ दुर्ग थे, और अब तक जितने प्रमाण मिले हैं, उनसे यह सिद्ध होता है कि यह एक सुसंस्कृत उन्नत जाति थी। परंतु अंत में, उन्हें आर्यों ने परास्त किया और वे दास बने। कुछ वर्षों में दस्यु आर्य बन गए। इनके इष्टदेव शिवलिंग, उग्रदेव का

नाम धारण कर आर्यों के मुख्य उपास्य बने। ऋग्वेद के ब्राह्मणों में इसका उल्लेख है। वही उग्रदेव शंकर-स्वरूप आज आर्य धर्म में भक्तिभाव से पूजे जाते हैं। मैंने इसीलिए इस लिंग को उग्र-काल का नाम दिया है।

आर्यों के राजन्य और मघवन—अर्थात् पैसे वाले लोग—शानदार लकड़ी के बने महलों में रहते थे। लोहे के किले भी होते थे। किसी-किसी किले की तो सौ-सौ दीवारें होती थीं, ऐसा उल्लेख है। साधारण घर मिट्टी के बने होते थे। गौओं और बकरों को रखने के लिए खिरक होते थे। आर्य नौकर, अर्थात् दास भी रखते थे। वे बढ़िया-से-बढ़िया कपड़े पहनते और सुंदर लंबे बाल सँवारते थे। युद्ध में वे बख्तर पहनते और हथियार काम में लाते। घुड़दौड़ की बाजी का उन्हें काफी शौक था। वे जुआ भी खूब खेलते थे। ऋषि 'सोमरस' पीकर और इतर सर्वसाधारण सुरा पीकर नशा करते थे। लोग कभी-कभी सभाओं में मिलते थे। ऋषि आश्रमों में रहते और निःशुल्क विद्यादान करते थे।

वर्णाश्रम-रहित समाज, थोड़े से गौरवर्ण आर्य, देश-भर में फैले हुए काले रंग के दस्यु, झोंपड़ियों या मिट्टी के घरों में रहना, सिक्कों के बदले गौओं का चलन, विवाह की शिथिलता, प्रायः संपूर्ण स्त्री समानता, आहार-विहार की पूरी स्वतंत्रता, राजा दिवोदास-जैसे महान् राजा का भी अतिथियों को गौमांस परोसकर अतिथिग्व की उपाधि प्राप्त करना—यह सारा चित्र हमारी दृष्टि के आगे घूमने लगता है। ऋषि चपटी नाकवाले काले कलूटे दास-दासियों से भीख माँगते और भेंट लेते, 'सोमरस' पीकर नशे में चूर रहते, लोभ और क्रोध का प्रदर्शन करते और गौएँ देनेवाले की प्रशंसा करते थे। वे कभी-कभी द्वेष से भड़ककर आग-बबूला हो जाते और एक-दूसरे पर देवों का क्रोध उतारने का प्रयत्न करते। कई ऋषियों के पिताओं तक का पता न था, लेकिन उनमें आदर्शवादिता, देश-भक्ति, सत्य और तप की तीव्र अभिलाषा थी, कभी-कभी प्रयत्क्ष रूप से देवों के साथ वार्तालाप का अभ्यास। आर्यत्व के जीवंत इन विश्वकर्माओं को समझना बड़ा ही कठिन काम है। इनके संबंध में पुराणों में वर्णित ऋषियों का खयाल हमें भुला देना चाहिए।

तत्कालीन भाषा और भाव में भी कुछ आश्चर्यजनक अंतर मालूम पड़ता है। पिछले काल की संस्कृत और आधुनिक हिंदी के शब्दों में अलग-अलग भाव हैं। और मन से रची हुई सृष्टि है। इस शब्दाकोश के उपयोग से ऋग्वेद कालीन मनोदशा और भावों को व्यक्त करने में मैं अपने को असमर्थ पाता हूँ। अतिथिग्व—यह गौमांस

खिलानेवाले की बहुमानास्पद उपाधि थी। प्राण या आत्मा का कोई खयाल ही नहीं था। प्राण गया या आत्मा गया, यह तो शब्दकोश ही में नहीं; ईश्वर की कल्पना नहीं, नाम नहीं, उसकी मान्यता नहीं। जन ही जाति था। नाथ-जैसे शब्द के बदले आर्य स्त्रियाँ गर्वश्रेष्ठ-जैसा कोई शब्द कहती हों, तो कोई अचंभे की बात नहीं। स्वदेश की कल्पना नहीं थी। देवता अनेक थे और आर्य लोग जरा-जरा-सी बात में देवता को ऐसा पकड़कर बैठ जाते थे, जैसे वह उनका ही कोई सगा-साथी या मित्र हो। वीभत्सता या अश्लीलता का कोई विचार नहीं था।

पुस्तक में भारतवर्ष के इतिहास की सर्वप्रथम प्रामाणिक घटनाएँ अंकित हुई हैं। वे घटनाएँ इस प्रकार हैं—

तृत्सु जाति के राजा दिवोदास बड़े वीर और उदार थे। उन्होंने पक्थों के साथ युद्ध किया था। दस्युओं के राजा शंबर के साथ भी उन्होंने अनेक बार युद्ध किया और अंत में उन्हें मारकर उनके नब्बे किले छीन लिए। उनका सुदास नामक लड़का था। देवता मैत्रावरुण के दो पुत्र थे—अगस्त्य और विश्वामित्र। वसिष्ठ ने अगस्त्य को तृत्सुओं का परिचय कराया। वसिष्ठ तृत्सुओं के पुरोहित थे।

भरत नाम की प्रतापी जाति में विश्वामित्र ऋषि ने जन्म लिया था। यह कुशिक के वंशज और गाथीनों की दिव्य विद्या के अधिकारी थे। इनके और वसिष्ठ के बीच में वैर-भाव बढ़ा। विश्वामित्र तृत्सुओं के पुरोहित बने। जमदग्नि ऋषि भी उनके मित्र थे। विश्वामित्र ने गायत्री मंत्र की रचना की। इनके संबंध में बहुत-सी पुराण-कल्पित बातें मैंने ली हैं। विश्वामित्र के पिता गाधि थे; उन्होंने अपनी कन्या सत्यवती, भृगु ऋचीक को ब्याह दी थी। देवता की कृपा से एक ही समय में गाधि के विश्वरथ और ऋचीक के जमदग्नि नाम के पुत्र पैदा हुए। विश्वरथ ने राज्य छोड़कर विश्वामित्र नाम रख लिया और ऋषि बन गए।

ऋग्वेद के प्रमाणानुसार लोपामुद्रा ऋषि थी। उसने अगस्त्य को ललचाकर अपना पति बनाया। इस प्रसंग के इस देवी के रचे हुए मंत्र ऋग्वेद में हैं।

इस समय आर्यों और दस्युओं के बीच में रंग, धर्म और संस्कृति का भेद, संघर्ष का रूप धारण कर रहा था। शंबर और उसके साथी और दस्यु लोग लिंग की पूजा करते थे। ये लोग शक्ति में, वीरता में, या सुख के साधनों में आर्यों से किसी प्रकार कम नहीं थे। परंतु विद्या और संस्कार में आर्यों से नीचे थे। जब दस्युओं को आर्यजन कैद करते, तब गुलाम बनाकर रखते थे और दास शब्द गुलामों के लिए प्रयोग किया जाने लगा।

एक बार आर्यों के इतिहास में मुख्य प्रश्न यह उपस्थित हुआ कि विजित दस्युओं का क्या किया जाय। यदि उन्हें मार डाला जाए, तो सेवा-चाकरी कौन करेगा? और जिंदा रखा जाय, तो समाज में उनका क्या पद होगा और दासीपुत्र का कुटुंब में क्या स्थान होगा।

इन प्रश्नों पर भयंकर लड़ाइयाँ हुईं, सिर कटे, विरोध ने उग्रतर रूप धारण किया। कई विद्वान् मानते हैं कि वसिष्ठ और विश्वामित्र में जो विरोधभाव बढ़ा, वह इसी समस्या को लेकर। वसिष्ठ रक्त-शुद्धि के प्रतिनिधि थे, तो विश्वामित्र दस्युओं को आर्य बनाने का रसायन तैयार कर रहे थे। आर्यत्व कुछ जन्म से नहीं आता; बल्कि गायत्री मंत्र के जाप से शुद्ध होकर सत्य और ऋत से प्रेरित हो यज्ञोपवीत को पहनने से उसकी शुद्धि होती है। कोई भी मनुष्य नया जन्म ग्रहण कर सकता है, द्विज बनकर आर्य हो जाता है—यह रीति उन्होंने सिखाई।

इस मंत्र के प्रभाव से इस देश में रंग-भेद मिट गया और संस्कार-भेद के प्रमाण से प्रजा के विभाग हुए। विप्र का काम करनेवाले, ब्राह्मण कहलाए। सामान्य प्रजा, जो वैश्यों में बँट गई थी, वैश्य कहलाई। जो द्विज नहीं हुए थे, वे शूद्र नाम से संबोधित किए जाने लगे। शतपथ ऐतरेय ब्राह्मणों में इस प्रकार की वर्ण-व्यवस्था दीख पड़ती है; पर कई सदियों पहले की रची हुई संहिता में नहीं।

इस समस्त वस्तु को पृथक्-पृथक् नाटकों के रूप में लिखने का मेरा बहुत दिनों से विचार था। अब इसका पहला भाग उपन्यास के रूप में लिखा गया है. शेष तीनों भाग नाटक के रूप में प्रस्तुत हैं।

कन्हैयालाल माणिकलाल मुंशी

पहला भाग

विश्वरथ

(उपन्यास)

बाल्यकाल

[1]

वर्षा-ऋतु का आरंभ हो गया है। सायंकाल का समय है। अस्त होते हुए सूरज का हल्का-सा प्रकाश द्वार में से होकर अग्निशाला के भीतर पड़ रहा है। पास ही में एक लकड़ी के तख्ते पर एक बूढ़ा मनुष्य बैठा हुआ है। उसके मुख पर चिंता की गहरी छाप पड़ी हुई है। बूढ़े की बड़ी-बड़ी आँखें अग्निशाला के बीचोंबीच बनी हुई वेदी पर गड़ी हैं। यह भरतजाति के राजा कुशिक के पुत्र गाधि हैं। पुरुओं का राजा खेल भी वृद्ध के पास बैठा हुआ है—तरुण, तेजस्वी और अधीर। अधीरता से बैठे-बैठे वह अपना पैर हिलाता जाता है। सामने सेनाधिपति भद्राक्ष खड़ा है। उसके चेहरे पर भी चिंता की छाया छाई हुई है। उसके पास ही एक पथिक खड़ा है—पूरे ऊँचे कद का, स्वस्थ और नौजवान। उसके हाथ में एक मोटी और लंबी लाठी है। वह जब कुछ बोलता है तो उसके सिर के बाल नाच उठते हैं। पथिक निश्चित-सा मालूम पड़ता है। उसके मुखमंडल पर चिंता की कोई रेखा नहीं मालूम होती।

बड़ी भयानक खबर आई है। भरतों के जनपद पर कवि उशना* के कुल के प्रतापी उर्व के पुत्र ऋचीक भृगुओं और अनुद्रहुओं की जबरदस्त सेना लेकर चढ़ आए हैं। यह सेना कल सरस्वती नदी के किनारे आ पहुँचेगी। भरत तैयार हैं। भृगुओं की शक्ति भी तो कम नहीं है, और अब कौन कह सकता है कि कल क्या होगा!

---

* पुराणों में इन्हें शुक्राचार्य कहा गया है।

खेल को अपने बाहुबल पर पूरा-पूरा विश्वास है। गाधिराज की पुत्री सत्यवती को ब्याहने की उसे बड़ी हौंस है, और साथ ही बूढ़े गाधि के पुत्र न होने से उसके हृदय में एक आशा छिपी हुई है—किसी-न-किसी दिन भरतों के जनपद पर उसका शासन होगा और वह उसकी विशाल संपत्ति का भोग करेगा।

अपरिचित पथिक पर्वत के समान अचल खड़ा हुआ है वह मितभाषी है, जो कुछ कहता है संक्षेप में। सरस्वती नदी की सैर को निकला था। उसने ऋचीक की सेना को आते हुए देखा है—बहुत बड़ी है, महाशक्ति-शालिनीं है। संधि किए बिना अब छुटकारा नहीं।

खेल मजाक करता है, वैरियों का विनाश तो होगा ही। सामने पथिक भी हँसता है—ज़रा अभिमान के साथ। गाधि पथिक की बातें सुनकर, अपने से थोड़ी दूर, एक कुटी में, रात में उसके रहने की व्यवस्था करने के लिए आदेश करता है।

समय बातों-ही-बातों में बीत जाता है। खेल अधीर हो रहा है—युद्ध आरंभ होने से पहले ही विवाह कर दिया जाए तो कैसा? गाधि सोच में पड़ जाते हैं—विवाह, इस समय, ऐसे मौके पर! अधीर खेल ज़रा ढिठाई से बोला, "हाँ, आपके भी तो कोई लड़का नहीं, और इस लड़ाई में कहीं कुछ हो जाए तो?"

गाधि की आँखों में घबराहट आ जाती है—'यह मेरे मरने के बाद अपना उत्तराधिकार पक्का किए लेता है। क्या बात!' वह मुँह से चूँ तक नहीं करते, और बोलने से लाभ ही क्या? पर खेल तो मूर्ख है, जिद करता है। क्या करूँ? अंत में कौशिकराज गाधि विवाह का प्रस्ताव मंजूर करते हैं। पत्नियों के सदन में अंतःपुर में खबर भेजते हैं—विवाह की तैयारी हो!

[2]

पत्नी-सदन में क्रोध का पार नहीं। रानी की आँखों में आँसू आ रहे हैं। कोख का पूत न होने से ये अत्याचार सहने पड़ेंगे? कौशिकी सत्यवती तेजस्विनी है, गर्विष्ठ है। इस अपमान को सुनकर काँप रही है। खेल ठीक संकट के समय इस तरह की दुष्टता और जिद करे? देवों ने सत्यवती को लड़का क्यों न बनाया, "माँ!'माँ! शांत रहो। कोई रास्ता निकालो, मैं इस नीच के संग विवाह न

करूँगी।"—सत्यवती बोली।

पर रास्ता कैसे निकाला जाए! अगर इस समय खेल के कहे मुताबिक न किया तो वह अपनी सेना लेकर चला जाएगा। फिर क्या होगा! ऋचीक दल-बल समेत आकर जरूर भरतग्राम को जलाकर भस्म कर डालेगा।

माँ-बेटी की आँखों में आँसू उमड़ रहे हैं। देवों ने और सब सुख तो दिया, एक लड़का क्यों न दिया! घोषा माता की व्यवहार-कुशलता ने इस धर्म-संकट से बचने का रास्ता खोज निकाला। उसने अपने विश्वासपात्र मनुष्य बुलाए और उस पथिक को भी बुला भेजा।

प्रचंड, हँसमुख और तेजस्वी पथिक आया। घोषा और सत्यवती उसे देखकर चकित हो गईं। उन्होंने समझ रखा था कि कोई भूला-भटका राहगीर होगा। यह तो और ही तरह का है!

"तू कौन है?" घोषा ने पूछा।

"आर्य हूँ, महिषी! क्या आज्ञा है, कहिए?"

"तेरी जाति क्या है?"

पथिक जोर से हँस पड़ा—"मेरी ज़ात-पाँत जानकर क्या करेंगी? मैं घुमक्कड़ हूँ। माता सरस्वती की पूजा करता हूँ। इतना काफी नहीं?"

माँ और बेटी ध्यान से उसकी बात सुनती रहीं। अहो! कैसी है इसकी संस्कारी वाणी, और कैसा इसका आत्मविश्वास है! दोनों को पथिक पर विश्वास हुआ।

"तेरी वाणी तो बहुत संस्कारी है," घोषा ने कहा।

"मैंने पूज्यपाद अंगिरा ऋषि के आश्रम में शिक्षा पाई है," पथिक ने नम्रता से उत्तर दिया।

"तू यहाँ क्यों आया है?"

"सेनापति भद्राक्ष मुझे यहाँ लाए हैं।"

"ऋचीक की सेना को तूने देखा है?"

"जी, हाँ।"

"तो एक काम न करोगे?"

"जो आज्ञा होगी, उसे माथे पर चढ़ाऊँगा।"

"जरूर? वचन न पालेगा तो…"

''मुझे अग्निदेव की शपथ है ! वचन का पालन न करूँ तो मेरी सारी विद्या जलकर भस्म हो जाए !'' पथिक ने कहा।

घोषा थोड़ी देर तक उसके मुँह की तरफ देखती रही।

पथिक के मुख पर कपट का कोई भी चिह्न नहीं दिखाई पड़ता था।

''सुन, इसी वक्त मैं सत्यवती को तृत्सुग्राम में राजा दिवोदास के यहाँ भेज रही हूँ। तू मेरे नौकर के साथ जाकर क्या इसे वहाँ सुरक्षित पहुँचा देगा ? देखना, कहीं बीच में ऋचीक की सेना से मुठभेड़ न हो जाए, इस तरह इसको ले जाना।''

''इसी वक्त ? सत्यवती को ? पर···''

उसने सत्यवती के सुंदर किंतु चिंतातुर मुख पर नजर डाली।

''क्यों, वचन नहीं पालना है ?''

''महिषी, वचन मैंने कभी नहीं तोड़ा; परंतु मैंने सुना है कि कौशिकी का विवाह तो अभी राजा खेल के साथ होनेवाला है।''

''यह खबर गलत है।'' घोषा ने कहा।

''यह बात मेरी समझ में ही नहीं आती।'' पथिक ने कहा।

घोषा उलझन में पड़ गई—यह पथिक फँसाएगा क्या !

सत्यवती ने ऊपर देखा और काँपती हुई आवाज में कहा, ''सुन, मैं दस्युओं के राजा शंबर को भले ही वरूँ, पर इस खेल की ओर तो नजर उठाकर भी न देखूँगी।''

''तो कौशिकी !'' पथिक ने एक पल-भर रुककर, दृढ़ता के साथ कहा, ''आपकी आज्ञा को मैं मानता हूँ। मुझे अब ज्यादा कुछ नहीं जानना है।''

[3]

घोषा आदमियों को तैयार करने में लग गई। सत्यवती एक दासी और पथिक के साथ जाकर गौशाला के समीप खड़ी हो गई। समय बीत रहा था, पर आदमी नहीं आए।

एकदम दौड़ादौड़ी सुनाई पड़ी। मशालची दौड़े हुए आए। सत्यवती घबराकर दासी से लिपट गई। पीछे से सैनिक आ पहुँचे और साथ में गाधि और खेल क्रोध में भयंकर लंबे डग रखते आ धमके। एक क्षण के लिए पथिक

उलझन में पड़ गया। उसने अपने ललाट पर पड़े हुए बाल ऊपर को सरकाकर दंड को बाएँ हाथ से दाहिने हाथ में ले लिया।

सबने पथिक, सत्यवती और दासी को घेर लिया। गाधि और खेल ने पथिक को धमकी दी—''क्या करता है? कौशिकी के साथ क्या कर रहा था? कहाँ जाता था? अरे तू चोर है, दुष्ट और अनार्य है!''

पीछे खड़ी हुई घोषा खिन्न नेत्रों से देख रही थी—क्या पथिक सब भंडाफोड़ कर देगा?

पर पथिक हँसता रहा। थोड़ी देर बाद जब सबके गुस्से का उफान ज़रा कम हुआ, तो वह गरजकर बोला—''सुनो, मैं किसी का क्रोध नहीं सहन करता। कौशिकी को राजा खेल के साथ विवाह करना हो तो मुझे कोई उज्र नहीं।''

''कौशिकी के बारे में तू बीच में पड़नेवाला कौन होता है?'' गाधिराज ने भयंकर गर्जना की। खेल गुस्सा हो जाए तो कल फिर क्या होगा—उन्हें इतनी-भर चिंता थी।

''देवताओं ने मुझे यहाँ भेजा है।'' पथिक ने कहा। उसकी निर्भयता सबको भयभीत कर रही थी। किसी में उसके पास जाकर पकड़ने की हिम्मत नहीं थी।

''कौशिकी! तूने यह कौन-सा ढंग अख्त्यार किया है? तेरे विवाह पर ही तो भरतों के जनपद का आधार है।'' गाधिराज ने पुत्री से कहा।

सत्यवती की आँखों में टप-टप आँसू गिर रहे थे।

''पिता जी! इसमें पथिक बेचारे का कोई दोष नहीं।'' वह ज़रा देर नीचे देखती रही, ''सारा अपराध तो मेरा है।''

''तेरा अपराध किस तरह?''

''मुझे खेल के साथ विवाह नहीं करना है।''

''क्यों?'' गाधिराज ने कुछ उग्रता से पूछा, ''हाँ! पुत्रियाँ भी अब ढीठ बन गई हैं। क्या पथिक के संग में तुझे भी भाग जाना है?''

''पिता जी, इस राजन् के साथ विवाह करने की अपेक्षा किसी दूसरे को वरना अच्छा समझती हूँ।''—आँसू, क्षोभ, भय सबके होते हुए भी अपनी गर्दन उठाकर गाधि के सामने देखा, और रोती हुई बोली।

''किसे? सत्यवती! तू भी पागल हो गई है? तुझे खबर नहीं कि राजा खेल हमारी तरफ न रहे तो कल हमारी क्या दशा होगी?''

''क्या होगा ?'' कौशिकी ने कहा, ''और्व की सेना में कोई मुझे वरने के लिए राजी नहीं होगा ? इसे तो मैं धिक्कारती हूँ। मेरे पिता का उत्तराधिकारी बनने के लिए उत्सुक इस राजन् को वरने की अपेक्षा मैं इस पथिक को ब्याहना ज्यादा पसंद करूँगी।''

''क्या ?'' गाधि ने जोर से चिल्लाकर कहा।

पथिक के मुख पर अवर्णनीय आनंद झलक रहा था। उसने कहा, ''कौशिकी ! सच कहती हो ? मुझे वरोगी ?''

सत्यवती सुनकर नीचे देखने लगी।

पथिक ने कहा, ''तो, दैव की इच्छा आज फलित हुई। कौशिक-श्रेष्ठ ! आप ज़रा भी चिंता न करें।''

''दुष्ट !'' कहकर खेल अपनी तलवार खींचकर आगे बढ़ा।

''खेल ! वरुण ने मुझको कौशिकी दी है। अब उसे मुझसे कोई नहीं ले सकता,'' कहकर हँसते हुए पथिक ने अपनी लाठी तानी और खेल को आगे बढ़ने से रोका।

''तू कौन है ?'' गाधि ने पूछा।

[4]

इस प्रश्न का उत्तर रथ की घड़घड़ाहट ने दिया। वेग से दौड़ते हुए घोड़ों का एक रथ आया और उसमें से दो आदमी कूदे। आगेवाला ऊँचे कद का, गौर वर्ण और तेजस्वी मनुष्य है जिस पर काली किंतु छोटी दाढ़ी शोभित हो रही है। उसकी बड़ी-बड़ी आँखें एक ही दृष्टि से सबको देख रही हैं। उसके हाथ में एक कमंडल और पैरों में खड़ाऊँ हैं। सब लौट पड़े और ठिठक गए। खेल घबरा गया और बोला, ''गुरुवर्य !''

नवागंतुक आता है और उतावला होकर पथिक की तरफ जाता है, और उसके पैरों पर गिर पड़ता है। सब लोग स्तब्ध हो जाते हैं—यह प्रतापी मनुष्य पैरों पर पड़े ! किसके ?

''अथर्वण ! मैत्रावरुण का पुत्र अगस्त्य आपको प्रणाम करता है।'' नवागंतुक बड़े आदर से बोला। सब चुप हैं।

यह चोर है, यह दुष्ट, यह कौशिकी का चोर कौन है ?

''काव्य, आपका संदेश मिला और मैं तुरंत यहाँ आया।'' अगस्त्य कहता है।

''मैत्रावरुण ! तुम्हारा तप सदा बढ़े ! बहुत अच्छा किया कि तुम आ गए, नहीं तो भरतश्रेष्ठ को अतिथि-हत्या का भारी पाप लगता।''

''भरतश्रेष्ठ ! राजन्'' अगस्त्य कहता है–''इनको पहचानते नहीं ?– भृगुओं में श्रेष्ठ अथर्वण ऋचीक को नहीं पहचानते ?''

सबके हृदय में घबराहट पैदा हो जाती है। सिंधु से लेकर सरस्वती तक जिसका नाम सुनकर कलेजे काँपते हैं, वह यही है और ऐसी स्थिति में ! उस भयंकर व्यक्ति का नाम सुनते ही सब लोग प्रणिपात करते हैं।

''भार्गवं ! महर्षे ! गाधिराज हाथ जोड़कर क्षमा-याचना करते हैं। उनके हृदय में अकथनीय हर्ष समाया हुआ है।

''हमारा अविनय क्षमा कीजिए !''

''क्षमा !''–खूब जोर से हँसकर ऋचीक गाधि को उठाता है।

''क्षमा तो मुझे आपसे माँगनी चाहिए कि बिना बुलाए मैं आया। आपके सेनापति ने मुझे पथिक समझा तो मैं क्या करूँ ! मुझे तो अपने देव की आज्ञा पालनी थी। खेल, खिन्न मत होओ ! हो गया, जो होना था। देव की दी हुई दयिता को मैं लौटाऊँगा नहीं।''

घोषा आगे आती है और ऋचीक उसके पैरों पर गिरता है–''माता, मुझे पुत्र-समान अंगीकार न करोगी ?'' घोषा के हर्ष का ठिकाना नहीं। आशीर्वाद देते हुए उसकी आँखों से आँसुओं की धारा बह रही है।

''कौशिकराज !'' अगस्त्य कहता है, ''अथर्वण ने मुझे संदेश भेजा था कि आपकी आज्ञा के अधीन होकर इनको सरस्वती के सामने तीर पर बसना है, मित्र-भाव से ही। कुछ भ्रम न हो जाए, इसलिए समाधान करने के लिए मुझे बुलाया है।''

सबके मुख पर हँसी छा जाती है। आशाभग्न खेल भी सबको देख हँसने लगता है।

[5]

सारे गाँव में खबर फैल जाती है। युद्ध के बादल छँट जाते हैं। सब हर्ष से प्रफुल्लित हो जाते हैं। गाँव में से लोग राजा के महल में इस नवागंतुक भयानक

जामाता के दर्शन करने के लिए आते हैं। ऋचीक अपनी बात कहने लगता है। सब अग्निशाला में जाकर जमा हो जाते हैं।

''राजन्! सिंधु के तीर पर मैं अकेला और अनमना-सा बैठा था—वरुणदेव की आराधना करता हुआ। एक भी संतान के बिना मेरी स्त्रियाँ मर गईं। मैंने वरुणदेव से पुत्र की याचना की। राजा वरुण ने मुझसे कहा—वत्स! सरस्वती के तीर पर बैठ! तुझे बिना माँगे ही भार्या मिलेगी। उसको तू स्वीकार करना और उसका वंश तुझे अमर कर देगा।

''सरस्वती के तीर पर बसने की याचना करने के लिए, हे भरतश्रेष्ठ, मैं आपके पास आया हूँ। आपने तो मुझे भार्या भी दे दी।''

सब हँसने लगते हैं, खेल भी हँसने लगता है। वह अपने पुरोहित अगस्त्य से कहता है, ''अच्छा हुआ कि आप समय पर आ पहुँचे, नहीं तो हमारे पाप की सीमा न रहती।''

अगस्त्य बहुत ही थोड़ा हँसते हैं, उनकी ज्यादा हँसने की आदत नहीं—''अथर्वण! तुम्हारे पुत्र होगा तो उसे मेरे यहाँ पढ़ने के लिए भेजोगे न?''

''जरूर!''

सब हँसते हैं। सत्यवती लज्जित होकर नीचे देखती है।

[6]

कुछ रात बीते, एक वृक्ष के नीचे, ऋचीक बार-बार ऊँघता है। सत्यवती धीरे-धीरे चोर की तरह पत्नी-सदन से निकलकर थाला के पास खड़ी है और मुग्ध बनकर ऋचीक का मुँह देखती है। वह अकेली-ही-अकेली हँसती है। भार्गव, काव्य और अथर्वण की कैसी कीर्ति, कैसा प्रताप, कैसी विद्या, कैसी महिमा!—उसका हृदय धड़कता है।

मानो सत्यवती के हृदय की धड़कन से जाग उठा हो, इस तरह ऋचीक जाग पड़ता है और अपनी आँखों के आगे जिस सुंदरी के सुंदर नयनों को वह स्वप्न में देखा करता था, उसे सामने खड़ी हुई देखता है। यह स्वप्न है या सत्य है, इसका निर्णय करने की राह वह नहीं देखता, और दोनों हाथों से सत्यवती के मुख को अपने पास खींचकर उसका चुंबन करता है। सत्यवती लज्जित होकर नीचे देखती है।

ऋचीक पूछता है, ''सुखी है न ?''

''नाथ ! ज़रा एक कृपा नहीं करोगे ?''

''कृपा ! क्या चाहती है ?''

''अथर्वण ! मेरे माता-पिता पुत्रविहीन होने के कारण बहुत दुखी हैं । वरुण से आपने जो वरद पुत्र रख छोड़ा है, उसे इन्हें नहीं दोगे ?''

''क्यों नहीं ?'' कहकर ऋचीक बैठ जाता है । ''मुझे क्या खेल की तरह भरतों पर थोड़े ही राज्य करना है ।''

दूसरे दिन प्रातःकाल ऋचीक वरुण की उपासना करने बैठे ।

''देव ! देवाधिदेव ! प्रभो ! कृपा करो । मैं उर्व का पुत्र आपसे याचना करता हूँ । स्त्री दी, पुत्र दिया, एक वर और दीजिए, मेरी स्त्री को भ्रातृहीन मत रखो ! कौशिक की कीर्ति को उज्ज्वल करनेवाला एक पुत्र गाधि को दीजिए !''

ऋचीक विनती करता है और आकाश में वरुण के उदीयमान नेत्र (सूर्य) का तेज देखता है ।

सूर्य उगते हैं, आकाश हँसता है । चारों ओर से आवाज आती है—'तथास्तु' । ऋचीक के हर्ष का पार नहीं रहता ।

यह वरदान सुनकर गाधिराज और घोषा आनंदविभोर हो जाते हैं । घर-घर में यह समाचार फैल जाता है—वरुण ने वर दिया है ।

[7]

सरस्वती के दक्षिण-तीर पर भृगु बसे और उत्तर-तीर पर तो भरत थे ही । दोनों जातियों के बीच गाढ़ी मित्रता हुई । दोनों ने साथ-साथ कई विजय-यात्राएँ कीं, इससे भरतों की कीर्ति जितनी थी उससे भी ज्यादा बढ़ गई ।

कई महीने बीत गए । कुछ दिनों के अंतर से घोषा और सत्यवती के पुत्र उत्पन्न हुए । भरतों और भृगुओं ने पुत्र-जन्म के उपलक्ष में खूब आनंद-उत्सव मनाया ।

मामा-भानजे का एक ही घर में लालन-पालन होने लगा । मामा का नाम रखा गया विश्वरथ और भानजे का जमदग्नि ।

जन्म ही से दोनों बच्चों में फर्क था । जमदग्नि अपने पिता के जैसा ही प्रचंड, बलवान्, स्थूलकेश और साँवले रंग का था । किसी ने कभी उसको रोते हुए नहीं

देखा। वह बहुत कम हँसता और वह भी जब उसका मामा हँसता तब। मामा तो आरंभ ही से अद्‌भुत प्रकृति का निकला। वह बात-बात में रो पड़ता और हँसता तो सबको पागल-सा बना देता। वह थोड़ी-थोड़ी देर में पालने में से कूद-कूदकर बाहर गिर पड़ता। शरीर से भी सुडौल था। उसकी देह का रंग इतना गोरा कि जैसे दूध हो, आँखें काली, बड़ी-बड़ी और चंचल। सिर के घुँघराले बाल कंधे पर लहराते थे। सुंदर तो वह इतना था कि जो कोई उसे देखता, अपने पास बुलाए बिना न रहता।

मामा जल्दी ही बोलने-चलने लगा। भानजे को अपना मोटा डील सँभालना ज़रा मुश्किल था, इसलिए उसने देर से चलना सीखा। बोलना आने पर भी, जहाँ तक होता, बहुत ही कम बोलता। दोनों मामा-भानजे में अतीव प्रेम था, यहाँ तक कि दोनों को अलग-अलग घर में रखा जाए तो बीमार पड़ जाएँ, दोनों को अलग-अलग समय में खिलाया जाए तो एक भी न खाए। आदमी अगर अलग-अलग झूले को झोंका दे तो दोनों में से एक भी न सोए। दोनों को एक साथ सुलाया जाए तो किसी को देखभाल करने की जरूरत ही नहीं। दोनों मिलकर खूब खेलते रहें। एक को मारने पर दूसरा रोने लगे। एक हँसता तो दूसरा बिना कारण के ही किलक-किलक हँसता। घोषा और सत्यवती, दोनों बालकों को देखकर खुशी के मारे फूली न समाती।

दोनों बालक बड़े हुए। विश्वरथ हँसता, बोलता और मनचाही चीज माँग लेता। जमदग्नि चुप बैठा रहता और मामा के सिवा और किसी से बहुत न बोलता। मामा दोनों के लिए खाने को ले आता, अकेले कभी न खाता। भानजा सबकुछ सँभालकर रख लेता और मामा के साथ बैठकर खाता। किसी दासी के साथ झगड़ा होने पर मामा चिल्लाने लगता, पर भानजा तुरंत उठकर चुपचाप घूँसेबाजी करने लग जाता। दोनों या तो भरतग्राम में रहते या भृगुओं के गाँव में चले जाते; और यह दोनों के माता-पिता को बहुत खटकता।

दोनों बच्चे जब छः-सात वर्ष के हुए तो माता-पिता के सामने एक कठिनाई आकर खड़ी हुई। भरतश्रेष्ठ को राजा बनना था और भृगुश्रेष्ठ को ऋषि। दोनों का क्रम अलहदा, शिक्षा-दीक्षा निराली और दोनों का कार्यक्षेत्र भी भिन्न-भिन्न। पर क्या किया जाए? एक के बिना दूसरा सीखता ही न था। अंत में दोनों लड़कों ने आप-ही-आप एक नया रास्ता खोज निकाला। दोनों ने दोनों

तरह की बातें सीखना शुरू कर दीं। दोनों के माता-पिता को न हँसना सूझता और न रोना।

ऋचीक ने सिर हिलाया। वरुणदेव को एक ही पुत्र देना था, वह आधा-आधा माँ-बेटी को बाँट दिया। वृद्ध गाधि हर्ष के मारे फूला न समाया। सोचा—बहुत खूब! एक के बदले मुझे दो पुत्र मिले। मामा और भानजा—दोनों को किसी दिन आपस में अब तक किसी ने लड़ते-झगड़ते नहीं देखा। लेकिन एक दिन दोनों लड़ ही पड़े।

उस समय वे दोनों सात बरस के थे और सत्यवती के साथ भृगुग्राम में रहते थे। ऋचीक हर दूसरे-तीसरे महीने हजार-दो हजार घुड़सवार लेकर मुसाफिरी करने जाया करते थे। इस समय भी वह बाहर गए हुए थे। मामा-भानजे आश्रम में खेल रहे थे। इतने में उनको हो-हल्ला सुनाई पड़ा। खेलना छोड़कर दोनों दरवाजे की तरफ दौड़ते हुए गए। एक तमाशा-सा आ रहा था। जैसे आँधी आती है, उसी तरह ऋचीक के श्यामकर्णी घोड़ों पर सवार सैनिक बड़ी तेजी के साथ बढ़े हुए आ रहे थे। सबसे आगे अथर्वण थे। उनका घोड़ा चौकड़ियाँ भरता हुआ आ रहा था। ऋचीक जब इस तरह घोड़े को दौड़ाते थे तो दोनों बच्चों को बड़ा आनंद आता था। उस समय दोनों स्वयं घोड़ों पर सवार हो मुँह से टिक-टिक करते हुए बोलकर कूदते थे, पर आज तो वे देखकर दंग-से रह गए। ऋचीक एक अत्यंत सुंदर लड़की को अपने आगे घोड़े पर बैठाए हुए ला रहे थे। ऋचीक घर के अंदर गए तो मामा भानजे का हाथ पकड़कर भीतर घुस गया। दोनों कुछ देर तक लड़की को देखते रहे। ऋचीक उस लड़की को सत्यवती को सौंप रहे थे। वह कुछ गुस्सा भी हुए। लड़की तो कुछ भी न बोलती थी और सत्यवती भी ज़रा घबरा-सी गई थी। लड़की का नाम 'लोपा-लोपा'-जैसा कुछ था। दोनों लड़के हौले से आगे आए तो देखकर ऋचीक गुस्सा हो गए। बोले—''लड़को! चले जाओ यहाँ से। तुम्हारा यहाँ कुछ काम नहीं है।'' लड़के एक-दूसरे का हाथ पकड़कर कुछ देर तक चुप खड़े रहे।

''पिता जी!'' विश्वरथ बोला। ऋचीक को दोनों पिता कहकर पुकारते थे और गाधि को दादा कहकर। ''इस लड़की को क्यों लाए हो?''

''तुम्हें इस सबसे क्या मतलब? चलो, जाओ।''

विश्वरथ ऐसा हँसोड़ स्वभाव और खुश-मिजाज था कि भड़कते हुए

बड़े-बड़ों के क्रोध को भी शांत कर देता था। "तुम तो ले आए और हम क्या देखें भी नहीं।"

ऋचीक हँस पड़े। बोले—"तब देखो। तब तक मैं भरद्वाज का सामना करूँगा। उसकी क्या मजाल कि वह लोपा पर अत्याचार करे।"

यह कहकर वह चले गए। दोनों लड़के वहीं खड़े-खड़े उस लड़की को बड़े गौर से देखने लगे।

दोनों को कुछ विचित्र-सा मालूम हुआ। वह लड़की उनके बराबर की न थी। सत्यवती के बराबर ऊँची थी, पर छोटी-सी दिखाई पड़ती थी। घोषा माता की तरह ऊँची तो नहीं थी, इसका उन्हें निश्चय था। उनको विश्वास था कि उसकी आँखें बहुत सुंदर थीं। प्रातःकाल जैसे पानी में धूप चमकती है, उनमें वैसी कुछ चमक थी। उसका रंग बड़ा अच्छा और लावण्यमय था। दोनों को यह पसंद आया। उसकी आवाज भी बहुत मीठी थी, इसमें भी कुछ शक न था। पर जब वह चलती, बस कुछ कहा नहीं जाता था। और वह अपनी बड़ी-बड़ी आँखों से इनकी ओर कैसी अच्छी तरह देख रही थी! ये सब बातें मामा और भानजे ने बाहर आकर अकेले में कर लीं और दोनों इस निर्णय पर पहुँचे कि पिता जी ने इस लड़की को यहाँ लाकर जो काम किया, इसके पहले उन्होंने ऐसा अच्छा काम कभी नहीं किया था।

परंतु क्या गड़बड़ थी, यह उनकी समझ में न आया। पिता जी ने जाकर शंख बजाया और तमाम रात गाँव-भर में घोड़ों की भाग-दौड़ मची रही। यह सारी धूम-धाम लोपा के लिए थी। पर यह क्या? इन दोनों को भी नींद नहीं आई।

दोनों जल्दी उठे और पर्णकुटी से बाहर उद्यान में आए। देखकर दोनों अवाक् हो गए। थोड़ी दूर पर वह लड़की सरस्वती नदी के सामने देखती हुई कुछ बुदबुदा रही थी। पिता जी और उनसे मिलने के लिए जो दूसरे ऋषि आते थे, उनकी तरह उनके पीछे ये दोनों धीरे-से जाकर खड़े हो गए।

दोनों देख रहे थे, आँखें मींचकर और आकाश की तरफ हाथ लंबे करके वह बुला रही थी—

"उषा! उषा देवी!" हाँ, वह उषा देवी को बुला रही थी। क्या होगा? ऐसी लड़की को देवता के साथ बातें करते हुए उन्होंने कभी नहीं देखा था। लड़की ने

आवाहन पूरा किया, और आँखें खोलकर इनकी ओर देखा और तुरंत हँस पड़ी। दोनों ने उसका हँसना सुना और उनकी छातियाँ धड़कने लगीं।

"क्यों, क्या देखते हो ?" –उसने पूछा। जमदग्नि ने वहाँ से भाग चलने के लिए विश्वरथ का हाथ खींचा, पर वह वहाँ से न हिला।

"तुम पिता जी और सत्या के साथ तो इतना बोलती हो, और हमसे क्यों नहीं बोलतीं ?" विश्वरथ ने कहा।

लोपा हँस पड़ी–"अरे-अरे, अभी से जब तू इतना बोलता है, तो बड़ा होने पर न जाने क्या करेगा ?" वह हँसती-कूदती पास आई और झुककर उसने विश्वरथ को पकड़कर चूम लिया। घोषा और सत्या के सिवा दूसरों का चूमना उसे पसंद नहीं था। पर इस मुख, इस सुगंध और इस स्पर्श से वह पागल हो उठा। जब तक उसको सुधि आई, तब तक तो वह हँसती हुई चली गई थी; और जमदग्नि मुँह बनाकर एक पत्थर पर बैठा था। विश्वरथ खुश होकर उसके पास गया। उस लड़की ने उसको चूमा था और वह सत्या से बहुत सुंदर थी। उसने अभिमान से कहा, "मुझे उसने चूम लिया।"

जमदग्नि ने ऊपर देखा। विश्वरथ ने इसके पहले कभी नहीं देखा था, ऐसा क्रोध उसकी आँखों में था। अपने आनंद के आवेश में इसका कारण भी वह न समझ सका। "देख तो सही मुझे…" पर वह पूरा बोल भी न पाया, इससे पहले ही जमदग्नि ने उसे घूँसा जमा दिया। विश्वरथ दूर धूल में जा गिरा। वह 'ऊँ-ऊँ' करके रोने लगा। विश्वरथ को गुस्सा आया। वह होंठ चबाकर जमदग्नि को मारने के लिए खड़ा हो गया, इतने में उसने भानजे को दोनों घुटनों में सिर दबाकर जोर से रोते हुए देखा। उसके छोटे-से दिमाग में कोई बात सूझी। वह खड़ा हुआ और जो चोट लगी थी, उसे दिखाने के लिए घर के भीतर गया। लोपा सत्यवती से बात कर रही थी। उसने अपने बूते से अधिक जोर लगाकर, लोपा का हाथ पकड़कर खींचा।

"क्या है ?" सत्यवती ने पूछा। विश्वरथ ने जवाब नहीं दिया, पर वह लोपा को घसीटकर बाहर ले गया। सत्यवती पीछे-पीछे गई, देखने कि क्या है ? विश्वरथ लोपा को वहाँ तक घसीटकर ले गया, जहाँ जमदग्नि बैठा हुआ था, और बोला, "जमदग्नि का चुंबन कर !"

"क्यों?" लोपा ने प्रश्न किया।

सत्यवती जोर से हँस पड़ी—"तुमने विश्वरथ का चुंबन किया होगा !"

"हाँ, इससे क्या ?"

"एक को चूमा है तो दूसरे को बिना चूमे न चलेगा । जब स्त्रियाँ आएँगी तब न जाने क्या होगा ?" सत्यवती और लोपा खूब हँसीं । विश्वरथ की समझ में न आया कि जब स्त्रियाँ आती हैं, तब क्या होता है ।

लोपा जमदग्नि के पास गई, उसका सिर ऊँचा उठाया और उसको चूम लिया । विश्वरथ और जमदग्नि में सुलह हो गई । दोनों में यह पहली तकरार थी । उसके बाद क्या हुआ, किसी को मालूम नहीं ।

[8]

दूसरे दिन बड़ी गड़बड़ मची । अचानक कोई दो सौ अनजान सवार आए । कहा जाता था कि वह एक राजा तथा विश्वरथ का रिश्तेदार था । उसका नाम भी बड़ा विचित्र था—'अतिथिग्व', अर्थात् अतिथि के लिए गोमांस परोसनेवाला । दोनों लड़के बहुत हँसे । अतिथिग्व के साथ दो ऋषि भी आए थे । कोई कहता था कि वे लोपा के भाई हैं । दोनों को वे आगत ऋषि पसंद नहीं आए । लोपा उनकी थी, ये उसके भाई थे; इसलिए उनको ऐसा मालूम हुआ जैसे वह उनके लिए कुछ कम-सी हो गई है ।

मध्याहनकाल में सब लोग पर्णकुटी में जा बैठे—ऋचीक, सत्यवती, लोपा, राजा अतिथिग्व और लोपा के दो भाई । बाहर खड़ा हुआ सेनापति किसी को अंदर नहीं जाने देता था, पर दोनों लड़के, मामा-भानजे चोरी से पर्णकुटी के पिछले भाग में गए । उसके कोने का एक थोड़ा-सा हिस्सा टूट गया था । मामा और भानजा वहीं लेट गए और जमीन से सटकर देखने लगे कि भीतर क्या हो रहा है ।

एक तरफ सत्यवती बैठी थी और पास ही लोपा भी । बीच में अथर्वण और अतिथिग्व बैठे थे । दूसरी तरफ वे दो ऋषि भाई । लड़के ज्यादा तो कुछ नहीं समझे, लेकिन वे ऋषि भाई बहुत क्रोधित से दीख पड़ते थे । आर्यों के आचार के बारे में वे बार-बार बोल रहे थे, और वह भी इस रीति से कि मामा-भानजे को उनकी सूरत ज़रा भी पसंद नहीं आती थी । लोपा ने साहस किया और उठकर बीच ही में खड़ी हो गई और भाइयों की ओर देखकर हँसने लगी—"देवता

तुम्हारे ही अकेले के नहीं, मेरे आवाहन से भी वे आते हैं।''

इसके बाद बड़ा मजा आया। अतिथिग्व को गुस्सा आ गया। उसकी मूँछें कुछ अजब ढंग से फहरा रही थीं। यह जमदग्नि ने आँखें मटकाकर बतलाया। उसके बाद पिता जी बोले। वह भी जामे से बाहर हो गए थे। अब दोनों लड़के घबराए। उनकी निगाह इस तरफ पड़े तो! पिता जी को यह बुरा मालूम होगा। विश्वरथ ने प्रशंसा-मुग्ध बनकर भानजे के शरीर में उँगली गड़ा दी।

''जो कुछ भी हो, चाहे जो करो, पर लोपा की इच्छा के विरुद्ध मैं देखता हूँ कि कौन उसका विवाह करता है! अगर तुमको पसंद न हो तो वह मेरे घर में रहेगी!'' जमदग्नि ने हर्ष से मामा की पीठ पर हाथ ठोंका।

''अगर चाहो तो आश्रम बनवा दूँगा; पर लोपा के ऊपर किसी का अत्याचार न होने दूँगा।'' सबने हार खाई। शाबाश, पिता जी! लेकिन इतने में सत्यवती खड़ी हुई। उसकी आँखें बड़ी तेज हैं, आखिर खोज ही निकाला। आकर वह एकदम कान पकड़कर विश्वरथ को और दूसरे हाथ से जमदग्नि को घसीटकर अंदर ले गई। सब-के-सब देखते रह गए और उसने दोनों को एक-एक तमाचा जड़ दिया। लोपा वहाँ मौजूद थी, इसलिए दोनों ने रोना अनुचित समझा। उन्हें देखकर सब हँस पड़े और दोनों लड़के शरमिंदा होकर सत्यवती के पास बैठ गए। कुछ हर्ज नहीं; तमाचा खाया तो क्या, लेकिन सुनने को बातें तो मिलीं। फिर पीछे कोई गुस्सा तो नहीं हुआ। पिता जी ने सब ठीक कर लिया। लोपा को वृद्ध अंगिरा के यहाँ पढ़ने जाना था। वहीं उसका भेजना निश्चित हुआ। मामा-भानजे रात में यही बातें कर रहे थे कि हम दोनों भी वृद्ध अंगिरा के आश्रम में जाएँ तो कैसा?

उस रात को वे देर से सोए। आधी रात बीतने पर विश्वरथ उठा और जमदग्नि को हिलाकर उठाया, ''अग्नि!''

''क्यों?''

''पढ़ने के लिए जाने के बदले एक काम न करें?''

''क्या?''

''इससे ब्याह कर लें तो?''

जमदग्नि ने विचार करके संदेह प्रकट किया, ''लेकिन हम तो दो हैं।''

विश्वरथ ने निःश्वास छोड़ा, ''हाँ, यह ठीक है। मैं इस बात को भूल ही

गया था।" यह कहकर करवट बदलकर सो गया।

लोपा कुछ दिन बाद वहाँ से चली गई और बड़ी देर तक दोनों, मामा-भानजे, निःश्वासें छोड़ते हुए घूमते रहे।

[9]

कुछ महीने बाद पिता जी कहने लगे कि इनका गुरु जी के यहाँ जाने का समय आ गया है।

अथर्वण-जैसे पिता हों और गाधि-जैसे दादा हों, तो फिर गुरु की आवश्यकता ही क्या है, यह उनकी समझ में नहीं आया। तमाम दिन सब दादा के पास बैठें और इनको गुरु के घर भेजने के बारे में बातें करते रहें। एक बार दोनों ने निश्चय किया कि गुरु के घर भेजे जाने से पहले ही घर छोड़कर भाग निकलें। दोनों ने अपनी मृगछालाएँ बाँध लीं, दंड तैयार किया, और खाने की छोटी-सी पोटली बाँध ली।

दोनों ने पक्का इरादा कर लिया कि आज रात में उठकर भाग चलेंगे। दो-चार बार इस संकल्प को अमल में लाने की कोशिश भी की; मगर रात को ऐसी मीठी नींद आई कि बीच में उठने का मौका ही न मिला। आधी रात के सिवा और दूसरा समय ही भागने के लिए कहाँ था? आखिर यह संकल्प छोड़ दिया गया। जाने का दिन नजदीक आने लगा। एक दिन घोषा रोती तो दूसरे दिन सत्या। एक दिन भरतग्राम के लोग उनको बुलाते, तो दूसरे दिन भृगुग्राम के। आखिर वह दिन भी आ पहुँचा। सवेरे भरतग्राम में वे उठे, स्नान किया, दादा जी को प्रणाम किया। अग्नि की परिक्रमा करके घोषा को सिर नवाया, और जो वहाँ पर सब लोग जमा थे, उनको नमस्कार किया। फिर नाव में बैठकर नदी पार करके सामने के तीर पर भृगुग्राम में आए। घोषा और दादा भी साथ थे। सब लोग लेने आए थे। पिता जी और सत्या ने भी इनको गोद में उठा लिया और घर गए। इसके बाद सबने देवताओं की आराधना की, पिता जी ने मंत्रोच्चार किया, अग्नि से आशीर्वाद माँगा और इनके रक्षण के लिए भृगुओं की मनौती मानी। फिर से उन्होंने सबको प्रणाम किया। घोषा और सत्या रोने लगीं। फिर दादा ने दोनों को गले लगाकर आशीर्वाद दिया।

रथ तैयार होकर आया। सत्या ने घोड़ों की पूजा की और दोनों लड़कों को

लेकर रथ में बैठी। पिता जी तो श्यामकर्णी घोड़े मयूर पर सवार थे ही। सबकी आँखों में आँसू आ गए और इससे दोनों लड़कों की आँखों में भी पानी भर आया। पिता जी ने वरुण का आवाहन किया और शंख बजाया। सारथी ने रथ को वेग से दौड़ाया। पिता जी और दूसरे घुड़सवार भी साथ में आए। जमदग्नि और विश्वरथ को इससे बहुत प्रसन्नता हुई।

[10]

दोपहर को वे एक ग्राम में पहुँचे। उसमें भरत ही रहते थे, इसलिए विश्वरथ और अथर्वण को प्रणाम करने सारे गाँव के लोग आए। सबने खाया-पिया, थोड़ी देर आराम किया। और फिर से घोड़े जोतकर रथ तैयार किया। सत्या का इनकी ओर आँखों में आँसू भरकर देखना इनको बिल्कुल अच्छा न लगा। पिता जी ने जो कहीं दो छोटे टट्टू दिलवा दिए होते, तो उन पर बैठने का मजा लूटते।

रात को वे एक बड़े गाँव में पहुँचे। वहाँ भी लोग उनका स्वागत करने आए थे। पहले तो उन दोनों ने राजा को नहीं पहचाना, पर जब अतिथिग्व नाम सुना तो उनको उसकी याद आई। जब लोपा आई थी तब जो राजा आया था, यही व्यक्ति था वह। यह गाँव बहुत बड़ा था। अतिथिग्व भी अच्छा लगा। उन दोनों और पिता जी को खूब आवभगत के साथ उसने भोजन कराया।

दूसरे दिन भी वे लोग वहीं ठहरे। अतिथिग्व राजा का महल बहुत बड़ा और विशाल था। सरस्वती नदी भी उसी के पास से बहती थी। मामा और भानजा दोनों, अकेले ही घूमकर देख रहे थे। इतने में उनका नौकर बुलाने आया, और वे भीतर गए। बैठकखाने में पिता जी और अतिथिग्व को एक आदमी से बातें करते हुए देखा। आदमी बड़ा न था। देखने में एक छोटा लड़का-सा दीखता था, पर था वह बहुत गंभीर प्रकृति का।

''लड़के !'' अथर्वण ने कहा, ''इन दोनों को पहचानते हो ?''

कौशिक ने सिर हिलाया।

''ये तुम्हारे गुरु जी के छोटे भाई हैं, प्रणाम करो इन्हें। छोटे तो हैं, पर विद्या में इनके बराबर कोई नहीं।''

दोनों मामा-भानजे ने प्रणाम किया और डरते हुए उस आदमी के मुँह की

ओर ताकते रहे।

"वत्सो ! शतजीवी हो।" उन्होंने आशीर्वाद दिया।

"इनका नाम वसिष्ठ है। जब तुम्हारे समान थे, तभी सब विद्याओं में पारंगत हो चुके थे। तुम भी इनके-जैसे सच्चे विद्वान् बनो, तब है !"

विश्वरथ को वह आदमी ज़रा पसंद नहीं आया। उसको ऐसे मालूम हो रहा था कि मानो वह उन्हें अभिमान से देख रहा है।

"मेरे पूज्य भाई के सब शिष्य विद्वान् ही होते हैं, तू भी होगा न ?"

विश्वरथ कुछ भी न बोला और चुपचाप वैसा ही वापस चला गया। फिर उसे अतिथिग्व ने बुलाया।

"लड़के ! तू मुझे पहचानता है ?" उन्होंने पूछा।

"हाँ।" विश्वरथ ने कहा।

"मैं तुम्हारा कौन होता हूँ ?–बोलो !"

विश्वरथ को कुछ न सूझा–"तुम लोपा को लेने आए थे।" यह सुनकर वसिष्ठ को छोड़कर सब हँस पड़े और विश्वरथ बहुत घबराया।

"विश्वरथ ! राजा दिवोदास अतिथिग्व तेरे चाचा होते हैं।" कहकर ऋचीक मुस्कराए, लेकिन विश्वरथ ऐसा घबरा गया कि नीचे से ऊपर आँख उठाने की हिम्मत न हुई। दो दिन तक सबने उस गाँव में निवास किया। सब-के-सब विश्वरथ को देखने आते, और उससे कुछ-न-कुछ पूछते थे। अतिथिग्व की महिषी रानी भी प्रतिदिन उसे और जमदग्नि को बुलाकर सब बातें पूछती थीं। बार-बार दोनों ने वसिष्ठ को इधर-उधर आते-जाते देखा था, फिर भी उनको वसिष्ठ से डर लगता था, किंतु जब उन्होंने सुना कि अतिथिग्व का एक पुत्र भी उनके ही गुरु के यहाँ शिक्षा पाता है तब तो उनको बड़ी खुशी हुई।

[11]

तीसरे दिन सवेरे वे लोग रवाना हुए। अब तो रास्ता भी सरस्वती नदी के किनारे-किनारे जाता था, इसलिए मुसाफिरी बहुत आसान थी। थोड़ी ही देर में एक गाँव आया। थोड़ी दूर पर वृक्षों का सुंदर समूह दीख पड़ता था। सत्या ने उसे दिखाया और कहा, "देखो, वह है तुम्हारे गुरु का आश्रम !"

दोनों लड़कों ने आश्रम देखा और यह अपरिचित स्थान देखकर उनका हृदय भारी-सा हो गया।

''सत्या !'' विश्वरथ ने कहा, ''तू हमारे साथ न रहेगी ?'' उसकी आँखों में आँसू भर आए।

''पागल तो नहीं हो गया है ! यहाँ तू पढ़ने-लिखने आया है। मेरा क्या काम है यहाँ ?''

विश्वरथ की समझ में न आया कि क्यों नहीं उसे भरतग्राम में विद्याभ्यास कराया गया। अथर्वण अपने शिष्यों को तो शिक्षा देते थे, तब उनको क्यों नहीं पढ़ाते ? सत्या किसी भी दिन नहीं पढ़ी, तब वह उनके साथ रहकर पढ़े तो इसमें क्या हानि है ?

किंतु इन सब प्रश्नों का निपटारा होने के पहले ही वृक्षों का वह समूह नजदीक आ गया और वहाँ लड़कों के जत्थे-के-जत्थे को जब प्रतीक्षा करते देखा तो दोनों यह सब भूल गए।

गुरु के आश्रम में

[1]

रथ के घोड़े आकर थम जाते हैं। विश्वरथ और जमदग्नि रथ से बाहर अपनी गर्दन निकालकर देखते हैं और अथर्वण मयूर घोड़े को रोककर नीचे उतरते हैं। आश्रम के लड़के पीछे खिसककर रास्ता देते हैं और एक मनुष्य शीघ्रता से अथर्वण के सामने जाकर प्रणिपात करके उनके चरणों की रज अपने माथे पर चढ़ाता है।

''देखो लड़को !'' सत्या इन दोनों लड़कों के कान में कहती है, ''यह तुम्हारे गुरु, मैत्रावरुण हैं।'' दोनों भय से व्याकुल हो आँखें गड़ाकर देखते रहते हैं।

गुरु न तो अथर्वण-जितने ऊँचे हैं और न वैसे बलिष्ठ ही। जब अथर्वण

उनसे भेंट करते हैं तब उनके प्रचंड हाथों में वे समा गए-से मालूम होते हैं। गुरु ने अपनी जटाएँ शंख के आकार की बाँध रखी हैं और सूत के कपड़े की धोती पहने हैं, और ऊपर से ऊनी चादर ओढ़े हुए हैं। अथर्वण से भेंट करने के बाद गुरु रथ के पास आते हैं। कैसा अच्छा चलते हैं! खड़म्-खड़म्!

वह आकर सत्या को प्रणिपात करते हैं—"पधारो कौशिकी! मेरा आश्रम पवित्र करो।" सत्या हँसते-हँसते रथ से उतरती है। "क्या यही मेरे बालक हैं?" गुरु सत्या से पूछते हैं। सत्या फिर हँसती है। "मेरा वह बाल-ऋषि कौन है?" गुरु के पूछने पर सत्या जमदग्नि को दिखाती है। गुरु उसे लेकर नीचे उतरते हैं। "क्यों बेटा! पहचानता है यह तेरा भाई है? क्यों भरत! तेरे पिता कैसे हैं?" गुरु विश्वरथ को भी रथ से उतार लेते हैं, पर दोनों में से एक भी जवाब नहीं देता। दोनों पर गुरु की बड़ी धाक जम जाती है।

घबराते-घबराते वे दोनों सब लड़कों के बीच से होकर जाते हैं, पर ऊँचे से नीचे नहीं देख सकते। बाप रे! कितने लड़के हैं यहाँ! कोई-कोई तो इनकी तरफ अँगुली दिखाते हैं। इन सबके साथ कैसे रहा जाएगा, यह विचार उन्हें घबराहट में डाल देता है।

आश्रम में प्रवेश करते समय इनकी दृष्टि वृक्षों पर पड़ती है। कितने सुंदर हैं! ऐसे छटादार स्वच्छ वृक्ष इन्होंने कहीं भी न देखे थे और हिरन भी इधर-उधर उछलते दीखते हैं। जगह-जगह गाएँ चर रही हैं और कहीं-कहीं पर घोड़े भी बँधे हैं। किसी-किसी वृक्ष पर धनुष और बाण लटकाए हुए हैं।

विश्वरथ अँगुली से जमदग्नि को हिरन के बच्चे दिखाता है। यहाँ रहने से मौज में तो कटेगी, पर सत्या साथ में रहे तब!

[2]

एक विशाल पीपल के पेड़ की छाया के नीचे, घास की एक कुटी थी। वे लोग वहाँ आए। पीपल के चारों ओर थाला (आलबाल) बँधा हुआ था और वहाँ दर्भ और मृग-चर्म के आसन बिछे हुए थे। सामने सरस्वती नदी बहती थी। थाले के पास ही चार-पाँच वृद्ध मनुष्य खड़े थे। उन्होंने अथर्वण को प्रणाम किया।

उनकी पर्णकुटी से दूर, एक बड़ी-सी पर्णकुटी थी। उसमें गुरु ने अतिथियों को ले जाकर ठहराया।

थोड़ी ही देर में वहाँ एक लंबे कद की स्त्री आई और सत्यवती से मिली। इसने भी दोनों को बुलाया और अपने पास बिठाया तथा उनके सिर पर हाथ रखा। इस देवी को सब भगवती कहकर पुकारते थे। मामा-भानजे को यह स्त्री अच्छी लगी। इधर-उधर की बातें कीं और दूध पिलाया। गुरु और भगवती अपनी पर्णकुटी में चले गए और अथर्वण स्नान-संध्या करने के लिए चले गए।

दोनों बाहर निकले और आसपास देखने लगे।

''अग्नि, अपने घर-जैसा यहाँ नहीं है। यहाँ तो सभी घास-पात की कुटियाँ हैं।''

''लेकिन हमारे यहाँ ऐसे सुंदर आमों के वृक्ष कहाँ ?''

''वह तोता तो देख !'' दोनों देखने के लिए दौड़े। थोड़ी दूर पर उन्हीं की उम्र और कद के दो लड़के खड़े-खड़े उनको देख रहे थे। एक ऊँचा और मोटा था, वह मुस्कराता हुआ समीप आया।

''तेरा नाम क्या है ?''

''विश्वरथ।'' वे दोनों लड़के हँस पड़े।

''पिता का नाम क्या है ?''

''गाधि।''

फिर दोनों लड़के हँसे। इससे विश्वरथ को कुछ गुस्सा-सा चढ़ आया।

''उसके बाप का नाम क्या है ?''

''कुशिक !''—कहकर विश्वरथ वहाँ से खिसकने लगा। वे लड़के फिर हँसे—''उसके बाप का नाम क्या है ?''

गुस्से और घबराहट में विश्वरथ 'जह्नु' कहकर वहाँ से जाने लगा। पहले सवाल पूछनेवाले ने तुरंत विश्वरथ की टाँग में आड़ी टाँग मार दी और उसे जमीन पर मुँह के बल गिरा दिया। जमदग्नि ने, जो अब तक चुपचाप वहाँ खड़ा था, बिना कुछ कहे-सुने उस मजाकिया छोकरे को एक जोर का घूँसा जमा दिया जिससे वह तीन कुलांट खाकर धरती पर गिर पड़ा। उसका और उसके मित्र का हँसी-मजाक सब गायब हो गया। जमदग्नि और विश्वरथ हाथ पकड़कर दौड़ते-दौड़ते अपनी पर्णकुटी में चले आए।

पीछे से भगवती आईं। सत्यवती और वह दोनों स्नान करने गईं, सबने भोजन किया और थके होने से सब सो गए, परंतु विश्वरथ के दिल में चिनगारी

लगी हुई थी। पहली ही बार किसी ने उसको इस तरह पटका था। यह उसे बहुत बुरा लगा। औरों को छोड़ उसी को टाँग क्यों मारी? क्या अथर्वण को भी बाल्यावस्था में इस तरह किसी ने गिराया होगा? क्या किसी ने गुरु के पैर के बीच में कभी पैर रखा होगा? उसे बहुत दुःख हो रहा था और उसने आँखों के आँसू जैसे-तैसे सुखाए। दोपहर के बाद डरता-डरता वह अथर्वण के पास गया।

"पिता जी!"

"क्यों, क्या है? कह डाल, क्यों घबरा रहा है?"

"मुझे यहाँ नहीं रहना है। वापस घर को चलिए।"

"अरे! पागल हो गया है क्या?" अथर्वण ने हँसकर कहा। सामने बैठी-बैठी सत्यवती भी हँसती थी। उसने ज़रा धैर्य से बात आगे बढ़ाई, "यहाँ मुझे नहीं रहना। आप पढ़ाना, मैं पढ़ूँगा।"

"बेटा!" प्रेम से उसके कंधे पर हाथ रखकर अथर्वण बोले, "तू एक दिन भरत कुल का राजा बनेगा। तुझे तो बहुत होशियार बनना है। कुछ खबर है?"

"आप बनाइए, नहीं तो दादा जी बनाएँगे।"

"भाई! बिना पराए गुरु के पास सीखे कुछ नहीं आता।"

"तब किसी दूसरे गुरु के पास ले चलिए।"

"मूर्ख!" अथर्वण बोले, "तू इन गुरु को नहीं पहचानता। इनसे बढ़कर विद्वान् महर्षि आर्यों की पाँचों जातियों के बीच कोई दूसरा नहीं है। खबर है! इन्होंने इंद्र-जैसे देव को भी हरा दिया। और देख तो सही, कितने लड़के यहाँ शिक्षा पाते हैं! इनमें दस-पाँच तो तेरे-जैसे राजकुमार होंगे। अतिथिग्व का लड़का सुदास भी यहीं है।"

"यहाँ के लड़के बहुत खराब हैं।"

"पर गुरु जी इतने अच्छे हैं कि थोड़े ही वर्षों में तू विद्वान् हो जाएगा।"

विश्वरथ की समझ में कुछ न आया कि क्या जवाब दे।

दूसरे दिन सूर्योदय से पहले उन दोनों लड़कों को उठाया, नहलाया-धुलाया और गुरु जी की वेदी के पास ले गए।

[3]

वहाँ सभी इकट्ठे हुए थे। अथर्वण और गुरु ने अग्नि की स्थापना की, वरुण का आवाहन किया और मंत्र-पाठ किया। विश्वरथ अपने गुरु को ही देख रहा था। जब वह मंत्र पढ़ते तो ऐसे दीखते कि आधे नींद में हों। उसने सोचा कि मैं ऐसा कर सकूँ तो! इसके बाद गुरु ने दोनों लड़कों को नया मृग-चर्म पहनाया, ऊपर से मूँज का डोरा बाँधा, हाथ में दंड दिया और ललाट पर भस्म लगाई। गुरु के हस्तस्पर्श से विश्वरथ काँप रहा था। पास से उनका चेहरा भी बड़ा खूबसूरत लगता था। और उनकी आँखें—कब तक ये आँखें दिखाई देती रहेंगी!

सबने खाया, थोड़ी देर आराम किया और कुछ दोपहर ढल गया तो ऋचीक और सत्यवती जाने को तैयार हुए। दोनों लड़के रोए, उनको सत्यवती ने चुप कराने के लिए कहा, ''मैं फिर आऊँगी।''

''कब?''—विश्वरथ ने पूछा।

''चौमासा बीतने पर, तुरंत!''

सत्यवती ने दोनों को गले से लगाया और उनको भगवती को सौंप दिया। गुरु आए, अथर्वण को उन्होंने अर्घ्य दिया और आश्रम के बाहर तक सब उनको पहुँचाने गए।

अथर्वण ने लड़के के सिर पर हाथ रखा। सत्यवती ने उसे फिर से गले लगाया। गुरु और लड़कों ने उनको प्रणाम किया। दोनों पति-पत्नी रथ में बैठे, और जब घोड़े चलने लगे तब विश्वरथ ने सत्यवती को रोते हुए देखा। उसकी आँखें भी डबडबा आईं; और ऐसा लगता था कि वह अभी रो पड़ेगा। उसने जमदग्नि की तरफ देखा, तो वह भी आँसू पोंछ रहा था। इतने में उसके कानों में गुरु जी की आवाज सुनाई पड़ी—

''पुत्रो! घबराना नहीं। हम लोग थोड़े ही दिनों में अथर्वण से मिलने जाएँगे। चलो, कहीं पुरुष रोते हैं! स्त्रियाँ रोती हैं।''

विश्वरथ ने आँखें पोंछ डालीं। ''न, मैं नहीं रोता।'' उसने गद्गद स्वर में कहा। सब वापस आए और जिस पर्णकुटी में अथर्वण उतरे थे, वहीं उनको गुरु ले आए।

''देखो, तुम यहीं सोओ! मैं तुमको सहाध्यायी देता हूँ।'' कहकर उन्होंने

एक लड़के से कहा, "सुदास और ऋक्ष को यहाँ भेजो।"

"थोड़ी देर में दो लड़के आए। ये वही थे जिनमें से एक ने पहले दिन छेड़छाड़ की थी।

"देखो सुदास!" गुरु बोले।

"जी!"

"यह विश्वरथ है। तू तृत्सु है और वह जह्नु; और दोनों ही भरत हो। मिल-जुलकर रहना! और यह जमदग्नि महाअथर्वण ऋचीक का पुत्र है। इसका तो वंश-का-वंश ऋषि है।" जिस लड़के ने पैर में टाँग मारी थी उससे गुरु बोले, "ऋक्ष! तुझे भी इन सबके साथ ही रहना है। समझा?"

"जैसी आज्ञा!"

पिछले दिन की वह घटना कहीं विश्वरथ कह न दे, इस डर से वह कपिला गौ की तरह शांत होकर बोला, "जब आपकी आज्ञा है तब फिर क्या?"

"और अजीगर्त तुमको पढ़ाएँगे।" गुरु ने कहा, "जाओ, लड़ना-झगड़ना नहीं।" कहकर मैत्रावरुण चले गए।

गुरु के चले जाने तक वे चारों चुपचाप खड़े रहे। उनके आँखों से ओट होते ही ऋक्ष ने मुक्का दिखाकर जमदग्नि से कहा, "बच्चा! अब देख लेना।"

जमदग्नि उत्तर में हँस पड़ा। उसे डर तो लगता ही न था। विश्वरथ को पिछले दिन की घबराहट फिर हुई। इसने मुझे ही क्यों पटक दिया? ऋक्ष का बल और सुदास की तिरस्कारपूर्ण दृष्टि देखकर अंदर-ही-अंदर वह डर गया; किंतु अपने गुरु का अनुकरण करते हुए उसने सिर उठाया। आँख बड़ी-बड़ी बनाकर उनके-जैसी शांत आवाज निकालने का प्रयत्न करते हुए कहा, "देख ही रहे हैं। भरत और भृगु किसी से नहीं डरते।" सहसा कह तो डाला, लेकिन कहीं अभी ऋक्ष या सुदास एक घूँसा न जमा दे, इस भय से उसका हृदय धड़क रहा था। पर उन्होंने कुछ नहीं किया। इतना ही नहीं, बल्कि वह डरा हुआ-सा दीख पड़ा और चुपचाप वहाँ से चला गया। विश्वरथ के आश्चर्य का पार न रहा। ऐसा क्यों हुआ? उसने अपने शरीर की तरफ देखा, क्या वे घबरा गए?

जमदग्नि ने पास आकर विश्वरथ की पीठ ठोंकी, "शाबाश मामा!" किस तरह उसने शाबाशी पाई, यह तो वह समझा नहीं, पर उसने ऐसा कुछ किया जिससे कि वे लड़के जमदग्नि के मुक्के से भी अधिक उससे घबरावें, ऐसा वह

समझा। वह खुश हुआ और हँसा।

[4]

सायंकाल के समय वह अकेला गुरु की पर्णकुटी के पास अभी हाल में ब्याई हुई कुतिया के सात पिल्लों को देख रहा था। सब सफेद छोटे-छोटे खिलौने-जैसे थे। एक-दो छोड़कर अभी उनमें से किसी की आँखें भी न खुली थीं। कुतिया निडर होकर इन नए आए हुए व्यक्तियों को देख रही थी।

एक छोटा पिल्ला आगे आया। विश्वरथ जमीन पर बैठ गया और उसे पुचकारकर बुलाने लगा। धीरे-से उसने उस पर हाथ फेरा और हाथ में लेकर बगल में रख लिया। सुंदर, सफेद, छोटा-सा जानवर देखकर वह खूब खुश हुआ।

एकदम किसी का चिल्लाना सुनकर विश्वरथ ने ऊपर देखा। एक छोटी लड़की गुरु की पर्णकुटी में से निकली और उसकी ओर देखकर जोर से रोने लगी। वह एक छः-सात वर्ष की गोरी और बहुत खूबसूरत लड़की थी। वह सिर्फ कमर में गाँठ बाँधकर घघरिया पहने थी। विश्वरथ व्याकुल हो उठा।

भीतर से भगवती आई, "क्या है रोहिणी?"

"अंबा! यह लड़का मेरे पिल्ले को लिए जा रहा है।"

विश्वरथ घबराकर बोला, "नहीं, नहीं।"

"नहीं, कुछ नहीं।"—भगवती ने रोहिणी से कहा। "यह तो अपना भाई है। देख, वह तुझे अभी दे देगा। विश्वरथ, दे दे।"

विश्वरथ ने तुरंत वह पिल्ला रोहिणी को दे दिया।

"दोनों बैठकर खेलो। तेरे बच्चों को कोई न ले जाएगा। चुप हो जा।" कहकर भगवती अंदर चली गई।

"विश्वरथ ने कहा, "बैठ जा, इधर बैठ।"

रोहिणी बैठ गई।

"देख, यह दूसरा पिल्ला ले लूँ?"

रोहिणी ने सिर हिलाकर 'हाँ' कह दिया।

विश्वरथ के पास किसी काम में न आनेवाला एक डोरा था। उसने उसे लिया और जैसे रथ में घोड़े जोतते हैं, वैसे ही बच्चों के गले में उसे बाँध दिया

और बोला, ''देख, अपना रथ !'' रोहिणी बहुत खुशी हुई और हँसने लगी, ''हमारा रथ, हमारे घोड़े !''

थोड़ी देर के बाद उसने दो घोड़ों के पीछे एक सूखा हुआ पत्ता बाँध दिया। रथ चलने लगा। दोनों खुशी के मारे कूद उठे।

[5]

रात में घास की बनी हुई चटाई पर पर्णकुटी में चारों लड़के सो गए। अजीगर्त बाहर सोया। थोड़ी ही देर में सब-के-सब मीठी नींद में सो गए, लेकिन विश्वरथ को नींद न आई। घोषा क्या करती होगी ? सत्यवती कहाँ होगी ? अथर्वण फिर कब आएँगे ? पिल्ले और रोहिणी क्या करते होंगे ? यही विचार उसके मन में चक्कर लगा रहे थे। उसने चारों तरफ देखा, सब तरफ अँधेरा था। कोई राक्षस यहाँ आ जाए तो ? वह डर गया। जोर से उसने अपनी आँखें बंद कर लीं, किंतु उसे नींद न आई, न उसका डर ही दूर हुआ। सब-के-सब सो रहे थे। ऋक्ष की नाक में से घुरर-घुरर की आवाज निकल रही थी। इससे उसे डर लगा। जमदग्नि पर उसे बहुत गुस्सा आया। वह कैसा बेफिक्र सो रहा था !

उसे बहुत सूना-सा लगा। कोई नौकर भी न था। कोई अपना आदमी न था, और इतने सब नए लड़कों के साथ कैसे रहा जाएगा ? बहुत-से लड़के तो उससे उम्र में बड़े और होशियार थे। यदि सब उसकी दिल्लगी करेंगे, हँसेंगे और सताएँगे तो वह किससे क्या कहेगा ? वह रो पड़ा। घर भाग निकलने की उसकी एक बार इच्छा भी हुई लेकिन जाता कैसे ? इससे तो यहीं अच्छे ? वह रो रहा था। भय और अकेलेपन के कारण वह जोर से रो पड़ा।

एक परछाईं दिखाई पड़ी और उसकी घबराहट बहुत बढ़ गई थी। वह परछाईं इधर-से-उधर घूम रही थी। उसने रोना रोकने के लिए बहुत प्रयत्न किया, परंतु सब निष्फल हुआ। परछाईं रुक गई और द्वार पर आकर खड़ी हो गई। विश्वरथ ने चीख मारनी चाही, पर उसके गले से आवाज ही न निकली।

''कौन, विश्वरथ रो रहा है क्या ?'' गुरु जी के शब्द सुनाई पड़े।

''नहीं, मैं रोता नहीं हूँ।'' रोती हुई आवाज में विश्वरथ ने प्रत्युत्तर दिया।

''बाहर आ !'' गुरु जी ने आज्ञा दी। विश्वरथ डरता हुआ उठा और बाहर आया। गुरु उसकी अँगुली पकड़कर बोले, ''क्यों रे, सुनसान लगता है ?''

"नींद नहीं आती।" उसने उत्तर दिया।

"मेरे साथ चल!" कहकर गुरु जी उसका हाथ पकड़कर पगडंडी पर होकर, उसे नदी की तरफ ले गए। उसने सोचा कि गुरु जी मुझे पीटेंगे, नदी में फेंक देंगे या कोई असुर मुझे उठाकर ले जाएगा। लेकिन उसका डर जाता रहा। साथ में ही धीरे-धीरे गुरु चल रहे थे और उनके कारण, न मालूम कैसे, साथ में निर्भयता भी चलती थी।

"विश्वरथ! बोल, कैसा राजा बनना चाहता है। गाधि-जैसा या दिवोदास अतिथिग्व-जैसा?"

विश्वरथ ने सोचा, उसके पिता वृद्ध थे और दिवोदास बलिष्ठ होने पर भी ऋचीक को प्रणाम करते थे।

"इन दोनों में बड़ा कौन है?" उसने पूछा।

"बड़ा! तेरे पिता का राज्य बड़ा है, दिवोदास शूरवीर है।"

"किंतु दोनों ही अथर्वण के पैर छूते हैं।" विश्वरथ ने अपनी राय पेश की।

"वे तो ऋषि हैं। मालूम है, उनके पितामह तो कवि उशनस हैं! क्या तू ऋषि होना चाहता है?"

"राजा बड़ा है कि ऋषि?"

अगस्त्य ने नीचे देखा। इस बालक की मनोभावना उनको कुछ विलक्षण प्रतीत हुई, "राजा पृथ्वी को पालता है, ऋषि देवता का आवाहन करता है। तुझे क्या बनना है?"

विश्वरथ को कुछ सूझा नहीं, "दोनों बना जा सकता है?"

गुरु हँस पड़े, "दोनों बनना कुछ आसान थोड़ा ही है? तू राजा बन, जमदग्नि ऋषि बनेगा।" कुछ जवाब न मिला, इससे अगस्त्य ने प्रेम से पूछा, "तू क्या अथर्वण-जैसा ऋषि बनना चाहता है?"

विश्वरथ ने बहुत विचार किया, "आप-जैसा नहीं हो सकता हूँ?"

गुरु हँस पड़े, "हो क्यों नहीं सकता? किंतु अथर्वण-जैसा नहीं होना चाहता?"

"अथर्वण कहते थे कि सब आर्यों में आप ही श्रेष्ठ ऋषि हैं।"

"ऐसा मत समझ!" गुरु मुस्कराते हुए बोले– "मुझसे कहीं बहुत बड़े-बड़े ऋषि हैं।"

विश्वरथ ने पूछा, "बड़े ऋषियों को कौन बनाता है?"

"वरुणदेव की कृपा हो तो हो सकते हैं।"

"वह कैसे मिलें?"

"तपश्चर्या से। तू करेगा?"

"आप करते हैं?"

"मैं नहीं करूँ तो देव मुझ पर कृपा कहाँ से करें?"

"तो मैं भी करूँगा।"

गुरु जी कुछ न बोले और कितनी ही दूर तक चुप रहकर घूमते रहे। साथ ही विश्वरथ भी, तपश्चर्या कैसे की जाए, यह सोचते-सोचते उनके साथ चलता रहा। कुछ देर में दोनों वापस आए और विश्वरथ को तुरंत नींद आ गई।

दूसरे दिन गुरु जी ने विश्वरथ और जमदग्नि दोनों को बुलाकर अलग-अलग आचार्यों के सुपुर्द कर दिया। एक के पास उनको वाणी सीखनी थी, दूसरे से मंत्र-विद्या, तीसरे से यज्ञ-क्रिया और चौथे से शस्त्र-विद्या। जिस प्रकार से व्यवस्था की गई, उसी तरह उनका अभ्यास-क्रम शुरू हुआ। लेकिन उस रात के बाद विश्वरथ को ऐसा लगा कि जैसे गुरु के साथ उसका कुछ खास संबंध है। वह जैसे बोलते और चलते थे, वैसे ही वह उनका अनुकरण करने लगा।

[6]

उनकी पर्णकुटी में वैर-भाव पैदा हो गया था। सुदास और ऋक्ष दूर-दूर रहकर उनकी ओर घूरते थे। जमदग्नि चुप्पी साधे आँखें फाड़-फाड़कर देखता था। विश्वरथ गुरु की नकल करता हुआ सिर ऊँचा उठाए आता-जाता था, लेकिन दूसरे लड़के विश्वरथ से खुश थे। वह भरतकुमार था, अथर्वण का साला था, गुरु जी का दुलारा था, भगवती उसे बुलाती थीं; इन सब कारणों से उसका आकर्षण अधिक बढ़ गया था। अब तक दिवोदास का राज्याधिकारी कुमार सुदास सबमें श्रेष्ठ माना जाता था। अब उसका प्रतिस्पर्द्धी आ पहुँचा। फलतः लड़कों में दो समूह होते देर न लगी और जैस-जैसे मतभेद बढ़ता गया, वैसे-वैसे उनकी पर्णकुटी में वैर-भाव बढ़ता गया।

ऋक्ष वाचाल था। हर बात में कुछ-न-कुछ बोल पड़ने की उसकी बुरी टेव

थी। जब सब चुपचाप सो रहते, तब भी वह हवा से बातें करता था। अपने आप ही बड़बड़ाया करता—'मैं भी कल कुत्ते को दुलारूँगा। देख लेना, क्या बात है? मैं भी खुशामद करूँगा। पीछे से मेरा भी कुछ और प्रभाव पड़ेगा। मैं भी कल से ऊँचा सिर उठाकर फिरूँगा।' इस तरह वह डींग मारता फिरता था। इससे विश्वरथ की घबराहट का ठिकाना न रहता। गुरु जी को कोई गाली दे तो वह क्या करे? बैठा रहे या सामना करके जवाब दे? एक बार गुरु से पूछने की उसके मन में हुई।

किंतु आश्रम में कार्यक्रम इतना व्यस्त था कि समय बहुत जल्दी बीत जाता था। घर भी बिसर गया। सवेरे सूर्योदय से पहले उठकर नदी में स्नान करना, वेदमंत्रों का उच्चारण, हवन-विधि, धनुर्विद्या का अभ्यास, दोपहर को भोजन के बाद कुछ खेल-कूद, पीछे अस्त्र-शस्त्र चलाना सीखना, सायंकाल को घोड़े की सवारी, और समय मिले तो रोहिणी के साथ भी खेलना, यदि कभी भगवती बुलावें तो उनके साथ खाना, नहीं तो लड़कों के साथ; और जब गुरु जी प्रवचन करें, तब जितना समझ में आए उतना पाठ समझ लेना और रात होने पर सो जाना—यही उनकी दिनचर्या थी।

लेकिन सबसे अच्छी बात तो यह थी कि गुरु जी कभी-कभी शाम के वक्त हवा खाने के लिए साथ में ले जाते थे और दोनों नदी-किनारे घूमते थे। ऐसे समय गुरु जी शायद ही कुछ बोलते। प्रायः वह नीची नजर करके ही चलते थे और विश्वरथ उनके पीछे-पीछे गुरु जी के संबंध में विचार करता चलता था। इस तरह गुरु दो-तीन लड़कों में से बारी-बारी से किसी को ले जाते थे। परंतु विश्वरथ को छोड़कर बाकी सब लड़के बहुत बड़े थे। इस तरह गुरु जी उसे घुमाने ले जाते तो वह बड़ा खुश होता।

गुरु जी कभी-कभी सुदास को भी घुमाने के लिए अपने साथ ले जाते थे। लेकिन वह ऐसा घमंडी था कि दिवोदास अतिथिग्व का पुत्र होने के कारण समझता था कि यह अधिकार तो जन्मसिद्ध है। जब उसका गर्व खंडित हुआ तो वह विश्वरथ से ईर्ष्या करने लगा।

सुदास तो एक साल हुआ, तब से पढ़ रहा था और विश्वरथ से उम्र में दो साल बड़ा था। परंतु जमदग्नि और विश्वरथ को अथर्वण के संस्कार प्राप्त थे, इसलिए वाणी, मंत्रोच्चारण तथा यज्ञ-विधि में वे सबसे अधिक पटु थे। सारे

आर्यावर्त में अथर्वण बढ़िया-से-बढ़िया घोड़े रखते थे, इसलिए उनको उनकी सेवा, सँभाल और उपयोगिता का ज्ञान भी था।

जमदग्नि का मन धनुर्विद्या में कम लगता था, लेकिन विश्वरथ ने थोड़े ही दिनों में सुदास की-सी योग्यता प्राप्त कर ली। ऋक्ष तो साधारणतः सभी विषयों में शून्य ही था, और दूसरों की निंदा करने के सिवा उसे और किसी बात में सुख न मिलता था।

जैसे ही विश्वरथ होशियार हुआ, वह आश्रम के लड़कों में बहुप्रिय हो गया। सुदास और ऋक्ष उससे खूब जलने लगे। लड़कों में दो दल हो गए थे। वे बारी-बारी से मौका पाकर एक-दूसरे से मार-पीट करने लगे, पर गुरु जी की धाक के कारण यह बात बाहर न आने पाती।

[7]

कुछ महीनों के बाद अगस्त्य के आश्रम में बहुत-से अतिथि लोग आए। पुरुओं का राजा खेल, जिसके पुरोहित अगस्त्य थे, हमेशा वहाँ आया करता था। पर इस समय तो तृत्सुओं के राजा दिवोदास अतिथिग्व और शृंजयों के राजा सोमक भी आए थे। साथ में भरद्वाज और वसिष्ठ भी थे। कुछ भारी मंत्रणा हो रही थी, क्योंकि गुरु जी की पर्णकुटी में सब लोग एक साथ जमा होते थे और देर तक बातें होती थीं।

लड़कों में तो आनंद छा जाता था। नए आदमी, नए घोड़े तरह-तरह के भोज्य पदार्थ, नई बातें, पढ़ना-लिखना बंद, अब इनको और चाहिए ही क्या?

शंबर नामक एक असुर था। वह बड़ा भयंकर था और आर्यों की गायों और बालकों को चुरा ले जाता था। इतना तो विश्वरथ जानता था, लेकिन नई बातें सुनकर तो वह आश्चर्य में डूब गया।

शंबर दस्युओं का राजा था। वह पत्थर के बड़े-बड़े किलों में रहता था और मनुष्यों को कच्चा-का-कच्चा खा जाता था। उसका रंग अमावस्या की अँधेरी रात्रि की तरह काला था। उसके दाँतों में से खाए हुए मनुष्यों का खून हमेशा बहता रहता था। वह आर्यों पर भूखे भेड़ियों की तरह टूट पड़ता, लोगों को मारता और आश्रमों को आग में जला डालता। इंद्रदेव की दया न होती, तो यह दुष्ट असुर सभी आर्यों को कभी का मार डालता। अगस्त्य मुनि को छोड़कर

उसके सामने दूसरा कोई नहीं लड़ सकता था। पिछली बार तो सुदास के पिता भी उससे हार गए थे। अब सब मिलकर शंबर को मारने का विचार कर रहे थे। ऐसी-ऐसी बातों से विश्वरथ की कल्पनाशक्ति उत्तेजित हो रही थी।

अब उसकी समझ में आया कि रोज रात में गुरु जी अकेले-अकेले क्या विचार करते थे—शंबर को मारने के लिए। विश्वरथ का गुरु जी के प्रति आदर का भाव बहुत अधिक बढ़ गया। उसने सोचा कि जो वह स्वयं जाकर शंबर को मारकर उसका कटा हुआ सिर गुरु के चरणों में ला रखे, तो गुरु बहुत ही प्रसन्न होंगे। वह छोटा था, नहीं तो जरूर ऐसा ही करता, पर क्या करे?

एक दिन कुछ ऐसी ही प्रवृत्ति चल रही थी, और यह बात मालूम हुई कि सभी आश्रमवासियों को दिवोदास के तृत्सुग्राम में जाकर रहना होगा। आश्रम में आनंद मनाया गया। सुदास और ऋक्ष के गर्व का ठिकाना न रहा, किंतु विश्वरथ को सुदास के गाँव में जाना अच्छा न लगा।

[8]

दूसरे दिन सवेरे, बड़े पीपल के थाले पर गुरु जी के साथ तीनों राजे, भरद्वाज और वसिष्ठ बैठे हैं। एक ओर भगवती और आश्रम की दूसरी स्त्रियाँ बैठी हैं। सब लड़के और आचार्य लोग खड़े हैं। दो लड़के आगे बढ़ते हैं, उम्र दोनों की बीस-बीस वर्ष की है। दोनों के हाथों में लंबी-लंबी तलवारें हैं। गुरु की आज्ञा होते ही दोनों आगे बढ़कर एक-दूसरे पर वार करते हैं। सामनेवाला तलवार के वार को अपनी ढाल पर झेलता है। इस तरह काफी देर तक दोनों लड़ते हैं, पर थकते नहीं। अंत में एक के हाथ से तलवार छूट पड़ती है। विजेता आकर गुरु के चरणों में गिरकर प्रणाम करता है और गुरु धन्यवाद देते हैं।

इस तरह आयुध-कुशल शिष्य अपनी होशियारी दिखाते हैं। धनुर्धारी आते हैं और घोड़े पर सवार हो, दौड़ते हुए, सुई को नीचे देखकर निशाना मारने की अपनी दक्षता दिखलाते हैं। बहुत दूर, एक झाड़ पर छः भिन्न-भिन्न रंगों की मटकियाँ एक डोर से बाँधकर डाली में लटकाई गई हैं, और वेग से घूमती हुई उन मटकियों में से जिस रंग को गुरु कहते हैं, वे उसी पर निशाना मारते हैं।

अंत में छोटे लड़कों की बारी आती है। गुरु सुदास को बुलाते हैं। दिवोदास खुश होकर अपने पुत्र का परिचय सबको देते हैं। अपना छोटा-सा तीर लेकर

वह निशाना लगाता है। स्थिर मटकी पर बाण मारने की गुरु जी आज्ञा देते हैं। सुदास तीर छोड़कर उस मटकी को फोड़ डालता है और सब उस पर धन्यवाद की वर्षा करते हैं।

अगस्त्य अब यह प्रदर्शन बंद करवाना चाहते हैं, पर उनकी दृष्टि विश्वरथ पर पड़ती है। उसकी आँखें भी मानो गुरु से प्रार्थना कर रही हैं कि मुझे मत भूल जाइए। तीन मास में इस बालक को क्या आएगा कि वह परीक्षा दे सके। किंतु उसकी यह मौन याचना अगस्त्य के हृदय तक पहुँच गई। इतने छोटे बालक की विचार-सृष्टि से वे मुग्ध हो गए।

''राजन्! क्या अब मैं अपने एक नए शिष्य का परिचय कराऊँ? वह कौशिकराज गाधि का पुत्र है। विश्वरथ, यहाँ आ बेटा!'' सभी भरत-समान प्रतापी प्रजा के भावी राजा को देखते हैं। विश्वरथ आगे आता है और सब थोड़ी देर के लिए चुप हो जाते हैं। उम्र के लिहाज से कद में यह जरूर ऊँचा है; शरीर सुडौल और गठा हुआ, रंग भी गौर वर्ण के आर्यों से और भी गोरा एवं मोहक है। उसका मुख लड़की की तरह कोमल होने पर भी उसकी रेखाओं में रोबदाब की काफी झलक है। उसके सुंदर होंठ बंद हैं। उसकी छोटी-सी सीधी नाक घबराहट को दबाती हुई क्षोभ और उत्साह से फूल रही है। उसकी सुंदर तेजस्वी आँखें स्थिर हैं, मानो पृथ्वी के उस पार देख रही हैं। ललाट पर एक लता की सुकुमार लंबी टहनी के कोंपल के जैसे लंबे लच्छेदार बाल हवा से फर-फर उड़ रहे हैं। उसका मृग-चर्म भी और सबसे कुछ भिन्न प्रकार का बँधा हुआ है। हाथ में उसके तीर-कमान है। वह जोश के मारे जमीन पर कदम भी नहीं रख पाता। मानो वृत्रासुर को मारने के लिए बाल-इंद्र आए हैं—ऐसा ही वह सबको दीख पड़ता है।

जमदग्नि भगवती के पास दौड़ा हुआ जाता है और उनके कान में कुछ कहता है, ''भगवती! यह तो घूमती हुई मटकी पर निशाना लगाता है।'' भगवती आश्चर्य से देखती है। इतना नन्हा-सा लड़का मटकी का निशाना कैसे मार सकता है? ''ना, ना!'' जमदग्नि चुप रहनेवाला न था। बोला, ''उसे आता है। मैं कहता हूँ उसे आता है।'' भगवती जमदग्नि के सीधे स्वभाव और सत्यवाणी से परिचित हैं, तिस पर भी उन्हें विश्वास नहीं होता। कैसे हो सकता है? जमदग्नि जिद करता है—''यह रोज आचार्य के पास लुक-छिपकर

सीखता है ।''

विश्‍वरथ आकर गुरु के पैरों पड़ता है, मानो कामदेव जगत् को जीतने से पहले बृहस्पति के चरणों में गिरता हो, इस तरह । दिवोदास सुंदर सुकुमार बालक को देखता रह जाता है । गुरु जी उसके घुँघराले बालों पर हाथ फेरते हैं–''भरत ! किसका निशाना साधेगा ?''

''जिसके लिए गुरु जी आज्ञा करें ।'' सब जोर से हँस पड़ते हैं ।

''उस मटकी को निशाना लगाएगा ?'' दिवोदास पूछते हैं ।

''जो आज्ञा !''

''बहुत ठीक, तब उस लाल रंगवाली मटकी पर तो निशाना लगा !'' अगस्त्य हँसकरक कहते हैं ।

भगवती बोल उठीं, ''मैत्रावरुण !''

''क्यों ?''

''इस तरह लटकती हुई मटकी पर तीर मारने से विश्‍वरथ की क्या परीक्षा हुई ?''

''तब ?''

''मटकियाँ तो घूमती हुई होनी चाहिए ।''

सब हँस पड़ते हैं । गुरु भगवती के शब्दों का कुछ गुह्‍य अर्थ समझते हैं, ''भरत घूमती हुई मटकी को तीर मारेगा ?''

''जो आज्ञा !'' कुछ लज्जित-सा होकर विश्‍वरथ कहता है । गुरु की आज्ञा हुई । धनुर्विद्या के आचार्य मटकियों को धीरे-से घुमाते हैं ।

''जो सफेद मटकी है, उसे मार, देखें !'' आज्ञा होती है ।

[5]

होंठ-पर-होंठ बंद कर विश्‍वरथ आगे बढ़ता है । छोटा-सा धनुष शान के साथ वह अपने कंधे से उतारता है । तीर खींचकर प्रत्यंचा पर रखता है । नीचे की तरफ देखकर बायाँ पैर जमाता है ।

वह अपनी आँखें मींच लेता है । गुरु जी ने एक बार जो कहा था वह उसे याद है कि कोई कार्य करने से पहले वरुणदेव का स्मरण करना चाहिए ।

बंद की हुई आँख में से उसे वरुणदेव की आँख, सूर्य का अरुण प्रकाश

दीखता है। उसके हृदय में श्रद्धाभाव उत्पन्न होता है। उसकी सहायता करने को देवों में श्रेष्ठ आ गए हैं। वह आँखें खोलता है, परंतु उपस्थित जनसमूह और गुरु जी का सान्निध्य उसे नहीं दिखाई पड़ता; सिर्फ धीरे-धीरे घूमती हुई मटकी दीख पड़ती है। धीरे-से क्यों? तुरंत वह धनुष साधता है और भरत-कुल को शोभा देनेवाले गर्व से आज्ञा करता है—"आचार्य! जल्दी घुमाइए मटकी को।"

उन्हें खबर नहीं कि वह बड़ी आसानी से निशाना मार सकता है, इसलिए गुरु ने मटकियों को धीरे-से घुमाने की आज्ञा की है। फिर भी आचार्य को इस शिष्य में श्रद्धा है। वह आज्ञा की परवाह न कर शीघ्रता से डोरी घुमाते हैं।

पलक मारते धनुष स्थिर हो जाता है, पल-भर में तीर खिंचता है और छूटा हुआ बाण घूमती हुई मटकियों में से सफेद रंग की मटकी को तोड़ देता है। हरेक दर्शक किंकर्त्तव्यविमूढ़ की तरह बैठा-का-बैठा रह जाता है।

गुरु अगस्त्य—आर्यऋषियों में महान् प्रतापी, मौनव्रत जिनको अत्यंत प्रिय हैं, अनेक राजाओं और पुरोहितों पर तप तथा वाणी से जो शासन करते हैं—पल-भर में अपनी स्वस्थता खो बैठते हैं। कभी किसी ने नहीं देखी, ऐसी आतुरता से दौड़ते हैं और विश्वरथ को जमीन पर से उठाकर अपनी छाती से लगा लेते हैं।

विश्वरथ हर्ष के उन्माद में बेभान हो जाता है। 'धन्य है!' 'धन्य है!' को छोड़कर दूसरा शब्द ही उसको सुनाई नहीं पड़ता। गुरु के हाथों में से छूटकर वह भगवती के चरणों में गिरता है। भगवती की आँखों से बराबर आँसू गिरते हैं।

दर्शकों की भीड़ बिखर जाती है। सब कोई विश्वरथ को बधाइयाँ देते हैं। आचार्यगण बारी-बारी से उससे खुशी के मारे उछल-उछलकर भेंटते हैं और उसके मित्रों के मिजाज का तो पार ही नहीं है। वह अपनी पर्णकुटी में जाता है।

ऋक्ष कोने में बैठा-बैठा उसकी राह देखता है, और जैसे ही वह आता है, वैसे ही वह उसके गले लगकर फूट-फूटकर रो पड़ता है। उस समय विश्वरथ को क्या करना, क्या कहना—यह कुछ नहीं सूझ पड़ता। अंत में वह और जमदग्नि बैठते हैं। इन दोनों के बीच में मूक भाषा में भाव-विनिमय हमेशा चलता है। दोनों एक-दूसरे के कंधे पर हाथ रखकर चुपचाप बैठे रहते हैं।

कुछ देर बाद जमदग्नि बोलता है, "मामा! जब हम बड़े होंगे, तब सबसे

ज्यादा जबरदस्त और बलिष्ठ होंगे।''

दोपहर बाद गुरु जी विश्वरथ को बुला भेजते हैं। पर्णकुटी में अगस्त्य और भगवती दोनों ही बैठे हुए हैं।

''विश्वरथ!'' उसकी पीठ ठोककर अगस्त्य कहते हैं, ''मुझे क्या खबर थी कि तू ऐसा चोर है! तूने मुझे बताया भी नहीं कि तुझे इतना आता है!''

''मुझे भी इसकी खबर नहीं थी।''

''यह विनय तो तेरे योग्य ही है, भरत! तू राजाओं में श्रेष्ठ होनेवाला है।''

''भगवन्! वरुणदेव ने मेरी मदद की।''

''वरुणदेव ने?'' आश्चर्यचकित होकर गुरु ने कहा।

''आप ही ने एक रोज कहा था न कि जब वरुणदेव आते हैं, तभी आप कुछ उत्तम कार्य कर सकते हैं।''

''जब सुदास बाण मार रहा था, तब मैंने वरुणदेव से कहा कि गुरु जी से कहो कि मुझे बुलावें, और तुरंत आपने मुझे बुलाया। फिर तीर खींचते समय भी वरुण आए।''

''ऐं! तू यह क्या कहता है?''

''हाँ, मैंने उनकी प्रतापी दृष्टि खुद अपनी आँखों से देखी। मुझसे कहा कि मार, इतने में मैंने तीर मारा और उसी से सही निशाना लगा।''

गुरु थोड़ी देर तक देखते रहते हैं और कुछ विचारमग्न-से अपना सिर हिलाते हैं।

''सत्य बात है। यह सारा प्रभाव तो ऋत के पति वरुण का ही है।''

''भगवन्! इन सब राजाओं का, अथर्वण का, भरद्वाज का, आपका, सबका?''

''हाँ, पृथ्वी पर या अंतरिक्ष में एक भी ऐसी वस्तु नहीं है जो इनके प्रभाव के बिना हिल सके।''

''तब ऋषियों को कोई मारता नहीं, यह भी वरुणदेव के कारण?'' विश्वरथ गहरा विचार करके पूछता है।

''हाँ।''

''इनकी कृपा कैसे हो?''

''ऋत के दर्शन करने से।''

''तब ऋत के दर्शन कैसे हों ?''

''सत्य और तप से।''

जैसे वह इसका रहस्य समझ गया हो, उसने अपना सिर हिलाया—''तब भगवन् ! आपको जब वरुणदेव मिलें, तब ऐसा न कहिए उनसे कि विश्वरथ को ऋत के दर्शन कराइए।''

''जरूर कहूँगा।'' आज उसने गुरु को बार-बार हर्ष के आवेग में आता हुआ देखा था—''जरूर कहूँगा। पुत्रक ! तू ही मुझे और भरतों को तारेगा, ऐसा जान पड़ता है।''

अलौकिक गांभीर्य से वह देखता रहा।

''मैं वरुणदेव से पूछूँगा कि सबको किस रीति से तारूँ।''

[10]

दूसरे दिन सूर्योदय से पहले अगस्त्य का सारा आश्रम खाली हो गया। पहले राजा घोड़ों पर, और ऋषि तथा भगवती रथ में निकले। सुदास, विश्वरथ, जमदग्नि और कुछ बड़ों के लड़के भी रथ में निकले। सारा सामान-असबाब छकड़ों में भरा गया और वह बीच में रखा गया। आसपास गायों के झुंड देखने में आए, और तब घुड़सवारों ने चारों तरफ से घेरा लगाया। बहुत-से छोटे-छोटे लड़के गाड़ियों में बैठे। जो बड़े थे, वे पैदल ही चलने लगे। इस तरह सारा आश्रम मुसाफिरी के लिए निकला।

लड़कों की बड़ी मौज थी। आगे चलकर रथवाले थम जाते। पीछे से गाड़ियाँ धीरे-धीरे आतीं। कभी गाय बैठ जाती, तो दस-पाँच आदमी जाकर उसे उठाते। कभी कोई छोटा लड़का गाय पर चढ़कर बैठ जाता, तो दूसरा दौड़कर उसे उतारता। कभी चार-पाँच गायें जिद पकड़कर भाग जातीं तो उन्हें पकड़ने के लिए घुड़सवार दौड़ा-दौड़ी मचा देते और लड़के हँसी के मारे लोटपोट हो जाते। कोई गाय ज़रा भी दौड़े, तो सभी हैरान हो जाते।

दिन कुछ चढ़ा, तो एक पेड़ के नीचे घोड़े और ढोर छोड़ दिए गए। फिर सब नदी में स्नान करने उतरे। कोलाहल का कुछ पार न था। एक तरफ स्त्रियाँ नहातीं, तो दूसरी तरफ लड़के। कुछ दूर घोड़ों को मनुष्य नहलाते और गायें तथा बैल पानी पीते।

लड़कों के आनंद-किलोल का पार न था। सारा आश्रम इस तरह यात्रा के लिए निकले, यह अनुभव जितना नया था, उतना ही आनंदप्रद भी था। कोई तैरता, कोई डुबकी मारता, कोई कीचड़ फेंकता। सुदास और ऋक्ष अच्छी तरह तैरना जानते थे। वे तैरते-तैरते आगे बढ़ गए। विश्वरथ और जमदग्नि को तैरना अच्छा नहीं आता था, इससे छाती-भर गहरे पानी में खड़े रहकर नहा और खेल रहे थे। पास ही में कुछ-एक आचार्य भी नहाते थे।

धनुर्विद्या का आचार्य भद्राक्ष वहीं नहा रहा था। उसकी दृष्टि सुदास पर पड़ी। ज़रा गहरे पानी में तैरता-तैरता वह ऋक्ष से विश्वरथ के बारे में कुछ कह रहा था। भद्राक्ष ने कल से सुदास का द्वेष भाँप लिया था, इसलिए वह बड़े गौर से देखता रहा।

एकदम सुदास डुबकी मारकर अदृश्य हो गया। भद्राक्ष तैरकर आहिस्ते-आहिस्ते पास आ गया। सहसा विश्वरथ की चीख सुन पड़ी। लड़कों में हाहाकार मच गया। मानो कोई मगर विश्वरथ को पानी में खींच ले गया है, इस तरह वह अदृश्य हो गया। बड़े-बूढ़े दौड़े हुए आए। भद्राक्ष भी दो हाथ फेंककर उसी जगह आ गया। और गोता मारकर अंदर गया। थोड़ा-सा पानी उछला और वह विश्वरथ को लेकर ऊपर आ गया। सुदास भी आकुल-व्याकुल जल से ऊपर दीख पड़ा।

इस आवाज से खिंचकर किनारे पर चले आए अगस्त्य और दिवोदास के चरणों के आगे भद्राक्ष ने शीघ्र आकर, बेहोश विश्वरथ को रख दिया। "भगवन्! आज सुदास ने विश्वरथ को डुबो दिया होता।" कहकर वह सुदास को लाने गया।

अगस्त्य तुरंत घुटनों के बल बैठकर मंत्र पढ़ने लगे। उन्होंने विश्वरथ का पेट मसला, उसके पैर उठाकर पेट पर दबाए, और वरुणदेव का आवाहन किया—

"राजा वरुण! मैं मैत्रावरुण आपको बुलाता हूँ। हे जलपति, समुद्र के शासक! आओ! अपने पुत्र को बचाओ। इसको फिर प्राण दो। देव! मैं अगस्त्य आपको बुलाता हूँ।"

मंत्रोच्चारण करते-करते अगस्त्य जैसे कुछ ध्यानमग्न हों, इस तरह बोलने लगे। विश्वरथ ने उगलकर जैसे ही अंदर का पानी निकालना शुरू किया,

गुरु जी और भी आवेग में मंत्र पढ़ने लगे। एकदम विश्वरथ ने साँस ली और आँखें खोलीं।

"देव! वरुण! कृतार्थ हो गया, मैं तुम्हारा पुत्र," कहकर अगस्त्य विश्वरथ को अपने कंधे पर रखकर, एक वृक्ष के नीचे ले गए। दिवोदास के क्रोध का पार न रहा। थर-थर काँपते हुए सुदास को अपनी तरफ खींचा और जोर से गाल पर दो-चार तमाचे लगा दिए, फिर उसे वसिष्ठ को सौंप दिया और आज्ञा दी, "इस बंधुघाती के हाथ बाँध दो।"

थोड़ी देर में सब मामला शांत पड़ गया और सबने भोजन किया, सिर्फ सुदास को ही एक वृक्ष पर कसकर बाँध दिया गया था। एक तरफ विश्वरथ निश्चल होकर सो रहा था।

बड़ों को मालूम हुआ कि वरुणदेव की कृपा न होती, तो आज भारी विपत्ति आ पड़ती। अगस्त्य तो बिना कुछ बोले ही बार-बार आकाश की तरफ देखकर प्रार्थना करते रहे।

"मैत्रावरुण! अब हमें कूच करना चाहिए।"

"नहीं, अभी देव ने आज्ञा नहीं दी।"

सभी जानते थे कि अगस्त्य वरुण की आज्ञा के बिना एक डग भी आगे नहीं रखते।

"सुदास को खोलकर यहाँ लाओ तो भद्राक्ष!" अगस्त्य ने कहा। भद्राक्ष सुदास को खोलकर ले आए।

"मैत्रावरुण!" दिवोदास ने कहा, "इसे ऐसा दंड दो कि हमेशा याद रखे। इस मूर्ख का सोचा हुआ कहीं हो जाता, तो आज शंबर से लड़ने के बदले तृत्सुओं का भरतों और भृगुओं में युद्ध मच जाता।"

अगस्त्य बड़ी कड़ाई के साथ देख रहे थे—"सुदास!" सुदास थर-थर काँपता हुआ खड़ा था—"बोल, तुझे यह क्या सूझा?"

सुदास क्या जवाब दे? अगस्त्य की भौंहें टेढ़ी होकर ऊपर तक गईं—"खबर है, तू विश्वरथ को मारता, तो क्या होता?" उनकी आवाज भयंकर हुई...

"क्या दंड दूँ?"

एक निर्बल धीमी आवाज आई—"गुरुदेव! इसे कोई दंड न दीजिए।"

भूमि पर बैठते हुए जाग्रत विश्वरथ ने कहा, "मैं जब पानी में घसीटा गया, तो सहस्र सूर्य-जैसा प्रकाश मैंने देखा। उस तेज में वरुणदेव विराजते थे, उनके मैंने दर्शन किए। इस सुदास को दंड मत दीजिए।" अगस्त्य ने भरद्वाज की तरफ देखा और दोनों को एक ही विचार आया, 'यह बालक है या महर्षि ?'

"जा सुदास ! विश्वरथ कहता है, इसलिए आज तुझे छोड़ देते हैं। राजन् ! वरुणदेव की आज्ञा हो गई है, चलो कूच करो यहाँ से।"

सुदास ने अपने को दंड से बचानेवाले की तरफ द्वेषपूर्ण दृष्टि से देखा।

[11]

सब आकर वसिष्ठ और भरद्वाज के आश्रम में उतरे, और दो-तीन दिन बाद विश्वरथ और जमदग्नि को भरतग्राम में छोड़ आए। तृत्सुओं, शृंजयों और पुरुओं ने दुष्ट शंबर के साथ लड़ाई ठान रखी थी। उस युद्ध की उड़ती हुई खबरें छः महीने तक वे लोग सुनते रहे। अगस्त्य मुनि ने किस तरह मरुतों की सहायता पाई, दिवोदास ने किस प्रकार गढ़ जीता, खेल ने किस तरह शंबर के साथ युद्ध किया, सोमक को किस तरह शंबर ने फँसाया—ये सब खबरें जाने-आनेवाले मुसाफिर ले आते थे। उन्हें सुनकर लड़कों का खून जोश के मारे उबल उठता। उन्होंने एक बार गाधि और अथर्वण से कहा कि हमें भी युद्ध करने जाना चाहिए। गाधि ने कहा, "मैं तो बूढ़ा हो गया। विश्वरथ जब बड़ा होगा, तब लड़ेगा।" अथर्वण तो खूब हँसे—"मेरे घोड़े ऐसे फेंक देने को नहीं हैं।"

जब विश्वरथ हिचकिचाता, तो जाकर वरुणदेव से पूछता कि मुझे क्या करना है, पर देव कुछ जवाब नहीं देते। उसने इसी से संतोष कर लिया कि जब बड़े होंगे, तब देखा जाएगा।

चौमासा बीत गया, तब अगस्त्य का निमंत्रण आया—सबकुछ शांत हो गया है और लड़कों को गुरु बुलाते हैं।

भरतों का राजा विश्वरथ

[1]

आज भरतों के ग्राम में मातम छाया हुआ है। लोग अपने-अपने घरों से निकल-निकलकर राजा के महलों की ओर भागे हुए जा रहे हैं। सबके मुख पर शोक छाया हुआ है। बहुत-सी स्त्रियाँ भी विलाप करती, आँचल से आँसू पोंछती हुई उसी तरफ जा रही हैं। सामने नदी-तीर से नावों में बैठ-बैठकर भृगु भी दौड़े हुए आ रहे हैं।

भरतों पर विपत्ति आकर पड़ी है। कुशिक के पुत्र और भरतों में श्रेष्ठ गाधि आज यमलोक सिधार गए हैं।

चालीस वर्ष तक अखंड रूप से इस भरतश्रेष्ठ ने भरतों की उज्ज्वल कीर्ति को और भी अधिक उज्ज्वल बनाया। युद्धों में विजय पाने की अपेक्षा लोगों के हित को उन्होंने अपने जीवन में सर्वोपरि स्थान दिया और इसके फलस्वरूप सारे सप्तसिंधु में भरतों-जैसी विशाल तथा समृद्धशाली एक भी जाति नहीं थी। गाधि के सात्त्विक स्वभाव के कारण बहुत-से राजाओं के साथ उनकी मित्रता थी और शंबर-जैसा दुष्ट अनार्य भी भरतों पर जोर-जुल्म करने की हिम्मत नहीं कर सकता था।

आज कई वर्ष हुए, महाअथर्वण-जैसे प्रतापी ऋषि को इन्होंने अपनाकर, उन्हें नदी के किनारे तीर पर बसाया था। इससे भरतों का युद्ध-कौशल भी सबल बना।

आज इस महात्मा ने देह छोड़ दी है और भरत तो, मानो उनके अपने पिता ही मरे हों, इस तरह की दुःख-गर्भित व्याकुलता का अनुभव कर रहे हैं। राजा हर एक के साथ मैत्री-भाव बरतते थे। इससे प्रत्येक व्यक्ति आज उनके जीवन-प्रसंगों की याद करके रो रहा है।

महल में इस समय शोक छाया हुआ है। श्वेत्र बालों से गौरवान्वित घोषा अपने पति के शव के पास बैठी है। सामने सत्यवती रो रही है। सेनापति प्रतर्दन कुछ लोगों के साथ अग्निसंस्कार की तैयारी में लगा हुआ है।

अथर्वण इसी समय न जाने किस ओर निकल गए हैं। वे कब वापस आएँगे, किसी को इसका पता नहीं। विश्वरथ अगस्त्य के आश्रम में है। उसे बुलाने के लिए कल ही घुड़सवार रवाना हो चुके हैं।

इतने में अथर्वण का मुख्य शिष्य वामदेव आ पहुँचा है। भरतों के अगुआ, मघवन, गाधि के शव को बाँस की अरथी पर बाँधकर ग्राम से बाहर नदी-तीर पर श्मशान में ले जाते हैं। पीछे से रोती, हाय-हाय करती, माथा और छाती कूटती घोषा, सत्यवती तथा दूसरी स्त्रियाँ आ रही हैं और ग्राम के लोग भी रोते-बिलखते उनका साथ देते हैं। दूसरे अग्रणीय योद्धा गाधि के शव को सरस्वती में स्नान कराकर चिता पर सुलाते हैं। उनके वस्त्राभूषण भी उन्हीं के साथ रख दिए जाते हैं और उनके हाथ में उनका धनुष-बाण भी दे देते हैं।

इसके बाद घोषा आँसू पोंछ, चंदन-चर्चित हो, चिता पर चढ़कर शव के पास लेट जाती है। वामदेव मंत्र उच्चारण करते हैं—

''मृत्यु ! जा, दूसरे रास्ते चली जा, दूसरे देवों से भिन्न मार्ग से जा ! तुझे आँख और कान हैं। मैं तुझसे कहता हूँ, जा, अपने रास्ते जा ! हमारे पुत्रों को पीड़ित मत कर !

''जो जीते हैं, वे सब मरे हुए लोगों से पृथक हो जाते हैं। देव हमारा आवाहन सुनेंगे। नृत्य और हास्य की तरफ चलो। मृत्यु ! मैं तेरे आस-पास पत्थर की दीवार बाँधता हूँ। घोषा ! माता ! उठो ! जीवित सृष्टि की ओर पीछे फिरो ! पुत्रों में, पौत्रों में, लौटो। जिसे तुमने वरा था, वह अब निश्चेष्ट पड़ा है। उठो और पीछे आओ !

''इनके हाथ से मैं यह धनुष-बाण ले लेता हूँ। यह हमको शक्ति, तेज और प्रभाव दे ! इसके द्वारा हम अपने शत्रुओं का नाश करेंगे।''

घोषा चिता पर से उठ जाती है। वामदेव धनुष-बाण उठा लेते हैं और शव को संबोधित कर कहते हैं—''जाओ ! सिधारो ! जिस मार्ग से अपने पूर्वज गए हैं उसी मार्ग से। वहाँ दो देदीप्यमान राजा यम और दिव्य वरुण, स्वधाम में आनंद से बैठे हैं, तुम उनसे मिलना। पितरों के साथ मिल जाओ, और यम के साथ मिलना। राजन् ! श्रेष्ठ स्वर्ग में विहार कर तेजोमय शरीर से फिर यहीं पीछे आ जाना।

''चितकबरे, चार आँखोंवाले सारमेय को फाँदकर राजन् ! मार्ग में चले

जाओ और सर्वदर्शी पितरों के साथ जो राजा यम के साथ आनंद भोगते हैं, तुम जाकर मिलो!"

इसके बाद प्रतर्दन एक गौ काटते हैं, और उसके चर्म में शव को लपेटकर अग्नि-संस्कार करते हैं।

वामदेव अग्नि का आवाहन करते हैं—"अग्नि! इन्हें बिल्कुल जलाकर भस्म न करना। इनको तू पितरों के पास ले जाना।"

ऋषि का वचन मानकर अग्नि गाधि को पितृलोक के पथ पर ले जाती है, और राजा यम हर्षित होकर उनका सत्कार करते हैं।

चिता की अग्नि भभककर जल उठती है। शव जलकर राख हो जाता है। वामदेव अग्नि को शांत करता है—"अग्नि! जाओ, जिस स्थान को तुमने जलाया है, उस पर पुष्प उगाना। लहलहाते वृक्षो! इस अग्नि को प्रसन्न रखना।"

गाधि की राख को वामदेव समेटते हैं, और उसे जमीन में गाड़ देते हैं। सब स्त्री और पुरुष आँसू बहाते हुए पीछे आते हैं।

[2]

एक महीना हो गया। अब भरतकुल का राज्य किस तरह चलाया जाए, यह प्रश्न सभी को घबराहट में डाल रहा था। घोषा ने चालीस वर्ष हुए, यहीं रहकर राज्य किया था, इसलिए अब भी राजमाता बनकर राज्य करने का उसका इरादा था। पुत्र अब यहीं रहे और जमाई उसे राज-काज करना सिखाए, यही उसकी इच्छा थी। अथर्वण भी आ गए थे; पर उनकी आयोजना कुछ और ही थी। बचपन से आप कभी एक जगह रहे न थे। साल में छः महीने अपने घुड़सवार लेकर बवंडर, वातचक्र की तरह सारे सप्तसिंधु में वह चक्कर लगाया करते थे। किसी की दवा कर आते, किसी को मंत्रसिद्धि दे आते और जहाँ-कहीं अन्याय होता दीखता, वहाँ अपनी धाक से न्याय दिलाते थे। इनके कारण बहुत-सा अत्याचार बंद हो जाता था और सभी आर्य-जातियाँ इन पर श्रद्धा-भाव रखती थीं। वह इस कार्यक्रम को बदलने को तैयार न थे। वह उदार, खरे स्वभाव के और कुछ उग्र थे। इन्होंने राज न किया था और न करने की इच्छा ही थी। इनकी यह योजना थी कि विश्वरथ यहीं रहे, अगस्त्य को अपना पुरोहित बनाए

और राज्य चलाना सीखे।

विश्वरथ का विचार कुछ जुदा ही था। कुछ वर्षों से अगस्त्य का आश्रम राजा दिवोदास के तृत्सुग्राम की सीमा पर था। दिवोदास ने अगस्त्य की सहायता से थोड़े ही वर्षों में बड़ा प्रताप प्राप्त किया था और उसकी बढ़ती हुई सत्ता के कारण उसके ग्राम का प्रभाव था।

विश्वरथ, अगस्त्य और दिवोदास को बहुत प्यारा था। उसे सीखने को बहुत कुछ बाकी था; इसलिए दो-चार वर्ष अथर्वण की मदद से घोषा राज्य करे और वह तृत्सुग्राम में ही रहे, ऐसी उसकी इच्छा थी। प्रतर्दन और वामदेव की सलाह तो घोषा के अभिप्राय से मिलती थी और इस मतभेद में कोई बीच का रास्ता निश्चित न हो सकने के कारण अगस्त्य को यहीं बुला लिया गया था। वह भी उसी दिन आ पहुँचे थे।

घोषा खिन्नता के अवतार-सी एक तरफ बैठी थी। पास में सत्यवती थी। बीच में अथर्वण और अगस्त्य बैठे हुए थे। सामने विश्वरथ, जमदग्नि, प्रतर्दन और वामदेव बैठे थे। सभी अपनी-अपनी बातें अगस्त्य को समझा रहे थे। मुनि एक अक्षर भी बोले बिना सुन रहे थे।

दस वर्ष में विश्वरथ खूब ऊँचा और खूबसूरत हो गया था। उसके मुख पर उभरती हुई जवानी का तेज फैल रहा था। उसकी आँखें धीर-गंभीर थीं। जमदग्नि अपने पिता के समान दीर्घकाय बन गया था और उसके मुख पर निष्कपट स्वभाव की निर्मलता स्पष्ट दीख पड़ती थी। अथर्वण के शरीर में कुछ ज्यादा फर्क न हुआ था। अगस्त्य के कपोलों पर झुर्रियाँ बढ़ गई थीं और सिर के बाल कुछ सफेद होने लगे थे। सब सुनने के बाद अगस्त्य धीरे-धीरे बोले, "हर एक व्यक्ति अपनी-अपनी दृष्टि से ही निर्णय करने बैठे तो बात का कभी अंत ही न आए। अथर्वण! तुम तो सारे सप्तसिंधु को जानते हो।"

"हाँ!"

"इस तरह कहीं गैरों की तरह अलग-अलग रहा जा सकता है? तुम्हारे यहाँ आकर बसने के बाद भरतकुल कितना बलवान् बना है? तृत्सु कितनी छोटी जाति थी, पर जब से इन्होंने उत्तर पुरुओं और शृंज्यों के साथ मित्रता की, तब से इनका बल कितना बढ़ गया है? और पुरुओं ने यदु और अनुओं के साथ मित्रता की, तब से पुरकुत्स राजा का प्रताप कितना बढ़ गया है?"

"अगर किसी की सहायता से कोई सबल हो जाए, ···" घोषा ने कहा।

"यह तो होगा ही; नहीं तो छोटी जातियों का विनाश हो जाए। इतने वर्षों से लड़ रहे हैं, तो भी अब तक शंबर को परास्त नहीं कर सके।"

"शंबर पर आपके बड़े दाँत गड़े हैं।" हँसकर अथर्वण बोले।

मुनि की आँखों में भयंकर तेज झलक आया, "उसके संहार बिना आर्यों का उद्धार नहीं। नहीं तो किसी दिन यह सबको जड़-मूल से उखाड़कर फेंक देगा।" उनकी आवाज में व्यग्रता दीख पड़ी, पर तुरंत सँभलकर बोलना शुरू किया, "आज विश्वरथ के जोड़ का सप्तसिंधु में दूसरा नहीं है, अगर इसको अब से नहीं रखूँगा तो इसकी शक्ति तलवार की धार की तरह कट जाएगी। प्रतापी पुरुषों के संग में ऐसा बनेगा कि हम लोग चक्रवर्ती ययाति के पराक्रम अपनी आँखों देखेंगे।"

"फिर क्या करना चाहिए?" घोषा ने पूछा।

"जहाँ आर्यों का केंद्र हो, वहाँ विश्वरथ को रखना, यह बात मुझे ठीक जँचती है।"

"पर भरत क्या किसी से कम हैं? हमारा वीर्य क्या कम हैं।" प्रतर्दन ने कहा।

"दूसरों के साथ मेल-जोल करने से शक्ति बढ़ेगी।"

"पर जो कौशिक यहाँ न रहे, तो भरतों में वीरता को कौन प्रेरित करेगा?" सेनापति ने पूछा—"हमारे राजा को तो हमारे ग्राम में ही रहना चाहिए।"

मुनि थोड़ी देर तक चुप रहे, फिर बोले, "जहाँ राजा रहे, वहाँ ग्राम बने।"

"कहाँ?" घोषा ने पूछा।

"हे महिषी! आज दो वर्ष हुए, राजा खेल ने मेरे आश्रम के निकट एक महल बनाया है। शृंजयों में श्रेष्ठ सोमक भी वैसा ही एक महल बनवाना चाहते हैं।"

"पर इससे तो दिवोदास का बल बढ़ेगा। वह प्रतापी राजा होगा।"

"नहीं, अतिथिग्व के साथ किसलिए संबंध है? सिर्फ मेरे ही आश्रम में आज तृत्सुओं, उत्तर पुरुओं और श्रृञ्जयों के प्रतापी वीर मिलते हैं, वहीं आर्य-मात्र की शक्ति और विद्या में वृद्धि होती है।"

"पर मेरा विश्वरथ तो छोटा है। सबके तेज में वह छिप जाए और हम आश्रित बनें?" घोषा ने कहा।

"भगवती !" अगस्त्य ने कहा, "तुम अपने छोटे विश्वरथ को जानती नहीं। अपना महल वहाँ रखो और यहाँ भी रखो। वहाँ रखोगी तो मेरा काम भी सरल हो जाएगा।

"भरत-कुल की सर्वोपरिता तो चलती ही रहे।" प्रतर्दन ने कहा।

"भरत जाति अकेली हो तो सर्वोपरि हो; और सबके साथ बैठे तो उसका कम दरजा हो, ऐसा कहीं हो सकता है? वहीं रहकर विश्वरथ किसी दिन आर्य-राजाओं में श्रेष्ठ बनेगा?"

जैसे यह बात एकदम उनकी समझ में आ गई हो, अथर्वण ने अपने कपाल पर हाथ रखा और जोर से हँस पड़े, "मैत्रावरुण! अब मैं समझा। आप अपने आश्रम को समस्त सप्तसिंधु का केंद्र बनाना चाहते हैं।"

अगस्त्य थोड़ी देर तक कुछ नहीं बोले। पीछे दाढ़ी पर हाथ फेरते हुए धीरे-से कहा, "जो देवों की इच्छा होगी तो यह भी होगा।" उनकी आँखें पल-भर के लिए निश्चेतन हो गईं।

"मैं आपका अभिप्राय समझता हूँ, पर यह बुद्धि किसने दी?" प्रशंसा के भाव से अथर्वण बोले।

"सारी बुद्धि के प्रेरक, राजा वरुण की यही आज्ञा है!" धीरे-से मैत्रावरुण ने कहा।

"विश्वरथ! तू क्या सोचता है?" अथर्वण ने पूछा।

"मैं क्या सोचूँ? आप सब जो कहें वही।"

"पुत्रक! तू भी तो विचार कर। यह सबकुछ तेरे लिए ही तो है।" अगस्त्य ने कहा।

इतने में एक दास आकर हाथ जोड़ खड़ा हो गया। काला, ऊँचा, चपटी नाक का दास इन सब गौरवर्ण वालों में भय से भरे स्वप्न की तरह लगता था। वह हथियार लिए हुए था।

"क्या है?" विश्वरथ ने स्नेह-भाव से पूछा। अगस्त्य कड़ाई के साथ देख रहे थे।

दास ने उसके कान में कुछ कहा।

"ठीक, मैं अभी आता हूँ।"

"यह कौन है?" भ्रूभंगकर गुरु ने पूछा।

"यह तो वृक, हमारा पुराना दास है।"

"इस तरह आप छूट देकर दासों को सशस्त्र फिरने देते हैं, यह ठीक नहीं करते।"

विश्वरथ गुरु को अच्छी तरह जानते थे। दासों को देखकर उनका खून उबल पड़ता था। "यह तो बहुत पुराना और विश्वासी दास है," विश्वरथ ने कहा।

"कोई दास विश्वसनीय कभी देखा है?"

"हमारे यहाँ ऐसे बहुत से हैं।" घोषा ने कहा।

गुरु ने सूत्र पढ़ा, "दास दगा दिए बिना रहेगा नहीं।"

विश्वरथ ने बात बदली, "आज्ञा हो तो मैं और जमदग्नि प्रतर्दन के साथ सभागृह में चले जाएँ। वहाँ मघवन मुझसे मिलना चाहते हैं।"

"अच्छा।" घोषा ने कहा।

"उतावलेपन में कोई वचन न देना!" गुरु ने उसे चेतावनी दी।

[3]

राजा के महल के सामने भरतों के सभागृह में भरतकुल के मघवन, बड़े लोग, एकत्रित हुए थे। ये सब भी इन्हीं बातों की चर्चा कर रहे थे। सभागृह बहुत बड़ा और विशाल था। उसके चारों तरफ छप्परवाला बरामदा था, और बीच का भाग खुला था। उसके बीच में, एक बड़े कुंड में, आग जल रही थी।

यहीं पर आवश्यकता पड़ने पर मघवन मिलते थे, और साधारण तौर पर वहाँ ग्राम के लोग जुआ खेलने या मदिरा पीने के लिए जमा होते थे।

अपनी दीप्ति से देखनेवाले को मुग्ध करता हुआ विश्वरथ उतावला-सा वहाँ आया, पीछे जमदग्नि और प्रतर्दन आए। वह आया तो सभी खड़े हो गए। कुछ वृद्धजन उससे भेंटे। कुछ ने उसको आशीर्वाद दिए। कुछ उसके पैरों से लगे।

वृद्ध संवरण ने, जो ग्राम का मुखिया था, विश्वरथ का सत्कार किया। संवरण गाधि से बड़ा था, और भरतों के ग्राम का कुछ वर्षों से मुखिया था। उसने विश्वरथ को बिठाया और थोड़ी देर तक विश्वरथ के साथ आड़ी-टेढ़ी बातें कीं। अंत में संवरण ने बोलना शुरू किया। उसकी वाणी की धारा सिंधु की

तरह हमेशा बहा करती ।

''भरतश्रेष्ठ ! हम यह क्या सुन रहे हैं ? हे जह्नुओं की कीर्ति के कलश ! हमने ऐसा सुना है कि आप भरतों को छोड़कर विद्याभ्यास में ही लग जाना चाहते हैं। हे कौशिक ! अब हमको इस तरह अनाथ छोड़कर भटकना ठीक नहीं !''

''संवरण !''

''पर हे भरतश्रेष्ठ ! हमारी इतनी तो सुन लो । जो कुछ कहना है संक्षेप में ही कह दूँगा; पर हे कौशिक ! जहाँ तक हमें याद है, हमारे पिता ने पितृलोकवासी परम पवित्र जह्नु...''

''पर संवरण !'' प्रतर्दन ने कहा, ''अभी हमें...''

''हम यही बात कर रहे हैं । हे भरतश्रेष्ठ ! आपके जन्म से पहले एक समय हमारे गाधिराज ने मुझे बुलाकर...''

''संवरण !'' ज़रा हँसकर विश्वरथ ने कहा, ''मुझे समस्त भरतों ने बुलाया, इसका मैं कारण जानता हूँ । अब हमको क्या करना है ? इसमें मेरी एक इच्छा है, भरतकुल की कीर्ति बढ़े, ऐसा ही मुझे करना है ।''

''बहुत ठीक कहा । हे भरतों में श्रेष्ठ ! इन सबको...''

''पर भरतश्रेष्ठ को तो कहने दो ?'' एक जन बोला ।

''मैं सबको...'' संवरण ने कहा ।

''भरतो !'' प्रतर्दन ने घबराकर भारी आवाज में कहा, ''भरतश्रेष्ठ को अभी वापस जाना है, इसलिए सुन लो !''

''मैं इन सबको...'' संवरण ने फिर कहना शुरू किया ।

''संवरण जी ! सुन लो, राजा क्या कहते हैं ।''

विश्वरथ ने बोलना शुरू किया, ''भरतश्रेष्ठो !''

''पर...''

''सुनो !'' प्रतर्दन ने जोर से चिल्लाकर कहा, ''या तो कौशिक विद्याभ्यास को छोड़कर यहीं आकर रहें, या राज्य किसी को सौंपकर विद्याभ्यास पूरा करें, यही बात है न ?''

''हाँ, हाँ, हाँ,'' सब बोल उठे ।

''पर हमारा मत...'' संवरण ने कहना शुरू किया ।

प्रतर्दन ने कंठ ऊँचा कर, मानो संवरण बोलता ही नहीं है, इस तरह कहना शुरू किया, ''मैंने बहुतों के साथ बात की है। भरतों की तो अधिकांश में यह इच्छा है कि कौशिक यहीं रहें। हम अपने राजा के बिना रह नहीं सकते।''

''योग्य है, योग्य है!'' दो-चार लोगों ने कहा।

''भरतो!'' विश्वरथ ने कहा, ''आप लोगों की सम्मति के बिना मैं कुछ करनेवाला नहीं हूँ, पर मैं अभी यहाँ आकर रहूँ तो मेरा विद्याभ्यास अपूर्ण रह जाएगा।''

''हे भरतश्रेष्ठ! आपका तो यहीं रहना योग्य है।'' दूसरे मघवन ने कहा।

''भरतश्रेष्ठ तो भरतों के बीच शोभित हों।'' तीसरे ने कहा।

''भगवन् मैत्रावरुण की ऐसी इच्छा है कि जो मैं उनके आश्रम के पास महल बनाकर रहूँ, तो तृत्सुओं और भरतों के बीच में...''

''क्या तृत्सु...''

''उस दिवोदास के तृत्सुग्राम में...''

''ऊँह, ऊँह...''

''कभी नहीं!''

''किसी काल में नहीं!''

इस तरह अगस्त्य की इच्छा सुनते ही कई लोगों ने विरोध किया।

''भरतश्रेष्ठ! आप देख सकते हैं कि तृत्सुओं के लिए किसी को प्रीति नहीं है।'' प्रतर्दन ने कहा।

विश्वरथ ने ऊपर देखा। उसके मुख पर तेज फैल रहा था। एक ही दृष्टिपात से उसने सबको चुप करा दिया।

''भरतो! आप लोग अलग और फटे-फटे नहीं रह सकते। मैं रहने भी न दूँगा। समझे!''

''पर अभिमानी तृत्सुओं के साथ अपनी नहीं पट सकती।'' एक ने साफ कह दिया।

''तृत्सुओं के साथ रहोगे तो तुम तृत्सुओं के होगे या तृत्सु तुम्हारे हो जाएँगे? भरत क्या ऐसे निःसत्व हो गए हैं, कि किसी के साथ बैठते ही अधम हो जाएँ?'' उसका प्रश्न इंद्र के कोप समान गर्जना कर रहा था। सब चुप हो गए।

''राजन्! हम घबराते नहीं।'' अंत में एक योद्धा ने कहा।

''घबराते नहीं, तो चलो मेरे साथ तृत्सुग्राम। जहाँ हम जाएँगे, वहाँ हमें मित्र और शत्रु रास्ता देंगे।''

''पर...'' संवरण ने कहा, ''हमको तो अपने पूर्वजों की रीति ग्रहण करनी चाहिए।''

''तृत्सु भरतों के रक्षण में रहें या भरत तृत्सुओं के?'' एक ने गुस्से में पूछा।

विश्वरथ के ओठ बंद हो गए। उसका अंग-अंग काँप रहा था, उसकी आँखें दूर आकाश पर ठहरी थीं।

''राजा वरुण! मेरे हृदय में जो कुछ हो रहा है, मैं उसे इन सबको किस तरह समझा सकता हूँ?'' टकटकी लगाकर उसकी ओर देखता रहा। मानो कोई देव उतरे हों, ऐसा चैतन्यमय वातावरण वहाँ उत्पन्न हो गया।

''भरतो! तुम्हारी पुरानी रीति से मुझसे नहीं चला जाता। सबसे दूर-ही-दूर रहकर अपने अभिमान का ही पोषण करना हो तो यह मुझसे नहीं हो सकता। जहाँ दिवोदास-जैसे महावीर गरजते हैं, जहाँ वसिष्ठ-जैसे सत्य की साधना करते हैं, जहाँ अगस्त्य-जैसे महर्षि वरुण को सोम पिलाते हैं, वहाँ... वहाँ मैं रहूँगा। इन सबके सान्निध्य में सबल होने के लिए समय आए... इन सबमें अग्र-स्थान प्राप्त करने के लिए मैं तो वरुण के शासन-प्रमाण चलूँगा। उनकी कृपा से, जो किसी ने अब तक नहीं किया, वह मुझे करना है... नहीं तो मरना है। भरतो! आपको यह अनुकूल न पड़े तो मुझे छोड़ जाओ, अपना दूसरा राजा खोज लो!''

वह खड़ा हो गया। उग्र, ज्वलंत, अंग-अंग में कोपायमान। उसकी दृष्टि आकाश पर ठहरी थी, वरुण के शासन को बाँचती। उसके माथे की मरोड़ में दुर्जयता थी। वे सब स्तब्ध हो गए। एक तिरस्कारयुक्त दृष्टि से सबको परास्त कर, कोपायमान इंद्र सोम को त्यागकर जैसे अदृष्ट हो जाते हैं, विश्वरथ सभागृह से उठकर चला गया।

जब अगस्त्य के पास से लौटकर विश्वरथ आया, तब क्या करना चाहिए, इसका उसने ज़रा भी निर्णय न किया था। पहले तो उसने लोगों को प्रसन्न रखने का संकल्प किया; पर बातें करते समय उसने कुछ और ही अनुभव किया। उसकी नज़र के सामने से वह सभागृह जाता रहा। उसकी आँखों ने अत्यंत प्रकाशमय आकाश देखा। वहाँ उसने क्या देखा, सो साफ समझ में न आया।

मानो आकाश हँस रहा हो ! उसे मालूम हुआ, वरुणदेव उसे आज्ञा दे रहे थे। उसी की आवाज में देव जो कहने लगे, वही उसने कह डाला। उससे कहे बिना न रहा गया। वह चला जा रहा है, इसका भी उसे भान न रहा। बड़े झपाटे के साथ चलता हुआ सरस्वती के तीर जब वह पहुँचा, तब उसे होश आया। क्या हुआ ? क्या किया ? क्या कहा ? उसने बहुत याद किया और घबराता-घबराता अपने बोले हुए बोल, मानो दूसरे के हों, इस तरह फिर बोल गया। वह क्षुद्रता के भार के नीचे दबकर विनम्र हो गया। वरुणदेव ने उसी के मुख द्वारा अपनी आज्ञा प्रकट की थी। अब दूसरा कोई रास्ता ही न था। कितनी बार उसने 'चल-चल' किया, इसका उसे खयाल न रहा; परंतु जब उसका मन शांत हुआ और घर की तरफ लौटा, तब एक पेड़ के नीचे उसने जमदग्नि को खड़ा हुआ देखा। वह उसके पास चला गया। उसका भानजा बड़े आदर के साथ उसकी ओर देख रहा था।

"अग्नि !"

कुछ सम्मानपूर्ण आवाज से जमदग्नि ने कहा, "मामा ! तू तो महर्षि है !"

"न, मुझे कुछ स्मरण नहीं। कौन जाने, कैसे क्या बोल गया ?"

"खबर है, मुझे ऐसा लगा कि देव स्वयं तुझ पर उतर आए हैं ?"

"मुझे भी ऐसा ही लगा। मेरा कुछ कहने का विचार तो न था।"

"अब ?"

"अब क्या ? वरुण की आज्ञा बिना दूसरा कुछ हो सकता है ?"

संध्या हो रही थी। गायें चरकर वापस आ गई थीं। लोगों की टोलियाँ राह में अपने घर के बाड़े के पास खड़ी थीं। आज सब इसे देखकर हमेशा की तरह हाथ जोड़ रहे थे; पर उसके सम्मान में लाड़-प्यार न था, अत्यंत मान-मर्यादा थी।

वह महल के समीप आ पहुँचा। प्रतर्दन अंदर से आ गया था। अब तक यह अनुभवी सेनापति अपने हाथों में पलकर बड़े हुए विश्वरथ को प्रेम से बुलाता था। इस वक्त उसने नीचे झुककर, पूज्य-भाव से नमस्कार किया। विश्वरथ को आश्चर्य हुआ।

वह अंदर गया। परिचारक ने उससे कहा कि पत्नी-सदन में घोषा माता उसको बुला रही हैं। वह जाकर माता से मिला, तो उसके मुख पर अद्भुत भाव

था। घोषा ने उसका माथा सूँघा, "पुत्र ! भरत-कुल को तारना।" और उसकी आँखों में आँसू डबडबा आए। थोड़ी देर बाद वह बाहर पर्णकुटी में मैत्रावरुण का जहाँ डेरा था, गुरु से मिलने गया। अगस्त्य ने हँसकर स्वागत किया।

"धन्य है, विश्वरथ ! तेरा निश्चय सुनकर मैं प्रसन्न हो गया।"

"गुरुदेव ! मैंने निश्चय नहीं किया। मैं बोला भी नहीं, मेरे मुँह से आप-से-आप निकल पड़ा, देव वरुण आकर बोल गए।"

अगस्त्य थोड़ी देर तक तीक्ष्ण दृष्टि से देखते रहे, "विश्वरथ !" उन्होंने गंभीरता से पूछा, "इसका मतलब क्या है ?"

"भगवन् !" नम्रतापूर्वक उसने कहा, "मेरी भी समझ में नहीं आता। मैं तो मानो वरुणदेव का खिलौना हो गया था।"

गुरु ने प्रेम से उसके सिर पर हाथ फेरा, "वत्स ! आर्यों का उद्धार करना और मेरा अधूरा काम पूरा करना !"

विश्वरथ कुछ न बोल सका। उसने विदा ली। आज के इस नए अनुभव से वह बेचैन-सा हो गया था। यह क्या हो गया ? सब उसके सामने पूज्यभाव से क्यों देख रहे थे ?

[4]

तृत्सुगाम में राजा दिवोदास आज उत्सव मना रहे हैं। भरत-कुल-शिरोमणी जह्नुओं में श्रेष्ठ विश्वरथ आज यहाँ आनेवाला है और भरत-वंश के तृत्सु उसका सत्कार करने के लिए बाहर निकले हैं। लोग नए-नए वस्त्रों में रंग उड़ाते, गाते-बजाते, तमाम गाँव में घूम रहे हैं। सायंकाल के समय अतिथिग्व के भवन में आज सबको भोज में शामिल होना है।

अगस्त्य दिवोदास अतिथिग्व के पुरोहित नहीं हैं। फिर भी दोनों में बिना कहे पूरी एकता है। दिवोदास जबरदस्त लड़ाका है, और अगस्त्य की दृष्टि और बुद्धि में संपूर्ण विश्वास रखता है। वह जानता है कि जो बड़प्पन और कीर्ति उसको मिली है, उसका सच्चा मूल कारण मुनि हैं। मुनि के कारण ही उसकी सेना को प्रेरणा मिलती है, उन्हीं के कारण सप्तसिंधु में आज तृत्सुग्राम संस्कार और विद्या का केंद्र गिना जाता है। अगस्त्य को भी दिवोदास-जैसा सीधा, सरल और शूरवीर, अनुयायी मिलना असंभव है। उसी के द्वारा उन्होंने आर्यों का एक

महान् समूह इकट्ठा कर लिया है, और उसी की कृपा से वह शंबर जैसे दस्युराज को हरा सकता है। अगस्त्य विश्वरथ और जमदग्नि के गुरु हैं, यह तो साधारण बात है; पर अब मैत्रावरुण तो भरतों के पुरोहित हुए। तृत्सु जिस जाति की शाखा हैं, वह भरत-कुल का बाल-राजा विश्वरथ, दिवोदास के यहाँ आकर रहे, और जिन जातियों का संगठन दोनों ने किया था, उसमें भरत-जैसी बड़ी और समृद्ध जाति मिले, इससे अधिक दोनों को आनंददायक और क्या होगा?

शंख बज रहे हैं और पताकाएँ फहरा रही हैं। लोग दौड़ते-दौड़ते दिवोदास के महल के सामने इकट्ठे हो रहे हैं। महल के बरामदे पर दिवोदास, अगस्त्य और सुदास प्रतीक्षा कर रहे हैं।

घोड़ों की टापों की आवाज सुनाई पड़ती है। हरेक की आँख सड़क पर लगी हुई है। घुड़सवार आते हैं, एक, दो, पाँच, दस, सौ, तीन सौ! सब कवच पहने हुए हैं, सिर पर टोप लगे हुए हैं, सभी के कंधों पर धनुष-बाण हैं, कमर पर तलवार है। किसी-किसी के हाथ में भाला है, किसी के हाथ में पताका। मानो मरुतगण युद्ध के जोश में चढ़े हों, ऐसे तेजस्वी हैं वे। विश्वरथ सबसे आगे आ रहा है। अथर्वण के प्यारे अश्वराज 'मयूर' के पुत्र को फबे, ऐसी छटा से उसका पूरा ऊँचा दूध-जैसा सफेद श्यामकर्ण घोड़ा थिरक रहा है। विश्वरथ अपने कवच और टोप में युद्ध के लिए सन्नद्ध इंद्र-सदृश शोभित सबको देखकर हँसता है।

महल के आते ही वह एकदम घोड़े पर से नीचे उतर पड़ता है और गुरुदेव के पास जाकर प्रणाम करता है। गुरु उसे उठाकर गले लगाते हैं। वह दिवोदास के पैर पड़ता है और वह भी हर्ष-सहित उससे भेंटते हैं। सुदास को वह नमस्कार करता है और सुदास उसका जवाब देता है। दोनों के बीच में अभी तक सद्भाव पैदा नहीं हुआ। आज जिसे देखकर दिवोदास हर्ष से फूले नहीं समाते, उसे देखकर सुदास द्वेष से विह्वल बन जाता है।

तृत्सु हर्षित हो रहे हैं। इनका भी अभिमान तृप्त हो रहा है। अब तक जह्नुओं के तेज के सामने तृत्सु निस्तेज थे, आज भरतश्रेष्ठ तृत्सुओं का सामंत होने आया है। वृद्ध संवरण की बात ज़रा भी झूठी न थी।

"क्यों, माता प्रसन्न हैं?" अगस्त्य पूछते हैं।

"जी हाँ।"

"प्रतर्दन बराबर देखभाल करता है न ?"

"जी हाँ, उससे क्या कहना पड़ता है ? और अब तो अथर्वण भी वहीं पर रहने लगे हैं ?"

"विश्वरथ ! तू यहीं उतर पड़ ।" दिवोदास ने कहा ।

"अतिथिग्व ! आज्ञा हो तो मैं अपने महल में जाकर पीछे आऊँ । वहाँ जमदग्नि मेरी राह देख रहा होगा और घोड़े भी थक गए हैं ।"

"ठीक है, तो जाकर वापस आना ।" अगस्त्य कहते हैं ।

"जैसी आज्ञा !" कहकर विश्वरथ घोड़े पर चढ़ता है । थिरकता हुआ घोड़ा भरतों के महल की ओर चला जाता है । लोग प्रशंसा-मुग्ध आनंद-ही-आनंद में विश्वरथ की बातें करते हुए जाते हैं ।

[5]

अगस्त्य के विशाल आश्रम में, मुनि की पर्णकुटी के पास बनी हुई छोटी पर्णकुटी में से एक बालिका बाहर आती और अंदर जाती है । वह अधीर-सी हो रही है ।

उसकी उम्र सत्रह साल की है । कद मझोला और रंग गोरा है । लंबे काले बालों की सुंदर गुँथी हुई वेणी दोनों कंधों पर झूम रही है । मोटे सूती लहँगे के ऊपर से एक ओढ़नी ओढ़े हुए है । उसके मुख पर माधुर्य है—शरद् के शीतल शशि के सदृश ।

उसकी आँखों में से जगत् को अपनी स्नेह और विश्वास से आर्द्र करती हुई निर्मल तेज की धारा बहती है ।

वह बाहर आती है, अंदर जाती है, फिर बाहर आती है । कुटी के अंदर चार-पाँच आर्य स्त्रियाँ घर का काम-काज कर रही हैं, पर आज इस बालिका का चित्त ठिकाने नहीं है । उसका चित्त तो आश्रम में भरतों के नए बाँधे हुए महल के बाड़े के खुले हुए भाग पर बार-बार ठहर जाता है । एकदम वह द्वार पर खड़ी-खड़ी स्तब्ध हो जाती है । उसकी आँखें दौड़कर बाड़े के खुले हुए हिस्से पर जा पड़ती हैं । खुले मैदान में एक युवक दौड़ता, हँसती हुई आँखों से उसे खोजता हुआ घुस आता है । उसके तेजस्वी मुख पर निःसीम उत्साह झलक रहा है । वह चला जाता है, बालिका को देखता है, और कूदता-उछलता आता है ।

"रोहिणी !"

रोहिणी खुशी में चार कदम आगे आती है, किंतु फिर पीछे ठिठक जाती है और लज्जित होकर खड़ी हो जाती है। उसकी निर्मल आँखें मूक होकर उसका स्वागत कर रही हैं।

पर्णकुटी के पास से दो कुत्ते दौड़ते हुए बाहर आते हैं और विश्वरथ तथा रोहिणी को झूमा-झटकी से दुलार-प्यार करते हैं। जिस कुतिया के बच्चों की गाड़ी बनाकर विश्वरथ और रोहिणी साथ-साथ खेले थे, उसकी संतान उन दोनों को देखकर, प्रेम से पागल हो जाती है।

दो वर्ष हुए, भगवती ने यमलोक का रास्ता पकड़ा था। और अब रोहिणी अगस्त्य के आश्रम की अधिष्ठात्री है।

दोनों हँसते-हँसते चलते हैं। कुत्ते साथ में खेल करते हुए दौड़े आ रहे हैं।

''आखिर मैं आ ही पहुँचा ! मुझे ऐसा लगा कि घोषा माता मुझे निकलने ही न देंगी।''

''मैं भी तेरी बाट जोहते-जोहते थक गई। कोई कहता था, आज आएगा, कोई कहता था कल आएगा। और तू तो आता ही न था।'' रोहिणी कहती है।

''अरे ! लेकिन अब मैं कौन हूँ ? मैं क्या इस तरह आ सकता हूँ ? वह भरतों का राजा राह में ही पड़ा होगा।''

''हम कबसे इन विचारों के कारण मर रहे हैं।'' नीचा सिर किए रोहिणी देख रही है–''अब तो तू यहाँ आएगा या नहीं, इसका भी विश्वास नहीं था।''

''तू अतिथिग्व के महल में क्यों नहीं आई ?''

''मुझे देखना था कि तू यहाँ कब आता है ?'' मुस्कराकर रोहिणी कहती है।

''ऐसा ? ऐसा जानता तो आता ही नहीं।''

''मैं देख लेती, कैसे नहीं आता।''

दोनों हँसते हैं। उनके निर्मल हास्य को सुनकर आश्रम के वृक्षों के शुक-सारिका पक्षी अपनी कलोलें छोड़-छोड़कर उन्हें देखते ही मूक हो जाते हैं।

''मुझे तो ऐसा लगा कि कोई मुझको यहाँ आने ही न देगा।''

''कैसे ?''

''हमारे भरतों को घमंड बहुत है। तृत्सुराज के यहाँ इनका राजा जाकर रहे, तो नाक कट जाए !''

"फिर ?"

"मुझसे भी 'न' नहीं कहा जाता था। एक बार मुझे सभा में बुलाया; पर वहाँ रोहिणी! मैं तो बेभान हो गया।" विश्वरथ बोला।

"क्या कहता है ?" कुत्ते पर धीरे-धीरे हाथ फेरती रोहिणी बोली।

"हाँ, मेरा होश जाता रहा। मैंने अंतरिक्ष में राजा वरुण को देखा, उनका आदेश सुना। उन्होंने मुझे यहाँ आने की आज्ञा दी।"

"क्या कहता है ? विश्वरथ ! तू पिता जी की तरह देवों के साथ बातें करना सीख गया ? इस तरह तो तू ऋषि हो जाएगा।"

"रोहिणी ! यह क्या मेरे हाथ की बात है ? बहुत बार मुझे देव की आवाज सुन पड़ती है। कभी-कभी उनके दर्शन भी होते हैं। कभी-कभी मुझे आज्ञा भी करते हैं।"

"सचमुच ! यह तो तू पिता जी की तरह बनने जा रहा है।"

"मुझे देव ने आज्ञा की, इसलिए मैं यहाँ आया।"

"देव भी कृपालु हैं। आज्ञा न की होती, तो हम भरतों से कब मिलने आनेवाले थे।"

दोनों एक झाड़ के नीचे बैठ जाते हैं। उनकी गोद में बार-बार सिर रखते हुए कुत्ते भी वहीं खेलते हैं। तीन महीने की कथा कहते-कहते समय बीता जा रहा है।

इतने में सीढ़ी पर से किसी की खड़ाऊँ की आवाज आई। दोनों चौंक पड़े। वृक्षों और लताओं की आड़ में से वसिष्ठ उसी तरफ चले आते हुए दिखाई पड़े।

अगस्त्य से उम्र में दस वर्ष कम होने पर भी वसिष्ठ गंभीरता में उन्हीं के जैसे लगते हैं। उनसे यह कुछ दुर्बल हैं। इनका चिंताशील शांत मुख और स्थिर सरल आँखें इनके व्यक्तित्व को निराला कर देती हैं।

ये राज्य-व्यवहार और युद्ध की अपेक्षा मंत्र-दर्शन तथा तपश्चर्या में ही अधिक संलग्न रहते हैं। आर्यों के समस्त जनपदों में यह तपोनिधियों में अग्रगण्य माने जाते हैं। किसी भी दिन यह असत्य बोले, ऐसा किसी ने नहीं जाना। किसी दिन अपने तप से विचलित हुए हों, ऐसा कोई मान नहीं सकता। स्वर्गीय महर्षियों के सिवा आर्य-संस्कार की ऐसी विशुद्धि किसी ने भी पालन की हो, यह किसी के जानने में नहीं आया। तप और विशुद्धि की जीवित मूर्ति वसिष्ठ

अपने व्यक्तित्व के बल से राजाओं की सेनाएँ, जो नहीं करा सकती थीं, उसे कराते थे।

वह नीचे देखते हुए चले आ रहे हैं। विश्वरथ और रोहिणी खड़े होकर नमस्कार करते हैं। ऋषि नमस्कार लेते हैं और निश्चल नेत्रों से दोनों को देखते हैं।

''क्यों विश्वरथ! आ पहुँचा?'' शब्दों में पूरा वज़न है।

''जी हाँ! आपका तप बढ़ रहा है?''

''हाँ वत्स!'' वसिष्ठ शांत भाव से कहते हैं।

''रोहिणी, तू अब बड़ी हो गई है।'' अपनी आवाज की तीव्रता की धार से दोनों की स्वप्न-सृष्टि को एक ही धाक में छिन्न-भिन्न कर देते हैं। रोहिणी नीचे देखती है। विश्वरथ के हृदय में क्रोध उत्पन्न होता है–''मैत्रावरुण ने तुझे वचन-दान द्वारा सुदास को सौंप दिया है, यह तू जानती है। एकांत में पर-पुरुष का संग तो तुझे त्याज्य होना चाहिए।''

विश्वरथ के अभिमान और मनोरथ के टुकड़े हो जाते हैं। भीतर से उसका जी भड़क उठता है और वसिष्ठ को अपमान-भरा प्रत्युत्तर देने की प्रवृत्ति उसमें जाग्रत हो उठती है। पर शब्द सत्य हैं। रथ के चक्र के नीचे वृक्ष कुचल जाए, इस तरह इस सत्य के नीचे उसके क्रोध की वृत्ति कुचल जाती है।

''मैं पर-पुरुष नहीं हूँ। मैं इसका बालमित्र भाई हूँ।'' क्रोध दबाकर विश्वरथ ने कहा।

''मैं जानता हूँ।'' शांत और स्वस्थ भाव से तपस्वी जवाब देता है, ''पर मनोवृत्ति किस समय दूषित हो जाए, इसे तो देव भी नहीं बतला सकते हैं।''

यह अंतिम वाक्य भी सत्य और भयंकर निकला। दोनों को उसी तरह छोड़कर मानो कुछ हुआ ही न हो, इस तरह तपस्वी वसिष्ठ नीचा सिर किए धीरे-धीरे अपने रास्ते चले जातें हैं। रोहिणी दोनों हाथ मुँह पर रखकर रो पड़ती है। विश्वरथ उग्र और घबराया हुआ वहाँ से शीघ्र चला जाता है।

[6]

विश्वरथ का अभिमान चूर हो गया। वह तो तृत्सुग्राम में विजेता के समान आकर अपनी महत्ता की प्रशंसा बाल-मित्रों के आगे करता था। विजय के उन

धन्य क्षणों में ही वसिष्ठ ने उसको अधमों में अधम अनुभव करा दिया।

उसके क्रोध का पार न था। वसिष्ठ ने उसको दस्यु की तरह अधम गिना था। उसकी अद्विग्नता का पार न था। वसिष्ठ ने जो कहा था, वह बिल्कुल ठीक था। उसे लगा कि वसिष्ठ के सामने वह एक ज़रा-सा छोकरा है। किसलिए? वसिष्ठ के दो वाक्यों ने उसके गर्व और हर्ष को खंडित कर दिया।

रोहिणी सुदास की पत्नी बननेवाली है; इसलिए वह उसकी सहेली नहीं रह सकती, यह बात सच थी। फिर वसिष्ठ ने क्या बुरा कहा? इतने वर्ष हो गए, रोहिणी को वह अपनी बहन मानता था। सत्यवती से मिलने जाते समय जो हर्ष न होता था, उससे अलग होने पर जो उद्वेग न होता था, उतने हर्ष और उद्वेग रोहिणी के संयोग और वियोग से उसे होते थे। वसिष्ठ की बात बिल्कुल खरी थी—उसकी मनोवृत्ति शुद्ध न थी। उसकी आँखों में आँसू भर आए। वसिष्ठ की सत्य-दृष्टि उसके प्रताप का मूल थी। जब तक उसकी सत्य-दृष्टि ऐसी न हो, तब तक हमेशा वसिष्ठ उसको ऐसे जहर के घूँट पिलाते ही रहेंगे। पर रोहिणी फिर न मिलेगी? मिलेगी, पर अकेली नहीं। मिलेगी, पर सखी भाव से नहीं। मिलेगी, पर सुदास की भावी पत्नी के रूप में। वह सुदास की वचनदत्ता न होती, तो वह उसे स्वयं भरतों की महिषी बनाता। पर अब क्या! और अगस्त्य के वचन से कैसे चले? वसिष्ठ का कहना बिल्कुल सच था। वसिष्ठ ने तो आज सत्य दिखाया; पर पक्षियों का पथ देखनेवाले, हृदय का रहस्य समझनेवाले वरुण ने तो इसका अंतर कब देखा होगा! आत्म-तिरस्कार के मारे उसने आक्रंदन शुरू किया। यह वरुण देख लें, तो फिर उसे सबसे बड़ा कैसे बनाएँगे? वसिष्ठ और अगस्त्य, दिवोदास और कुशिक—इन सबसे बढ़कर यशस्वी होने की शक्ति उसको देव कैसे देंगे? इस तरह सोचते-सोचते वह लौटा। अंत में उसने रोहिणी के साथ एकांत में न बैठने का संकल्प किया। और वसिष्ठ की सर्वोपरिता तोड़ने की सामर्थ्य प्राप्त करने के लिए देवों की याचना करता हुआ, वह म्लान मुख और दीन हृदय लेकर अपने महल को लौट आया।

शंबर के पुर में

[1]

सूर्योदय होने की तैयारी थी। सरस्वती के तीर से सलिल-कणयुक्त शीतल पवन बह रहा था। मुनि मैत्रावरुण अपने आश्रम में पर्णकुटी के सामने पेड़ के पास बैठे थे, मानो पेड़ों पर होनेवाले पक्षियों के मनोहर कलरव में वे अपने प्रश्नों का निराकरण खोज रहे हों।

आज पाँच वर्ष हुए रोहिणी बिल्कुल बदल गई थी। उसका हास्य जाता रहा था और शरीर कृश हो गया था। पिता की भक्ति के लिए ही वह जीवित थी। अनेक बार मुनि ने कारण पूछा था, पर खिन्नता के सार जैसी हँसी हँसकर उसने कुछ भी जवाब नहीं दिया था। आश्रम में रहते समय मुनि का समय प्रजाओं के भाग्य-निर्माण में, उनको अपने साथ रखने में, आश्रम की प्रतिष्ठा कायम रखने में और असुर शंबर के साथ लड़ाई की तैयारी करने में बीतता था। वर्ष में छः महीने तक उनको युद्ध में जाना पड़ता था, या आर्यों के मुख्य स्थानों में प्रसंग-प्रसंग पर उपस्थित होना पड़ता था। इसी कारण अपनी पुत्री की तरफ ध्यान देने का समय उनको मिलता नहीं था।

दो वर्ष पहले सुदास के साथ उसका विवाह कर देने की बात हुई थी। उस समय रोहिणी ने व्रत के बहाने उसे टाल दिया था। यह तो स्पष्ट था कि अपना खिलाड़ीपन छोड़कर ऋषियों के कर्मानुष्ठान में वह प्रवृत्त होने लगी थी। उसके बाद एक वर्ष तक दिवोदास और अगस्त्य शंबर के साथ घोर संग्राम में फँस गए थे, इसलिए विवाह का प्रसंग उपस्थित नहीं हुआ। फिर से विवाह की चर्चा निकली; पर इतने में सुदास बीमार पड़ गया और फिर यह बात ज्यों-की-त्यों रह गई। कुछ ही समय बाद दिवोदास ने पक्थों के साथ युद्ध छेड़ा, इसलिए विवाह स्थगित रहा।

अगस्त्य को दिनों-दिन रोहिणी के स्वभाव में परिवर्तन मालूम पड़ने लगा। राजवैभव की उसकी इच्छा कम होती गई। दिवोदास के महलों की तरफ खास कारण बिना जाना भी उसने छोड़ दिया और तप करने में लीन हो गई। उसने

सूती और ऊनी वस्त्र छोड़ दिए, वल्कल पहनने लगी। प्रातः, मध्याह्न और सायंकाल को वह यज्ञ करती। मंत्रों का उच्चारण भी अब उसे सरल हो गया था।

एक दिन अगस्त्य को भान हुआ कि रोहिणी अतिथिग्व की बहू होने के बदले तपस्वी बनती जा रही है। पिता ने पुत्री के साथ बात करने का मौका खोजा। उसने स्पष्ट जवाब नहीं दिया। पिता ने विवाह की तैयारी करने की आज्ञा दी। पुत्री जवाब देने के बदले रो दी।

अगस्त्य को होश आया। सारे सप्तसिंधु की चिंता में उन्होंने अपनी पुत्री की चिंता तक न की! वे रोहिणी को बाल्यकाल से सुदास को अर्पण कर चुके थे। अब यह लड़की जान-बूझकर राजमहिषी बनने की योग्यता को खो रही थी। स्त्री-स्वभाव का उन्हें परिचय नहीं था।

इसका क्या कारण?

रोहिणी ने सरस्वती में स्नान करके, प्रातः-संध्या पूरी की, और पिता के लिए दूध लाई। वह रूपवती थी, पर निस्तेज हो गई थी। उसकी आँखों में दीनता आ गई थी।

''रोहिणी! इतने सवेरे किसलिए उठती है? तेरी तबीयत ठीक नहीं है?''

वह म्लान हँसी हँसी, ''पिता जी, तबीयत अच्छी है। ब्राह्ममुहूर्त्त के सिवा उषा का आवाहन कैसे हो?''

''तू यह क्या करने लगी है? इस तरह तो तू दिवोदास की बहू होने से पहले ही बूढ़ी हो जाएगी।''

''पिता जी! सनातन यौवन तो उषा के सिवा और किसी को नहीं मिला है।'' लड़की ने ज़रा गंभीरता से कहा।

''मैंने सुना है कि लोपामुद्रा को यह नित्य यौवन प्राप्त है।'' अगस्त्य ने हँसाने का प्रयत्न किया।

''पिता जी! सब लोग कहते हैं कि ये भरद्वाज जी तो महर्षि हैं।''

''उनकी बात जाने दो। स्त्री ने आर्य नाम को जितना कलंकित किया है, उतना किसी ने नहीं किया।'' तिरस्कारपूर्वक अगस्त्य ने कहा और दूध पीने लगे।

''पिता जी!'' रोहिणी ने धीरे से कहा, ''कल मुझसे अविनय हो गया था,

उसे क्षमा कीजिए।''

''अविनय ? क्या पागल हो गई है ? अरे ! यह जमदग्नि क्यों दौड़े आ रहे हैं ? इनको हो क्या गया है ?''

गौरवशाली और मितभाषी जमदग्नि पागल की तरह दौड़ते हुए आए, ''भगवन् ! विश्वरथ और ऋक्ष का हरण हो गया।''

''और्व क्या कहता है ? कौन हरण कर ले गया ?'' अगस्त्य खड़े हो गए। रोहिणी पागल की तरह देखती रही।

''शंबर !''

''शंबर ?'' खीजे हुए सिंह की तरह अगस्त्य ने गर्जना की।

एक चीख सुनाई पड़ी। अगस्त्य ने घूमकर देखा, रोहिणी बेहोश भूमि पर पड़ी थी।

[2]

यह घटना रात को हुई। पच्चीस वर्ष की आयु में ऋक्ष अत्यंत स्थूल बन गया था, और उसकी बुद्धि भी उसके शरीर ही की तरह हमेशा यही गुण बतलाती थी। वह अब अगस्त्य के आश्रम में ही था। रात में गरमी थी, इसलिए अपनी देह की विशालता पर हमेशा बहनेवाले पसीने को सुखाने के लिए, वह नदी के किनारे घूमने लगा। थोड़ी दूर गया होगा कि पानी में खड़े होकर देव को अर्घ्य देते हुए विश्वरथ को देखा।

ऋक्ष कुछ वर्षों से विश्वरथ का अत्यंत भक्त बन गया था। उसके पास बैठने, उसी के गुण गाने और उसके काम करने में ही उसका समय बीतता था। अगर विश्वरथ न हो तो तृत्सुग्राम के सभागृह में घी या सुरा के सेवन में भी कभी चूकता नहीं था।

विश्वरथ को देख वह पानी से थोड़ी दूर पर खड़ा हो गया और प्रार्थना करने के ढंग से कहना शुरू किया, ''हे भरतश्रेष्ठ !''

विश्वरथ उसकी तरफ घूमा। उसी क्षण जल में से पाँच बलिष्ठ, भयानक और जबरदस्त दस्यु उछलकर बाहर आए। दो दस्युओं ने विश्वरथ को मुँह में हाथ डालकर पकड़ा और दूसरे दो दस्युओं ने ऋक्ष को इसी तरह पकड़ लिया। दोनों में से एक के भी मुँह से आवाज तक नहीं निकली। दस्युओं ने दोनों को पानी

में खींचा और उन्हें हाथों पर धरकर नदी के पार ले गए।

एक बूढ़ा मछुआ अकेला बैठे-बैठे मछली पकड़ रहा था। उसने पाँच दस्युओं को दो आर्यों को पकड़ पानी के बाहर घसीटते देखा। मारे डर के वह कुछ बोल न सका। उन लोगों ने जहाँ कुछ दूर पर अपने घोड़े खड़े कर रखे थे, वहाँ दोनों कैदियों को वे ले गए। उन्होंने उन कैदियों को घोड़ों पर बिठाकर बाँधा और खुद अपने घोड़ों पर बैठकर सरपट भागे।

मछुआ बहुत देर तक तो घबराहट में ही बैठा रहा। उसका मछली पकड़ने का मन भी न हुआ। जब सवेरा होने को आया, तब वह अपनी छोटी-सी नाव खोलकर उसमें बैठा और नदी के उस पार पहुँचा और वहाँ गया ज़हाँ वह हमेशा भरत की कुटी में मछली बेचा करता था। वहाँ तो उस समय विश्वरथ की खोज हो रही थी। उसने उन लोगों से जाकर सारा हाल कहा। लोग उसे जमदग्नि के पास ले गए। उन्होंने लोगों को खोज करने भेजा, क्योंकि उन्हें धीवर की बात पर विश्वास न हुआ। खोज करने को गए हुए लोगों ने वापस आकर कहा कि पैरों के निशानों की बात सच्ची थी और घोड़ों के पैरों के निशान शंबर के एक गढ़ पर जानेवाले मार्ग में दिखाई पड़ते थे। रास्ते में विश्वरथ के हाथ का सुवर्ण कंकण और ऋक्ष की रुद्राक्ष माला की मणियाँ भी मिलीं। दोनों ने जाते-जाते अपनी निशानी के लिए उन्हें डाला था।

शंबर ने अच्छा मौका पाया था। दिवोदास बहुत दूर पक्थों के साथ छिड़े हुए छोटे-से युद्ध में फँसा था। ऋञ्जयों का राजा सोमक बीमार पड़ा था। पर अगस्त्य रास्ता देखते रहें, ऐसे न थे। उन्होंने दूतों को बुलाकर आज्ञाओं का ताँता-सा लगा दिया। जमदग्नि, जो युद्ध के लायक न थे, भरतग्राम जाकर सँभालें; सेनापति प्रतर्दन जितनी भी हो सके, उतनी सेना लेकर निश्चित स्थान पर चला जाए; राजा खेल सैन्य लेकर तुरंत आ जाए; अथर्वण अपने अश्व सैन्य को लेकर वहाँ आ मिलने की कृपा करें; राजा सोमक जितनी भी हो सके, उतनी सेना भेज दें; राजा दिवोदास पक्थों का समाधान करके चले आए।

अगस्त्य, एक पीपल के पेड़ के नीचे रात में सोनेवाले, कंदमूल खाकर जीनेवाले मुनि, जिनकी संपत्ति सिर्फ एक मृगचर्म, एक दंड और एक कमंडल था, एक दिन में आधी आर्य जाति को आज्ञाएँ भेज चुके थे। शंबर का विनाश होना चाहिए। दस दिनों के अंदर सबके जवाब मिल गए। दिवोदास ऐसे न थे

कि कुछ महीनों में भी आ सकें । प्रतर्दन आप आया । इस बहुत बूढ़े सेनापति को क्रोध आ गया । उसके मन में विचार उठा, शंबर हमेशा भरतों के साथ अच्छा ही बर्ताव रखता था, और इतने वर्षों बाद भरतों के राजा को उठा ले गया । उसने कुल भरतों की तमाम फौज तैयार की; पर अथर्वण को यह पसंद नहीं आया । उसने आना स्वीकार नहीं किया । कहला भेजा कि शंबर की भूल हुई होगी, नहीं तो वह भरतश्रेष्ठ को न उठा ले जाता । उसने शंबर को संदेश भेजा है और वह अब विश्वरथ को छोड़ देगा; और जरूरत पड़े तो शंबर को कुछ देना भी चाहिए । यह सुनकर अगस्त्य का क्रोध और भड़का । शंबर के साथ संधि और उससे लिए हुए किले को वापस देना ! यह कभी नहीं होगा । शंबर के साथ लड़ना ही चाहिए ।

[3]

विश्वरथ को ज्यों ही घोड़े पर कसकर बिठाया गया, त्यों ही उसने अपना कंकण उतारा और ऋक्ष से भी अपनी माल-मणियाँ काट फेंकने को कहा । फिर वह बिना कुछ मुँह से बोले बैठा रहा ।

सूर्योदय होने तक ये सवार घोड़े दौड़ाते जनपदों का रास्ता छोड़कर जंगल की तरफ आगे बढ़े । जब उजाला हुआ, तब विश्वरथ सबको देखने लगा । छः मजबूत और सशस्त्र दस्यु उसके साथ थे। विश्वरथ को वृक ने पाला था, इसलिए उनकी बोली थोड़ी-थोड़ी उसकी समझ में आती थी ।

"कहाँ ले जाते हो, यह तो कहो ।" विश्वरथ ने हँसकर सरदार से पूछा । सरदार छोटा, बहुत मक्कार और बदसूरत लगता था । वह कुछ गंभीर-सा मालूम होता था । उसकी आँखों में बल पड़ गए; और 'क्या-क्या' कहकर उसे चुप रहने का इशारा किया । जवाब में विश्वरथ बड़ी मीठी रीति से हँसा, "सरदार जी ! क्या-क्या से क्या मतलब है ? मेरे हथियार छीन लिए हैं, हाथ-पैर बाँध दिए हैं । जबान से बोलकर मैं भाग कैसे जाऊँगा ?"

सरदार उसके सामने चुपचाप घूरता रहा । "सरदार !" विश्वरथ बोला, "इस तरह घोड़े दौड़ाओगे, तो वे कुछ समय में थक जाएँगे । मेरा वृक कहता था कि शंबर जैसे घोड़े रखते हैं, हम वैसे नहीं रखते, और आपका यह व्यवहार ?"

"व्यवहार !"

सरदार ने जवाब नहीं दिया, पर घोड़ों की हालत देखकर वहीं उतरने की आज्ञा दी। वे सब जंगल में आ पहुँचे थे। पैरों के निशान नाम-मात्र ही के थे। थोड़ी दूर पर एक नाला बहता था। एक बड़े वृक्ष की छाया में असुर उतरे, विश्वरथ और ऋक्ष को उतारा और दो आदमियों के साथ पानी पीने के लिए घोड़ों को भिजवाया।

विश्वरथ एक सुंदर हरी-भरी जगह में जाकर लेट गया। ऋक्ष की धबराहट और दुःख का पार न था, ऐसा उसके मुँह से स्पष्ट हो रहा था।

"ऋक्ष! ऐसी रोनी सूरत क्यों बना ली? ज़रा हँस तो सही। कितना सुंदर वन है! और कितने अच्छे मित्र हैं!"

सरदार आँखें फाड़कर देख रहा था। विश्वरथ ने उससे कहा, "दोस्त! आँखें किसलिए फाड़ते हो? न तो तुम्हीं बोलते हो न मुझे बोलने देते हो। और कुछ नहीं तो अपने राजा शंबर की ही बातें करो। कहते हैं कि वह रोज दो भैंसें, दो स्त्रियाँ और चार लड़के खा जाता है। यह बात ठीक है?" विश्वरथ ने यह इस ढंग से कहा कि सरदार हँस पड़ा।

"तुम्हारे हँसने पर यह बात सच मालूम होती है। वह मुझे सवेरे खाएगा या शाम को?"

सरदार और भी ज्यादा हँसने लगा।

उसने ऋक्ष की तरफ उँगली उठाकर पूछा, "मेरे इस मित्र को पहचानते हो?" सरदार ने सिर हिलाया।

"इसे जौ और दूध के साथ पकाकर खाने से शंबर युवा हो जाएगा, ऐसा मेरी ओर से उससे कहना।"

आखिर सरदार से नहीं रहा गया। "तुम लोगों का क्या यही खयाल है कि हम नर-भक्षी हैं?" उसने हँसकर पूछा।

"यह क्या बकता है?" ऋक्ष ने पूछा।

"यह ऐसा कहता है कि इनका शंबर सवेरे उठकर एक-एक आर्य को जौ और दूध के साथ पकाकर खाता है।"

"हे देव!" ऋक्ष का कलेजा धड़कने लगा। उसने अपनी घोड़े-जैसी लंबी नाक से दीर्घ निःश्वास छोड़ा।

सरदार ने विश्वरथ से पूछा, "तुम अगस्त्य के शिष्य हो?"

"हाँ।"

सरदार ने पूछा, "वह रोज असुरों का रक्त पीते हैं, यह सच्ची बात है ?" अब विश्वरथ हँस पड़ा। शंबर के बारे में जैसे आर्यों में विचित्र कथाएँ फैली हुई थीं, वैसे ही असुरों में अगस्त्य के बारे में फैली थीं। इतने में एक सैनिक कुछ पक्षियों को मारकर लाया और सूखी लकड़ियाँ इकट्ठी करके आग जलाई और उन्हें सेंकने लगा।

सरदार ने पूछा, "तुम्हारा नाम क्या है ?"

विश्वरथ ने अपना कम प्रख्यात कुलनाम बताया, "जन्हु।"

"उसका क्या नाम है ?"

विश्वरथ ने कहा, "कुशाग्र।"

"अगस्त्य का तुमसे क्या संबंध है ?"

"संबंध ? हम तो उनके शिष्य हैं, पर शंबर के पास हम कब तक पहुँचेंगे ?"

"क्या काम है ?"

"मैं अपने प्रिय बंधु शंबर से भेंट करने के लिए तरस रहा हूँ।" विश्वरथ ने हँसकर कहा।

सरदार ने कहा, "प्रिय बंधु ?"

"बंधु के सिवा हमें ऐसे कौन ले जाए ?"

सरदार समझ गया और हँस पड़ा। उसको यह लड़का बहुत पसंद आया—"तुझे ऐसा बोलना कहाँ से आया ?"

"एक असुर ने मुझे पाला-पोसा।"

सरदार ने कहा, "इसीलिए तो तुम हमारे-जैसे हो !"

"मुनिवर ! मैं धन्य हो गया। अपने शिष्य की प्रशंसा सुन लीजिए।" यह कहकर विश्वरथ खूब हँसा।

"यह क्या कहता है ?" ऋक्ष ने घबराकर पूछा।

"यह चपटी नाकवाला कहता है कि शंबर हमें फौरन खाए या कुछ दिन नमक में रखे, तो और अच्छा।" यह कहकर विश्वरथ हँसा।

ऋक्ष नाराज हुआ, "कौन जाने तुम्हें हँसना कैसे आता है !"

"दोस्त ! मरना ही है, तो फिर क्यों न हँस लूँ ?"

[4]

जब शाम होने को आई, तब घुड़सवार जंगल पार करके एक पहाड़ी के पास आ पहुँचे। पहाड़ी के ऊपर पत्थर का एक बड़ा किला दीखता था। रास्ते में विश्वरथ ने सरदार के साथ बातें करके उससे मित्रता पैदा कर ली थी। सरदार का नाम था तुग्र। शंबर बूढ़ा था। उसके चार स्त्रियाँ, सोलह लड़के और नौ लड़कियाँ थीं। उसके पास पत्थर के सौ गढ़ थे। उनमें से मुख्य गढ़ यह था। ये सब बातें उसने सरदार से मालूम कर लीं।

राह में असुरों के गाँव भी मिलते थे। छोटी-छोटी सूखे पत्तों की झोंपड़ियों में अर्द्धनग्न स्त्री-पुरुष रहते थे। वे अधिकतर काले रंग के थे और कोई-कोई ज़रा ताम्रवर्ण थे। वे बहुत बदसूरत और चपटी नाक के थे। घुड़सवारों को आते देख वे इकट्ठे होते और भयंकर हर्षनाद के साथ तुग्र को घेर लेते। सब जमीन पर गिर-गिरकर सम्मान प्रदर्शित करते और खाने के लिए मांस और पीने के लिए पानी देते। तुग्र अपनी स्वाभाविक गंभीरता छोड़कर हँसता और किसी को थप्पड़ मारकर और किसी को पीठ ठोककर अपना प्रेम दिखाता।

जिस पहाड़ी पर शंबर का पुर था, उसके नीचे एक बड़ा गाँव था। वहाँ इनके पहुँचने से पहले, लगभग पचास हट्टे-कट्टे सिपाही ऊँचे चौड़े भाले और चमड़े की ढाल लेकर इनके सामने आए। वे सब एक लंगोटी पहने थे, जुदी-जुदी जात की कौड़ियों की मालाएँ कमर में बाँधे थे, और सिर पर मोर-पंख खोंसे हुए थे। विश्वरथ और ऋक्ष को कैदी की हालत में देखकर शोर मच गया और सब लोग घुड़सवारों के आसपास नाचने लगे। तुरंत गाँव में से स्त्री, पुरुष और लड़के निकल आए और उसी तरह नाचने लगे।

ऋक्ष के तिरस्कार की सीमा नहीं थी। वह नाक सिकोड़कर देखने लगा और मंत्र रटने लगा, जिससे इन नर-पशुओं के हाथ से छुटकारा मिल सके। विश्वरथ दो-चार बार असुरों के साथ युद्ध में लड़ा था, पर उसकी जिंदगी में यही पहला असुर-परिचय था, इसलिए वह बड़ी दिलचस्पी के साथ यह सब देखता रहा। एक बार तो जब सब गोलाकार नाचते-नाचते बहुत शोर मचाकर जमीन पर सो गए, तब तो प्रशंसा-मुग्ध होकर, उसने उनको धन्यवाद भी दिया और उसको दिलचस्पी लेते देख, तुग्र भी उस पर मुग्ध हो गया।

आखिर जब नाचते-नाचते सब थक गए, तब रास्ता दिया, और तुग्र और उसके साथी गाँव में से होकर पहाड़ी पर चढ़ने लगे। गाँव में छोटी-छोटी चटाई की झोंपड़ियों की भरमार थी, और काले, मैले-कुचैले लड़के रास्ते में घूमते-फिरते थे। पर सबकी ओर से तुग्र का सद्भाव देखकर उसका हृदय पिघल गया। खुद प्रतापी भरत श्रेष्ठ, गर्विष्ठ आर्योत्तम, अगस्त्य का शिष्य और देवों को मंत्र से मुग्ध करनेवाला होने पर भी, दुष्ट माने जानेवाले इन असुरों के प्रति उसको तिरस्कार का भाव उत्पन्न नहीं हुआ। उसे भी अपने मन की यह दशा देखकर स्वयं अचंभा हो रहा था।

उनके घोड़े, जो रास्ते से परिचित थे, झटपट पहाड़ी पर चढ़ गए। मार्ग में जितने सिपाही मिलते, सभी तुग्र का सम्मान करते। अंत में वे गढ़ की बड़े पत्थरों की दीवार के पास आए और विश्वरथ ने चारों ओर नजर दौड़ाई। चारों तरफ जंगल दीखता था। कहीं-कहीं असुरों के गाँवों में से धुआँ निकलता दीख पड़ा, कभी-कभी नीचे से असुर समूहों का शोर-गुल संध्या की शांति को भंग करता। इस स्मरणीय स्थल का सौंदर्य देखकर उसको अपार आनंद हुआ। कितना विशाल है यह जनपद और कितने भावुक प्रकृति के हैं ये लोग!

तुरंत उसको अपनी दशा याद आई। तृत्सुग्राम से कितने कोसों दूर, घोर जंगल के बीच, ऐसे भयंकर योद्धाओं से संवृत्त और सुरक्षित स्थल में उसको शंबर कैद रखे, मार डाले या खा जाए, क्या मालूम!

इस बार कोई चारा नहीं। खुद अगस्त्य को खबर नहीं थी कि शंबर का घर कितना दुर्जेय था। बीस-बीस वर्ष की लड़ाई से भी जो थका नहीं, ऐसे भयंकर असुर को अगस्त्य कैसे हैरान करे? उसने वरुणदेव का स्मरण किया। उसने अपना सिर झुकाया और आकाश की ओर चारों तरफ भक्ति-भरी नजर डाली। राजा वरुण से आखिरी विदा ली और वह तुग्र और दूसरों के साथ शंबर के गढ़ में घुसा।

गढ़ बहुत विशाल था। यहाँ भी सैकड़ों छोटी चटाइयों की त्रिकोणाकार मुखवाली झोंपड़ियाँ थीं। बहुतेरी झोंपड़ियों के आगे, वहाँ रहनेवाली स्त्रियाँ, लड़के लेकर बैठी थीं। आग पर कुछ खाने के लिए पक रहा था और अनेक प्रकार के मांस की गंध आती थी। गढ़ के बीच से एक दूसरा पत्थर रखकर एक महल बना था। उस तरफ घोड़ों पर से उतारकर तुग्र इन दोनों कैदियों को ले

गया। दोनों की बेड़ियाँ खोल दी गईं, पर हथकड़ी ज्यों-की-त्यों रही।

महल के पास आने पर कई रक्षक मिले। उन्होंने भी शोर मचाकर इनका स्वागत-सत्कार किया। महल की पत्थर की चारदीवारी के अंदर भी छोटी-छोटी पत्थर की झोंपड़ियाँ थीं। चार ऊँचे पत्थर खड़े करके, दीवार और छत की जगह चटाई बँधी हुई थी।

महल के पीछे से शंख की आवाज आई। इतने में तुग्र उन्हें झोंपड़ियों के बीच से दूसरी ओर ले गया। पीछे पत्थरों के टुकड़ों से बनाई हुई एक गोलाकार खुली हुई जमीन थी। बीच में सौ-सवा सौ स्त्री-पुरुष जमीन पर प्रणाम करते हुए पड़े थे। उन्हें सिपाहियों को सौंपकर तुग्र उस पत्थर के पास गया और सबकी तरफ साष्टांग नमस्कार किया।

विश्वरथ ने देखा। इस गोलाकार स्थान के बीच में एक मनुष्य-प्रमाण बड़े काले पत्थर का लिंग खड़ा किया हुआ था और उस पर सफेद लकीरें खींची हुई थीं। सामने एक ऐसे ही पत्थर का बैल बिठाया हुआ था। बीच में आग जल रही थी। सामने जमीन पर मांस का नैवेद्य रखा हुआ था और उसके नजदीक ही एक डरावना आदमी खड़ा था। इस आदमी के लंबे बाल उसकी कमर तक लटकते थे। उसने खोपड़ियों का हार पहना था और शरीर को लाल रंग से पोत रखा था। उसके एक हाथ में त्रिशूल था और दूसरे हाथ से वह शंखनाद करता था। उसके गले में जीता हुआ साँप लिपटा हुआ था, ऐसा मालूम होता था। विश्वरथ घबरा गया, मानो वह एक भयंकर स्वप्न हो।

उसका मन अगस्त्य के आश्रम में गया। साफ-सुथरे कपड़े पहने हुए दूध-जैसे श्वेत नर-नारी, निर्मल उनके आचार और ऊँचे उनके विचार, तप और सत्य के सतत आचरण से परम विशुद्ध-जैसे ऋषियों का तेजस्वी व्यक्तित्व, घी और चंदन की पुण्य सुगंधि जगत् को प्रेरणामय बनाती, और स्वर्ग को बाँधनेवाले यज्ञ का पवित्र धुआँ, और देवों के दर्शन करके सर्वदर्शी बन गई आँखों से ऋत के रहस्य को खोजते, मंत्रोच्चारण से देवों को पृथ्वी पर लानेवाले, विद्या और वाणी के परम उपासक मैत्रावरुण याद आ गए।

उसी क्षण वह अगस्त्य के जीवन का रहस्य समझ गया। अगस्त्य दैवी थे, शंबर दानवी था। अगस्त्य और शंबर का युद्ध देवों और असुरों का युद्ध था। राजा वरुण और इस पत्थर के लिंग की लड़ाई थी। अगस्त्य के शंबर का

विनाश चाहने के कारण यह था कि इस लिंग का नाश हुए बिना, सप्तसिंधु की, आर्यों की, सिद्धों की और देवों की विजय नहीं हो सकती।

[5]

शंखनाद पूरा हुआ और सब पूजा करनेवाले शोर मचाकर खड़े हो गए और लिंग के आसपास खूब नाचे। उसके बाद उस सर्पधारी पुरुष ने सामने रखा हुआ नैवेद्य का मांस बाँट दिया और सब जाने लगे।

एक लंबा बूढ़ा आदमी उस सर्पधारी के साथ खड़ा था। तुग्र उसके आगे गया और जमीन पर माथा टेककर प्रणाम किया। उसके बाद उसने कुछ बात की और वह बूढ़ा खुश होकर कूदने लगा। उसने तुग्र से कुछ कहा।

तुग्र आकर विश्वरथ और ऋक्ष को उसके पास ले गया। संध्याकाल के क्षीण प्रकाश में और जलती लकड़ियों की अस्पष्ट रोशनी में विश्वरथ ने उस बूढ़े को देखा और मान लिया कि वह शंबर ही होगा।

शंबर साठ-पैंसठ वर्ष का आजानुबाहु और बड़ा बलवान असुर था। उसकी सफेद और घनी दाढ़ी कमर तक लटकती थी। वह भी सबके समान मृग-चर्म की लंगोटी लगाए, ऊपर कौड़ियों की माला बाँधे हुए था। उसके हाथों, सिर और पैरों पर भी कौड़ियों की माला थी और ललाट पर सुंदर मोर-पंखों का मुकुट था। उसके खड़े होने और बात करने के ढंग में गौरव था। उसकी बड़ी, बहादुर आँखें दोनों पर ठहरीं और उसने हँसकर सिर हिलाया।

"अगस्त्य के शिष्य? अच्छा हुआ तुग्र! इनका नाम क्या है?"

तुग्र ने दोनों का, जन्हु और कुशाग्र नाम से परिचय कराया और कहा कि जन्हु उनकी भाषा जानता है।

शंबर ने उससे पूछा, "तू जानता है कि मैं कौन हूँ?"

"आपका रूप बताता है कि आप असुरराज शंबर के सिवा दूसरे कोई नहीं हैं।" विश्वरथ ने मृदु स्वर में कहा।

शंबर खूब हँसा। हँसते समय उसके बड़े-बड़े दाँत बाहर दीखते और उसकी मुद्रा भयंकर हो जाती थी।

"क्यों? मुझे देखकर डर लगता है?"

विश्वरथ जवाब में अपने निराले ढंग से हँसा, "आप ऐसे नहीं दीखते कि डर

लगे। और मैंने सुना है कि आप रोज एक पूरे आर्य को जौ और दूध में पकाकर खाते हैं। इसके बाद डरना भी किसी काम का नहीं।"

पहले तो शंबर उसे बिल्कुल नहीं समझा। तुग्र ने उसे समझा दिया। सिर हिलाकर, एक-एक करके पैर उठाकर एक प्रकार का नृत्य उसने किया, और बहुत हँसा। सबने इसी प्रकार अपनी खुशी दिखाई। उनका आनंद दिखाने का यह एक निराला ढंग था।

"मैं आर्य को जौ और दूध में पकाकर खाता हूँ? हा-हा-हा-हा हो-हो-हो-हो! कौन कहता है?"

"कहता तो मैं हूँ। अगर जिंदा रहे तो देखेंगे कि कल आप क्या करते हैं।" विश्वरथ भी मजाक करता-सा उसी प्रकार हँसने लगा।

एक बूढ़ी औरत ने, जो कि शंबर के पास ही खड़ी थी, पीठ ठोककर कहा, "होशियार लड़के!" वह भी हँसने लगी।

"होशियार लड़का!"

"अगस्त्य कैसा है?"

"बड़े मजे में।"

"और मैं इस बार उसे बिल्कुल ठीक कर दूँगा। वह किसलिए मुझे परेशान करता है?"

"वे कहते हैं कि आप तंग करते हैं।"

"मैं तंग करता हूँ? झूठी बात! वह मेरी प्रजा को मार डालता है, हमारे गाँवों को जला देता है, मेरे किले को ले लेता है। पर इस बार मैं उसको दिखा दूँगा। खैर, इन्हें उस कैदियों की झोंपड़ी में रखो, और भागने की कोशिश करें तो कह देना कि इन्हें बर्छी से छेद डालें।" यह कहकर शंबर उस सर्पधारी के साथ चला गया और बाकी सभी बिखर गए।

तुग्र और उसके आदमी मंदिर के पिछवाड़े में, जहाँ एक पत्थर की दीवार से बनाया हुआ भाग था, वहाँ विश्वरथ और ऋक्ष को ले गए। वहाँ सात-आठ छोटी सुरक्षित झोंपड़ियाँ थीं। उनमें से दो इन्हें देकर और दस-बीस सिपाहियों को वहाँ की देखरेख में नियुक्त करके वे चले गए। चौकीदार भयंकर थे और भाग्य से ही इनसे बातें करते थे। उन्होंने इन्हें अधपका मांस दिया और उसे इन्होंने खाया, और मैली झोंपड़ियों को जहाँ तक हो सका, साफ करके सोने की

तैयारी की। ऋक्ष बैठा, हथेली पर सिर रखे, और फूट-फूटकर रोने लगा। उसका हाथी-जैसा शरीर रोने से विचित्र रीति से ऊँचा-नीचा होने लगा। विश्वरथ हँस पड़ा।

"विश्वरथ! तू हँसा ही करता है। तुझे मेरी ज़रा भी चिंता नहीं। हे भरतश्रेष्ठ! तू ऐसा क्यों हो गया? कल हम मर जाएँगे! मैं दुर्दमन का पुत्र, अगस्त्य का शिष्य, विश्वरथ और सुदामा का मित्र, कल इस दुष्ट असुर के पेट में उतारा जाऊँगा। हे वरुण! हे इंद्र! हे अग्नि! हे मरुतो! यह क्या होनेवाला है? अरे मैं मारा गया! मैं मारा गया!"

"हे अगस्त्य के विशालदेही शिष्य!" विश्वरथ ने ऋक्ष-जैसी आवाज में और उसी रीति से बिना हँसकर जवाब दिया, "मैंने माना कि तू मर गया। मुझे शोक करने दे। हे दुर्दमन के यशस्वी पुत्र! अब अपने बाकी जीवन को इन यम-जैसी काली और गर्भिणी गाय-जैसी मोटी असुर स्त्रियों की गोल आँखों में अर्घ्य देने में ही पूरा कर। हे वत्स! इस भयंकर पत्थर के लिंगदेव के दर्शन करके तू पवित्र हुआ।"

"गुरु जी जरूर छुड़ाएँगे," ऋक्ष ने कहा।

"हे विशालबाहु ऋक्ष! बीस साल हुए, गुरु जी और अतिथिग्व शंबर को जीत नहीं सके। और तेरी और मेरी उम्र पूरी हो जाए, तब तक गुरु जी शंबर को जीतकर हमें छुड़ाएँगे, ऐसी ज़रा भी आशा नहीं है, इसलिए आशा छोड़ और सो जा।"

ऋक्ष रो पड़ा, "हँसी ही किया कर।"

विश्वरथ गंभीर हो गया, "ऋक्ष, तब क्या करूँ? तुम्हें डर लगता है और मुझे नहीं लगता? पर रोने से फायदा हो तब न? बोल! पर एक बात तो मालूम होती है। ऐसा नहीं होगा कि यह हमें मार डालें।"

रात भयंकर थी। कभी-कभी सैनिकों का खर्राटे लेना सुनाई पड़ता था। दूर से भयंकर शोर-गुल भी शांति भंग करता था। झोंपड़ी से बदबू आती थी। विश्वरथ ने वरुणदेव को स्मरण करके आँखें बंद कर लीं और सो गया।

[6]

सूरज निकलने से पहले ही सारे गढ़ में कोलाहल मच गया। कोलाहल और

स्त्रियों की कमर में लटकती हुई घंटियों की आवाज ही सुन पड़ती थी। विश्वरथ और ऋक्ष दोनों बैठ गए और देखा कि गढ़ की औरतें उन्हें देखने के लिए जमा हुई हैं। ठिगनी, नाक चपटी, काली-कलूटी और बदशकल अर्द्धनग्न सुंदरियों का समूह देखकर दोनों की रही-सही रसिकता भी सूख गई।

''भरतश्रेष्ठ! रोज इन देवियों के दर्शन करने की अपेक्षा तो यही बेहतर होगा कि शंबर हमें खा जाएँ।'' ऋक्ष ने कहा।

''हे दुर्दमन का संड-मुसंड सपूत! मेरा तो ऐसा विश्वास है कि दो दिन में इन सुंदरियों के दर्शन के बिना तू विह्वल हो जाएगा।''

ऐसा न था कि इतनी भी देर लगती। एक ढीठ लड़की ऋक्ष के खूब मोटे शरीर को टकटकी लगाकर देखती रही। उसको देखकर ऋक्ष ने अपनी एक आँख बंद कर ली। सब स्त्रियाँ जो वहाँ खड़ी थीं, शोर-गुल के साथ कूदने लगीं।

विश्वरथ बातें करने लगा—''बहन! आप क्या देखती हैं?''

एक ज़रा मोटी थी। वह उसको अपनी भाषा में बोलते देखकर अचंभे में आ गई। जिसे उसने बहन कहकर पुकारा था वह बहुत खुश हुई।

''तू इतना गोरा कैसे है?''

विश्वरथ हँसा। उसकी हँसी आर्य सुंदरियों के दिल को भेदने के लिए काफी मशहूर थी। उसने यहाँ भी अपना मान कायम रखा। इतने में स्त्रियाँ दूर खिसक गईं और तुग्र आया। उसके साथ बीस-इक्कीस वर्ष की, सबसे ऊँची, मोटी और ज़रा साँवले रंग की एक स्त्री आई। सब स्त्रियों ने जमीन पर लेटकर उसका स्वागत किया।

उस स्त्री की आँखें गोल और चमकीली थीं। उसकी कमर बहुत ही पतली थी। उसका माथा तो मानो नाचनेवाला मोर का हो, ऐसा मालूम होता था।

तुग्र ने पूछा—''क्यों जी? कैसे हो? ये सब क्या पूछती हैं? लड़कियो! क्या पूछती हो?''

जिसने पहले प्रश्न किया था उस स्त्री ने कहा—''मैं पूछती हूँ कि तू इतना गोरा क्यों है?''

नई आनेवाली लड़की अपनी श्वेत दंतावली दिखाकर हँसी, और मधुर स्वर में पूछा, ''इसने क्या कहा?

विश्वरथ कुछ मजाकिया ढंग से देखता रहा—"कहूँ? मैं रोज दो बार नहाता हूँ। आप कितनी बार नहाती हैं? बतलाइए।"

"रोज दो बार?" खिलखिलाकर सब हँस पड़ीं।

"हम रोज नहाएँ तो बीमार न पड़ें।" उस सुंदरी ने कहा। उसके बोलने के ढंग में मिठास थी।

"नहीं, उलटी गोरी होंगी।" कहकर विश्वरथ हँसा।

तुग्र ने उन्हें जो चीज चाहिए थी, वह दे दी और वहाँ से सब चली गईं। दोनों ने अपनी झोंपड़ी धो-धोकर साफ की और नहाए। ऋक्ष ने भोजन बनाया और दोनों ने खाया।

शाम को तुग्र उन्हें बुलाने आया। उस गोलाकार पत्थर के मंदिर में फिर सब इकट्ठे हुए थे। यह मंदिर दासों की अग्निशाला और सभागृह था और शंबर यहीं सबसे मिलता भी था। आज, जिसको सब उग्र-काल कहते थे, उनके लिंग के आगे एक लड़का पड़ा था और वह पहला सर्पधारी और दूसरे पाँच-छः आदमी उसके आसपास ऐसा शोर मचा रहे थे कि जिंदा आदमी भी मर जाए।

"यह कौन है?"

"दस्युराज का पौत्र गढ़ से उतरते समय गिर पड़ा और मर गया। भैरव भूतनाथ इसको जिलाएँगे।" तुग्र ने कहा। ऐसा मालूम हुआ कि उस सर्पधारी को भैरव नाम से पुकारा गया।

भैरव कुछ देर तक रुका-सा रहा और फिर जोर से अपना सिर हिला-हिलाकर शंबर से कहा, "उग्रदेव इसको लौटाने से इनकार करते हैं।"

स्त्रियाँ रो पड़ीं और छाती पीटने लगीं।

विश्वरथ को इस उग्रकाल के अज्ञान, भैरव और उसके पूजकों पर गुस्सा आ गया। पर इतने में उसकी नजर एक स्त्री पर पड़ी। वह उस मृतक लड़के की माँ जान पड़ी, जो छाती फाड़-फाड़कर रोती थी। उसका रोना देखकर उसका गुस्सा कम हो गया। उसे अपनी घोषा माँ का प्रेम याद आ गया। उसने आँसू-भरी आँखों से ऊपर देखा—'वरुणदेव, मैं क्या करूँ?' आकाश हँसा। देव ने उसे आज्ञा दी।

उसने असुर से कहा—"तुग्र! शंबर से जाकर कह कि अगर वह राजी हो तो

मैं इस लड़के को देखूँ। मर तो गया ही है। देखूँ कि मुझसे कुछ होता है।"

तुग्र ने जाकर शंबर से कहा। शंबर ने भैरव से कहा। उसने आनाकानी की। स्त्रियों ने हठ किया और आखिर विश्वरथ को आज्ञा मिली।

अश्विनों के प्यारे मुनि अगस्त्य का शिष्य और अथर्वणों में श्रेष्ठ ऋचीक की मंत्र-विद्या का अभ्यासी, विश्वरथ अपनी झोंपड़ी में वापस जाता है। वह नहाता है, नया मृगचर्म पहनता है और वापस आता है। लंबी और रूपवान् उसकी देह बिखरी हुई जटाओं से बहुत ज्यादा शोभती है। यह झूमता हुआ आ रहा है। सब श्वास रोककर इस विचित्र नौजवान को देख रहे हैं।

उस लाश के पास आकर वह खड़ा हो जाता है, और हाथ जोड़कर अश्विनों का आवाहन करता है। मंत्रोच्चारण करनेवाला इसका ऊँचा, मधुर स्वर, भयंकर शोर-गुल ही से भयंकर बननेवाले उस वातावरण को विशुद्ध करता है। वह ऊपर देखता है। बीच-बीच में एक-आध स्त्री रो पड़ती है। शांति। उसकी आवाज में शक्ति आती है। सब चुप हो जाते हैं।

मंत्रोच्चारण करते-करते, वह उस लड़के की लाश के पास बैठ जाता है और अश्विनों का आवाहन करते-करते उसके चेतनाहीन मुख के सामने देखता है। लड़के के कपाल में सख्त और भारी चोट लगी है और उससे खून की धारा बह रही है। युवक पानी और भस्म माँगता है और पानी की अंजलि से लड़के पर छींटे मारता है। पिछले दिन खुद पहनने को जो कपड़ा लाया था, उसको फाड़कर वह लड़के का माथा बाँधता है और सारा शरीर पानी से धो देता है।

"अश्विनो! देवो! मैं विश्वरथ, गाधि का पुत्र, अगस्त्य का शिष्य, आपको बुलाता हूँ! देवो आओ, इसको जीवित करो!"

वह राख लेकर उसकी छाती और पैरों पर लगाता है। मंत्र-पर-मंत्र उच्चारते, वह आग्रह करके देवों को बुलाता है।

अस्त होते हुए सूर्य का लाल-लाल प्रकाश उस मंदिर में अर्द्धनग्न अलग-अलग श्रेणियों में खड़ी हुई कुरूप नारियों की काली-काली देहों पर और उग्रदेव के बड़े लिंग पर पड़ रहा है। सूरज की एक किरण उस लड़के पर भी पड़ती है।

कौशिक खड़ा होकर मंत्रोच्चारण करता है, हाथ जोड़ता है।

ऐसा मालूम होता है कि लड़का हिल रहा है। सब देखते रहते हैं। विश्वरथ

फिर हाथ जोड़ता है। लड़का धीरे-धीरे आँख खोलता है।

सब असुर कोलाहल करके नाचने लगते हैं। मंत्रोच्चारण के ध्यान में आवाहन की प्रेरणा से देदीप्यमान, विश्वरथ कड़ी दृष्टि से कहता है–'शांति !' उसकी भयंकर आवाज गूँज उठती है और सब-के-सब आश्चर्य में डूब जाते हैं।

वह बैठ जाता है और लड़के को गोद में लेकर उसका शरीर साफ करता है। लड़का रो उठता है–"असुरराज !" विश्वरथ शंबर से कहता है, "इसको किसी साफ-सुथरी और अच्छी हवादार जगह में सुला दो। देवों ने तुम्हारा पौत्र वापस दिया है।"

भैरव का डरावना मुख और भी भयानक हो उठता है–"उग्रकाल के पास से शव को छीन लानेवाले मूर्ख ! तुझ पर और हम पर इसका कोप फट पड़ेगा।"

विश्वरथ उसी तरह जोर से जवाब देता है–"अरे सर्पधारी ! जीवदान देनेवाले देव सदा प्रसन्न हैं।"

रात को ऋक्ष नाराज हो गया–"विश्वरथ ! क्या किया है ? देवों की विद्या की इन दुष्ट अधमों पर परीक्षा की ?"

"ऋक्ष ! देवों की विद्या मैंने देव की आज्ञा के अनुसार ही उपयोग की है।" उसकी आवाज में गांभीर्य था। यह सुनकर ऋक्ष चुप हो गया।

विश्वरथ का अब अंग-प्रत्यग काँप रहा था। उसने देव का आवाहन किया। देव आया और असुर को भी उभारा। उसको गर्व तो बहुत हुआ। अगस्त्य और अथर्वण की तरह वह उस लड़के को यमलोक से वापस लाया था। पर गर्व का दूसरा कारण भी था। अश्विनों ने उसके मंत्र पर, इस अनार्य को, असुर को, बचाया था। अगस्त्य के पास उसने सीखा था कि देव सिर्फ आर्यों पर ही कृपा रखते हैं, उन्हीं को बचाते हैं और असुरों, अनार्यों का विनाश करते हैं। यह क्या सच्ची बात है ? तो देवों ने आज अनार्य पर कृपा किसलिए की ? असुर को क्योंकर बचाया ? देव किसके–आर्यों के, अनार्यों के या दोनों के ?

इस तरह के विचारों में डूबा हुआ विश्वरथ सारी रात सोया तक नहीं।

[7]

दूसरे दिन उसका मान बढ़ गया। सवेरे फिर नकटी सुंदरियों का जमघट जमा

हुआ, पर कल से ज़रा भिन्न रीति से। आज इनके आदर का पार नहीं था। उसको देखकर सब जमीन पर लेटीं और फिर उठीं। हरेक औरत उसको एक-एक मोर-पंख दे गई। विश्वरथ बड़ा आदमी बन गया था।

विश्वरथ ने देखा कि आज ज्यादा स्त्रियाँ नहा-धोकर आई थीं। एक ने तो कहा भी—''आज नहाई हूँ।''

''तो आज कितनी सुंदर लगती है?''

दूसरी ने पूछा—''अगर मैं रोज नहाऊँ, तो आपके-जैसी हो जाऊँ?''

ऋक्ष ने कहा—''कल की अपेक्षा आज ये अच्छी लगती हैं।'' और उसको इसमें मजा मिलने लगा।

तुग्र आया और उस लड़के को देखने के लिए विश्वरथ को ले गया। वहाँ एक बड़ी झोंपड़ी में वह सोता था। विश्वरथ के जाने पर सारा राजकुटुंब वहाँ देखने को मिला। उसने लड़के को साफ किया, दूसरी पट्टी बाँधी और फिर मंत्रोच्चारण किया।

जब वह लौटा, तब झोंपड़ी में दो मंच और कुछ बाघों और हिरनों के चमड़े आ गए थे। शंबर उसका स्वागत करनेवाला था।

रोज सवेरे उसकी कुटी के आगे मोर-पंखों के ढेर लगने लगे। अब तो कोई-कोई विश्वरथ की सलाह लेने के लिए भी बैठता। कभी-कभी किसी को कुछ हो जाता तो शंबर विश्वरथ को बुलाता, पर जब सर्पधारी उससे मिलता, तब द्वेष-भरी आँखों से उसको देखता रहता।

कुछ दिन बाद तुग्र आकर ऋक्ष को ले गया और आज शंबर उसे जरूर खा जाएगा, ऐसा सोचकर वह थर-थर काँपकर हक्का-बक्का रह गया। इसका क्या कारण है, यह विश्वरथ भी नहीं समझा।

कुछ देर बाद ऋक्ष हँसता-हँसता, मोटा शरीर जैसे फूट पड़े, वैसे हाँफता आ गया—''तेरा वह तुग्र मुझे शंबर के पास ले गया। समझ ले कि शंबर से भेंट ही हुई है। और एक बड़ा मोर-पंख दिया और यह कौड़ियों की माला दी। और दरवाजे तक पहुँचाने आया।''

''ओहो! तू तो बड़ा होशियार निकला।'' विश्वरथ ने कहा।

पर यह आश्चर्य-भरी घटना यहीं तक न रुकी। तुरंत कुछ आदमी आए और सामने की दो झोंपड़ियाँ तोड़कर एक चौड़ी झोंपड़ी बनाई। उसमें मंच और

चमड़े लाकर डाले। दो पुरुष और दो स्त्रियाँ आकर झोंपड़ी सजाने लगे। हर तरह के खाने के सामान आए और तुग्र आकर खुश हो गया। ऋक्ष को इस झोंपड़ी में रखा। जब ऋक्ष ने वहाँ अकेले जाने से इनकार किया, तब विश्वरथ को भी वहाँ रखा।

तुग्र ऋक्ष के साथ बहुत ही आदरपूर्वक बातचीत करता और कुशाग्र कहकर बार-बार पुकारता। यह कैसे हुआ, यह दोनों में से एक ने भी नहीं जाना। पर एक बात साफ हुई कि ऋक्ष जो अनमना-सा रहता था, वह खुश हो गया।

शाम को तुग्र आकर हकीकत कह गया–''मैं अगस्त्य के पास जाता हूँ। तीन दिन में लौटूँगा।''

दूसरे दिन सवेरे इस सम्मान का रहस्य समझ पड़ा। शंबर ने दोनों को बुलाया। अपनी झोंपड़ी में जिस मंच पर खुद बैठा था, वहीं उसने ऋक्ष को 'कुशाक' कहकर बिठाया। विश्वरथ सामने बैठा, और शंबर ऋक्ष के साथ बातचीत करने लगा।

''कुशाक! अपने पिता के मर जाने पर आप अपने गाँव में क्यों नहीं रहते?''

विश्वरथ यह गड़बड़ समझ गया। उसने ऋक्ष को 'कुशाग्र' नाम दिया था। और 'कुशाग्र' को 'कौशिक' मानकर शंबर ऋक्ष को भरतों का राजा मानता था। विश्वरथ ने सोचा कि क्यों न यह गड़बड़ चलने दे–ऋक्ष खुश रहेगा और खुद ज्यादा बचकर रह सकेगा।

उसने ऋक्ष से पूछा–''शंबर पूछता है कि रात को नींद कैसी आई थी।''

नए-नए मिले आदर और महत्त्व के रोब से ऋक्ष ने प्रश्न किया–''इससे कहो कि इसकी झोंपड़ियाँ क्या आदमियों के लिए हैं?''

विश्वरथ ने बिना हँसे शंबर को जवाब दिया–''कुशाग्र कहता है कि मेरा अभ्यास पूरा नहीं हुआ, इसलिए मैं अपने गाँव में नहीं रहता।''

इस तरह बातचीत बहुत देर तक चली।

शंबर-कन्या

[1]

तीन दिन बाद तुग्र वापस आया। वह कुछ नए समाचार लाया था, क्योंकि थोड़ी देर में सारे गढ़ में कोलाहल मच गया था।

कुछ देर में एक सैनिक दोनों को बुलाने के लिए आया और दोनों शंबर के झोंपड़े में गए। वहाँ बहुत-सी भीड़ इकट्ठी हो रही थी। बड़े-बड़े योद्धा हथियार लेकर खड़े थे।

शंबर ने ऋक्ष को जगह दी और गंभीर होकर कहा—"अगस्त्य को तो युद्ध ही चाहिए।"

"कैसे?" विश्वरथ ने दुभाषिए के रूप में पूछा।

"मैंने तुम दोनों के बदले अपने बारह गढ़, जो उन्होंने छीन लिए थे, वापस माँगे, पर उन्हें तो युद्ध ही चाहिए। इस बार मैं ऐसा युद्ध करूँगा कि अगस्त्य के छक्के छूट जाएँगे।"

विश्वरथ कुछ हँस दिया—अगस्त्य मुनि के छक्के छुड़ानेवाला उसने अब तक नहीं देखा था।

"जन्हु, कुशाक से कहना कि उसके भरत इस युद्ध में अगस्त्य की मदद न करें तो मैं अगस्त्य को हराकर उन्हें छोड़ दूँगा। और चाहे, जितने गढ़ मैं तृत्सुओं के पास से ले लूँ उन्हें भी भरतों को दे दूँगा।"

विश्वरथ इस बूढ़े दस्यु की दुष्टता का माप करता रहा। ऋक्ष से कुछ ऐसे ही प्रश्न पूछने बैठा, और फिर उनके अनुवाद के रूप में अपना जवाब भी दिया।

"दस्युराज! भरतश्रेष्ठ कुशाग्र कहता है कि अगस्त्य उसके पुरोहित हैं। वे संग्राम करें तो इन्हें छुड़ाने के लिए। इसलिए इस तरह कोई भी शर्त करने के लिए यह सहमत नहीं।"

शंबर ने भूखे सिंह की तरह गर्जना की—"ठीक! मैं अगस्त्य को पकड़कर लाऊँ तब तक तुम यहीं सड़ते रहो और अगस्त्य जीतेगा तो मैं हारने से पहले तुम्हारा खून कर डालूँगा, जाओ।"

ऋक्ष और विश्वरथ वापस आए। अनजान ऋक्ष तो अपने शरीर की मोटाई में मग्न था। विश्वरथ की चिंता का पार न था। दूसरे दिन उग्रकाल की आराधना हुई। योद्धाओं ने कई किस्म के रास-नृत्य किए। कोलाहल के मारे आकाश गूँज उठा। शख और दुंदुभि के नाद हुए और शंबर अपनी सेना के साथ बाहर निकला।

तुग्र और कुछ सैनिक गढ़ की रक्षा के लिए रह गए।

[2]

उस दिन शंबरपुर में सन्नाटा छाया हुआ था। भैरव भी शंबर के साथ चला गया था। आज उग्रकाल की आरती के समय बहुत थोड़े मनुष्य मौजूद थे।

आरती होने के बाद ऋक्ष चला गया और विश्वरथ तुग्र के साथ बातें करते खड़ा रहा। दोनों में परस्पर दोस्ती हो गई थी। इतना ही नहीं, एक-दूसरे की जाति की जो बहुत-सी बातें समझ में नहीं आती थीं, वे आपस में समझ में आने लगी थीं। तुग्र थोड़ी देर में वहाँ से चला गया और विश्वरथ गहरे विचारों में डूबा हुआ अपनी झोंपड़ी की ओर चला।

यहीं वह आर्यों और दस्युओं का परंपरागत विरोध तटस्थ होकर देख सका। आर्यों की सर्वोपरिता और दस्यु लोगों के अंदर मौजूद अच्छे गुणों की कीमत भी यहीं उसके समझने में आई। दस्युओं की कई बातें जिनमें उनकी नीचता समाई हुई थी, वे भी उसकी समझ में आ गईं।

विश्वरथ अपनी झोंपड़ी की ओर गया। बंद दरवाजे के पीछे खड़े-खड़े ऋक्ष आज उतावला-सा हो रहा था, इसका उसे खयाल आया। उसने द्वार खोला और अंदर किसी को हँसते हुए देखा। तीन जनों के हँसने की आवाज थी—एक तो ऋक्ष की और दूसरी दो दस्यु स्त्रियों की थी। जैसे बिजली गिरी हो, इस तरह वह ठिठक गया। अगस्त्य के शिष्य और यहाँ की इन अर्द्धनग्न, नापाक, नीतिविहीन स्त्रियों के बीच का फर्क उसने जाना; उसे चक्कर आ गया। कहाँ घोषा देवी, सत्यवती, भगवती, रोहिणी और कहाँ ये मयूर पिच्छी! गर्विष्ठ भरतश्रेष्ठ की संस्कारिता तड़प रही थी। वहाँ से खिसककर पास ही की एक झोंपड़ी में जाकर बैठ गया। अपनी आँसू-भरी आँखें बंद कर अपनी भयंकर स्थिति पर विचार करता रहा। अगस्त्य बीस वर्ष तक शंबर का विनाश न कर

सके; और अब कर सकेंगे ? और अब कब ? और तब तक उसके जीवन में आर्यत्व का परिचय इस ऋक्ष के द्वारा ! और संस्कारिता की मूर्तियों में ये भयंकर कुरूप गंदी स्त्रियाँ ! इस तरह सोचते बहुत-सा समय चला गया।

तारों के तेज के अच्छे प्रकाश में उसने झोंपड़ी के द्वार के आगे एक धुँधली-सी सूरत खड़ी देखी :

''कौन है ?''

''मैं दागी, तुग्र की स्त्री।''

विश्वरथ को इसकी पहचान हो गई थी–''इस वक्त यहाँ कैसे, दागी ? क्या काम है ?''

''तुग्र बुला रहे हैं। मेरी भानजी बीमार हो गई है।''

विश्वरथ साँस छोड़कर उठा। कोई दगा तो नहीं होगा ? पर दागी शंबरपुर के अधिष्ठाता की वृद्धा स्त्री थी। वह किसलिए दगा करेगी ? वह उठा–''चलो, हाजिर हूँ।'' दागी ने पहरेदार के कान में कुछ कहा, जिससे उसने विश्वरथ को जाने दिया।

आगे-आगे दागी और पीछे-पीछे विश्वरथ इस तरह दोनों चले। मंदिर के हिस्से में से होकर शंबर की झोंपड़ी की तरफ मुड़े। थोड़ी ही दूर जाने पर दागी एकांत में झोंपड़ी की ओर घूमी और उसका दरवाज खटखटाया। एक स्त्री ने उसे खोल दिया और दोनों अंदर दाखिल हुए।

अंदर एक ताक में मंद दीपक जल रहा था और उसके पास मृग-चर्मों की मोटी साथरी पर एक बीमार-स्त्री सो रही थी। उसने कौड़ियों के बदले जंगली फूलों के हार पहने थे।

विश्वरथ ने अटकल से देखा और उसे पहचाना। वह वही नौजवान औरत थी जो कुछ दिन हुए उसे देखने के लिए तुग्र के साथ आई थी। दूसरी औरतों की अपेक्षा वह अधिक खूबसूरत थी। उसके दिल पर उसकी छाप पड़ी।

''क्या हुआ है ?'' विश्वरथ ने पूछा।

''जन्हु, इसी से पूछ और ठीक कर।'' कहकर मंद-मंद मुस्कराती दागी चली गई। दरवाजा खोलनेवाली स्त्री तो कभी की चली गई थी।

विश्वरथ और वह रुग्ण युवती दोनों कुटी में अकेले रह गए थे।

[3]

विश्वरथ घबरा गया। वह यहीं रहे या चला जाए, उसकी समझ में नहीं आया। युवती ने आँखें खोलीं और अपनी कामातुर दृष्टि उस पर डाली।

"जन्हु, मुझे बचा।"

विश्वरथ को कँपकँपी आ गई।

"जन्हु, बोलता क्यों नहीं ? मैं तेरे पैर छूती हूँ। मेरे देवता ! मुझे बचा।"

"क्या हुआ ?" विश्वरथ ने शिष्टता के साथ पूछा।

"देव ! क्या-क्या कहूँ और क्या-क्या न कहूँ ? तू गौरांग, तू उस दिन आया, और मैंने तुझे उग्रकाल के मंदिर में खड़ा देखा। मैं पागल हो गई। एक दिन सवेरे तुझे देखने भी आई थी, तुझे याद है ?"

विश्वरथ कुछ न बोला।

"तुझे याद नहीं ? मैंने नवीन मृग-चर्म पहना था। बालों में पलाश के फूल गूँथे थे। मैंने उस दिन तुझे पिता के समीप देखा था, मेरे भतीजे को मौत के मुँह से बचाकर वापस लाते हुए। क्या भूल गया ? तेरी गरदन के बाल उछल रहे थे, आँखें नाच रही थीं, मेरे चरण से भी ज्यादा सरस रीति से। तेरा मुख चंद्र से भी अधिक मोहक था।"

जब विश्वरथ कुछ न बोला, तो वह युवती एकदम बैठ गई और बोली—"जन्हु, मेरे देव ! मैंने तुझे देखा, तब से मेरा हृदय घायल हुए हिरन की तरह तड़प रहा है। मैं तीव्र ताप के मारे बेहाल हो रही हूँ। गौरांग, मुझे शरम आती है; मैं ताप से जल रही हूँ, मुझे जिला; मुझे अपनी आँखों में बसने दे।" युवती ने अपने हाथ फैलाकर विश्वरथ को निमंत्रण दिया।

विश्वरथ ने आदर से कहा—"युवती ! तुम शंबर की पुत्री हो ?"

"हाँ-हाँ, मैं उसकी छोटी पुत्री, उग्रा। जन्हु ! बोल, बोल ! तेरी आवाज मेरे चलते हृदय पर शीतल जल सींचती है।"

"मुझे ज्यादा कुछ नहीं कहना है, शांबरी !" वह खिन्न होकर बोला, "मुझे क्षमा कर। मैं उस जाति का हूँ जिसमें नौजवान लड़कियाँ परजाति के अपरिचित व्यक्ति के साथ इस तरह नहीं बोलतीं, स्वजाति के परिचित युवकों के साथ भी नम्रता और संकोच के साथ बरताव करती हैं; जिसका दिल नहीं मिला, वह इस

प्रकार अपनी काम-विह्वलता नहीं दिखाता, और जहाँ उनकी पत्नियाँ भी पतियों के साथ बोलते समय संयम नहीं छोड़तीं। अब तक मुझे कुछ नहीं सूझता कि क्या करूँ।''

''जन्हु, मैं दस्यु-कन्या हूँ। ढोंग करने के लिए तैयार नहीं हूँ, पर तेरी खातिर तू जो कहेगा, वह करूँगी। उस दिन तूने नहाने के लिए कहा, तब से मैं रोज दो बार नहाती हूँ। देख, मैं कैसी लगती हूँ? बोल!''

''शांबर की कन्या के लायक तुम्हारा रूप है।''

''फिर क्यों इस तरह बोलता है? क्या तेरी रगों में रक्त नहीं दौड़ता? मैं इस तरह जल रही हूँ और तू इस प्रकार खड़े-खड़े देख रहा है?''

''शांबरी! यह तूने कैसे समझा?''

''मैं अब तेरी जाति की लड़की की तरह बनूँगी। तू मुझे सिखाना।'' विलाप कर उग्रा ने कहा।

''शांबरी, मैं तो चार दिन का यहाँ मेहमान हूँ। कल चला जाऊँगा। किसी अपनी जाति के राजा को वरकर सुखी होना।''

''नहीं, नहीं, जन्हु! ऐसा मत कह। मैं पिता से कहूँगी, तो वे तुझे नहीं जाने देंगे। नहीं तो जहाँ तू जाएगा, वहाँ मैं जाऊँगी। तू ही मेरा सर्वस्व है। आ, तू अवश्य आ।''

''युवती, एक बार सुन ले। मैं जहाँ से आया हूँ, वहाँ पर स्त्री-पुरुष अपना संयम नहीं भूलते। तू जितना चाहे विलाप कर, मैं पसीजनेवाला नहीं हूँ।''

उग्रा ने आँसू छटका दिए—''जन्हु, जो मैं तेरी जाति की स्त्रियों की तरह बन जाऊँ, तो भी तू मुझे नहीं वरेगा?''

''मेरे देव मुझे आज्ञा देंगे तो...।''

''तो मैं तेरे देव की आराधना करूँगी। वे जरूर आज्ञा देंगे। मैं शंबर की कन्या हूँ। मेरा कहा नहीं मानेगा?''

''देव की आज्ञा होगी, तब मैं जरूर तुझे वरूँगा, पर तब तक...''

''इतना क्रूर क्यों बनता है? जन्हु! मेरी जाति-भर में मेरे-जैसी कोई दूसरी सुंदरी नहीं। मेरे देव, तू जैसा कहेगा, मैं वैसा करूँगी। मेरा कहा मान ले।

''शांबरी, यह रोना-धोना बेकार है। मैं नहीं मानने का, मुझे जाने दे।''

''ना, ना, खड़ा रह। मुझे बता कि मैं क्या करूँ तो तू मानेगा?''

''मैं क्या कहूँ? तेरे देव तुझे सद्बुद्धि दें। अपने देव से मैं सद्बुद्धि मागूँगा।''

''पर तब तक मैं कैसे जीऊँगी?'' कहकर उग्रा धीरे-से सिसकियाँ भरने लगी।

इस करुण रुदन से विश्वरथ को उस पर दया आ गई—''शांबरी! समझदारी तो इसमें है कि तू मुझे भूल जा।''

''नहीं, मैं कैसे भूलूँ? नहीं, नहीं।'' कहकर वह रोने लगी।

उसे रोती हुई छोड़ खिन्न मन हो विश्वरथ बाहर निकला। ऋक्ष सामने की झोंपड़ी में सो रहा था। तब विश्वरथ दीन हृदय होकर वरुणदेव की प्रार्थना करने लगा। इन्हीं देव की कृपा से वह इस महाभय से बच सका, नहीं तो जो अधम गति ऋक्ष की हुई थी, वही इसकी होती। और इतना तो उसे अनुभव हो गया कि सभी देवता उसकी रक्षा करते थे। उसे मन में इसका गर्व भी हुआ कि जिस प्रकार अगस्त्य या वसिष्ठ के आवाहन करने पर बार-बार देवता लोग आकर प्रकट होते थे, उसी तरह उसके निमंत्रण से भी प्रकट होने लगे थे।

उसे बहुत देर में नींद आई, पर थोड़ी ही देर में उसे किसी का रोना सुनाई पड़ा। वह आँखें मलता हुआ उठा ही था कि सामने खड़ा ऋक्ष अंजलि बाँधकर आँसू ढाल रहा था।

''क्या है?''

''विश्वरथ, मुझे उस सुंदर झोंपड़ी में सोने देकर तू यहाँ आकर सोया। तू वहाँ क्यों नहीं आया? तू वहाँ आया होता, तो भरतश्रेष्ठ! मैं इन दुष्ट नकटियों के हाथों से बच जाता। हे कौशिक! तू मुझे इस तरह छोड़ देगा तो मेरी, दुर्दम के पुत्र और अगस्त्य के शिष्य की, जरूर अधोगति होगी।''

उसकी विशाल पर्वत-जैसी चौड़ी छाती सिसकियों के कारण ऊँची-नीची हो रही थी और रोने की हिचकियाँ बहुत दूर तक सुन पड़ती थीं। आँखों से आँसू बह रहे थे।

विश्वरथ ने संकल्प किया था कि इस अधम ऋक्ष को वह खूब डाँट-डपट बतलाएगा, पर उसे यों रोते देख वह कुछ न बोला। बड़ी कोशिशों के बाद विश्वरथ ने ऋक्ष को शांत किया।

इतने में घुँघरू बजे। अभी दस्यु स्त्रियों के आने का समय न हुआ था। दोनों

आश्चर्य से चुप हो गए। एक स्त्री धीरे-धीरे रोती हो ऐसे राग में कुछ गाती हुई वहाँ आई। उसने चौकीदार से कुछ कहा, और विश्वरथ की झोंपड़ी के आगे बैठी-बैठी थोड़ा-सा कुछ गाकर चली गई। विश्वरथ को यह आवाज शांबरी की मालूम पड़ी। पर इस समय यह राजकुमारी यहाँ कैसे ? अंत में उसने कुटी के द्वार का घास का परदा उठाकर देखा, राजकुमारी ही थी। वह उसकी झोंपड़ी के आगे कुछ फूल और मोर के पंख रख गई थी।

विश्वरथ के दिल को चोट लगी। पर ऐसे आघात तो उसके पश्चात् रोज उसे लगते ही रहे।

एक दस्यु स्त्री अच्छा बनाया हुआ भोजन उसके लिए रख गई। थोड़ी देर बाद दूसरी ने आकर उसके पुराने मृग-चर्म की साथरी बदलकर नए मृग-चर्म की बिछा दी और चली गई। दोपहर में एक दस्यु आकर उसके पीने के लिए ठंडे जल का घड़ा रख गया। वह शंबर के पौत्र की खबर लेने गया, तो वहाँ अश्रुपूर्ण नेत्रों से प्रार्थना करती हुई शांबरी उसके बिस्तरे के पास खड़ी थी। संध्या के समय, उग्रकाल की आराधना के बाद तुग्र ने उसको बुलाया, तब वहाँ शंबर के कुटुंब की स्त्रियाँ और बच्चे भी थे। वहाँ शांबरी खड़ी थी, साफ-सुथरी, नई बनी हुई लकड़ी की पुतली की तरह श्यामसुंदर, आँसू-भरी आँखों से विश्वरथ को देखती, सवेरे जैसी थी वैसी ही उदास मुख, मानो खिन्नता की मूर्ति; उसके मुँह से न तो सिसकी निकलती और न उसके पैर दस्युओं को नृत्य में प्रवृत्त करते।

विश्वरथ शांबरी को देखकर दुःख का अनुभव करने लगा। अनमना-सा होकर वह अपनी झोंपड़ी की तरफ मुड़ा। वहाँ उसे ऋक्ष नहीं मिला। कहाँ गया होगा ? उसी की चिंता करता हुआ वह उसकी बड़ी झोंपड़ी के पास आड़ में खड़ा हो गया। उसने ऋक्ष को अकेला न छोड़ने का वचन दिया था।

थोड़ी देर में ऋक्ष के बोलने का शब्द सुन पड़ा। वह आर्य भाषा में कुछ अशुद्ध बोल रहा था, और दो-तीन औरतें दस्यु की भाषा में बोल रही थीं। सब एक-दूसरे को प्यार-दुलारकर हँस रही थीं। विश्वरथ उठा और कुटी के द्वार पर आकर खड़ा हो गया और देखने लगा। ऋक्ष तीन औरतों से घिरा हुआ कुछ बोल रहा था। इस सुरा-प्रेमी मूर्ख को यहाँ भी उसकी अधोगति करनेवाली सुरा पीने को मिल गई थी।

सिर नीचा करके वह अपनी छोटी-सी झोंपड़ी में चला गया। थोड़ी देर में ऋक्ष और वे औरतें सामने की झोंपड़ी में चली गईं। विश्वरथ व्याकुलता के आँसू गिरा रहा था। किसी तरह उसे नींद का झोंका आया। स्वप्न में देखा, रुपहले गोल मुख की दो बड़ी आँसू-भरी आँखें उसकी ओर देख रही हैं। कुछ गुनगुनाता हो, इस तरह वह जाग पड़ा। बाहर शंबर-कन्या रोते हुए स्वर में धीरे-धीरे कुछ गा रही थी। भयंकर स्थिति थी। उसका रोना विश्वरथ को विकल कर रहा था। उसका रोना न सुन पड़े, इसलिए कानों पर हाथ रख उसने भी देवों की प्रार्थना की, 'देव ! राजा वरुण ! मघवा ! सोम ! मुझे बचाओ ! मुझे शक्ति दो !'

एक पुरुष, एक स्त्री और बीच में परदा था। दोनों तरफ दो अलग-अलग बहती अश्रुधाराएँ उस स्थान को पवित्र कर रही थीं। जीवन पर दुःसहता व्याप रही थी।

रोज सुबह-सवेरे ऋक्ष आकर रोता और पाप का प्रायश्चित करता। शांबरी आकर रोती और पुष्पों और मोर-पंखों का अर्घ्य दे जाती। पीछे भोजन आता, दोपहर में पानी आता। तीसरे पहर, विश्वरथ को अगर किसी की तबीयत खराब होती, तो पूछताछ के लिए उसके यहाँ जाना पड़ता था, और वहाँ बीमार मनुष्य के सिरहाने कृष्ण पक्ष के चाँद की तरह क्षीण होती हुई शांबरी की करुणाजनक आँखें इसको देखती। शाम के वक्त निर्लज्ज ऋक्ष सुरा पीकर एक या कई स्त्रियों के साथ आता। मध्यरात्री में शांबरी का रुदन उसके हृदय को भेदता। और विश्वरथ वेदना के मारे सबसे अलग हो देवों की आराधना करता रहता। परिस्थिति दिन-दिन अधिक दुखद होती जाती थी।

[4]

एक दिन अगस्त्य और शंबर के युद्ध का समाचार आया। शंबर ने अगस्त्य की सेना को भीषण पराजय दी थी। गढ़ में आनंदोत्सव हो रहा था। ऋक्ष तो यह खबर लापरवाही के साथ सुनकर रह गया, पर विश्वरथ का हृदय उबल उठा। उसे खयाल आया, यहाँ से छूटकर अगस्त्य की सहायता करने जाए ? पर इस सुरक्षित दुर्ग में से वह किस तरह निकलेगा ? और यह दुर्गम वन कैसे पार किया जाए ?

उस रात को शांबरी का रोना बहुत धीमा था, कुछ दिन से वह कमजोर भी हो गई थी। क्या वह मरी जा रही थी, उसके लिए ? दूसरे दिन सवेरे उसी नियत समय पर वह शांबरी का रोना सुनने के लिए उठा, पर आज सुनाई न पड़ा। उसने परदा उठाकर देखा तो कोई फल और मोर-पंख रख गया था। क्या शांबरी ने उसे रिझाने का प्रयत्न करना छोड़ दिया ? उसका गर्व कम हुआ। वह दस्यु-कन्या ! उसमें इतनी एकनिष्ठा !

खाने-पीने का सामान पहले की तरह आया और दोपहर में तुग्र खुद उसे बुलाने को आया। शंबर की लड़की उग्रा बीमार पड़ गई थी। विश्वरथ के प्रयत्न से वह स्वास्थ्य लाभ कर सकेगी। तुग्र को शांबरी की मनोदशा का पता न था। उसकी स्त्री उस बात को जानती थी।

विश्वरथ 'न' नहीं कह सका और शांबरी की झोंपड़ी में गया। वह ज्वर से पीड़ित बेहोशी की हालत में पड़ी थी। कैसी सूख गई थी ! विश्वरथ ने मंत्र पढ़कर पानी छिड़का और उसके सिर पर हाथ रखा। उग्रा ने आँखें खोलीं और उसकी ओर देखा। वह कुछ बिना बोले पड़ी थी। उसकी आँखों से भी आँसुओं के झरने बह रहे थे।

विश्वरथ की आँखों में भी आँसू आ गए।

तुग्र की स्त्री दागी वहीं थी। मानो वह कुछ उलाहना-सा दे रही हो, इस तरह उसकी ओर देख रही थी।

''इसने दो दिन हुए कुछ खाया नहीं।'' दागी ने कहा।

''तू दूध पिला, पीती है ?''

शांबरी की बूढ़ी माँ नीचे सिर किए रोती खड़ी थी। अपनी साठ बरस की उम्र में उसने ऐसा रोग नहीं देखा था। लड़की मौत के सिर पर पहुँच चुकी थी। उसे विश्वास हो गया था कि अब वह न बचेगी।

विश्वरथ ने मिट्टी के सकोरे में दूध लेकर शांबरी के मुँह के पास रखा। एक थर-थर काँपता हुआ हाथ सकोरे में आकर अटका, और विश्वरथ की अँगुली को लगा। उसके सारे शरीर में बिजली दौड़ गई। उसने एक हाथ से उलझे हुए सिर के बाल ऊँचे उठाए, और पीने से पहले निर्बलता के कारण मंद ज्योति पड़ी हुई बड़ी-बड़ी आँखों को विश्वरथ पर ठहराया। वह मौन होकर विदा माँग रहा थी।

विश्वरथ के हृदय पर एक अस्पष्ट धक्का लगा। उसने गद्गद आवाज में कहा, "शांबरी ! पी।"

उग्रा ने मिट्टी का प्याला मुँह से लगा लिया और दूध पी लिया। वह लेट गई और उसकी ओर देखती रही। उसकी रोती हुई आँखें उसके हृदय को भेदती रहीं।

विश्वरथ को दया आई। "शांबरी ! सो जा।" कहकर वह उसके सिर पर हाथ फेरने लगा। और छोटे-से मंत्र द्वारा निद्रा का आवाहन किया।

शांबरी की थोड़ी देर में आँख लग गई। उसने शांबरी को अंगीकार नहीं किया था, इसलिए वह मरने के लिए सोई थी और साथ ही इसके भी प्राण ले रही थी। कैसी क्षीण, दया की पात्र और निराधार वह बन गई थी ? महान् प्रतापी शंबर की बेटी उस-जैसे एक कैदी के चरणों में गूँगी होकर अपना यौवन, आशा और प्राणों को अर्पण कर रही थी। उस दिन अपने जाति-स्वभाव के वश में, निर्मर्यादित आवेश में, एक आर्य-ललना को न सोहे, ऐसी प्रार्थना वह कर बैठी। उसमें आर्य स्त्री के वर्ण, तेज और संस्कार नहीं थे, पर अपनी विशाल जाति में वह सबसे ज्यादा संस्कारशील और तेजस्विनी थी। और उसने जो धृष्टता दिखलाई, वह उसकी लोकरूढ़ि से ज़रा भी निंद्य न थी। उसके बाद तो एक श्रेष्ठ आर्य रमणी के लिए भी दुर्लभ, ऐसा आत्मसमर्पण करके उसने दिखला दिया था।

विश्वरथ ने अपनी कुटी में जाकर वरुणदेव से प्रार्थना की। इतनी-इतनी प्रार्थनाओं के होते हुए भी उसने अपने व्रतों की जाँच नहीं की थी। क्या दस्यु मनुष्यत्वहीन, असुर और विनाश योग्य थे ? तो वे ऐसे अच्छे क्यों थे ? क्यों देव इन पर दया नहीं कर सकते ? शंबर का क्या अपराध था कि वह दस्यु हुआ ? शांबरी का क्या अपराध कि एक आर्या के यहाँ जन्म न लिया और दस्यु के घर में जन्मी ? सप्तसिंधु में कितने राजा शंबर के जैसे सावधान समर्थ थे ? तुग्र-जैसे कितने योद्धा थे ? शांबरी-जैसी कितनी भक्ति-भावना-भरी स्त्रियाँ थीं ? किसलिए अगस्त्य और वसिष्ठ इनके विनाश करने में ही देवों की विजय देखते थे ? रात-भर ऐसे-ऐसे विचार करके वह पागल-सा हो गया। वह व्याकुलता के कारण थोड़ा-सा रोया, और फिर वरुण का आवाहन करने लगा—'राजा ! मैं गाधि का पुत्र और अगस्त्य का शिष्य तुझको बुलाता हूँ। देवाधिदेव ! तू पक्षियों

के पंथ को जानता है, और जानता है, मानवों के हृदय को। देव! मैं तेरी कृपा माँगता हूँ। शांबरी का आत्मसमर्पण क्या अनार्यत्व है? मेरा वर्ण-तिरस्कार करना क्या आर्यत्व है? ऋक्ष का स्वेच्छाचरण क्या आर्यत्व है? सत्य, तप और ऋत के स्वामी! सत्य क्या है वह सिखा मुझे। ऋत क्या है, दिखा। मुझे छोड़कर मत जा। मैं अंधा हूँ, पंथ बता। वर्ण सत्य है कि हृदय सत्य?''

बड़ी देर तक इसी तरह आक्रंदन करके उसने देव का आवाहन किया। उसका हृदय उदार हो गया और वह सो गया। इससे उसका हृदय विशाल हो गया। कुछ क्षण बाद उसे नींद ने आ घेरा। बेशर्म ऋक्ष की मस्त हँसी सामने की कुटी से आ रही थी।

वह चौंककर जाग पड़ा। बाहर शांबरी की मंद अश्रुपूर्ण गीत सुन पड़ता था। वह एकदम उठा। मरते-मरते क्या वह उसके चरणों के निकट मरने आई थी? वह कुटी से बाहर निकला तो उग्रा घुटनों के बल बैठी प्रार्थना करती थी। दागी और दूसरी स्त्री उसे पकड़े हुए थीं।

''शांबरी! शांबरी! यह क्या कर रही है?'' विश्वरथ आँखों में आँसू भरकर बोला।

''जन्हु?'' कहकर शांबरी बेहोश होकर दागी के फैले हुए हाथों पर गिरी। विश्वरथ का मस्तिष्क जोर से खिची हुई बाँस की खपच्ची की तरह टूट गया। उसकी आँसू-भरी आँखों ने न वर्ण देखा और न व्रत देखा, उन्होंने तो प्रेम-भिक्षार्थिनी प्यारी उग्रा देखी। वह दौड़कर पास गया और शांबरी को उठा लिया—''शांबरी! शांबरी! यह क्या करने जा रही हो?''

[5]

वही शांबरी की झोंपड़ी, वही छोटा-सा टिमटिमाता दीपक, वही नवीन मृग—चर्म की साथरी और उस पर श्यामसुंदरी शांबरी निश्चेष्ट, बेहोश पड़ी थी। विश्वरथ उसका इलाज कर रहा था। पास में खड़ी दागी विश्वरथ को क्रोध-भरी नजर से देखती, ''क्या तुम्हारी आर्य स्त्रियाँ इस तरह मरकर पति को पाती हैं?'' उसने ताना मारकर पूछा।

''किसने कहा?''

''तेरी जाति में लड़कियाँ प्रेम करती हैं, पर बोलती नहीं—इस तरह तूने कहा

था उग्रा से ?"

विश्वरथ ने अपना कपाल पीट लिया—"हे देव !"

दागी भयंकर बन गई थी—"लड़के ! मेरी भानजी मर जाएगी तो मैं तेरी जान ले लूँगी ।" उसकी आँखों में निश्चय स्पष्ट दीख रहा था ।

विश्वरथ ने अभिमान से ऊपर देखा—"दागी, जो मेरे लिए प्राण अर्पण करने को तत्पर हुई है, उसे मैं मरने तो नहीं दूँगा ।"

इतने में उग्रा होश में आई । उसकी पलकें हिली-डुलीं ।

"मैं पास ही की झोंपड़ी में हूँ । मेरी जरूरत पड़े, तो बुला लेना ।" कहकर दागी चली गई ।

आड़े पड़े हुए बेहोश शरीर के पास घुटनों के बल बैठकर वह शांबरी के माथे पर हाथ फेर रहा था । उसका गौर, सुंदर मुख, चंद्र-समान कुटी के अंधकार में चमकता था । शांबरी के सूखे, सुकुमार अंगों से भी यौवन की महक निकल रही थी । शरीर की रेखाओं का लावण्य, फीके सूखे हुए होंठ की मरोड़ की मोहिनी, उसके मुख पर जगमगाते एकनिष्ठा के निर्मल तेज को दैवी बना रही थी ।

उसकी आँखें खुलीं और उस पर ठहर गईं, अश्रुपूरित हो गईं । वह बड़बड़ाई—"जन्हु ! जन्हु ! स्वप्न में आता है तो जागते में क्यों नहीं आता ?" आवाज में निराशा की ध्वनि थी ।

"शांबरी ! मैं आया हूँ, आया हूँ, जीता-जागता । स्वप्न में नहीं ।"

आँखों में बिजली की चकाचौंध की तरह झलकता क्षणिक तेज आ गया । "जन्हु ! जन्हु !" उसने गद्‌गद कंठ से पुकारा । और उसके निर्बल हाथ विश्वरथ के गले में लिपटने को आगे बढ़े ।

भग्न-हृदय विश्वरथ उसकी दोनों भुजाओं के बीच में अपना मस्तक छिपाकर रो पड़ा । यह भरत-कुल-शिरोमणि, कुशिक राजर्षि का पौत्र, अगस्त्य का प्रिय शिष्य, मंत्र-द्रष्टा बनने को उत्सुक, अंत में दस्यु-कन्या का प्रियतम, उसके मौन रूप आत्मसमर्पण से स्वेच्छा से ही बिका हुआ दास बना—और उस विषम समय में अधम से भी अधम गति उसने प्राप्त की । नेत्र से गौरव-भंग के लहू-भरे आँसू टपक रहे थे । पूर्वज, पिता और गुरु उसे शाप देंगे ऐसी हालत में पड़ा हुआ था वह ।

उस समय उसकी दृष्टि में नया तेज आ गया। स्वमान, स्वजाति, गौरव, संस्कार, शुद्धि, इन सबकी दया की वेदी पर दी हुई आहुति से ज्वाला निकल रही थी, और उसमें उसे सत्य दीख पड़ा—विशुद्ध हृदय के गगनगामी भावों में भेद और द्वेष से परे, ऐसा शाश्वत ऋत। उसने गर्व दूर किया था, शांबरी के जीवन के लिए। और इस विनाश में विजय से अधिक निर्मल उल्लास निवास करता था।

"जन्हु! मुझे छोड़कर नहीं जाना। मैं तू जो कहेगा, वैसा करूँगी, मैं तेरी स्त्री-जैसी होकर रहूँगी। तेरे देवों को पूजूँगी। चाहे तो मुझे मार डालना, काट डालना। पर देव! मुझे निकाल बाहर मत करना।"

"रो मत, रो मत, शांबरी! मैं नहीं जाने का। तू विलाप मत कर। तू थक जाएगी तो मूर्छित हो जाएगी।"

"कह कि तू मुझे छोड़कर नहीं जाएगा।"

"नहीं जाऊँगा। बस, तू अब सो जा। मेरा कहा मान।"

"मानूँगी, जरूर मानूँगी। पर ऐसा ही रहना, ऐसा।"

विश्वरथ के कानों में ऋक्ष और दस्यु स्त्रियों के हँसने की आवाज पड़ी।

"देव! देव! मुझे कहाँ कीचड़ में लिए जाते हो?" वह बड़बड़ाया और उसकी आँखों से फिर से आँसू गिरने लगे।

[6]

विश्वरथ का जीवन दुखमय बन गया। उसे सवेरे तुग्र बुलाने आता और मंत्रोच्चारण करने के लिए शांबरी से मिलने जाना पड़ता। रात होने पर दागी आती तो उसके साथ प्रणयी बनकर फिर उससे मिलना पड़ता। सवेरे अपनी कुटी में आता। ऋक्ष के सामने देखने की हिम्मत अब उसमें न रह गई थी। एक ही आश्वासन उसे रहा—देवों की प्रार्थना करने का, और उनके साथ बातें करने का। शांबरी अद्‌भुत थी। विश्वरथ आता तो उसे देखती, उसका हाथ धीरे-धीरे टटोलती। वह जो दे, उसे खाए-पिए, जब वह आज्ञा दे, तब सो जाए। उसकी बातों में एक ही बात होती—'तेरी जाति में स्त्रियाँ कैसी होती हैं?' उसने कभी आर्य स्त्रियों को देखा नहीं था; वे कैसी होती हैं? कैसी बोलती हैं? किस तरह चलती हैं? इसकी उसे कुछ खबर न थी। वे किस देव की पूजा करती

हैं, इसका भी उसे ज्ञान न था। हर वक्त विश्वरथ की जाति की स्त्री-जैसी बनने की धुन उसके सिर पर सवार रहती। वह जल्दी ही अच्छी हो रही थी। वह रात में उसके यहाँ जाता था, यह बात भी छिपी न रह सकी। एक दिन तुग्र ने बात निकाली।

"जन्हु ! तुझे मालूम है कि उग्रा शंबर की लाड़ली लड़की है ?"

"हाँ, मैं जानता हूँ।" उदास होकर विश्वरथ ने कहा।

"और जो कोई इसे दुःख देगा, उसे शंबर खा जाएगा ?"

"हाँ।"

"मालूम है कि हम लोगों को उग्रा बहुत ही प्यारी है ?"

"मैं जानता नहीं, पर कल्पना कर सकता हूँ।"

"तू इसे छोड़ जाएगा, तब ?" तुग्र ने पूछा। विश्वरथ को इस प्रश्न के अंदर छिपी हुई नीतिविहीन मनोदशा का ज्ञान हो गया। आर्य और दस्यु पति-पत्नी बनें, इसका वह विरोधी न था। पर आर्य अपने अभिमान में दस्यु को तुच्छ समझने लगें, इसका उसे डर था।

"तुग्र ! मेरा कहा मानेगा ? तू कुछ कर। दागी से कह कि वह करे, शांबरी से मुझे छुड़ा दे।"

"क्या कहता है ? उग्रा पसंद नहीं है ?"

"तुग्र ! यह शंबर की कन्या है। किसी दस्युराज का घर शोभित करेगी।"

"फिर किसलिए उसके पास जाता है ?" दस्यु को यह न समझ पड़ा।

"मैं न जाऊँ, तो वह मर जाएगी।" सिर पर हाथ रखकर विश्वरथ ने कहा और सारी हकीकत सुनाई।

तुग्र आश्चर्य में पड़ गया। उसने पुरुषों और स्त्रियों को कई बार बड़ी आसानी से मिलते और जुदा होते देखा था, स्त्रियों को पुरुष बदलते देखा था, और पुरुषों को स्त्रियाँ बदलते। ऋक्ष-जैसे व्यक्ति की लहर को वह ताड़ गया था। विवाह के ग्रंथि-बंधन की पवित्रता से वह परिचित नहीं था। पर अपरिचित व्यक्ति न स्वीकार करे, इसके लिए राजकुँवरि प्राण छोड़ने पर तैयार हो जाए, यह उसने आज ही सुना। वह विश्वरथ को देव रूप मानने लगा।

ऋक्ष कौशिक नहीं, पर वह स्वयं कौशिक है, इसकी खबर बहुतों को लग गई थी।

ऋक्ष दस्युओं की भाषा बोलने लग गया था और अथर्वण के लिए शंबर और तुग्र के हृदय में इतना मान था कि वे सब वास्तव में देवता ही मानने लग गए थे।

इस तरह एक महीना बीत गया। युद्ध की खबरें कभी अच्छी और कभी बुरी आतीं, पर दोनों में से एक पक्ष थोड़े ही समय में हारे या जीते, ऐसा नहीं दीखता था। और यहाँ से छुटकारा पाने की कोई सूरत नजर न आती थी।

उग्रा अब अच्छी हो गई थी। विश्वरथ ने बहुत कहा, पर प्रातःकाल पुष्प और मयूरपुच्छ के अर्घ्य से विश्वरथ को वह उठाने आती। दोपहर में खाने के लिए या तो शंबर की या तुग्र की कुटी में जाता और शांबरी रोज-रोज अच्छी तरह खिलाती। शाम को वह उसके साथ दागी की झोंपड़ी में जाता और रात में बहुत देर बाद वापस आता।

परंतु उग्रा अच्छी हुई तो एक भयंकर परिस्थिति आकर खड़ी हुई। विश्वरथ को प्रसन्न करने के लिए वह बेहद संयम पालती थी, पर युवावस्था इस संयम को सहन न कर सकी। प्रणयी के साथ मिलना, फिरना, खाना, रोज रात में अकेले बैठना, और इतना होने पर भी उसके स्पर्श-मात्र से संतोष मानना, यह बात तो योगी भी नहीं कर सकता। पशु-वृत्ति ही जिसके विवाह की व्याख्या हो, ऐसी दस्यु-कन्या कहाँ तक संयम रखे?

विश्वरथ उसकी बढ़ती हुई व्याकुलता देख रहा था। यह समझकर कि वह कहीं चला न जाए, वह कुछ कहने में संकोच कर रही थी। इस बारे में आर्यों की रीति क्या थी, इसे शांबरी नहीं जानती थी। इस आशंका से कि कहीं वह चला न जाए, वह इस असह्य वेदना को चुपचाप सहने का प्रयत्न कर रही थी। परिचय होने के बाद से शांबरी की सरलता, आत्मसमर्पण और प्रेम उसके हृदय को सोने की शृंखला से बाँधने लगे। उसका सुघर शरीर और अंग की ललाई भी उसके हृदय में नए-नए भाव उद्भूत कर देती थी। पर वह ब्रह्मचारी था और आर्यत्व का गर्व दस्यु-कन्या के निकट संसर्ग के विचार से उसको विक्षिप्त कर देता था।

[7]

विश्वरथ का हृदय खिन्न है। शंबर ने भारी विजय प्राप्त की है। इस नई बात से उसके हृदय में और भी खलबली उत्पन्न हो गई। आज एकांत में सत्या और

रोहिणी के संबंध के विचार उसके हृदय में उठ रहे हैं। वह दुखी है।

रात हो गई। सदा की भाँति वह देवता की आराधना कर शांबरी की झोंपड़ी में गया।

पालतू हरिणी की माँ उसके चारों ओर चक्कर काट रही है। उसके लिए इच्छित भोजन प्रस्तुत है, पीने के लिए निर्मल जल है। वह देवता के लिए नैवेद्य लगाता है, पंखा झलता है।

विश्वरथ को पहचानने के लिए शांबरी के दिव्य चक्षु हैं। उसके हृदय की व्यथा वह देखती है। उससे वह अधिक प्रेम से, मनोनुकूल प्रश्न करती है।

एकांत में सत्या और रोहिणी को वह बारंबार स्मरण करती है। बातें कर-करके वह सबको पहचान गई है; परंतु विश्वरथ के मुख पर छाई हुई मेघ की घटा हटती नहीं।

दोनों खा चुके हैं। थका-माँदा विश्वरथ जाने के लिए विदा माँगता है। ''नहीं, नहीं, मेरी सौगंध, मुझको अंतरात्मा समझकर बातें करो। जब तुम छोटे थे, तब रात में आकर पास खड़े रहते थे। पीछे क्या हुआ ?'' ज्यों ही वह उसे प्रसन्न करने का प्रयत्न करती है, त्यों ही विश्वरथ की एकांतता की व्यथा बढ़ जाती है। वह लंबी साँस लेने लगता है। शांबरी अपना निर्दोष मुख उठाकर पूछती है—''क्या यहाँ सुखी नहीं हो ? मैं क्या करूँ, जिससे तुम सुखी होगे ?''

विश्वरथ उसकी ओर ममत्व से देखने लगता है और उसे प्रसन्न करने का प्रयत्न करता है। ''शांबरी !'' वह कहता है, ''मैं सुखी हूँ। तुम जहाँ होगी वहीं सुख होगा। तुम्हारी समता संसार में कहीं नहीं !''

वायु सनसना रही है। शांबरी को रोमांच हो आता है। वह दोनों हाथों से विश्वरथ के दोनों हाथ पकड़ लेती है और निहारने लगती है। उसकी छाती धड़कने लगती है। बिना पूछे ही प्रश्न कर बैठने से उसे घबराहट हो जाती है।

''जन्हु ! ठीक ?''

''ठीक।''

''तब जन्हु ! जन्हु !''···

विश्वरथ इस व्याकुलता का भेद जानता है। वह उठने लगता है।

''नहीं, नहीं, मेरी सौगंध, अभी न जाओ।'' शांबरी कहती है। उसकी साँस जोर से चलने लगती है।

"शांबरी ! मुझे जाने दे।"

"नहीं, नहीं, नहीं।" पगली की भाँति बड़बड़ा उठती है। दस्युओं की स्वतंत्रता का रक्त उसकी रग-रग में प्रलय की भाँति फैल रहा है।

"नहीं, ऐसा नहीं, मैं जाता हूँ।" कहकर विश्वरथ खड़ा होकर झटका देता है। उसको प्रलय की तरंग स्पर्श करने लगती है।

विश्वरथ के धक्के से शांबरी दूर हट जाती है। उसके मुख पर अनिर्वाच्य वेदना छा गई। महीनों बीत गए। उसकी दबी हुई भावना जाग उठती है–"जन्हु ! जाओ मत। आओ, आओ।"

विश्वरथ की दृष्टि जमीन पर सटी रहती है। उसके ऊपर से नजर हटाने का पूर्ण प्रयत्न करके वह द्वार की ओर निहारने लगता है।

शांबरी उस दृष्टि की क्रूरता को परख लेती है, और भग्न-हृदय होकर हाथ पर सिर रखकर इस प्रकार सिसकने लगती है, जैसे उसकी छाती फटी जाती हो।

विश्वरथ अपने होंठ काटकर खून निकाल देता है। उससे हटा नहीं जाता, बोला नहीं जाता। "शांबरी !" रोती हुई शांबरी खड़ी हो जाती है; रमणीयता में भयंकर रोती हुई आँखों से चित्त-बेधक मोहकता बरसाती हुई अश्विनी के समान, अपना माथा पीछे करके नथुनों से साँस लेती हुई खड़ी रहती है। शाश्वत स्त्रीत्व का सत्व के समान विश्वरथ नजर हटा नहीं सकता। वर्ण, जाति के संस्कार का भेद शांबरी की दृष्टि की ज्वाला में जलकर भस्म हो जाता है।

"जन्हु ! जन्हु ! मार मत डालो। आओ ! आओ !" हाथ बढ़ाकर राह देखने लगती है। उसकी आवाज में सिंह की-सी प्रौढ़ गर्जन है। "नहीं तो मुझको मार डालो।"

विश्वरथ के अंग-अंग से अग्नि की-सी ज्वाला जल उठती है।

"शांबरी !" आवाज नहीं निकलती।

"आओ... आओ।"

वह सूर्य के घोड़े की तरह उछल पड़ता है और अपने सुदृढ़ बाहुपाश में आनंद से पागल हुई शांबरी को दबा लेता है। चुंबन की ध्वनि चारों ओर हवा में फैल जाती है।

दूसरा भाग

शंबर-कन्या

(नाटक)

शंबर-कन्या

पृष्ठभूमि*

विश्वरथ का प्रेमपूर्ण व्यवहार उग्रा को और अधिक न रोक सका और विश्वरथ भी उग्रा के सरल एवं सहज प्रेम के पाश में बँध गया। उग्रा के आत्मसमर्पण ने विश्वरथ के हृदय में आशा की एक क्षीण-सी रेखा अंकित कर दी। दोनों पति-पत्नी के रूप में आनंद मनाने लगे।

उधर आर्यों और दस्युओं में घोर संग्राम छिड़ रहा था। यद्यपि आर्यों में पौरुष एवं रणनीति का अभाव न था, फिर भी युद्ध में दस्युओं की ही विजय हुई। शंबर अन्य आर्य बंदियों के साथ भारद्वाजी लोपामुद्रा को भी बंदी बना लाया।

शंबर के विजयी होने के समाचार से विश्वरथ अत्यंत मर्माहत हुआ। उग्रा ने जब उसे अपने पिता के स्वागत में चलने के लिए कहा तो उसने साफ इनकार कर दिया। यद्यपि उग्रा को यह बात बहुत बुरी लगी किंतु वह स्वयं भरतश्रेष्ठ विश्वरथ के प्रेमपाश में इस प्रकार बँध चुकी थी कि उसे भी अपने प्रियतम की भावनाओं का आदर करते ही बना।

शंबर ने जब अपने प्राणों से प्रिय उग्रा को नहीं देखा तो ऋक्ष द्वारा दोनों को बुलावा भेजा। वहीं विश्वरथ को ज्ञात हुआ कि अन्य आर्य बंदियों के साथ लोपामुद्रा को भी लाया गया है। उसके किशोर स्वप्नों की लोपामुद्रा ! किंतु अब वह प्रौढ़ा थी सुंदर, सुशील एवं तेजस्विनी लोपामुद्रा। उसके आश्चर्य की सीमा

---

* यह नाटक हिंदी में अलग से प्रकाशित हो चुका है। इसलिए यहाँ इसका केवल कथासार ही दिया जा रहा है।

न रही। उसी से विश्वरथ को पता चला कि जब वह राजा पुरुकुत्स के यहाँ से सतलुज नदी के जल-मार्ग से चली जा रही थी तो उसे महर्षि अगस्त्य के चोट आने का समाचार मिला। वह उन्हें देखने के लिए नाव से उतरी कि शंबर ने उसे बंदी बना लिया। दस्युराज शंबर ने उसे बंदी बनाकर आर्य देवताओं के क्रोधानल को हवा दे दी है। स्वाभिमानी आर्य यह बात कदापि सहन नहीं कर सकते कि कोई अनार्य उनकी कन्या की तरफ आँखें उठाकर देखने का साहस भी कर सके।

लोपामुद्रा को जब ज्ञात हुआ कि शंबर-कन्या ने विश्वरथ को अपने पति के रूप में वरण कर लिया है तो उसने शंबर को बधाई दी। सारे सप्तसिंधु प्रदेश में विश्वरथ-सा पराक्रमी एवं प्रतापी कोई दूसरा आर्य न था। लोपामुद्रा की बातों से शंबर को बड़ी प्रसन्नता हुई। परंतु विश्वरथ को अपना बंदी जीवन सर्पदंश-सा प्रतीत होता था। उसने लोपामुद्रा से बातों-बातों में ही शिकायत की कि दस्युराज ने उसे मनुष्य से पशु बना दिया है।

विश्वरथ ने कहा–यह सच है कि यहाँ मुझे खाने-पीने का किसी प्रकार का कष्ट नहीं है। शांबरी का स्नेह भी प्राप्त है। फिर भी हूँ तो बंदी ही न! आर्यों की पराजय के समाचार सुनकर मेरा रक्त खौल उठा है। रोम-रोम प्रतिशोध की भावना से विकल है। मैं भरतों से मिलने के लिए छटपटा रहा हूँ। शंबर ने देवाज्ञा से रणक्षेत्र में जाकर वीरगति पाने का अधिकार भी मुझसे छीन लिया है। मेरी दशा बाड़े में घिरे पशु की-सी हो रही है–विवश और पराधीन। अब उग्रा के प्रति भी उसके मन में पहले का-सा आकर्षण नहीं रहा।

उग्रा भी मन-ही-मन गौरांगी लोपामुद्रा के आने से क्षुब्ध हो उठी। वह उससे घृणा करने लगी। उसके विचार में विश्वरथ का लोपा के प्रति स्नेह एवं आदर-भाव किसी भावी अनिष्ट का सूचक है। उसकी कल्पना में उस दिन का चित्र स्पष्ट हो गया जबकि वह एक त्यक्ता स्त्री का जीवन व्यतीत करने पर विवश होगी।

उधर लोपामुद्रा की उपस्थिति विश्वरथ के लिए प्रेरणा एवं उत्साह का प्रतीक बन गई। उग्रा इन दोनों से वंचित थी।

दस्युराज लोपामुद्रा को बंदी बना लाया था किंतु वह उसका बड़ा आदर करता था। उसे अपनी उग्रा के समान ही प्रिय समझता था। उग्रा को यह बात

खटकने लगी तो शंबर ने बताया कि यदि लोपा ने उसकी सेवा न की होती तो वह जाने कब का समाप्त हो गया होता। वह युद्ध में घायल होकर जंगल में लौट रहा था कि लोपामुद्रा उसे अथर्वण के आश्रम में ले गई और सेवा तथा उपचार से उसे जीवन-दान दिया।

विश्वरथ कारावास से मुक्त होने के लिए जितना चिंतित था, ऋक्ष उतना ही निश्चित। वह यहाँ सुरा और सुंदरी के सत्कार में ही रत रहता। उसके लिए स्वच्छंद एवं बंदी जीवन में कोई अंतर न था। उसे चिंता थी तो मदिरा की और चाह थी तो मदिराक्षी की। लोपामुद्रा को यह बहुत बुरा लगा। उसने ऋक्ष से संयम से रहने को कहा तो बोला—"भगवती, सबकुछ कर सकता हूँ किंतु संयम नहीं रख सकता। मदिरा और मदिराक्षियों को देखते ही मेरा हृदय द्रवित हो जाता है। कभी वज्र के समान कठोर यह हृदय अब हिम से भी अधिक तरल हो चुका है। प्रतीत होता है देवों ने मेरे विरुद्ध षड्यंत्र रचा है। प्रार्थना मेरे चित्त को और भी चंचल किए देती है। असुरों के गढ़ का ही यह विपरीत प्रभाव है कि महर्षि अगस्त्य का प्रिय शिष्य होकर सुरा और सुंदरी से मन की शांति की आशा लगाए रहता हूँ।"

इस प्रकार ऋक्ष अपने दिन मौज से बिताता। उधर लोपामुद्रा ने विश्वरथ को बताया कि सप्तसिंधु में संग्राम चल रहा है। महर्षि अगस्त्य का पराक्रम और मैत्रावरुण की वीरता की धाक सारे देश पर बैठ गई है। महर्षि के पराक्रम से शंबर शतद्र नदी से आगे नहीं बढ़ सका। फिर भी लोपामुद्रा का मन विनाशकारी युद्ध के समाचार जानकर अशांत था। दस्युसेना की पराजय के समाचार शंबर-दुर्ग में आए तो उग्रकाल का पुजारी भैरव क्रोध से काँप उठा।

उसने दस्युओं के मन में आर्यों के प्रति और भी घृणा एवं आशंका के भाव भर दिए और घोषणा कर दी कि उग्रकाल विश्वरथ, लोपामुद्रा और ऋक्ष, इन तीनों आर्यों की बलि माँगते हैं। फिर क्या था, तीनों को उग्रकाल मंदिर के स्तंभों से बाँध दिया जाता है और वे उषाकाल की प्रतीक्षा करने लगते हैं जबकि उन्हें जीवित ही जलाकर भस्म कर दिया जाएगा।

इस विषम काल में भी विश्वरथ को आर्यों के विजयी होने का पूरा-पूरा विश्वास था। लोपामुद्रा उसे एक दैवी शक्ति का साकार रूप जान पड़ रही थी।

उग्रा को जब पता चला कि उसका प्रियतम विश्वरथ सूर्य की पहली किरण

के साथ जीवित जला दिया जाएगा तो वह तनिक भी विचलित नहीं हुई। उधर से भरतों की विजय के समाचार मिलने ही लगे थे। उसने दुर्ग के गुप्तद्वार से, जिसे बहुत कम लोग जानते थे, जाकर दिवोदास और महर्षि अगस्त्य को प्रातःकाल घटनेवाली घटना की सूचना दे दी। महर्षि अगस्त्य तृत्सु और भरत-योद्धाओं के साथ यथासमय दुर्ग में आ पहुँचे और तीनों आर्यों को जीवित जल जाने से बचा लिया। दुर्ग पर आर्यों की विजय-पताका फहराने लगी। इसी अफरा-तफरी में भैरव कहीं भाग जाता है। घायल शंबर मृत्य-शैया पर पड़े-पड़े अपनी पुत्री की भर्त्सना करता है।

शंबर—अपने पति की रक्षा के लिए मेरे वैरियों को मेरे दुर्ग में बुला लाई। उसके लिए तुमने अपने माता-पिता और अपनी जाति के विनाश का आवाहन किया।

अगस्त्य—मृत्यु-शैय्या पर भी तुझमें शील नहीं आया?

शंबर—जा दुष्टात्मा, चली जा। अपने माता-पिता, भाइयों और प्रजा के शवों पर नृत्य कर, आनंद मना।

उग्रा—पिता जी!⋯नहीं, नहीं⋯

लोपामुद्रा—*(स्नेहपूर्वक)* यह क्या करते हो, शंबर?

शंबर—*(सिर उठाकर)* तुम्हारे रोम-रोम में मेरे पशुपति के सर्प दाह उत्पन्न कर देंगे। कुलकलंकिनी! जा अपने पति के अंक में जा। तुम्हारा नाम जहाँ सुनाई देगा, वहीं विनाश की ज्वाला भड़क उठेगी।

शंबर की मृत्यु के पश्चात् महर्षि अगस्त्य देवताओं की आराधना करते हैं तथा विश्वरथ से उग्रा को त्याग देने को कहते हैं। उग्रा भयातुर हो विश्वरथ से चिपट जाती है। अगस्त्य अपने शिष्य को दस्यु-कन्या को सौंपने का आदेश देते हैं।

किंतु विश्वरथ ने दृढ़ संकल्प से कहा कि शांबरी उसकी है। वह भरत जनपति की पत्नी है। उसे कोई हाथ नहीं लगा सकता। जिस शांबरी को उसने वरण किया तथा जिसने उग्रकाल के आगे उनको बलि होने से बचाया, उसको वह जीते-जी कैसे दूसरों को सौंप सकता है। अगस्त्य को विश्वरथ के ये भावपूर्ण वाक्य बहुत बुरे लगे। वह क्रोध से तमतमा उठे। लोपामुद्रा बीच में आकर बोली।

लोपामुद्रा—क्या इस बेचारी लड़की के आँसुओं से भी तुम्हारी क्रोधाग्नि शांत नहीं हुई ? पुत्र और पुत्रवधू दोनों को एक साथ मार डालने पर कटिबद्ध हो रहे हो।

अगस्त्य—*(क्रोधपूर्वक)* तुम भी···

लोपामुद्रा—हाँ, मैं भी···

अगस्त्य का हाथ वहीं रुक जाता है और तलवार उनके हाथ से गिर पड़ती है।

तीसरा भाग

देवदत्ता

(नाटक)

अनुसंधान

दस्युराज शंबर का वध हो गया। उसके निन्यानवे गढ़ तृत्सु और भरत की सेनाओं ने तोड़ गिराए। अगस्त्य की आज्ञा से आर्य सेनाओं ने सहस्रों दस्युओं को मार डाला और सहस्रों दस्यु स्त्रियों को दासी बना लिया।

विश्वरथ कौशिक ने शंबर की कन्या उग्रा को अपनी पत्नी और प्राणरक्षक होने के कारण दासी बनाना अस्वीकार कर दिया। उसने अगस्त्य के क्रोध की भी चिंता नहीं की; अपितु दयार्द्र होकर अपनी सेना को आज्ञा दी कि दस्युओं का वध बंद कर दो।

महर्षि लोपामुद्रा इन दिनों मुनि अगस्त्य और राजा दिवोदास के साथ सेना में ही थी।

जब ये सब विजय प्राप्त करके तृत्सुग्राम को लौट आए, तब वहाँ तृत्सुओं और भरतों के बीच कलह हो गया।

अगस्त्य ने विश्वरथ को बुलाकर कहा कि उग्रा शांबरी को दासी के रूप में सौंप दो, किंतु विश्वरथ ने उसे सौंपना अस्वीकार कर दिया। गुरु-शिष्य के बीच झगड़ा हो गया। अंत में अगस्त्य ने आज्ञा दे दी कि अगले दिन सूर्योदय से पहले शांबरी उन्हें सौंप दी जाए।

जिस दिन अगस्त्य ने यह निश्चल आज्ञा दी थी, उसी दिन दोपहर को नाटक का प्रसंग आरंभ होता है।

पहला अंक

समय : प्रायः दोपहर चढ़ आया है।

'**स्थल** :तृत्सुग्राम की सभा।

[तृत्सुओं के इस मुख्य गाँव में लंगभग तीन सौ परिवार रहते हैं, और उन्हीं में राजां दिवोदास का हर्म्य है। उसके एक ओर अगस्त्य का आश्रम है, दूसरी ओर वसिष्ठ का और तीसरी ओर भरतश्रेष्ठ विश्वरथ का हर्म्य है। हर्म्य के सामने सभामंडप है, चारों ओर चौड़ी-सी ओसारी बनी हुई है, जिसमें लकड़ी के खंभों पर छप्पर लगा दिया गया है। बीच का आँगन खुला हुआ है, और उनके बीच में वेदी पर अग्नि स्थापित की गई है। एक ओर लकड़ी की कीलियों पर टँगे हुए सुरापात्रों में सुरां रखी हुई है और उसका बेचनेवाला भी वहीं बैठा है। तीन स्थानों पर चार-चार, पाँच-पाँच व्यक्ति मिलकर द्यूत क्रीड़ा कर रहे हैं।

आर्यों की इस सभा में मघवन जाति के बड़े-बड़े प्रतिष्ठित व्यक्ति साँझ को एकत्रित हुआ करते और गप्पें हाँका करते। कभी-कभी लोग बातचीत करने के लिए भी जुट जाया करते, किंतु शेष समय छैले आर्य वहाँ आकर जुआ खेलते, सुरा पीते और आपस में झगड़ा करते रहते। कोई विशेष बात होती तो राजा और ऋषिगण भी वहाँ आया करते। स्त्रियाँ वहाँ कभी न आतीं।

दाईं ओर आगे ही द्वार है। वहाँ बैठकर अजीगर्त अंगिरा, जयंत तृत्सु, व्याघ्रपाद जन्हु और जावाल तृत्सु जुआ खेल रहे हैं। पास ही एक सुरापात्र रखा हुआ है, जिसमें सें वे लोग मिट्टी के

बरतनों में ढाल-ढालकर जब-तब पीते जाते हैं। अजीगर्त लगभग तीस बरस का है और उसके मुख पर मदिरा का मद स्पष्ट दिखाई पड़ रहा है। दूसरे तीन व्यक्ति बीस से पच्चीस वर्ष तक की अवस्था के हैं। अजीगर्त ने धोती पहन रखी है। औरों ने मृगचर्म लपेट रखे हैं। कभी-कभी दूसरे जुआरियों के स्वर भी सुनाई पड़ जाते हैं। सभी रसमग्न हैं।]

जयंत तृत्सु :*(पासे फेंककर गोटी बिठाता है।)* पर अजीगर्त, तेरी बात तो अधूरी ही रह गई। उसे पूरी कर डाल न!

अजीगर्त अंगिरा :*(हिचकी लेते हुए)* मुझे पासे तो फेंक लेने दे। *(पासे फेंकता है।)* आज मुझे हो क्या गया है? *(दाँत पीसकर दाव लगाता है।)*

व्याघ्रपाद जन्हु :*(चिल्लाकर)* झूठ गिने हैं, फिर से गिनो।

अजीगर्त :*(आँखें निकालकर)* मैंने ठीक गिने हैं।

जयंत तृत्सु : बहुत गड़बड़ करोगे तो चौसर उलटकर फेंक दूँगा।

व्याघ्रपाद जन्हु : मैं तेरा सिर फोड़ दूँगा।

जयंत तृत्सु : पर मुझे तो अभी अजीगर्त की कथा सुननी है।

व्याघ्रपाद जन्हु : हाँ, वह तो मैं भी सुनना चाहता हूँ। बोलो न अजीगर्त! *(पासा फेंकता है।)*

अजीगर्त अंगिरा : *(आँखें नचाकर)* मैंने उन्हें रात को अतिथिग्व के उद्यानों में और अगस्त्य के आश्रम में नदी पर घूमते देखा, मानो साक्षात् इंद्राणी ही हों। हास्यमयी।

जयंत तृत्सु : मार डाला, तुम सचमुच भाग्यवान् हो! *(जाबाल से)* ले जाबाल, फेंक पासे। *(अजीगर्त से)* मैं कल आधी रात को उनकी पर्णकुटी के पास खड़ा रहा *(निःश्वास छोड़कर),* पर मुझे तो उनकी छाया भी नहीं दिखाई पड़ी।

व्याघ्रपाद जन्हु : उनके दर्शन के लिए तो देवता की कृपा चाहिए, देवता की।

जाबाला :*(पासे फेंकता हुआ)* ओह! ठीक से फेंकते ही नहीं बनते।

अजीगर्त अंगिरा :*(सुरा पीकर)* क्यों, चलोगे? मैं अभी वहीं जा रहा हूँ। *(हिचकी लेकर)* मैंने सुना है कि उन्हें देखने के लिए तो भीड़ इकट्ठी हो गई है।

लो, यह ऋक्ष भी आ गया; चलो, हो चुका खेल। *(चौसर फेंक देता हैं।)* ऋक्ष! ऋक्ष! *(जयंत से)* यह देवों का मुँह-लगा व्यक्ति है, उनके साथ रह आया है। ऋक्ष!

[ऋक्ष आता है। वह पहले से अधिक संतुष्ट और सुखी दिखाई पड़ता है। कुछ मोटा भी हो गया है। उसने नई धोती पहन रखी है और ठहाका मारता हुआ चला आ रहा है।]

ऋक्ष : आया, आया। कहो मित्रो! कुछ सुरा बची है या नहीं? यहाँ तो प्यास के मारे गला सूखा जा रहा है।

जयंत तृत्सु : बैठो, बैठो, लो। पर हाँ, एक बात है। बातें केवल भगवती के विषय में ही करनी होंगी। यहाँ दूसरों की बातें सुनने को कान नहीं हैं।

ऋक्ष : यह बात है बंधु! तो वह सुरापात्र तुम इधर बढ़ा दो, क्योंकि मुझसे भी उन महर्षि की बात के अतिरिक्त दूसरे की बात की ही नहीं जाती। *(सुरा पीता है।)*

अजीगर्त अंगिरा : क्यों, इतनी प्यास लेकर चले कहाँ जा रहे थे? अपने मित्र विश्वरथ के यहाँ?

ऋक्ष : *(मन-ही-मन प्रसन्न होकर)* अरे छोड़ो विश्वरथ को। अमावस्या-सी काली शांबरी ने उसे सुखाकर अमहर बना डाला है। उसके पास जाता हूँ तो मन बड़ा दुखी हो जाता है।

जयंत तृत्सु : तो फिर और कहाँ जा रहे थे?

ऋक्ष : अरे मूर्ख, यह पूछ कि मैं आ कहाँ से रहा हूँ।

[सब खिलखिलाकर हँस पड़ते हैं।]

जयंत तृत्सु : अच्छा, तो यही बताओ कि आ कहाँ से रहे हो?

ऋक्ष : *(हँसकर कुछ मद में)* मैं वरुण के भवन से आ रहा हूँ... मैं सूर्य के अश्वों के खुरों-तले कुचले जाते-जाते बचा... किंतु फिर भी उषा को मैंने देख ही लिया—लाल, तेजस्वी, दिन-दिन नव-नवीन रंग फैलाती हुई।

अजीगर्त अंगिरा : तुम्हारे ऊपर आदित्य की बड़ी कृपा है ऋक्ष! अच्छा, जिनके साथ रह आए हो उनकी कुछ बातें तो बताओ।

व्याघ्रपाद जन्हु : और ऋक्ष ! वे हमारे कौशिक को प्यार करते थे, क्या यह बात सच है ?

जाबाल तृत्सु : और कहते हैं कि शंबर भी उन पर मुग्ध हो गया था।

ऋक्ष : *(आडंबर के साथ आदर का भाव दिखाकर)* मित्रो ! पूछने में समय न खोओ। चुपचाप सुनो और मस्त रहो। जबसे मैंने उन्हें देखा है, तभी से दिव्य विद्या मेरी जीभ पर आकर बैठ गई है। *(मद के कारण कुछ चुप रहकर)* मित्रो ! अंतिम प्रणाम। यह तृत्सुग्राम छोड़कर मैं जा रहा हूँ⋯मैं चला।

जयंत तृत्सु : यह क्या प्रलाप करने लगे ? क्या इतनी जल्दी सुरा चढ़ गई ?

ऋक्ष : अरे, तृत्सुओं के कायर जयंत ! तुम्हारी उषा से भी अधिक दिव्यता मैंने दिन और रात अपनी आँखों देखी है।

व्याघ्रपाद जन्हु : देखिए, देव का अपमान न कीजिए।

ऋक्ष : *(ध्यान देकर ऐंठ के साथ)* मैंने स्वयं इन आँखों देखा है। पर तुम्हारी आँखें अब खुलेंगी।

अजीगर्त अंगिरा : अरे खुलकर कहो न !

ऋक्ष : सुनो अंगिरा ! दो ही चार दिनों में भरद्वाज की तेजस्वी पुत्री यहाँ से चली जाएगी। और तुम लोग चमगादड़ की भाँति अंधे होकर यहीं लटके रह जाओगे।

जयंत और जाबाल : *(साथ-साथ बोल उठते हैं।)* क्या ? क्या ?

व्याघ्रपाद : जो बात कहनी हो खोलकर कहो न ! लोपामुद्रा कब जानेवाली हैं ? कहाँ जाएँगी ? बोलो—कब जाएँगी ?

ऋक्ष : *(पागल के समान हँसकर)* अरे मूर्खो ! जब इस दुर्दम के पुत्र और अगस्त्य के शिष्य ऋक्ष को तुम तृत्सुग्राम छोड़कर जाते देखोगे तो—

व्याघ्रपाद जन्हु : यदि अब तुम सीधे-सीधे बात नहीं कहोगे, तो मैं दो तमाचे जड़ दूँगा।

ऋक्ष : तो सुनो ! मैं लोपामुद्रा का शिष्य हो गया हूँ और जहाँ गुरु वहीं शिष्य।

जयंत तृत्सु : तो क्या तुमने गुरु अगस्त्य को धता बता दिया ?

ऋक्ष : देखो तृत्सु ! जब चंद्रमा उदय हो जाता है तो तारों की बात कोई नहीं पूछता। सुनो, मैं अभी-अभी गुरु जी के आश्रम में गया था। वहाँ मैंने देखा कि

ऋषिश्रेष्ठ लोपामुद्रा जी सरस्वती में स्नान करके बाहर चली आ रही हैं। मैंने प्रणाम किया, उन्होंने शतंजीवी कहा। और मित्रो! वे हँसीं, जैसे वे हँसा करती हैं।

जयंत : फिर ?

ऋक्ष : फिर क्या ? उसी क्षण मेरा हृदय उछलने लगा। मुझे पृथ्वी पर अँधेरा दिखाई देने लगा और उनकी आँखों में ज्योतिर्माला दिखाई देने लगी। वे खड़ी थीं–

अजीगर्त : हाँ फिर ? बताओ न, क्या हुआ ?

ऋक्ष : *(हँसकर)* इतने आतुर हो, अंगिरा! तो तुम अपना मार्ग पकड़ो। हाँ, हुआ क्या ? मैंने हाथ जोड़कर याचना की–हे भगवती! मैं आपका शिष्य होने का इच्छुक हूँ। मुझे आप अपने साथ लेती चलिए।

जयंत और जाबाल : फिर ?

ऋक्ष : *(विजय के भाव से)* फिर मूर्खो! उस देवी-तुल्य महर्षि श्रेष्ठ ने, उदीयमान सूर्य के स्वर्ण बिंब-जैसे ओठों से, मयूर की भाँति कूकती हुई अमृत-सी वाणी में कहा–देखो वत्स! बड़ी तपस्या करनी होगी। मैंने कहा कि दुर्दम का पुत्र तपश्चर्या से कभी पीछे नहीं हटा है।

अजीगर्त : फिर उन्होंने क्या कहा ?

ऋक्ष : उन्होंने कहा–तो वत्स! तुम बड़ी प्रसन्नता से मेरे साथ चल सकते हो।

अजीगर्त : *(खिन्नतापूर्वक)* बड़े भाग्यवान हो तुम, भाई! मैंने कहा नहीं था कि तुम देवों के बड़े लाड़ले हो ? शंबर जब इसे उड़ा ले गया तो साथ ही मुझे क्यों नहीं लेता चला गया ?

जयंत तृत्सु : मैं भी चलूँगा। मुझसे अगस्त्य के आश्रम में विद्याभ्यास नहीं हो रहा।

जाबाल तृत्सु : *(सहसा खड़े होकर)* मैं भी चल रहा हूँ। अभी आज्ञा लेकर आता हूँ।

अजीगर्त : और मैंने भी यही निश्चय कर लिया है।

[प्रतीप भरत और गय तृत्सु क्रोध में भरे हुए आते हैं। प्रतीप की कटि पर करवाल झूल रही है। गय के कंधे पर बाणों से भरा तूणीर

है। दोनों में झंड़प हो रही है। उनके आने पर वहाँ बैठे हुए पाँचों व्यक्ति खड़े होकर उनसे लिपट जाते हैं और दूर खेलते हुए लोग भी खेल छोड़कर धीरे-धीरे जुट जाते हैं।]

गय तृत्सु : *(चिल्लाते हुए)* कल सूर्योदय से पहले यदि विश्वरथ उस शांबरी को नहीं सौंप देता है तो समझ लेना, उसे और उसके साथियों को दिखा दिया जाएगा कि तृत्सुओं की भुजाओं में कितना बल है।

प्रतीप भरत : *(क्रोध में)* चल-चल ! भरत लोग न होते तो तुम करते क्या, पत्थर··· ? और हमारे कौशिक न होते तो जानते हो तुम्हारा क्या होता ? तुम्हारा यह दुःसाहस कि तुम उनका अपमान करो ?

गय तृत्सु : *(गुस्से में)* तो साथ-साथ यह भी क्यों नहीं कह डालते कि अतिथिग्व का जो राज्य चल रहा है, वह भी कौशिक के ही बल पर—तृत्सुओं ने आज जो कीर्ति पाई है, वह भी तुम्हारे कौशिकों के ही प्रताप से। कहो न ! कुछ तो कहो !

व्याघ्रपाद जन्हु : *(उत्तेजित होकर)* इसमें क्या संदेह है ? हम न होते तो तृत्सु लोग राज्य ही कैसे कर सकते थे ?

गय तृत्सु : अच्छा, तुम भी उधर की गाने लगे ? यह भूल गए कि तुम्हारा यह विश्वरथ आज हमारे ही कारण मनुष्य बन सका है ?

जयंत तृत्सु : *(गर्वपूर्वक)* और एक अमावस्या के पीछे प्राण और राज्य दोनों से हाथ धोने पर उतारू हो गया है।

प्रतीप भरत : देखूँ तो सही कि तुम्हारा वह बुड्ढा हमारे भरतश्रेष्ठ को ऊँगली भी कैसे लगाता है !

जयंत तृत्सु : भगवान् अगस्त्य शाप देकर उसे भस्म कर देंगे, यदि बहुत गड़बड़ की तो।

प्रतीप भरत : कर चुके भस्म ! हमारे कौसिक के समान कोई दूसरा ऋषि तो निकाल दो—अभी गुरुदेव को न जाने कितना उनसे सीखना पड़ेगा।

गय तृत्सु : *(धमकाकर)* छोटे मुँह बड़ी बात की तो जीभ खींच लूँगा।

प्रतीप भरत : *(अपमानित होकर)* देखूँ तो कौन माई का लाल है जो जीभ खींच लेना चाहता है ?

व्याघ्रपाद जन्हु : *(ढिठाई के साथ)* खींचो न ! है साहस ? देखो गय !

तुम्हारे-जैसे गए-बीते तृत्सु हमने बहुत देखे हैं।

गय तृत्सु : *(व्याघ्रपाद को तमाचा मारकर)* तुम्हारे-जैसे भरत तो मैं नित्य देखता हूँ। *(सब चिल्लाते हुए भिड़ जाते हैं।)*

प्रतीप भरत : *(गला फाड़कर)* न देखा हो तो देख लो भरतों को!

[एक धक्का मारता है और गय दूर जा गिरता है। प्रतीप को अजीगर्त और दूसरे व्यक्ति पकड़ रखते हैं, और गय को दो-तीन व्यक्ति पकड़े रखते हैं। शेष सब लोग परस्पर मार-पीट करते हैं। ऋक्ष द्वार के बाहर झाँककर द्यूत पर चौकी रखनेवाले अधिकारी अक्ष्वपा को पुकारता है।]

ऋक्ष : *(चिल्लाकर)* दौड़ो! अक्ष्वपा! कोई तो आओ! कौन युवराज! सेनापति! अरे दौड़ो, दौड़ो! यहाँ मार-काट आरंभ हो गई है। *(लड़नेवालों से)* लो सेनापति आ गए! युवराज आ गए—

[राजा दिवोदास का पुत्र सुदास शीघ्रता से आता है। वह कोई पच्चीस वर्ष का स्वरूपवान और हृष्ट-पुष्ट नौजवान है। उसने बहुमूल्य वस्त्र पहन रखे हैं।]

सुदास : *(कठोर होकर)* क्या है? यह क्या उपद्रव मचा रखा है?

[वृद्ध सेनापति प्रतर्दन आता है। वह अस्त्र-शस्त्रों से सुसज्जित है।]

सेनापति प्रतर्दन : व्याघ्रपाद! प्रतीप! *(सब लड़ते हुए रुक जाते हैं।)*

ऋक्ष : युवराज! सेनापति! आइए। इन लड़कों ने यह क्या झगड़ा मचा रखा है, देखिए तो!

सुदास : क्या बात है, गय?

गय तृत्सु : महाराज! इन भरतों ने राजन् अतिथिग्व का, गुरुवर्य का, तृत्सुमात्र का अपमान करना प्रारंभ कर दिया है। क्या हम इनके दबैल बसते हैं?

सुदास : *(क्रोध से)* कौन कहता है? किसमें इतना साहस है?

गय : *(तिरस्कारपूर्वक)* ये चाहें तो अपने विश्वरथ को, और चाहें तो

अपनी उस अ—

प्रतर्दन : *(भयंकर होकर, करवाल की मूठ थामकर)* बालक, आगे एक भी शब्द कहा तो सिर धड़ पर नहीं रहने दूँगा।

सुदास : सेनानी ! तुम मेरे सामने तृत्सुओं को आँखें दिखा रहे हो ?

प्रतर्दन : *(दृढ़ता से)* भरतश्रेष्ठ का अपमान करनेवाला इस धरती पर नहीं रह सकता। *(उद्धत भाव से)* यहाँ कोई भी हो, इसकी मुझे चिंता नहीं है।

सुदास : *(क्रोध से काँपते हुए)* तो मेरा अपमान करनेवाला भी यहाँ नहीं रहने पा सकता।

[दोनों एक-दूसरे की ओर घूरते हैं। अगस्त्य आतें हैं—लंबे, तेजस्वी, विशाल नयनोंवाले, अधेड़ वय के स्वरूपवान मुनि; मुखमुद्रा कठोर है और ज्वाला-भरी आँखों के कारण भयंकर दिखाई पड़ रहे हैं; निश्चल संयम के कारण और भी भयानक लगते हैं। रूप में और व्यक्तित्व में सभी से निराले दिखाई पड़ते हैं। सभी चुप होकर आगे-पीछे हटने लगते हैं।]

अगस्त्य : क्या है ? तुम दोनों भी… ?

[उनकी दृष्टि जिस पर पड़ती है, उसे ही दग्ध कर देती है।]

प्रतर्दन : *(घूरकर) भगवन् ! मैंने तो केवल इतना ही कहा कि भरतश्रेष्ठ का अपमान करनेवाले को मैं पृथ्वी पर नहीं रहने दूँगा।*

सुदास : *(क्रोध से)* गुरुवर्य ! इन भरतों से तो मैं दुखी हो गया हूँ, इन्हें जहाँ जाना हो चले जाएँ। तृत्सुग्राम में या तो ये ही नहीं रहेंगे या मैं ही नहीं रहूँगा।

अगस्त्य : *(कठोरतापूर्वक)* फिर ?

प्रतर्दन : *(लड़कों से)* जन्हुओ ! चले जाओ अपने घरों में। कल हम लोग भरतग्राम चले जाएँगे।

अगस्त्य : *(प्रतर्दन की ओर कठोरता से देखते हुए)* फिर ? *(कोई बोलता नहीं है। गुरु के तेज से सभी डरते हैं। (अधिकारपूर्वक)* तुम दोनों हर्म्य में चले जाओ, मैं अभी आता हूँ। *(प्रतर्दन और प्रतीप एक ओर, तथा सुदास और गय दूसरी ओर प्रणाम करके जाते हैं)* वत्सो, तुम भी आश्रम में जाओ।

ऋक्ष : *(ढिठाई के साथ आगे आकर)* गुरुदेव ! भगवन् ! दुर्दम का पुत्र ऋक्ष आपसे एक दीन याचना करना चाहता है।

अगस्त्य : क्या है ? *(फैली हुई चौसर देखकर)* जुआ ? *(कोई बोलता नहीं है। ऋक्ष से)* तेरी आधी घड़ी भी याचना के बिना नहीं बीतने पाती।

ऋक्ष :*(हँसकर)* भगवन् ! याचना करना ही तो उत्तम शिष्यों का कर्त्तव्य है, और याचना स्वीकार करना ही उत्तम गुरुओं का अधिकार है।

अगस्त्य : हूँ। *(चुपचाप सुनते हैं।)*

ऋक्ष : *(हाथ जोड़कर, हँसकर)* गुरुदेव, मैं आपका आश्रम छोड़कर विद्याभ्यास के लिए जाना चाहता हूँ।

अगस्त्य : *(थोड़ी देर में)* अच्छा—

जयंत तृत्सु : *(साहस बटोरने का प्रयत्न करते हुए)* और—और भगवन् ! म-म-मेरी भी यही याचना है।

अगस्त्य : *(कठोर भाव से)* अच्छा।

व्याघ्रपाद जन्हु : *(हाथ जोड़कर, क्षोभ से)* और मेरा भी यही विचार है—यदि गुरुदेव को आपत्ति न हो तो—

जाबाल तृत्सु : *(पीछे से घबराकर)* और गुरुश्रेष्ठ, मैं भी—

अगस्त्य : *(देखते रहकर)* क्यों ? क्या बात हुई है ?

ऋक्ष : *(हँसते-हँसते)* गुरुश्रेष्ठ ! हम सब भगवती लोपामुद्रा के साथ उनके आश्रम में विद्याभ्यास करने जाना चाहते हैं।

अगस्त्य : *(भ्रू भंग करके)* उनसे पूछ लिया है ?

ऋक्ष : *(सिर हिलाकर)* मैंने पूछ लिया है और उन्होंने स्वीकार भी कर लिया है। हम दो-तीन दिन में ही आपसे आज्ञा ले लेंगे।

अगस्त्य : *(उदासीनता से)* अच्छा।

[जाने के लिए घूमते हैं।]

ऋक्ष : *(साथ चलते हुए)* वे एक-दो दिन में ही यहाँ से चली जाएँगी—और हम लोग भी उन्हीं के साथ चले जाएँगे।

[एक आर्य आता है।]

आर्य : *(हाथ जोड़कर)* गुरुदेव ! भगवती लोपामुद्रा और राजा अतिथिग्व

यहाँ आ रहे हैं।

अगस्त्य : *(भयंकर रूप से)* आर्याओं के लिए इस सभा में कोई स्थान नहीं है।

[चले जाते हैं।]

व्याघ्रपाद जन्हु : *(हर्ष से उछलकर)* भगवती, यहाँ? कितने हर्ष की बात है!

ऋक्ष : *(हँसकर, बड़प्पन जताते हुए)* मित्रो! गुरुदेव वृद्ध हो गए हैं। भगवती यहाँ आतीं तो उनका क्या बिगड़ जाता?

जयंत तृत्सु : मैं जानता हूँ। गुरु जी जहाँ उनको देखते हैं उनका हृदय धड़कने लगता है।

[सब हँसते हैं।]

ऋक्ष : मेरा हृदय भी धड़कता है। वह सुरापात्र तो उठाओ।

व्याघ्रपाद जन्हु : अभी तुम्हारा जी नहीं भरा।

[सुरापात्र ऋक्ष को देता है। वह पीता है।]

ऋक्ष : जो आर्य सुरापात्र से तृप्त हो जाता है उसे आर्य कहलाने का—और—और भगवती के शिष्य होने का कोई अधिकार नहीं है।

[एक युवक दौड़ता हुआ आता है।]

युवक : लो ये आ गईं! आ गईं! अंगिरा! भगवती आ गईं।

ऋक्ष : रख दो *(व्याघ्रपाद को सुरापात्र देकर)* रख दो—मैंने सुरा को स्पर्श न करने की शपथ ले ली है।

[व्याघ्रपाद सुरापात्र को छिपा देता है, लोपामुद्रा और दिवोदास आते हैं। लोपामुद्रा कोई तीस बरस की, लंबी अद्भुत सुंदरता से प्रकाशवान स्त्री है। उसने आर्य स्त्री का वेश धारण कर रखा है। माथे पर जटा बँधी हुई हैं। पैरों में खड़ाऊँ हैं। उसका व्यक्तित्व विचित्र है—दृष्टिगत होते ही देखनेवाला चरणों मे झुक जाता है। दिवोदास वृद्ध, बलवान, उदार हृदय के योद्धा हैं। युद्ध के

अतिरिक्त और किसी बात में विशेष रस नहीं लेते । अभी वे शस्त्र नहीं लिए हुए हैं । पीछे एक योद्धा उनकी तलवार उठाए चला आ रहा है ।]

दिवोदास : यहाँ कुछ झगड़ा हुआ है ? किसने किया ?

[सब वंदन करते हैं ।]

ऋक्ष : *(हाथ जोड़कर)* राजन् ! आँधी आई थी, निकल गई । हम तो पूर्ण शांत हैं । भगवती को मेरा प्रणाम !

लोपामुद्रा : *(हँसकर)* मैं क्या जानती थी कि तुम भी यहाँ हो ? तुम जहाँ रहोगे, वहाँ मार-पीट हो ही नहीं सकती ।

[सभी युवक एक स्थान पर एकत्र होकर हँसते हुए देखते रहते हैं । सभी की दृष्टि में मतवालापन है ।]

ऋक्ष : भगवती ! *(निःश्वास छोड़कर)* वे सुख के दिन भी निकल गए ।

जयंत तृत्सु : युवराज आए थे और उपद्रवकारियों को पकड़कर ले गए ।

दिवोदास : अच्छा ! अच्छा हुआ ।

लोपामुद्रा : *(सबकी ओर देखकर हँसती है ।)* क्यों वत्सो, तपस्या ठीक चल रही है न ?

अजीगर्त : *(आगे आकर प्रसन्न होते हुए)* हाँ, हाँ भगवती ! आपके अनुग्रह से ।

दिवोदास : लोपामुद्रा, तो फिर चलें ?

[दिवोदास जाने को घूमते हैं । सबको कुहनी से सरकाकर ऋक्ष पास आता है, और उसी के ही मुख पर शोभा देनेवाला विशाल और धृष्ट हास्य हँसता है ।]

ऋक्ष : भगवती ! मैं और मेरे ये मित्र आपके दर्शन करके कृतार्थ हो गए हैं । *(हाथ जोड़कर)* साथ-ही-साथ आपकी कृपा की याचना भी करते हैं ।

लोपामुद्रा : *(हँसकर)* कौन ? महर्षि मैत्रावरुण के शिष्य ?

अजीगर्त : हाँ, भगवान् मैत्रावरुण के । जैसे भगवती कह रही हैं, वैसा ही है ।

ऋक्ष : *(बीच में पड़कर)* हे भगवती ! दुर्दम के पुत्र ऋक्ष की याचना सुनिए । ये सब आपके गुरुपद की इच्छा करते हैं । आप यहाँ से कब जाएँगी ? जब जाएँ हमें अपने साथ लेती जाएँ । इसी कृपा की हम याचना करते हैं ।

लोपामुद्रा : ये सब ?

अजीगर्त : हाँ भगवती… ! *(क्षोभ से अटक जाता है ।)*

लोपामुद्रा : मेरे साथ ? नहीं, ऐसी चंचल भावनात्मकता के वश न होओ ।

जयंत तृत्सु : *(हिम्मत से आगे आकर)* मैंने तो निश्चय कर लिया है कि या तो आपके साथ चलूँगा या फिर *(सकुचाकर)* डूब मरूँगा ।

जाबाल तृत्सु : मेरा भी ऐसा ही निश्चय है ।

व्याघ्रपाद जन्हु : मैं भी कृत निश्चय हूँ ।

ऋक्ष : हे भगवती ! आपको संशय करने की जरूरत नहीं है । और भी तीस शिष्य आपके साथ आने की भीषण प्रतिज्ञा ले बैठे हैं । या तो कार्य साधेंगे या फिर इस शरीर को ही छोड़ देंगे ।

दिवोदास : पर महर्षि का आश्रम बहुत छोटा है ।

अजीगर्त अंगिरा : हम उसे बड़ा बना लेंगे ।

जयंत तृत्सु : उसमें देर ही कितनी लगती है ?

लोपामुद्रा : पर तुम्हारे सगे-संबंधी सब यहाँ हैं; राजन् दिवोदास का यह बड़ा-सा जनपद है; अगस्त्य, वसिष्ठ और भरद्वाज की विद्या यहाँ है । तुम्हारे लिए यह स्थल ही योग्य है ।

अजीगर्त : नहीं, सुन लीजिए; आपके आश्रमों को छोड़कर और कहीं हम जीवन धारण कर सकें, यह संभव ही नहीं है । क्यों, ठीक है न ?

जाबाल तृत्सु : बिल्कुल ठीक है ।

लोपामुद्रा : मुझे क्या पता कि बात यहाँ तक बढ़ गई है । पर मेरी बात सुनो । जहाँ मैं गई हूँ, वहाँ तपस्वी इसी तरह पागल बन गए हैं । और पल-भर के मोह के कारण, जीवन-भर के लिए दुखी हो गए हैं ।

ऋक्ष : *(ढीठता से)* यह बात मानने से मैं साफ इनकार करता हूँ । मैं पागल हो सकूँ, ऐसा नहीं हूँ । आप भी पागल बना दें, ऐसी नहीं हैं । जब से आपको मैंने देखा है, तब से मेरे सुख की सीमा नहीं है । साथ आने से वह सुख क्योंकर कम हो सकता है ?

लोपामुद्रा : ये भी एक ज्वर के ही चिह्न हैं । उतर जाएगा तब हाथ-पैर ढीले पड़ जाएँगे । *(दिवोदास से)* नहीं राजन् ?

अजीगर्त : *(नम्रतापूर्वक)* किसी के शिष्य बनकर सुखी होने के बजाय, आपके शिष्यपद की विपत्ति झेलने में हमें सुख दिखाई पड़ता है ।

ऋक्ष : भगवती ! अपने निश्चय को हमने धेनु की तरह कीले से बाँध दिया है । वह छूट सके, यह संभव नहीं है । आप कब जाएँगी, यह बताइए ।

लोपामुद्रा : *(मजाक में)* ठीक सूर्योदय के समय, इस पीछे के घाट से मैं नाव में जानेवाली हूँ । तब आ पहुँचना । जाओ, अब तैयारी करो ।

ऋक्ष : *(हँस-हँसकर)* हमारे दूसरे मित्र जो आनेवाले हैं उनका क्या होगा ?

लोपामुद्रा : तुम पाँचों को यह काम सौंप दिया है । जो आए उसे साथ ले आना । पर सबको चेतावनी दे देना । मेरे साथ आकर पछताए बिना रहेंगे नहीं ।

[गय तृत्सु हाँफते-हाँफते आता है ।]

गय तृत्सु : राजन् ! राजन् !

दिवोदास : क्या है ? क्या है ?

गय : विश्वरथ ने आज्ञा दी है कि भरत-मात्र को कल यहाँ से प्रयाण करना है ।

[सब चौंकते हैं और चिंतातुर होकर देखते रह जाते हैं ।]

दिवोदास : *(चौंककर)* क्या ?

लोपामुद्रा : मैं जानती थी कि पुत्रक कुछ भयंकर जरूर करेगा ।

दिवोदास : लेकिन लोपामुद्रा, यह तो—

लोपामुद्रा : सवेरे से पहले शांबरी को सौंप देने की आज्ञा देकर मैत्रावरुण ने बहुत बुरा किया है ।

दिवोदास : विश्वरथ भी पागल हो गया है । *(गय से)* जा, प्रतर्दन को बुला ।

गय : राजन् ! गुरुदेव ने स्वयं उसे मिलने आने की आज्ञा दी थी, पर वह मिले बिना ही चला गया ।

दिवोदास : मुनि कहाँ हैं ? *(जाने को होता है ।)*

गय : अग्निशाला में ।

दिवोदास : *(गंभीर होकर)* लोपामुद्रा ! जैसे भी हो विश्वरथ को वहाँ जाने से रोक दो, और चाहो तो मुनि को समझाओ–अपने जाने से पहले ।

लोपामुद्रा : *(जाते-जाते)* नहीं, *(निःश्वास छोड़कर)* महर्षि मेरी नहीं मानेंगे । इसी से तो मैं जा रही हूँ ।

दिवोदास : मान जाएँगे, मान जाएँगे ।

लोपामुद्रा : *(निःश्वास छोड़कर)* अच्छी बात है, देखूँगी ।

[दोनों जाते हैं ।]

[परदा गिरता है ।]

दूसरा अंक

समय : दो घड़ी बाद ।

स्थल : दिवोदास अतिथिग्व का हर्म्य ।

[हर्म्य के बाड़े के आसपास लकड़ी के खंभों की बाड़ है । अंदर प्रवेश् करने पर एक ओर अश्वशाला है और दूसरी ओर गोशाला । गोशाला के पास ही अजशाला है । बीच में तीन खंड का हर्म्य है—पहला खंड पत्थर का है, दूसरा खंड लकड़ी का है और तीसरा बाँस का है । हर्म्य के दोनों ओर पक्ष यानी बरामदे हैं ।

हर्म्य के पीछे अलग-अलग पर्णकुटियाँ हैं, और पीछे की ओर सरस्वती से लगा हुआ एक उद्यान है । वहाँ एक छोटा-सा लकड़ी का मकान है, जो अतिथियों के लिए रखा गया है । उसमें लोपामुद्रा के ठहरने का प्रबंध हैं ।

हर्म्य में प्रवेश करते ही पहले बैठक का कमरा है । एक ओर हविर्धन यानी हवि रखने का कमरा है और दूसरी ओर अंतःपुर है । सामने ही अग्निशाला है जहाँ निरंतर अग्नि जलती रहती है । वहाँ चारों ओर चौकियाँ बिछी हुई हैं ।

अग्निशाला में एक ओर अगस्त्य ध्यान में बैठे हैं । उनका मुख कठोर और निश्चल है । वे ध्यान में से जागते हैं, आँख खोलते हैं, और धीमे-से उठते और मंत्र पढ़कर अर्घ्य देते हैं ।]

अगस्त्य : कोई है क्या ?

[रोहिणी, अगस्त्य की पुत्री, आती है। वह बीस बरस की, सुंदर और सयानी-सी लगनेवाली युवती है। उसके मुख पर गांभीर्य है।]

रोहिणी : कोई नहीं, क्या काम है ?

अगस्त्य : तू कहाँ से आई ?

रोहिणी : मैं पत्नीसदन से अपने आश्रम जा रही थी।

अगस्त्य : गौतम कहाँ है !

रोहिणी : मैंने उसे काम पर भेजा है।

अगस्त्य : प्रतर्दन आया ?

रोहिणी : *(धीमे स्वर में)* उसने आने से इनकार कर दिया।

[खेद और स्नेहपूर्वक देखते रह जाते हैं।]

अगस्त्य : *(भ्रू भंग करके)* अतिथिग्व कहाँ हैं ?

रोहिणी : महर्षि लोपामुद्रा के जाने की तैयारी करवा रहे हैं।

अगस्त्य : कब जा रही हैं ?

रोहिणी : कल सवेरे।

अगस्त्य : *(ज़रा स्नेह के स्वर में)* और तू पिता की रक्षा करने के लिए खड़ी है ?

रोहिणी : *(सस्नेह)* पिता जी ! आप थक गए हैं। चलिए, अपने आश्रम में चलें।

अगस्त्य : *(नरम पड़कर)* वत्से ! मुझे विश्राम लेने की आज्ञा नहीं है—मेरे देव की ओर से। प्रतर्दन ने क्या कहलाया है ?

रोहिणी : *(सकुचाते हुए)* सारे भरत कल सवेरे तृत्सुग्राम जाने की तैयारी कर रहे हैं।

अगस्त्य : *(भौंहें कुंचित कर, उग्र भाव से)* क्या ?

रोहिणी : *(धीमे से)* विश्वरथ ने आज्ञा दी है।

अगस्त्य : *(ऐसे देखते रह जाते हैं जैसे आँखों में अँधेरा छा गया हो। मुख-रेखाओं मे वेदना झलकती है।)* देव ! *(तुरंत स्वस्थ होकर कठोरता-पूर्वक)* रोहिणी ! तू जा।

रोहिणी : *(ममता-भरे काँपते स्वर में)* पिता जी !

अगस्त्य : *(काँपते होंठो से संयत होने का प्रयत्न करते हुए, क्रोध में)* जा !

रोहिणी : *(जाति नहीं है। अगस्त्य की पीठ पर हाथ रखकर खिन्नतापूर्वक)* मुझ पर इतना क्रोध हो सकता है ?

अगस्त्य : *(देखते रह जाते हैं।)* यह तो मेरा··· *(संयत होकर)* तू जा।

रोहिणी : पिता जी ! उसे जाने से रोकना चाहिए।

अगस्त्य : *(भयंकर होकर)* वह चला जाएगा तो सप्तसिंधु में आग लग जाएगी।

[चुप रहकर देखता रह जाता है।]

रोहिणी : *(थोड़ी देर बाद–धीरे से)* जा भी सकता है। वह जिद पर चढ़ गया है।

अगस्त्य : *(घबराकर ऊपर देखते हैं।)* वह यदि चला जाए–वह यदि चला जाए तो मेरा किया-कराया सब निरर्थक हो जाएगा। *(निश्चयपूर्वक)* देव की आज्ञा ऐसी···

रोहिणी : *(भय से)* क्या ?

अगस्त्य : *(गंभीरता से)* कि अगस्त्य यमलोक चला जाए।

रोहिणी : *(घबराकर)* पिता जी ! क्या कह रहे हैं ?

अगस्त्य : *(अडिग भाव से, पर सस्नेह)* बेटी, आर्यों को एक करने के लिए मैं जी रहा हूँ। यह काम न हो तो मैं क्योंकर बैठा रह सकता हूँ। *(शुष्क भाव से हँसते हैं।)*

रोहिणी : *(गिड़गिड़ाकर)* पिता जी !

अगस्त्य : *(दुख के साथ लेकिन दृढ़ता से)* बेटी ! जा, मेरी यह प्रतिज्ञा है।

रोहिणी : *(आँसू-भरे स्वर में)* विश्वरथ को समझाने का एक प्रयत्न तो कीजिए।

अगस्त्य : कल मैंने अंतिम प्रयत्न कर लिया–अंतिम आज्ञा दे दी। यदि वह उसे तोड़ देगा तो मुझे उसका पुरोहितपद नहीं चाहिए–और फिर जीना भी नहीं है।

रोहिणी : *(निराश होकर)* आप दोनों ही जिद्दी हैं।

अगस्त्य : पिता वरुण की आज्ञा का भंग कैसे हो सकता है ? *(बात बदलकर दृढ़तापूर्वक)* जा ।

रोहिणी : यहाँ आपको कितनी देर लगेगी ?

अगस्त्य : बहुत ।

रोहिणी : मैं आ जाऊँ तब हम साथ ही आश्रम को चलेंगे ।

[जाती है ।]

अगस्त्य : *(आक्रंद करके)* पिता ! देव वरुण ! क्या आज्ञा है ?

[थोड़ी देर ऊपर की ओर देखते हैं । फिर आँख मींचकर दोनों हाथ उन पर ढक लेते हैं । पल-भर वे सिर नीचा करके हताश बैठे रह जाते हैं । लोपामुद्रा आती है । उसने अभी कंधे पर शाल नहीं डाली है, इसलिए ओढ़नी में से उसका भयंकर सौंदर्य चू रहा है । वह आती है और दृष्टि बाँधकर अगस्त्य को देखती रहती है । एकाएक अगस्त्य देखते हैं और चौंक उठते हैं ।]

अगस्त्य : *(तिरस्कारयुक्त स्वर में)* भारद्वाजी ! पधारो ! *(शांति से)* क्यों ?

लोपामुद्रा : *(मजाक में)* महर्षिवर्य ! मैं आज्ञा लेने आई हूँ ।

अगस्त्य : क्या ?

लोपामुद्रा : मैं कल सवेरे अपने आश्रम को जा रही हूँ ।

अगस्त्य : अच्छा !

लोपामुद्रा : *(मजाक में)* आप-जैसे महर्षियों को क्या—मैं यहाँ रहूँ या और किसी जगह ?

अगस्त्य : *(बाध्य होकर)* नदी के रास्ते जाओगी ?

लोपामुद्रा : जी हाँ । *(हँसकर)* एक बात पूछूँ ? *(अगस्त्य गरदन हिलाकर हाँ कहते हैं ।)* विश्वरथ को दी हुई आज्ञा यदि वापस खींच लें, तो कैसा हो ?

अगस्त्य : *(कटुता से)* विश्वरथ बहुत प्रिय है, क्यों ?

लोपामुद्रा : हम दोनों का स्नेह उसमें एकत्रित हुआ है । रोष बिसार दो, और उसे जैसे हृदय में समा रखा था वैसे ही फिर समा लो ।

अगस्त्य : झगड़े की मूल शांबरी है। उससे कहो कि वह दस्युकन्या को छोड़ दे।

लोपामुद्रा : *(मजाक में)* मैत्रावरुण ! स्त्री के भाग्य में झगड़ा करना ही क्यों बदा है ?

अगस्त्य : *(तिरस्कारपूर्वक)* तुम्हीं जानो, तुम्हारे लिए भी झगड़ा होता होगा न ?

लोपामुद्रा : *(गंभीर होकर)* नहीं, महर्षि ! मेरे कारण झगड़ा नहीं होता। मैं किसी के हृदय में नहीं समाई हूँ। मैं विहार करती हूँ—मरुतों की तरह—अपनी इच्छा के अनुसार।

अगस्त्य : *(भ्रू भंग करके)* यह बात अलग है।

लोपामुद्रा : *(सखेद)* क्या ?

अगस्त्य : शांबरी की।

लोपामुद्रा : कोई उस बेचारी को तो पूछता ही नहीं है।

अगस्त्य : युद्ध में जीती हुई स्त्री तो गाय के समान है, जहाँ भेजिए, वहीं चली जाएगी।

लोपामुद्रा : मैत्रावरुण ! विश्वरथ के लिए उसने पिता को मर जाने दिया। उसे वह दूसरे के हाथ में कैसे जाने दे सकता है ?

अगस्त्य : उसे छोड़े बिना विश्वरथ को शांति नहीं है।

लोपामुद्रा : *(मजाक में)* स्त्री अपने स्वामी की होती है, नहीं ?

अगस्त्य : *(गुस्से में)* भरतश्रेष्ठ दास की दुहिता को रानी बनाएँ ?

लोपामुद्रा : *(मजाक में)* दासियाँ कौन नहीं रखता है ?

अगस्त्य : *(कठोरतापूर्वक)* भारद्वाजी ! आर्यों की पत्नी आर्या ही हो सकती है। उसकी ही संतानें देव को अर्घ्य दे सकती हैं।

लोपामुद्रा : अगस्त्य ! मैं आर्यों से अनजान नहीं हूँ। कितने आर्य विश्वरथ की तरह पत्नीपरायण हैं ?

अगस्त्य : आर्यों के आदर्श जो मैं मानता हूँ, वे तुम नहीं जानतीं। भरत दासी को महिषी के पद पर स्थापित करे, यह तो शुद्धिभ्रंश की अवधि है।

लोपामुद्रा : इसमें शुद्धिभ्रंश कौन-सा ? अनेक आर्याओं से उग्रा कहीं अधिक स्नेहालु और शुद्धहृदया है।

अगस्त्य : भारद्वाजी ! कौशिक मेरा पुत्र है; उसे चक्रवर्ती-पद पर देखने के लिए मैं बेचैन हूँ। उसके पुरोहित होने के लिए मैंने इंद्र और मैत्रावरुण की आज्ञा मानी है। आर्यश्रेष्ठ के पद से मैं उसे गिरने नहीं दूँगा। सुन लिया ?

लोपामुद्रा : महर्षि ! वह भी ऐसा है कि गुरु के शब्द पर प्राण तक दे सकता है। पर उसकी प्राणदायिनी शक्ति का विध्वंस करवाने में मुझे देवों की आज्ञा का उल्लंघन दिखाई पड़ता है।

अगस्त्य : जहाँ तक मैत्रावरुण है, वहाँ तक आर्यों के अमित्रों को आर्यत्व को कलंकित नहीं करने दूँगा।

लोपामुद्रा : किसलिए ? किसलिए अगस्त्य ? मैंने मंत्रबल से शंबर को वश में किया था। जो मघवा तुम्हें प्रेरित करता है, वह दासों को प्रेरित नहीं कर सकता ? जो राजा वरुण हमारा उद्धार करता है, वह अधमों का उद्धार नहीं कर सकता ? देवों के प्रताप पर सीमा कौन बाँध सकता है ?

अगस्त्य : *(ऊबकर)* तो भले ही वह गुरु की आज्ञा तोड़े।

लोपामुद्रा : अविनय क्षमा करिए। पर क्या वरुण के वचन गुरु के वचन से अधिक आदरणीय नहीं हैं ?

अगस्त्य : *(तिरस्कारपूर्वक)* विश्वरथ को कौन प्रेरित कर रहा है, सो मैं जानता हूँ।

लोपामुद्रा : अगस्त्य ! विश्वरथ के आवाहन पर देव आते हैं। वह तो विप्र होने के लिए जन्मा है। उसे किसी और की प्रेरणा की जरूरत नहीं है।

अगस्त्य : तुम सब उसे बिगाड़ रहे हो।

लोपामुद्रा : अगस्त्य ! वह विचक्षण होता जा रहा है। किसी दिन वह गुरु की—हम दोनों की—कीर्ति को बढ़ाएगा।

अगस्त्य : हमारी ?

लोपामुद्रा : उसके आचार-विचार और कीर्ति के माता-पिता तो मैं और तुम हैं—

अगस्त्य : *(चौंकते हैं, ओठ काटकर)* अभी कलंकित न करे तो ही अच्छा है। *(जाने को होते हैं। लोपामुद्रा एक कदम आगे बढ़कर उसे रोकती है।)*

लोपामुद्रा : *(सखेद)* मैत्रावरुण ! जाने से पहले एक बात पूछती हूँ।

अगस्त्य : क्या ?

लोपामुद्रा : तुम मुझसे बोलने में क्यों झिझकते हो ? मैंने कौन-से पाप किए हैं ?

अगस्त्य : *(क्रूरतापूर्वक)* भारद्वाजी ! सारा जगत् तुम्हारे साथ बोलने को तड़प रहा है, फिर भी क्या कम पड़ रहा है ?

लोपामुद्रा : *(हँसकर)* हाँ, जिनके साथ मैं बोलना चाहती हूँ वे मुझसे नहीं बोलते हैं। मुझमें ऐसा क्या है जो तुम्हें अच्छा नहीं लगता ?

अगस्त्य : *(थोड़ी देर क्रोध से देखकर, आखिर बाध्य होकर, धीरे-से)* मैं तुमसे डरता हूँ।

लोपामुद्रा : *(आँखें बड़ी कर, तेज बरसाते हुए)* हृदय खो जाने का डर लगता है ?

अगस्त्य : *(तिरस्कारपूर्वक)* नहीं, तुम्हें निराश करने का डर लगा रहता है।

लोपामुद्रा : *(एकाएक उमड़कर)* मैत्रावरुण ! भय तो मुझे लगता है। अब तक जहाँ भी गई हूँ, वहीं पुरुषों ने मुझे हृदय समर्पित किए हैं, और मैंने बिना मूल्य के ले लिए हैं। आज मैं मूल्य देने को तैयार हूँ, पर तुम हृदय नहीं दे रहे हो। क्यों निर्दय हो रहे हो ?

अगस्त्य : तुम धृष्ट हो।

लोपामुद्रा : हमजोली जब कोई आता है तो पहले तो धृष्ट ही लगता है।

अगस्त्य : *(जाते हुए, तिरस्कारपूर्वक)* मैं तुम्हारा हमजोली कैसे हो सकता हूँ ?

लोपामुद्रा : हमजोली का सृजन तो देव करते हैं। क्या इच्छा करके हुआ जा सकता है ?

अगस्त्य : बहुत नहीं हो गया ?

लोपामुद्रा : नहीं, मैंने अपना व्रत छोड़ दिया है। स्नेह स्वीकार करना छोड़कर मैं तो उसे जीतने बैठी हूँ।

अगस्त्य : तो कह दूँ ? तुम्हारे प्रयत्न निष्फल होने को ही बनाए गए हैं।

लोपामुद्रा : *(विनयपूर्वक, हँसकर)* नहीं, आज दो महीने हो गए हैं, देखती आ रही हूँ। *(जोर देकर)* नहीं।

अगस्त्य : *(तिरस्कारपूर्वक)* मैं आप-जैसी महर्षि को क्या कह सकता हूँ ?

लोपामुद्रा : *(हँसकर, गीली आँखों से)* समय आने पर कहा जा सकेगा—जरूर कहा जा सकेगा। अभी तो मुझे आश्रम को जाना है। देव आपका तप बढ़ाएँ और हृदय में अमृत उँड़ेलें—यही याचना है। आज्ञा !

[नीचे देखकर हँसती हुई, ओढ़नी समेटकर चली जाती है।]

अगस्त्य : *(पगले-से देखते रह जाते हैं। फिर भ्रू भंग करते हैं, जैसे हृदय चिरा जा रहा हो।)* निर्मर्याद—

[परदा गिरता है।]

तीसरा अंक

[विश्वरथ के हर्म्य की अग्निशाला दिवोदास की अग्निशाला-जैसी ही है। अंतर मात्र इतना ही है कि वेदी बहुत बड़ी है, और चारों ओर रखी हुई सुवर्णमय चौकियाँ भरतों की समृद्धि की साक्षी दे रही हैं। प्रतर्दन और जमदग्नि बात करने के लिए आते हैं। और्व, ऋचीक का पुत्र जमदग्नि, प्रचंड, स्वरूपवान और सरल-सा लगनेवाला युवक है। उसने मृग-चर्म पहन रखा है। वह धीरे-धीरे विचार कर रहा हो, ऐसे बोल रहा है। दोनों चिंताग्रस्त हैं।]

प्रतर्दन : और्व ! भूल हो रही है, हमारी भूल हो रही है।

जमदग्नि : लेकिन तू अभी तक तो दृढ़ था।

प्रतर्दन : भाई, मैंने तो केवल रण खेलना जाना है, राज-खटपट मैं नहीं जानता। जब भरतश्रेष्ठ ने यहाँ से निकल चलने की आज्ञा दी तब मुझे एक ही खयाल था···

जमदग्नि : क्या ?

प्रतर्दन : कि भरतों का अपमान हो रहा है। यदि एकमात्र अपमान की ही बात होती तो मैं पीछे घूमकर देखता भी नहीं। लेकिन यह तो बहुत बड़ी बात हो गई है। कल हम चले गए कि अगस्त्य पुरोहितपद छोड़ देंगे···

जमदग्नि : मुझे भी ऐसा ही लग रहा है।

प्रतर्दन : तृत्सुओं के साथ विग्रह होगा। तो भी मैं उससे डरता नहीं हूँ, लेकिन भरतों का क्या होगा ? भरतश्रेष्ठ *(धीमे स्वर में)* शांबरी को महिषी

बनाना चाहते हैं। यह लोग कैसे सहन करेंगे ? मुझे क्या पता था कि बात को वे इतनी बढ़ा देंगे।

जमदग्नि : कर्दम क्या कहता है ?

प्रतर्दन : अभी यहाँ आएगा। वह तो उबल उठा है। *(कान में)* शंबर का दौहित्र भरतों का राजा हो, यह कोई भी सहन नहीं करेगा। भरत अंदर-ही-अंदर कट मरेंगे।

जमदग्नि : ऐसा लगता है ?

प्रतर्दन : हाँ, लेकिन भरतश्रेष्ठ कैसे हैं ?

जमदग्नि : आज चार दिन हो गए हैं, वैसा ही अकेला घूम रहा है, जैसे देव की आराधना कर रहा हो। पल-भर भी आँख नहीं मींचता। बहुत हुआ तो जाकर शांबरी को सहलाता है।

प्रतर्दन : वह कैसी है ?

जमदग्नि : प्रतर्दन ! वह तो कौशिक पर आँखें लगाए बैठी है। उसकी आँखों की राह उसका प्राण बहा जा रहा हो, ऐसा लगता है।

प्रतर्दन : जबरदस्त लड़की है।

जमदग्नि : आर्या होती तो चैन होता।

कर्दम : *(बाहर से)* सेनाधिपति ! मैं आ सकता हूँ ?

[कर्दम, एक वृद्ध भरत, खाँसता हुआ आता है। हाथ में वह लकड़ी उठाए है, और उसके कंधे पर एक मोटी शाल है। कुछ सफेद बाल और आधे-बेबाल सिर को देख छिले हुए नारियल का खयाल आ जाता है।]

प्रतर्दन : आओ मघवन ! अभी तुम्हरा दम मिटा नहीं है ?

कर्दम : यह तो अब यमसदन तक का साथी है। *(सप्रयत्न नमस्कार करके)* भार्गव ! मेरा प्रणाम।

जमदग्नि : सौ बरस जियो ! बैठो कर्दम ! *(जैसे-तैसे कर्दम बैठता है, और उसके साथ दूसरे दो जन भी बैठते हैं।)*

कर्दम : कौशिक कहाँ है ?

जमदग्नि : बाहर घूम रहे होंगे, अभी आएँगे। बोलो ...

कर्दम : *(गरदन हिलाकर)* भाई, मैं रहा बूढ़ा आदमी। मेरी बुद्धि भी अब बूढ़ी हो गई है। लेकिन *(खाँसता है)* सच कहूँ? यह बात मेरी समझ में नहीं आती।

जमदग्नि : अच्छा!

कर्दम : भरत किसी भी दिन दस्युकन्या को महिषी नहीं होने देंगे।

प्रतर्दन : तब तो यह सब झगड़ा व्यर्थ ही है न?

कर्दम : भाई, जितना चाहो उतना लड़ो। इंद्र तुम्हें विजय दें। पर हमारे कुल को निष्कलंक रहने दो *(खाँसकर)* ऊँ–हूँ। यह बात तो नहीं बन सकती है।

प्रतर्दन : मुझे तो ऐसा मालूम होने लगा है कि गुरुदेव की बात सच है।

कर्दम : भाई, इन गुरु के प्रताप से भरत सबसे श्रेष्ठ हो बैठे हैं।

जमदग्नि : पर यह सब बात गुरु ने कौशिक से कल कही थी। उन्होंने तो यह भी कहा कि जो भरत आज तृत्सुओं के द्वेष के कारण विश्वरथ के साथ हैं, वही उसे पथभ्रष्ट करके, उसे और शांबरी को जीते-जी ही मार डालेंगे और प्रतर्दन का नाम भी उन्होंने लिया।

प्रतर्दन : *(सूखी हँसी हँसकर)* मेरा? गुरु भी पागल हो गए हैं!

जमदग्नि : विश्वरथ ने ऐसा ही कहा है।

प्रतर्दन : फिर?

जमदग्नि : भगवान् ने कहा—पुत्रक, तुझे भान नहीं है। आज प्रतर्दन दुश्मनों के बीच है, और तुझे अपना राजन् मानता है। वह तेरी आज्ञा पर जीता है। उसे भरतग्राम जाने दे, उसे अपनी संतानों की माता से मिलने दे, उसकी वृद्ध माता के बोल सुनने दे, फिर प्रतर्दन तेरा नहीं रहेगा, भरतकुल का होकर रहेगा। और जिन हाथों से तेरी परवरिश की है, उन्हीं हाथों से तेरा प्राण लेगा।

प्रतर्दन : मेरी माता तो जरूर ही मुझे खा जाएगी।

जमदग्नि : गुरु ने कहा है कि भरतग्राम की धूल तुझे कुंठित कर तेरे प्राण ले लेगी।

कर्दम : बात तो ठीक है। लेकिन कौशिक ने क्या कहा?

जमदग्नि : उसके पास तो केवल एक बात है। देवों ने शांबरी को पत्नी बनाने की आज्ञा दे दी है।

प्रतर्दन : *(ऊबकर)* देव भी जैसा मन में आता है वैसी आज्ञा दिए ही चले जाते हैं।

जमदग्नि : ऐसा न कहो, देव कुपित हो जाएँगे।

प्रतर्दन : *(उलझन में पड़कर)* तो फिर करना क्या चाहिए?

कर्दम : *(सिर हिलाकर)* मुझे तो इस विषय में शांबरी को छोड़ने के अतिरिक्त दूसरा कोई मार्ग ही समझ में नहीं आता।

जमदग्नि : मुझे तो कोई मार्ग नहीं दिखाई पड़ता। मुझे सब बातें ठीक ही लगती हैं।

प्रतर्दन : महाअथर्वण होते तो सब ठीक हो जाता।

जमदग्नि : मैं क्या जानता था कि गुरु-शिष्य कल इस प्रकार लड़ पड़ेंगे?

प्रतर्दन : किंतु तृत्सुओं का अत्याचार सहना भी अब संभव नहीं है।

कर्दम : इसे कौन अस्वीकार करता है, किंतु यह तो तीसरी ही बात होने जा रही है!

[खाँसता है। किसी के पैरों की आहट सुनाई पड़ती है।]

जमदग्नि : श-श-श। विश्वरथ आ रहा है।

[विश्वरथ आता है—बाईस-पच्चीस वर्ष का सुंदर युवक तेजस्विता के कारण ग्रस्त सूर्य के समान लगता-सा। वह इन दिनों मुरझा गया है। उसकी आँखें भी अस्वाभाविक तेज से चमकती किसी रोगी की आँखों के समान लग रही हैं। उसके मुख पर चिंता छाई हुई है—कहीं कोई उसका जी न दुखा दे। वह थोड़ी-थोड़ी देर में ऐसा व्यवहार करता है मानो वह बेसुध हो, सबसे भिन्न कुछ देख रहा हो, सुन रहा हो। वह आता है और किसी की ओर देखे बिना ही, अग्निकुंड की ओर देखता रहता है। जमदग्नि, प्रतर्दन और कर्दम खड़े हो जाते हैं।]

प्रतर्दन : *(विश्वरथ के पास जाकर)* भरतश्रेष्ठ, ये कर्दम मघवन आए हैं।

कर्दम : *(कुछ पास जाकर)* कौशिक! राजन् कैसे हैं आप? सोचा कि चलूँ मिल आऊँ।

विश्वरथ : *(स्नेह-भरे स्वर में)* मुझे समझाने आए हो ?

कर्दम : *(उलझन में पड़कर)* नहीं···नहीं···मैं तो यूँ ही बात करने चला आया हूँ।

विश्वरथ : *(चित्त ठिकाने करके)* हाँ-हाँ, बड़ी प्रसन्नता से। कहिए, क्या आज्ञा है ?

[सब बैठ जाते हैं। विश्वरथ नीचे देखकर बेसुध हो जाता है।]

कर्दम : *(संकुचित होकर)* कल जाने का निश्चय है ?

विश्वरथ : *(बेसुधी से जागकर)* क्या कहा ? जाने का ? हाँ।

[चारों ओर देखकर फिर बेसुध हो जाता है।]

कर्दम : *(खाँसकर)* हँ, हँ, गुरु जी तो बिगड़े ही रहेंगे।

विश्वरथ : *(फिर सावधान होकर)* ऐं ! गुरु ! *(गिड़गिड़ाकर)* कर्दम, मुझे समझाकर क्या करोगे ? भगवान् मैत्रावरुण की-सी वाणी और बुद्धि किसके पास है ! और वे भी मुझे नहीं समझा पाए।

कर्दम : *(व्यग्रता से)* नहीं-नहीं। पर मैं समझाने नहीं आया हूँ।

विश्वरथ : *(दीन भाव से)* मुझ पर दया कीजिए। मैं इतना ही चाहता हूँ। मैंने सब सुन लिया है। पर मुझे देव की आज्ञा सुनाई पड़ रही है।

[वह बेसुध हो जाता है। ऋक्ष का प्रवेश।]

ऋक्ष : मुनियों में श्रेष्ठ भगवान् वसिष्ठ जी आ रहे हैं। लीजिए, आ गए !

विश्वरथ : *(चौंककर)* ओहो !

[सब खड़े हो जाते हैं, और विश्वरथ आगे बढ़ता है। वसिष्ठ आते हैं। यह रंग, रूप और चलने के ढंग से स्पष्ट जान पड़ता है कि ये अगस्त्य के भाई हैं, पर उनके-जैसी तेजस्विता और कठोरता इनमें नहीं दिखाई पड़ती। पूर्णिमा के प्रकाश-सा विशुद्ध, शांत, सात्विक और सौम्य प्रकाश उन्हें घेरे हुए है। किंतु कार्तिक-पूर्णिमा किसी से छिपी नहीं रह सकती। उनका हास्य विद्याभ्यास में निरत व्यक्ति का-सा है।]

वसिष्ठ : *(हँसकर)* विश्वरथ है क्या ?

विश्वरथ : मुनिवर्य ! वंदन करता हूँ। *(पैरों पड़ता है ।)*

जमदग्नि : महर्षि ! मैं भी···

[पैरों पड़ता है। प्रतर्दन और कर्दम भी पैरों पड़ते हैं।]

वसिष्ठ : वत्सो ! सौ शरद् जिओ। बैठो। *(सब बैठ जाते हैं।)*

विश्वरथ : *(बड़े ही यत्नपूर्वक चित्त को ठिकाने रखकर)* मुनिवर्य ! आप आए हैं, बड़ी कृपा की। कहिए, आज्ञा दीजिए !

वसिष्ठ : विश्वरथ, मुझे तुमसे कुछ बातें करनी हैं—खुले मन से। अभी तक मैं तुम्हारे मन की बात नहीं जान सका हूँ। मुझे बता सकोगे ?

विश्वरथ : *(सखेद)* बड़ी प्रसन्नता से। ये सब अपने ही लोग हैं। पूछिए जो भी पूछना चाहें। *(नीचे देखता है।)*

वसिष्ठ : *(भावहीन होकर)* तुम क्या करने जा रहे हो, यह जानते हो ?

विश्वरथ : *(ऊपर देखकर, धीरे-से)* हाँ।

वसिष्ठ : भगवान् अगस्त्य तुम्हें छोड़कर चले जाएँगे।

विश्वरथ : *(दीन भाव से)* केवल इस भय से मैं देव की आज्ञा का उल्लंघन कैसे कर सकता हूँ ?

वसिष्ठ : तृत्सुओं से वैर ठन गया तो ?

विश्वरथ : *(फीकी हँसी हँसकर)* यह भी भय ही है न ?

वसिष्ठ : तेरी घोषा माँ प्राण दे देंगी तो ?

विश्वरथ : *(स्वर में श्रद्धा आ जाती है।)* इस स्नेह के कारण क्या देवाज्ञा का अपमान किया जा सकता है ?

वसिष्ठ : और भरत ? *(प्रतर्दन को देखकर रुक जाते हैं।)*

विश्वरथ : *(उसकी आँखें चमक रही हैं।)* पदभ्रष्ट कर डालें तो ! मार डालें तो ! *(प्रेरणा-भरे स्वर में)* मुनिवर्य, मुनिवर्य ! मुझे राज्य-पद का मोह नहीं है। मुझे जीवन की ममता ही नहीं है।

वसिष्ठ : *(हँसकर)* तो फिर तुझे किसका मोह है ?—दस्युकन्या का ?

विश्वरथ : नहीं। *(विजय के भाव से आँख उठाकर)* बता ही दूँ ? मुझे मोह है, अपने देव की आज्ञा का।

वसिष्ठ: *(दृढ़तापूर्वक)* देव कभी ऐसी आज्ञा नहीं दे सकते ।

विश्वरथ: *(काँपते स्वर में)* देते हैं, देते हैं । प्रत्येक घड़ी, प्रत्येक पल···

वसिष्ठ: क्या ?

विश्वरथ: जिस स्त्री को मैंने स्वीकार किया है, जिसका जीवन-प्रवाह मुझमें आ मिला है, वही मेरी है, वही मेरी पत्नी है, वही समभागिनी है और वही सहधर्मचारिणी है ।

वसिष्ठ: यह देव की आज्ञा नहीं है *(तिरस्कारपूर्वक हँसकर)* यह किसकी प्रेरणा है, इसे मैं समझ सकता हूँ ।

विश्वरथ: *(अधीर होकर)* भगवती लोपामुद्रा को मैं पूज्य मानता हूँ । उनकी यदि यह प्रेरणा हो, तब भी उसमें मुझे देव की आज्ञा सुनाई पड़ती है ।

वसिष्ठ: किंतु शांबरी आर्या नहीं है ।

विश्वरथ: *(उत्साहपूर्वक)* नहीं, नहीं, क्यों नहीं ? वेदज्ञ मुनिवर्य ! दस्युकन्या दासी बनाई जा सकती है, रखैल बनाई जा सकती है, तो–तो भार्या क्यों नहीं ? उसमें जैसी शुद्धि और स्नेह है वह आर्य भी नहीं पा सकते । उसने मेरे लिए अपने पिता को भी मरवा डाला । यह क्या कम है ?

वसिष्ठ: *(तटस्थ न्यायवृत्ति से)* वत्स, यह लड़कपन है–देवाज्ञा नहीं । उससे तुम्हें काली-कलूटी, नकटी-बूची संतानें होंगी, उन्हें तुम अथर्वण और अगस्त्य की विद्या का अधिकारी बनाओगे ? उन्हें कुशिक और जन्हु के सिंहासन पर बिठाओगे ?

[प्रतर्दन और कर्दम सिर हिलाकर अनुमति दिखाते हैं ।]

विश्वरथ: *(पूज्य भाव से भरे स्वर में)* मुनिवर्य, मैं दिन-रात देवों की प्रेरणा के लिए प्रार्थना करता हूँ । पर यह बात मुझे समझ में ही नहीं आ रही है । सहस्रों कुरूपा आर्याएँ ग्राम-ग्राम मारी फिर रही हैं, फिर शांबरी क्यों नहीं आर्या हो सकती ?

वसिष्ठ: *(निश्चलतापूर्वक)* आर्य बनते नहीं हैं, जन्म लेते हैं ।

विश्वरथ: *(चिल्लाकर)* नहीं–नहीं–नहीं । मुझे देव की वाणी कुछ और ही सुनाई पड़ रही है । मुझमें यदि आर्यत्व है, तो मैं दूसरों को क्यों नहीं अर्पित कर सकता ? और यदि न अर्पित कर सकूँ, तो मेरे तप में उतनी कमी है ।

वसिष्ठ : *(अत्यंत अरुचि दिखाते हुए)* मैं नहीं समझता था कि तू इतना पागल हो गया है। अनार्य भी कभी आर्य हो सकते हैं ?

विश्‍रथ : *(आकुल होकर)* नहीं हो सकते तो अथर्वण, अंगिरा और मैत्रावरुण की विद्या व्यर्थ है। आपका तप और शुद्धि निरर्थक हैं। मुनि ! *(अकुलाकर)* कोई भी मुझे नहीं समझ रहा है। देव, देव ! मैं सच्चा हूँ या ये सब लोग ?

[बेसुध होकर अंतरिक्ष में ताकता रह जाता है। थोड़ी देर कोई कुछ नहीं बोलता।]

वसिष्ठ : *(उठकर)* तू नहीं मानेगा ? तो अच्छी बात है। पर अनंत काल तक आर्यों के विध्वंस के रूप में प्रसिद्ध रहेगा। पितृगण भी तुझे स्वीकार नहीं करेंगे।

[सब खड़े हो जाते हैं।]

विश्वरथ : *(सिर नीचे लटकाकर)* जैसी देव की इच्छा। मुनिवर्य, मैं देव के अधीन हूँ। पर—पर—इसी में, जो मैं कर रहा हूँ इसी में, कहीं आर्यों का उद्धार न समाया हो ? *(पैरों पड़ता है।)*

वसिष्ठ : अच्छी बात है, देववरुण तुझे सद्‌बुद्धि दें।

[जाते हैं।]

विश्वरथ : *(बेखबरी में से जागकर)* कर्दम ! प्रतर्दन ! मुझे क्षमा करना। *(निश्चयपर्वक)* चाहें तो भरत जन्हु का सिहासन दूसरे को दे सकते हैं। शांबरी के बिना मैं अकेला उस सिहासन पर नहीं चढ़ूँगा। चाहो तो जाओ—*(अधीरतापूर्वक)* मुझे छोड़कर, चले जाओ।

प्रतर्दन : *(घबराकर)* ओ मेरे देव !

कर्दम : कचूमर निकल गया।

[सिर हिलाता हुआ बाहर जाता है।]

प्रतर्दन : भार्गव ! क्या करेंगे ?

जमदग्नि : देव की इच्छा के अधीन होकर बैठ रहना है, और हो ही क्या सकता है ?

[रोहिणी आती है ।]

रोहिणी : कौशिक है, भार्गव ?

प्रतर्दन : पधारिए ।

जमदग्नि : *(चिंतापूर्वक)* तू कहाँ से आ रही है ? गुरुदेव का कुछ संदेशा है क्या ?

रोहिणी : *(सखेद सिर हिलाती है ।)* नहीं, मुझे कौशिक से मिलना है । कैसा है ?

जमदग्नि : *(निराश होकर)* बुरा, बहुत बुरा हो रहा है ।

रोहिणी : मुझे कौशिक के साथ बात करनी है ।

जमदग्नि : अकेले में ?

रोहिणी : हाँ !

जमदग्नि : बैठ, मैं भेजता हूँ ।

प्रतर्दन : तो मैं आज्ञा लेता हूँ । बहुत तैयारी करनी है ।

[जमदग्नि अंदर जाता है । प्रतर्दन धीरे-धीरे अग्नि के पास जाकर एक पाटे पर बैठ जाता है । विश्वरथ आता है और पास आकर खड़ा रह जाता है ।]

विश्वरथ : *(सस्नेह, खेद-भरे स्वर में)* रोहिणी ! तू ?

[बैठता है, पर अग्नि की ओर देख बेखबर हो जाता है ।]

रोहिणी : *(धीरे-से)* कौशिक-कौशिक ! *(साश्रु)* क्या मुझसे नाराज हैं ? *(विश्वरथ बेखबर बैठा रहता है ।)* मुझसे भी नहीं बोलेगा ?

[उसके सामने देखता है । वह रोती है और आँचल से आँसू पोंछती है ।]

विश्वरथ : *(सावधान होकर, चौंककर)* नहीं, नहीं । गिड़गिड़ाकर) रो नहीं । तू रोती है, यह मुझसे देखा नहीं जाता ।

[सिसकता है।]

रोहिणी : *(चकित होकर)* विश्वरथ, तू भी रोता है?

विश्वरथ : *(सिसककर)* रो लेने दे मुझे, रो लेने दे! तेरे ही सामने नहीं रोऊँगा तो किसके सामने रोऊँगा? *(दीन भाव से)* तू इतने दिन मुझसे मिली भी नहीं?

रोहिणी : *(आँसू पोंछकर)* तू इतना नाराज था कि तेरे पास आने को मेरी हिम्मत न हुई।

विश्वरथ : *(चकित होकर)* नाराज! किसने कहा?

रोहिणी : *(फीकी हँसी हँसकर)* सारा संसार कह रहा है।

विश्वरथ : और तू मान लेती है? रोहिणी! *(ध्यानपूर्वक देखकर)* तेरी प्रकृति कैसी है? जान पड़ता है, अच्छी नहीं है। देख···और *(कुछ भूली बात याद करते हुए)* तेरे लग्न के संबंध में···सुदास के साथ··· *(कुछ याद नहीं आता है। निराश होकर)* मैंने क्या सुना था, ठीक याद नहीं। *(निःश्वास छोड़कर दीन भाव से)* मेरा सिर चकरा गया है। सब–सब–मुझे भूल जाता है। *(रोहिणी की ओर देखता रह जाता है।)*

रोहिणी : कौशिक! काका ने मुझ पर दया करके सुदास के साथ हुई मेरी सगाई को तुड़वा दिया।

विश्वरथ : *(हर्ष के आवेश में)* तू सुदास के साथ विवाह नहीं करेगी? *(चित्त ठिकाने आ जाने से मुख पर वेदना झलक आती है।)* ओ देव! देव!

रोहिणी : *(गिड़गिड़ाकर)* कौशिक!

विश्वरथ : *(त्रस्त होकर)* क्या देव मुझे जीता ही जला देना चाहते हैं? *(आँसू पोंछता है।)*

रोहिणी : *(दीन भाव से)* विश्वरथ···!

विश्वरथ : *(रुदन के स्वर में)* किसी दिन मैं इस प्रसंग के लिए बिलखा करता था। आज *(रुदन के स्वर में)* तुझे मैं शांबरी की सौत किस मुँह से बना सकता हूँ। *(रो देता है।)*

रोहिणी : *(निराशा से भरकर)* ये स्वप्न छोड़ दे, पगले! *(आँख पोंछकर सावधान हो जाती है।)* सुन, मैं क्या कहने आई थी और क्या कह गई।

विश्वरथ : *(स्वस्थ होने का प्रयत्न करते हुए)* क्या कहना है?

रोहिणी : तुझे पता है ? जो तू शांबरी को कल नहीं सौंप देगा तो⋯तो⋯

विश्वरथ : मैं जानता हूँ।

रोहिणी : नहीं, तू नहीं जानता⋯तात प्राण त्याग देंगे।

विश्वरथ : *(एकाएक चौकन्ना होकर, फटी आँखों से)* ऐं ! क्या कहती है ?

रोहिणी : अभी ही उन्होंने मुझे अपना संकल्प बताया है।

विश्वरथ : *(आत्म-तिरस्कार से)* और मैं अनार्य–कुल-द्रोही–जाति-द्रोही–गुरु-हत्यारा ! *(स्वर टूटने लगता है।)* तेरा भी हत्यारा !

रोहिणी : तो यह जिद लेकर क्यों बैठ गया है ? शांबरी तेरे साथ रहकर क्या सुखी हो सकेगी ?

विश्वरथ : नहीं, उस हतभागिनी के भाग्य में तो दुख-ही-दुख लिखा है। *(ज़रा देर बेखबर देखता रह जाता है)* पर–पर देव *(आक्रंद होकर)* रोहिणी !–देव मुझे चैन नहीं लेने दे रहे हैं। *(रुककर)* मुझे वरुणदेव रोज कहते हैं–तूने उसे स्वीकार किया, मन, वाणी और कर्म से पत्नी बनाया–और उसे जीवन-संगिनी बनाने से डरता है ? मेरे व्रतों को तोड़ेगा ?

रोहिणी : लेकिन वह तो काली है, अनार्य है⋯

विश्वरथ : रोहिणी ! देव कुछ और ही आज्ञा कर रहे हैं। मेरे हृदय में, मेरी वाणी द्वारा उनके वचन की प्रतिध्वनि सुनाई पड़ती है। *(प्रेरणामय स्वर में)* वरुण ने स्पष्ट कह दिया है–आर्यत्व रूप और रंग में नहीं है। वह तो तप के कारण होता है–सत्य में–ऋत के अनुसरण से जो सब *(दैवी ध्वनि उसके शब्दों में गूँज रही है।)* शांबरी को त्यागने की बात कर रहे हैं, वे वर्ण-द्वेष और जन्म-भेद के अनार्यत्व की वांछना करते हैं। शांबरी के लिए तू जलकर भस्म हो जाएगी, तभी उसमें से सच्चा आर्यत्व प्रकट होगा। लाखों शंबर उस राख को शरीर पर मलकर आर्य बनेंगे और मेरी पूजा को अखंडित रखेंगे।

[खंड निःशब्द हो जाता है।]

शांबरी : *(नेपथ्य से, अत्यंत निर्बल स्वर में)* कौशिक⋯!

विश्वरथ : *(जैसे नींद से जाग रहा हो)* ओ ! ओ !⋯ *(रोहिणी से, दीन-भाव से)* देख, वह मुझे बुला रही है। रोहिणी ! मैं क्या करूँ ? मैं गुरु का कहा मानता हूँ तो शांबरी देह त्याग देगी–मैं मर जाऊँगा–देव और पितृगण

मुझे शाप देंगे।

शांबरी : *(नेपथ्य से)* कौशिक!

विश्वरथ : आया। *(चला जाता है)*

रोहिणी : *(धीरे-धीरे, साश्रुकंठ से)* दो में से एक⋯कल मरनेवाले हैं⋯और⋯साथ ही मैं तो मरूँगी ही⋯देव!

[हाथ में ठोड़ी रखकर, अग्नि की ओर देखती हुई वह पुतली-जैसी बैठी रह जाती है। पीछे से लोपामुद्रा आती है। वह धीरे-धीरे रोहिणी के पास आकर स्नेह-भरे नयनों से देखती रह जाती है।]

लोपामुद्रा : *(रोहिणी के कंधे पर हाथ रखकर)* बहन, तू यहाँ कैसे?

रोहिणी : *(चौंककर)* भगवती, वंदना करती हूँ।

लोपामुद्रा : *(हँसकर सिर पर हाथ रख लेती है।)* तू यहाँ कैसे? विश्वरथ को समझाने आई है?

रोहिणी : मैं कैसे समझा सकती हूँ? *(सिर पर हाथ रखकर)* मेरा भाग्य ही फूट गया।

लोपामुद्रा : क्या कह रही है?

रोहिणी : *(रोते हुए)* भगवती, मनुजों में दो व्यक्तियों की वाणी मेरे जीवन का सूत्र है। कल सवेरे दोनों में से एक या दोनों ही मरनेवाले हैं—और मेरे जीवन का सूत्र टूट जाएगा।

लोपामुद्रा : *(चकित होकर)* दो कौन?

रोहिणी : पिता जी और विश्वरथ, दोनों में से जिसका भी संकल्प टूट जाएगा वही प्राण त्याग देगा।

लोपामुद्रा : *(फीकी पड़ जाती है)* क्या कहती है? पिता जी?

रोहिणी : *(विवश भाव से)* हाँ, मैत्रावरुण ने प्रतिज्ञा की है। यदि विश्वरथ कल शांबरी को नहीं सौंप देगा, तो वे यमलोक चले जाएँगे। मैं क्या करूँ? मुझे कुछ भी सूझ नहीं रहा है। भगवती! भगवती! कुछ रास्ता सुझाओ। इन दोनों के बिना मैं कैसे जी सकूँगी? *(रोती है।)*

लोपामुद्रा : *(कुछ देर विचार करती है। उसकी आँखों मे तेज झलकता है और फिर लय हो जाता है। प्यार से)* रोहिणी, मैं जानती हूँ—विश्वरथ के हृदय

में तेरा वास है। क्या रास्ता सुझाऊँ? *(विचारमग्न होकर)* मैं कल तो जानेवाली हूँ।

रोहिणी : *(गिड़गिड़ाकर)* नहीं—नहीं—न जाओ। तुम्हारे सिवा विश्वरथ और किसी की बात नहीं मानेगा। मुझ पर दया करो, मैं पैरों पड़ती हूँ। *(हाथ जोडती है।)*

लोपामुद्रा : *(धीरे-से, भाव-भरे स्वर में)* गिड़गिड़ाने की जरूरत नहीं है। मैं क्या जानती थी कि अगस्त्य ऐसी प्रतीज्ञा ले लेंगे? बहन, तुझ-जैसी ही मैं भी हूँ। दोनों में से एक को भी मर जाने दूँ, तो मेरा क्या होगा?

रोहिणी : *(चौंककर)* तुम्हारा?

लोपामुद्रा : *(हँसकर बात उड़ा देती है।)* रोहिणी, उठ—आँसू पोंछ। *(कुछ विचार आ जाता है। हँसकर, संकल्पपूर्वक)* दोनों में से कोई भी नहीं मरेगा—यदि मैं जीवित रही तो। हो गया?

रोहिणी : *(अचरज में पड़कर)* भगवती!—

लोपामुद्रा : आँसू पोंछ। *(चुनौती देकर)* देखें तो—*(विजय के भाव से हँसकर)* वे दोनों हमें मारते हैं कि हम उन दोनों को बचा लेती हैं।

रोहिणी : *(प्रशंसा-मग्न होकर)* भगवती! आप तो उषा की अवतार हैं।

लोपामुद्रा : तू यहीं ठहर। *(रोहिणी के कंधे पर प्यार से हाथ रखकर)* कौशिक के जी को सांत्वना मिलेगी। *(जाती है।)*

रोहिणी : *(अग्नि की ओर देखते हुए)* अरे देव! क्या होगा?

[थोड़ी देर में विश्वरथ शांबरी की कमर पर हाथ रखकर, चलने में सहारा देता हुआ आता है। शांबरी बीस बरस की काली, बूची, गर्भवती युवती है। उसकी आँखें बड़ी, फीकी और मरती हुई हरिणी के समान हैं। वह बड़ी मुश्किल से चल रही है। सदा विश्वरथ पर ही अपनी आँखें टिकाए रखने की उसे आदत हो गई है।]

विश्वरथ : उग्रा! देख, यह है रोहिणी। मैंने तुझसे इसका जिक्र किया था न!

उग्रा : *(अशक्त स्वर में)* रोहिणी! *(विश्वरथ उसे चौकी पर बिठाता*

है।)

रोहिणी : क्यों बहन, कैसी हो ?

उग्रा : *(डरकर)* उन–भयानक–तेरे भैरव की लड़की *(विश्वरथ से)* मेरे पिता को जिन्होंने मरवा दिया, वे ?

विश्वरथ : *(थके स्वर में)* भूल जा वह सब। वे तो मेरे गुरु हैं–बाप से भी अधिक पूज्य। *(रोहिणी की ओर देखकर)* यह तो मेरी बालपन की सखी है। मैं और यह गुरु के आश्रम में साथ-साथ ही पले हैं।

रोहिणी : *(दयार्द्र स्वर में)* बहन शांबरी ! डरो नहीं ! *(शांबरी बोलती नहीं है। विश्वरथ सखेद रोहिणी की ओर देख रहा है। थोड़ी देर कोई नहीं बोलता।)*

रोहिणी : विश्वरथ, जो कुछ भी हो। मैं तो बालपन की सखी ही हूँ। *(उठकर)* अच्छा चलूँ, फिर आऊँगी।

विश्वरथ : अच्छी बात है। *(रोहिणी उठकर जाने को होती है। सामने से सेनापति प्रतर्दन हाँफता हुआ आता है। सो रोहिणी वापस लौट आती है।)* क्यों प्रतर्दन, क्या बात है ?

प्रतर्दन : *(घबराए स्वर में)* राजन्, मालूम हुआ, गुरु ने प्राण त्यागने की प्रतिज्ञा की है ?

विश्वरथ : *(सखेद)* मैं जानता हूँ।

प्रतर्दन : राजा दिवोदास सैन्य तैयार कर रहे हैं।

विश्वरथ : *(लापरवाही से)* किसलिए ?

प्रतर्दन : आपको जाने से रोकने के लिए।

विश्वरथ : अच्छी बात है। अपनी सैन्य को भी तैयार करो।

प्रतर्दन : *(उलझन में पड़कर खड़ा रह जाता है।)* राजन् !

विश्वरथ : *(लापरवाही से)* क्या है ? झिझक मत, कह डाल !

प्रतर्दन : भरतश्रेष्ठ ! *(क्षोभपूर्वक)* गुरु की प्रतिज्ञा का सबको पता लग गया है। इसलिए–इसलिए–*(अधिक बोला नहीं जाता है, सो रुक जाता है।)*

विश्वरथ : *(विजय के भाव से)* यानी भरत मेरे लिए नहीं लड़ेंगे। यही न ?

प्रतर्दन : *(जबान सूख जाती है।)* बहुतों के मन में ऐसा है जरूर। मैं–*(रुक जाता है।)*

विश्वरथ : प्रतर्दन, जा।

उग्रा : *(विश्वरथ का मुँह देखकर घबराती है। उसका हाथ पकड़कर)* विश्वरथ, मुझे छोड़ न देना...

विश्वरथ : घबरा मत ! *(प्रतर्दन से, निश्चय के साथ)* जा, भरतों से जाकर कह दे कि सबको अपनी सेवा से मुक्त करता हूँ—रोहिणी, तू भी जा, और गुरु से कह दे *(गांभीर्य से आकाश की ओर देखकर)* वरुणदेव अपने बालक को वापस बुला रहे हैं। *(द्वार में से आ रही धूप को देखने लगता है। एकाएक खड़े होकर)* जाओ, मैं विश्वास दिलाता हूँ—अभी ही।

रोहिणी : क्या ?

विश्वरथ : *(उत्साहपूर्वक)* कि शांबरी आर्या हो गई है या नहीं ?

रोहिणी : *(चौंककर)* किसके सामने ?

विश्वरथ : *(धूप की ओर देखते हुए)* सूर्यदेव के सम्मुख—ये रहे—मौजूद हैं। *(भयंकर भाव से)* निश्चय करा देने के बाद, इसके साथ मैं मृत्युलोक छोड़ दूँगा।

रोहिणी : *(घबराकर सिर पर हाथ रख लेती है।)* ओ—

प्रतर्दन : *(पीछे हटकर)* राजन्—

उग्रा : *(हाथ लंबा करके)* विश्वरथ, मुझे छोड़ न देना, मैं अकेली हूँ।

[बैठकर विश्वरथ का हाथ पकड़ती है। विश्वरथ सूर्य के बिंब की ओर देख रहा है।]

विश्वरथ : *(प्रार्थना के स्वर में)* देव ! कहो— कहो—मुझसे—गाधि के पुत्र से—मैत्रावरुण के शिष्य से— कि उग्रा आर्य है या अनार्य है। देव ! *(पानी लेकर शांबरी पर छिड़कता है।)* मैंने इसका परिसिंचन किया है—सत्य और ऋत् के द्वारा। *(अस्तंगत सूर्य-बिंब द्वार में मानो मढ़ जाता है।)* उग्रा ! वे आए, सविता, हाथ जोड़ ! उनकी कृपा की याचना कर कि तेरी बुद्धि को प्रेरणा प्रदान करें। बोल—ॐ तत्सवितुर्वरेण्यम्।

उग्रा : *(भयपूर्वक)* ॐ तत्सवितुर्वरेण्यम्।

विश्वरथ : भर्गोदेवस्य।

उग्रा : भर्गोदेवस्य।

विश्वरथ : धीमहि धियो योनः प्रचोदयात् ।

विश्वरथ : *(बेजान हो जाता है ।)* देव ! सविता ! बोलो ! *(ऐसे गिड़-गिड़ाकर जैसे प्राण जा रहा हो ।)* उग्रा आर्या है या नहीं ? बोलो, *(सश्रु स्वर में)* यह आर्य है या नहीं ?

[सूर्य-बिब बड़ा और लाल हो जाता है । उससे द्वार भर जाता है । वह सोने से मढ़े हुए रथ का रूप धारण कर लेता है । सूर्य प्रकट होते हैं । तप्त सुवर्ण-से तेजोमय शरीर और जाज्वल्यमान मुकुट और कवच पहने सबको अंधें कर देनेवाले देव पल-भर दृष्टिगोचर होते हैं । प्रतर्दन घबराकर भूमि पर औंधा गिर जाता है । रोहिणी आँखों पर हाथ देकर प्रणिपात करती है । उग्रा बेभान हो जाती है । विश्वरथ घुटनों के बल बैठकर, दोनों हाथ लंबे करके, फटी, गिड़गिड़ाती आँखों से पागल-सा प्रार्थना कर रहा है ।]

सूर्यदेव : हाँ ! *(चारों दिशाओं में आवाज गूँज उठती है ।)*

[धीरे-से सूर्य नारायण अदृष्ट हो जाते हैं । धूप चली जाती है । विश्वरथ मूर्छित हो जाता है ।]

[परदा गिरता है ।]

चौथा अंक

समय : संध्या।
स्थल : अतिथिग्व का उद्यान।

[अगस्त्य के आश्रम का तपोवन और भरतों के हर्म्य का उद्यान जहाँ मिलता हैं वहाँ एक कुंज। दाईं ओर से सीधा मार्ग गाँव में जाता है। आगे से दाईं ओर एक पगडंडी अगस्त्य के आश्रम में जाती है। बाईं ओर सरस्वती बह रही है। उस ओर घाट है और वहाँ दो-तीन नावें दिखाई पड़ रही हैं। बाएँ हाथ की ओर विश्वरथ के हर्म्य का मार्ग जाता है। दाईं ओर बड़े थालेवाला पुराना पीपल खड़ा है। चारों ओर छोटे-बड़े वृक्ष निकल आए हैं। कुछ वृक्षों पर फूल महक रहे हैं। जूही की एक बेल पीपल पर लिपटकर भूमि तक लटक गई है।

सूर्यास्त हो गया है। दिन का प्रकाश फीका पड़ता जा रहा है। सरस्वती के उस पार, आकाश में चंद्रमा चढ़ने लगा है और उसके बढ़ते हुए प्रकाश में वृक्षों की लंबी छाया क्षण-क्षण छोटी होती जा रही है। लोपामुद्रा धीरे-धीरे बोलती हुई आती है। इस समय वह मृग-चर्म धारण किए हुए है। उसका मुख चाँदनी में चमक रहा है। उसकी आँखों से तेज बरस रहा है।]

लोपामुद्रा : सरस्वती माता! यदि मैं तुम्हारी पुत्री हूँ, यदि मैंने जीवन-भर सत्य का आचरण किया हो, तो मुझे बुद्धि प्रदान करो। *(हाथ जोड़कर)* वाग्देवी! भारती! अपने भरतों के उद्धार के लिए आओ न! मेरी माँ! मेरी वाणी में आकर बस जाओ। *(चंद्र की ओर देखते हुए)* सोम! अपने अनुपम

सौंदर्य से मुझे सींच दो । उषादेवी ! माता ! अपनी पुत्री के सर्वांग को प्रकाश से भर दो । दो व्यक्ति, जो मेरे हृदय में बसे हैं, वे दोनों एक-दूसरे के विरोधी हो गए हैं । *(बादल की ओर देखकर)* वरुण ! देवाधिदेव ! दोनों आपके पुत्र हैं—दोनों ही प्रिय हैं। उनका उद्धार करने की शक्ति मुझे प्रदान करो। *(तनिक हँसकर)* अग्निदेव ! मेरी लज्जा जलाकर भस्म कर दो । मरुत ! मेरा संयम इतना दूर उड़ा ले जाओ कि उसकी धूल भी न मिल पाए ।

[दोनों हाथ जोड़कर, नीचे झुककर घुटनों के बल बैठ जाती है । अत्यंत दीनता से आकाश की ओर देखती है । इतने में ही पत्तों की सरसराहट होती है । वह उठकर वहाँ से चली जाती है ।

उग्रा धीरे-धीरे रोती हुई आती है । वह बड़ी कठिनाई से चल रही है । बाल खुले, दीन मुख पर दुःसह वेदना । उसे आती देखकर, पीपल पर से एक पक्षी पंख फड़फड़ाकर उड़ जाता है । वह चौंकती है, ऊपर की ओर देखती है और चंद्रमा को एकटक देखती रह जाती है । वह रोते हुए बोल रही है । लोपामुद्रा वृक्ष की ओट में छिप जाती है ।]

उग्रा : चंद्रमा ! पिता ! बताओ, उन्हें क्या हो गया है ? आज तीन दिन हो गए । मैंने उन्हें हँसते हुए नहीं देखा । मेरी प्यासी आँखें तड़प रही हैं । मेरे चंद्रमा ! क्या मुझे नहीं बताओगे कि उनका हास्य कहाँ चला गया ? *(आँसू पोंछती है ।)* मैं बड़ी दुखिया हूँ । न मेरे घर है—न पिता हैं—न जाति ही है । मेरे सब कुछबस कौशिक हैं । उन्हें भी नहीं रहने दोगे तो मैं कहाँ जाऊँगी ? *(विचार करके)* क्या रूठ गए हैं ? क्या मैं उन्हें अच्छी नहीं लगी ? क्या उनका चित्त कोई दूसरा चुरा ले गया है ? मैं क्या करूँ ?

[पीपल के पास आकर सीढ़ी पर बैठ जाती है और बलैया लेती है ।]

उग्रा : पीपल ! मेरे देव ! मेरे तो जितने आत्मीय थे सभी चल बसे⋯मुझ दुखियारी का एक तू ही आसरा है । *(समझाते हुए)* विश्वरथ भले ही कहें कि तुम देव नहीं हो । पर मेरी माँ और दादी तो तुम्हारा ही पूजन करती थीं ।

कौशिक के देवता से तो मुझे डर लगता है। पर मेरे पीपल ! तुम मेरी रक्षा करो। मैं तुम्हारा थाला धोऊँगी—तुम्हें कुंकुम और अक्षत चढ़ाऊँगी। वे हँसते नहीं हैं। तुम्हारे पत्तों की मैं नित्य पूजा करूँगी—पीपल, उन्हें एक बार हँसा दो न ! उन्हें सुखी कर दो न ! *(कुछ देर ठहरकर आँखें खुलती हैं।)*

उग्रा : पीपल ! मेरे सिर की छाया ! तुम उनकी कौन-सी बात नहीं जानते हो ? वे मेरे पिता के गढ़ में आए। मैंने उन्हें बुलाया; वे आए; मैं वृक्ष के समान निश्चेतन होकर खड़ी रह गई। वे हँस दिए—मेरी आँखों में वे बस गए—और मैं फिर जी उठी। *(थोड़ी देर आँखें मींचकर रह जाती है।)*

उग्रा : पिता ! मेरे पीपल ! जिस दिन से वह गौरांगी वहाँ आई, उसी दिन से इनका चित्त विचलित हो गया। वह स्त्री चित्त चुराने की कला जानती है। उसकी जिह्वा में भैरव से भी प्रबल जादू है। जो हास्य वह चुरा ले गई है, वह मुझे फिर से दिला दो मेरे पिता ! मैं तुम्हारे पैरों पड़ती हूँ। विश्वरथ कहते हैं कि मैं अब आर्या हो गई हूँ। अच्छी बात है। जो वे कहें, वही ठीक है। *(उमड़कर)* किंतु पीपल ! मैं तो सदा तुम्हारी ही पूजा करूँगी। बताओ तो सही कि वह हास्य कहाँ छिप गया है ? यहाँ मैं अपने पिता के घातकों में आ फँसी हूँ, यहाँ उनकी हँसी ही मेरा सर्वस्व है। उन्हें हँसा दो—उन्हें सुखी कर दो—उन्हें मेरे पास रहने दो। मैं उनके पैरों पड़ूँगी, उनके चरणों की सेवा करूँगी।

[थाले पर सिर रख देती है। लोपामुद्रा आँखें पोंछती हुई आगे आती है और बड़ी देर तक उग्रा को देखती रहती है। फिर उसके कंधों पर हाथ रख देती है।]

लोपामुद्रा : *(प्यार से)* उग्रा बेटी, क्या करती हो ?

उग्रा : *(चौंककर)* गौरांगी तुम कहाँ से आ गईं ?

लोपामुद्रा : *(धीरे से)* मैं यहीं घूम रही थी। तेरा स्वर सुनकर चली आई हूँ।

उग्रा : *(डरते-डरते हाथ जोड़कर)* देवी ! क्यों मेरे पीछे पड़ी हो ? मैंने तुम्हारा क्या बिगाड़ा है ?

लोपामुद्रा : पगली ! यह क्या कह रही हो ? जहाँ विश्वरथ तुम्हारा पल्ला पकड़कर खड़ा है, वहाँ अकेली मैं ही उसके साथ खड़ी हूँ।

उग्रा : गौरांगी, तुम्हारे आते ही मेरा भाग्य फूट गया। तुम आईं और कौशिक ने मुझे हृदय से उतार दिया–उसी समय से वह गढ़ छोड़ने के लिए तड़पने लगा। *(कँपकँपी आती है)* तुम्हारे ही कारण मेरे पिता की मृत्यु हुई–माता मरी–सभी मारे गए। अब मेरा पीछा कब छोड़ोगी ?

लोपामुद्रा : बहन ! अपने लोगों से बिछुड़कर तू खुली हुई गौ के समान घबरा गई है। मुझे छोड़कर तुम्हारा और तुम्हारे विश्वरथ का कोई नहीं है।

उग्रा : *(घबराकर)* हाय ! हाय ! क्या सच ? तो हमारा क्या होगा ?

लोपामुद्रा : *(ममतापूर्वक)* उग्रा ! तू हमारे लोगों को जानती नहीं है। तू कौशिक को सुखी नहीं कर रही है, और वह तुम्हारे लिए प्रतिष्ठा, राज्य और जीवन तक छोड़ने को बैठा हुआ है।

उग्रा : *(सिर पर हाथ रखकर)* गौरांगी ! तुम बड़ी चतुर हो। *(आशंका से)* यही सब करके क्या तुम मेरे कौशिक को छीन लेना चाहती हो ?

लोपामुद्रा : अरी मूर्खे ! अभी भी तू नहीं समझ पाई ? वह तो मेरा पुत्र है।

उग्रा : तो फिर उन्हें मुझसे छीन क्यों रही हो ?

लोपामुद्रा : बेटी ? मैं तुझे कैसे समझाऊँ ? मैं तुम्हारे लिए बाधक नहीं हो रही हूँ, पर हमारी जाति के लोग हो रहे हैं। जातिशुद्धि की रक्षा के लिए हम असुरों से भी अधिक विकराल हो उठते हैं।

उग्रा : मैं भी कितनी हत्‌भागिनी हूँ। बाप की हत्या कराकर, अब कौशिक की हत्या कराने आ बैठी हूँ। *(रोकर)* माता ! मेरा कोई नहीं है। *(उससे लिपट जाती है।)*

लोपामुद्रा : उग्रा ! तुम घबराओ मत ! सुनो ! अभी तुम्हारे ही कारण सारा संसार विश्वरथ पर उलट पड़ा है। मेरी बात मानो और मेरे आश्रम में चली चलो। मैं तुम्हें अपनी बेटी के समान रखूँगी। संतान हो जाने पर तुम्हें फिर कौशिक को सौंप दूँगी।

उग्रा : मेरे चले जाने पर क्या कौशिक बच सकेगा ? *(फिर संदिग्ध होकर)* ना-ना-ना ! अपने कौशिक को छोड़कर मैं कहीं नहीं जाऊँगी।

लोपामुद्रा : यदि साथ रहोगी तो कल प्रातःकाल उसे जीता नहीं पाओगी। देखो ! मैं उसे भी साथ चलने के लिए समझा रही हूँ। पर यदि वह नहीं भी माने तो तुम मेरे साथ अवश्य चली चलना। *(उग्रा विचार करती है। विश्वरथ आता*

है। वह धीरे-धीरे ऐसे चल रहा है मानो आधा नींद में हो।)

विश्वरथ : *(खेदयुक्त स्वर में)* उग्रा! तू यहाँ है? *(आकर)* कौन भगवती? *(उग्रा से)* तू इस सर्दी में ठिठुर जाएगी, मैं तुझे कब से खोज रहा हूँ। *(उग्रा के कंधे पर प्यार से हाथ रखता है।)*

लोपामुद्रा : अच्छा हुआ तुम मिल गए। विश्वरथ, मैं तुमसे मिलने गई थी पर तुम काम में लगे हुए थे। *(धीरे-धीरे)* कल प्रातःकाल मैं चली जाऊँगी, समझे!

विश्वरथ : तुम जा रही हो भगवती! और मैं भी कल चला जाऊँगा यह तो द्यावा पृथ्वी का राजा जानता है। *(असीम स्नेह से)* मैं पृथ्वी पर न रहूँ तो स्नेहोर्मि से कभी-कभी मुझे अंजलि दे देना। पितृलोक में बैठे-बैठे मैं तृप्त हो जाऊँगा।

लोपामुद्रा : *(विश्वरथ को डाँटकर)* यह क्या कह रहे हो? वत्स! मेरा हृदय फटा जा रहा है। विदा की बेला में भला कहीं ऐसे अमंगल शब्द कहे जाते हैं? *(उग्रा दीन वदन से देखती रहती है।)*

विश्वरथ : *(सिर हिलाकर)* भगवती! भगवती! तुम जानती नहीं हो? मेरी बात सच निकली। मेरे तपोबल से शांबरी आर्या हो गई।

लोपामुद्रा : *(चकित होकर)* क्या?

विश्वरथ : भगवती जब गुरु की आज्ञा सुनी तो पल-भर को मेरे हृदय में संशय जाग उठा। क्या मैं दस्यु-कन्या को आर्या बना सकूँगा? कहीं मैं गुरु के प्राण के बदले अपना हठ ही तो नहीं रख रहा हूँ? मैंने देवों का आवाहन किया।

लोपामुद्रा : *(चकित होकर)* फिर?

विश्वरथ : फिर मैंने सत्य और ऋत से उग्रा का परिसिंचन किया और *(चमकती आँखों से)* भगवती! सविता आए।

लोपामुद्रा : *(स्तब्ध होकर)* ऐं!

विश्वरथ : हाँ! सदेह—कनकमय कवच धारण किए हुए। प्रतर्दन और रोहिणी भी वहाँ थे। सूर्यदेव ने साक्षी दी कि उग्रा को मैंने आर्या बना दिया है।

लोपामुद्रा : *(भावपूर्वक विश्वरथ के दोनों कंधों पर हाथ रखकर)* विश्वरथ! तुम्हें दस्युओं को आर्य बनाने का मंत्रदर्शन प्राप्त हो गया। जो काम आज तक कोई भी महर्षि नहीं कर पाया, वह आज तुमने कर दिखाया है।

(भेंटकर) साधुवाद, मेरे पुत्रक! हृदय फाड़कर अपना हर्ष मैं तुम्हें कैसे दिखाऊँ! *(प्रशंसापूर्वक)* आज तुमने आर्यों का उद्धार कर दिया।

विश्वरथ : आज जो मुझे आर्यों ने त्याग दिया है, कल तो मैं *(सखेद)* न जाने कहाँ हूँगा?

लोपामुद्रा : विश्वरथ! यदि प्रयाण की ही इच्छा हो तो मेरे साथ चलो न?

विश्वरथ : *(विचार करके)* तुम्हारे साथ? भगवती! भगवती! आज गुरु, वसिष्ठ, दिवोदास, भरत और आर्य मात्र मेरी हँसी उड़ा रहे हैं। ऐसे समय में यहाँ से चला जाऊँ? ऐसा भी कभी हो सकता है? *(दृढ़तापूर्वक)* नहीं—नहीं…। यदि मेरे मंत्रदर्शन में सत्य समाया हुआ है तो यहीं से—जहाँ देवाधिदेव सूर्य ने मुझे दर्शन दिए हैं, यहीं से, अपना मंत्र उच्चारित करता हुआ मैं पितृलोक में संचरण करूँगा। *(नम्रतापूर्वक)* अपने सत्य के लिए मैं सर्वस्व समर्पण करूँगा। इस समर्पण में से निकली हुई मेरे रुधिर की सरिता इसे सरस्वती से भी विशुद्ध—सप्तसिंधु को पाप से मुक्त करेगी।

लोपामुद्रा : *(थोड़ी देर पुज्य भाव से देखती रह जाती है। फिर उल्लास से)* मेरे पुत्रक! आज मेरा जीवन सफल हो गया। तुझमें मैं विश्व का मित्र देख रही हूँ। *(फिर हृदय से लगा लेती है।)*

विश्वरथ : *(लोपामुद्रा के पैरों पड़कर, उसके पैरों की रज सिर पर चढ़ाता है।)* भगवती! यह सब आपका ही प्रताप है। आपके ही आशीर्वाद से मैंने ऋषि-पद प्राप्त किया है। आपका ही स्मरण करते हुए मैं प्राण छोड़ूँगा। आज्ञा दीजिए।

लोपामुद्रा : *(झुककर उसे उठाती है।)* पुत्रक! अपना प्राण देकर भी यदि मैं तुम्हें जीवित रख सकूँ तो—कल प्रातःकाल तुम्हें जीवित देखूँगी। अभी आज्ञा नहीं दूँगी। कल प्रातःकाल के पश्चात्। चलो, उग्रा को सर्दी लग रही है। इसे सँभालना। उग्रा! बहन! जाओ अब।

[लोपामुद्रा बड़े स्नेह से उग्रा को उठाती है। विश्वरथ उग्रा की कमर पर हाथ रखकर धीरे-से उसे ले जाता है। लोपामुद्रा बड़ी देर तक देखती रहती है। फिर वह हँसकर चली जाती है। अजीगर्त अंगिरा थका हुआ आता है और चारों ओर ध्यान से देखता है, और किसी को न देखकर निःश्वास छोड़ता है।]

अजीगर्त : *(स्वगत)* सारे गाँव में मैं ही एक अभागा रह गया हूँ। जब से इस स्त्री ने मेरे घर में पैर रखा है, तब से एक भी तो बात सीधी नहीं उतरती। *(कपाल पीटकर)* जब सब लोग लोपामुद्रा के साथ चले जाएँगे तो अजीगर्त बैठकर अपनी स्त्री का प्रसूति-कर्म करेगा। *(थाले पर बैठकर)* ऐसी स्त्री तो कभी देखने में नहीं आई। मैं महर्षि लोपामुद्रा के साथ जाने को तैयार हुआ कि इसे प्रसूति की वेदना हो आई। *(तिरस्कारपूर्वक)* ग्रहण लगने आया कि इस आर्याश्रेष्ठ ने साँप मारना प्रारंभ कर दिया। *(चारों ओर देखकर)* मुझसे तो कह गया था कि भगवती यहाँ हैं। कहाँ हैं? इस जड़मति को सर्वत्र महर्षि की ही प्रतिध्वनियाँ सुनाई दिया करती हैं।

[दिवोदास, लोपामुद्रा और अगस्त्य आते हैं। लोपामुद्रा अद्‍भुत दिखाई दे रही है। अगस्त्य के मुख पर भयंकर उग्रता है। वे नीचे देखकर चल रहे हैं तो कुछ बोलते हैं, यां आँखें ऊँची करते हैं तो उनमें से चिनगारियाँ-सी निकलती दिखाई पड़ती हैं। आरंभ में दिवोदास भी गंभीर हैं।]

दिवोदास : कौन है जी?

अजीगर्त : मैं हूँ अजीगर्त अंगिरा। भगवती से मिलने आया हूँ। भगवती! राजन्! गुरुवर्य! वंदना करता हूँ।

लोपामुद्रा : शतंजीव, क्यों भाई, क्या है?

अजीगर्त : भगवती! मुझ पर दुख के पहाड़ टूट पड़े हैं।

लोपामुद्रा : क्यों?

अजीगर्त : आपने तो मुझे अपने साथ चलने की आज्ञा दे दी। पर वह सुख मेरे भाग्य में कहाँ बदा है? मेरी स्त्री को प्रसूति की वेदना हो रही है।

लोपामुद्रा : तो जाने दो।

अजीगर्त : मैं फिर पीछे आ जाऊँ तो ठीक रहेगा?

लोपामुद्रा : हाँ, हाँ! मेरा आश्रम सदा खुला है, जब चाहे आ सकते हो। पर मैंने जो कहा है वह स्मरण रखना।

अजीगर्त : क्या?

लोपामुद्रा : मेरे साथ जो भी आया वह बिना पछताए नहीं रहा।

अजीगर्त : *(दैन्य भाव से)* मैंने अपना सबकुछ आपको समर्पित कर दिया है ।

लोपामुद्रा : अच्छी बात है, तो उत्तरदायित्व तुम्हारा अपना ही है । क्यों ठीक है न अतिथिग्व ?

अजीगर्त : अच्छा, तो आज्ञा हो ?

लोपामुद्रा : हाँ । *(अजीगर्त तीनों के पैरों पड़कर जाता है । हँसकर)* मैत्रावरुण, आप जानते हैं आपके शिष्य आपका आश्रम छोड़कर मेरे साथ आ रहे हैं ।

अगस्त्य : *(बाध्य होकर)* हाँ ।

दिवोदास : *(मुख से गांभीर्य हट जाता है ।)* लोपामुद्रा ! तुम ले जाना चाहो तो गाँव-का-गाँव तुम्हारे साथ चला चले । जैसे आकाश में उषा है, वैसे ही इस लोक में लोपामुद्रा है—देखते हैं, देखते जाते हैं, पर जी नहीं थकता ।

लोपामुद्रा : *(नयनों से स्नेह बरसाकर)* आप भी इस बुढ़ापे में मुझे बना रहे हैं ? *(चारों ओर का दृश्य दिखाकर, उमंग से)* देखिए ! देखने को तो चारों ओर का यह दृश्य कितना सुंदर है ? आप लोगों के लड़ाई-झगड़े का इसमें तनिक भी स्पर्श नहीं है । सरस्वती का सुंदर तट, अगस्त्य का तपोवन और ऐसी अमृतस्राविनी चंद्रिका—अब सौंदर्य में कमी कौन-सी रह गई है ?

दिवोदास : जो कमी थी वह तुमने पूरी कर दी । क्यों लोपामुद्रा, यहाँ क्यों नहीं रह जाती हो ? बचपन में इसी कुंज को तो वेदपाठन से गुंजित किया था, अब क्यों नहीं कर देती ?

लोपाभुद्रा : राजन् ! मेरे पैरों में पंख लगे हैं । स्थान-स्थान का सौंदर्य और गाँव-गाँव के मनुष्य मुझे बड़े भले लगते हैं ।

दिवोदास : *(स्नेह से लोपामुद्रा के कंधे पर हाथ रखकर)* तो क्या स्थान-स्थान के मनुष्यों को पागल बना देना चाहती हो ? क्यों, सच है न मैत्रावरुण ! *(हँसता है ।)*

लोपामुद्रा : अतिथिग्व ! मैं तो देवी सरस्वती के समान हूँ । स्थान-स्थान पर मैं बहती जाती हूँ—प्यासों को शीतलता प्रदान करती हुई । क्षण-भर किसी को उल्लास से पागल बना देती हूँ, किसी की आँखों में तेज भरती हूँ और किसी की नसों में ज्वार । और मैं तो बहती ही जाती हूँ । *(आँखें नचाकर)* कोई डूब न

जाए, बस यही ध्यान रखना है। क्यों सच है न मैत्रावरुण? *(अगस्त्य अनमने हैं, वे चौंक उठते हैं।)*

दिवोदास : किंतु लोपामुद्रा! जब बुढ़ापा आ जाएगा तब?

लोपामुद्रा : *(विनोदपूर्वक)* मेरा आश्रम है। कुछ शिष्यों की अविचल भक्ति है। मेरी धेनुओं की प्रीति कभी बूढ़ि होनेवाली नहीं है। चिंता न करो राजन्! *(हँसकर)* वह दिन मैं नहीं देखूँगी *(धृष्टतापूर्वक)* उषादेवी मेरे सौंदर्य की रक्षा कर रही हैं। कल जितनी सुंदर मैं थी; उससे भी अधिक सुंदर बनकर मैं बिछौने से उठती हूँ। सर्वत्रगामी काल भी मेरे शरीर पर पदचिह्न रखने का साहस नहीं कर सकता। क्या सोच रहे हो अगस्त्य?

अगस्त्य : *(अत्यंत गंभीर भाव से, बाध्य होकर)* इस विषय पर तो मैंने सोचा ही नहीं।

दिवोदास : लोपामुद्रा! मैं भी यदि इस चालीस बरस की अवस्था में बालक हो सकता, तो तुम्हारे साथ चला चलता।

लोपामुद्रा : राजन्! आप तो यहीं शोभा देते हैं। नहीं तो यह राज्य कौन चलाएगा? झगड़े कौन करेगा?

दिवोदास : *(स्मरण आने पर)* अरे हाँ, मैं जा रहा हूँ? बहुत-सा काम है। संभव है कल न भी मिल सकें। तुम्हारी नावें यहाँ तैयार हैं।

लोपामुद्रा : तुम दोनों न मिलो, यह भी कभी संभव है? अच्छी बात है। *(गंभीर होकर)* तुम दोनों यहाँ हो तो एक बात पूछूँ?

दिवोदास : कौन-सी? बोलो न!

लोपामुद्रा : शंबर कन्या के पीछे कितना वैर बढ़ाना चाहते हो? कितनों के प्राण लेना चाहते हो? अगस्त्य! महर्षियों में श्रेष्ठ! तुम क्या करने बैठे हो?

अगस्त्य : *(उग्र दृष्टि से)* भारद्वाजी, इस विषय में तुमसे बात करना व्यर्थ है। *(तिरस्कारपूर्वक)* जो कुछ हो रहा है, उसमें तुम्हारा कौन कम भाग है?

लोपामुद्रा : *(गर्व के साथ)* हाँ, मेरा भाग है, सबसे अच्छा। मुनिपद के अभिमान के कारण तुम उसे देख नहीं पा रहे हो। *(सहसा अगस्त्य के सामने आकर, कटि पर हाथ रखकर)* जानते हो, जिसे तुम मूर्ख शिष्य समझे हुए हो, उसने आज मंत्रदर्शन किया है। उसने सूर्यदेव का साक्षात्कार किया है, दस्यु-कन्या को आर्या बनाया है और आर्यावर्त का उद्धार किया है। यदि यह

समझते हो कि इस सबमें मेरा भाग है, तो मुझे इसका गर्व है ।

अगस्त्य : *(कठोरतापूर्वक)* भारद्वाजी ! रोहिणी मुझे कह गई है⋯

लोपामुद्रा : *(उसी कठोरता से)* तब भी तुम मुझे मारने बैठे हो ? *(अगस्त्य उग्रता से देखते रह जाते हैं ।)* अतिथिग्व ! तुम भी यह क्या कर रहे हो ?

दिवोदास : मैं क्या करूँ ? क्या मैत्रावरुण को मर जाने दूँ ?

लोपामुद्रा : राजन् ! तुम उसे जाने से रोकना चाहते हो ? भरत उसे त्याग बैठे हैं । *(तिरस्कार से)* तुम्हारे अभिमान का पार नहीं है । वह विश्वरथ नहीं रहा–वह तो विश्वामित्र है । जब तुम और मैं दोनों को लोग भूल जाएँगे तब विश्व के इस मित्र का नाम स्मरण करके मुनिगण मोक्ष प्राप्त करेंगे ।

दिवोदास : लोपामुद्रा ! इसका और कोई उपाय ही नहीं है । शंबर-कन्या क्या कभी भरतों के सिंहासन पर चढ़ सकती है ?

लोपामुद्रा : जो विश्व का मित्र हो गया है, उसे तुम्हारे सिंहासनों की क्या चिंता है ?

अगस्त्य : भारद्वाजी ! *(निश्चयपूर्वक)* क्यों व्यर्थ ही परिश्रम कर रही हो ? मेरी प्रतिज्ञा अचल है–सूर्य की गति रुक जाए तब भी । यदि विश्वरथ के मन में गुरु के लिए आदर हो–ऋषियों की विद्या के लिए प्रीति हो–मेरे प्राणों की यदि उसे चिंता हो–तो एक ही मार्ग है–शांबरी को मुझे सौंप दे । यदि वह नहीं सौंपता है तो मेरा तप ही व्यर्थ हो जाता है । और जब तप ही व्यर्थ हो गया तो जीने से क्या लाभ !

लोपामुद्रा : ये शब्द द्रष्टा मुनि मैत्रावरुण के मुख से नहीं निकल रहे हैं, यह तो आत्मगौरव में मत्त पुरोहित बोल रहा है ।

दिवोदास : *(घबराकर)* लोपा ! लोपा ! क्या कह रही है ?

लोपामुद्रा : राजन् ! मुनि ने जो कभी नहीं सुना वह–जो उनके लिए सुनना आवश्यक है वह–

अगस्त्य : सुनाओ । *(तिरस्कार से)* आर्य और अनार्य का भेद तुम नहीं समझ सकतीं ।

लोपामुद्रा : मुनिवर्य ! आर्य और अनार्य, काले और गोरे, ऊँच और नीच, यह भेद महर्षियों के लिए नहीं है । *(काँपते स्वर में)* विद्या और तप का यदि बल हो तो चलो मेरे साथ ! दूर–सुदूर, जंगलों में । भूख और दुख से भटकते हुए

मानवजंतु उद्धार की बाट जोह रहे हैं। चलो मेरे साथ—छोड़ दो अभिमान—छोड़ दो आर्यों का पुरोहित पद। चलो मेरे साथ, एक वृक्ष की छाया में बैठ जाएँगे—एक ही मृगचर्म बाँट लेंगे—और जो काम देवों ने अधूरा छोड़ दिया है, उसे पूरा करेंगे।

अगस्त्य : *(तेज से मुग्ध हो जाते हैं, कुछ नम्र होकर)* भारद्वाजी, मैं जो कुछ भी हूँ, ठीक हूँ।

लोपामुद्रा : अच्छी बात है। आज नहीं तो और किसी दिन—यह निमंत्रण स्वीकार करना ही पड़ेगा। किंतु एक बात मानोगे? मुझे उग्रा को साथ ले जाने दोगे?

अगस्त्य : *(फिर कठोर होकर)* क्या तुम उसे फिर विश्वरथ को सौंप दोगी?

लोपामुद्रा : मैत्रावरुण! अभी भी विश्वास नहीं हुआ?

अगस्त्य : इसमें तुम्हारा क्या हेतु है?

लोपामुद्रा : *(क्रोध और भाव-भरे स्वर में)* हेतु जानना चाहते हो? राजन्! दिवोदास और देवी सरस्वती को साक्षी देकर कहती हूँ, सुनो, तुम्हारे गर्विष्ठ स्वभाव को वह अच्छा नहीं लगे तो मुझे दोष मत देना। *(अगस्त्य और दिवोदास ध्यान से सुन रहे हैं)* भरद्वाज की इस कन्या ने जन्म धारण करके दो पुरुषों को हृदय में स्थान दिया है।

दिवोदास : *(चकित होकर)* ऐं! क्या कह रही हो?

लोपामुद्रा : हाँ राजन्, स्मरण है? तुम मुझसे विवाह करना चाहते थे—

दिवोदास : हाँ...

लोपामुद्रा : आज एक ऐसा व्यक्ति मिला है जिससे मैं विवाह करना चाहती हूँ, दूसरा ऐसा व्यक्ति मिला है जो पुत्र से भी अधिक मेरी आशा पूरी कर रहा है। दोनों हठ पर चढ़े हुए हैं, दोनों एक-दूसरे को मारने के लिए नहीं तो स्वयं मरने के लिए सन्नद्ध हैं। और अपने पितरों की शपथ लेकर मैं कहती हूँ कि जब तक मैं जीवित हूँ, तब तक दोनों में से एक को भी मनमानी नहीं करने दूँगी।

दिवोदास : *(प्यार से, प्रशंसा से पागल होकर)* सचमुच! तुम देव दुहिता हो। तुम्हें इंद्र ने ही हमारे उद्धार के लिए भेजा है।

लोपामुद्रा : *(विनोद से)* हेतु सुन लिया, मुनिवर्य?

दिवोदास : *(स्मरण आने पर, आँखें पोंछकर)* तुम दोनों बातचीत करो। तुम्हें मेरी संपूर्ण आशीष है।

[आँखें पोंछता हुआ जाता है।]

अगस्त्य : *(अकुलाकर)* यही सब कहने के लिए मुझे बुलाया था?

लोपामुद्रा : *(धृष्टतापूर्वक)* तो मैत्रावरुण! आज्ञा नहीं है? *(एकाएक मीठा मोहक स्वरूप धारण करके)* मुझसे भागते क्यों हो? हृदय के झरने क्या रोकने से रुक सकेंगे *(अगस्त्य मुँह फेर लेते हैं।)* मुझसे नहीं बोलोगे? क्या मैं सामने देखने योग्य भी नहीं हूँ?

अगस्त्य : *(उसकी ओर देखते हैं, मानो डूबता हुआ मनुष्य जीने के लिए छटपटा रहा हो)* सामने देखने योग्य! आज दो महीने हो गए, तुम्हारी योग्यता के अतिरिक्त न तो कुछ देखा ही है, न सुना ही है।

लोपामुद्रा : *(विनोद से)* अच्छा?

अगस्त्य : *(कटुता से)* लोपामुद्रा के हरण की बात सुनकर आबाल वृद्ध आर्यों में लड़ने का उत्साह जाग उठा। लोपामुद्रा को देखकर ऋचीक और दिवोदास में भी नई जवानी आती दिखाई पड़ी। मरते हुए शंबरी की आँखों में अमृत भर आया। महर्षिगण संयम की रक्षा करने में असमर्थ होकर, छिपते फिरने लगे। मेरी रोहिणी उसे देवी मान बैठी है। भारद्वाजी! तुम्हारी पगध्वनि की रुनझुन सुनने के लिए कौन नहीं व्याकुल होता है?

लोपामुद्रा : और तब भी—*(हँसकर अगस्त्य की छाती पर अँगुली रखती है।)* इस हृदय में एक भी तरंग नहीं उठी। *(निःश्वास छोड़कर)* जो मेरे हृदय में बसा है, वह मुझे अपनी आँखों में भी नहीं बसने देता।

अगस्त्य : हाँ। *(कठोरता से)* क्योंकि वह अभी तपोभ्रष्ट नहीं हुआ है। मुझे छोड़कर, जिसे भी पागल बनाना हो, बनाती रहो।

लोपामुद्रा : *(दैन्य भाव से)* ऐसा क्यों कहते हो, अगस्त्य?

अगस्त्य : *(तिरस्कार से)* तुम्हारे स्वच्छंद जीवन के कारण मैं आर्यों को पतित होते देख रहा हूँ।

लोपामुद्रा : मैं क्या बताऊँ? अगस्त्य! *(वैसे ही तिरस्कार से)* जब तक मैत्रावरुण मुझे स्वीकार नहीं करते तब तक उनका आर्यत्व अधूरा ही रहेगा।

महीनों से मैं नित्य तुम्हें परख रही हूँ। अपना गर्व छोड़कर स्वयं अपने हृदय से पूछो। वह भी तुमसे यही कहेगा। *(गिड़गिड़ाकर)* उसकी बात क्यों नहीं सुनते हो?

अगस्त्य : *(तिरस्कारपूर्वक)* थोड़े-से समय के लिए क्यों संयम तोड़ रही हो? प्रातःकाल होते ही तुम चली जाओगी, और कही हुई बातों का पश्चाताप बना रह जाएगा।

लोपामुद्रा : तो मैं सविता देवता से प्रार्थना करती हूँ कि वे जाएँ; आज की रात जैसी है, वैसी ही रहने दें—धीमी, धीरे-धीरे सरकनेवाले मुहूर्तों की बनी हुई। *(पास आकर प्रार्थना करती है।)* भूल जाओ अगस्त्य! भूल जाओ अपना अभिमान—अपने राजकौशल! जैसे बालक माँ के लिए तरसता है, वैसे मैं तेरे लिए तरस रही हूँ। मेरे वीर! आओ!

अगस्त्य : *(दूर हट जाते हैं, होंठ काटते हैं और कठोर स्वर में बोलने का प्रयत्न करते हैं।)* नारी! क्या बक रही है? इस अवस्था में तू मुझे ललचाना चाहती है? तू है कौन?

[पल-भर लोपामुद्रा झिझकती है। फिर सिर हिलाकर निस्संकोच हो जाती है।]

लोपामुद्रा : मैं कौन हूँ! *(विजयी स्वर में और प्रेमविह्वल नयनों से)* अगस्त्य! तुमने ऋत की आराधना की है, उग्र स्वभाव होने पर भी तुम संयमी रहे हो। देव के लाड़ले! राजसिंहासनों की चमक को भी तुमने अपने चिंतन के तेज से मंद कर दिया है। पूछो अपने ही हृदय से। सत्य यदि प्रिय हो तो बताओ—बताओ—मैं कौन हूँ? *(ज्यों-ज्यों बोलती जाती है, त्यों-त्यों स्वर में से तिरस्कार चला जाता है।)*

अगस्त्य : *(धीरे-से)* तुम कौन हो? तुम में स्वर्ग और नरक दोनों हैं, तुममें देव और असुर दोनों ही बसे हुए हैं। *(पागल-सा होकर लोपामुद्रा को देखता रहता है। फिर धीरे-से, अस्वस्थतापूर्वक)* मुझे सुनाई पड़ रहे हैं तुम्हारे कानों में गूँजते हुए प्रेमियों के विश्वास—और तुम्हारे होंठों द्वारा अनेकों को पहनाई श्रृंखलाएँ। *(कँपकँपी आती है।)* तुम्हारे रोम-रोम से वासना टपक रही है। *(अकुलाकर)* तुम तो वासना हो—जो सदा तरसाती रहती है, जो कभी संतोष नहीं देती।

लोपामुद्रा : *(खिन्नतापूर्वक)* अभिमानी ! अपनी वासना मुझमें देख रहे हो ? मैं अपने भक्तों की पुजारिन हूँ—अपने कवियों की कविता हूँ । *(वेदना भरे स्वर में)* मैं नहीं समझती थी कि तुम मुझे सामान्य समझते हो । कह चुके न ? मैं भी एक बार—अंतिम बार—बता दूँ कि मैं कौन हूँ । जाओ गर्विष्ठ, तीनों लोकों में भटकना । मेरे समान सहचरी तुम्हें मिल नहीं सकती । *(गिड़गिड़ाकर)* क्यों अंधे हो रहे हो ? *(धीरे-धीरे)* मैं कौन हूँ ? विश्वरथ को भी नहीं पहचान सकते ? उसके आचार और विचार में उसकी दिव्य दृष्टि में—तुम्हारी और मेरी रेखाएँ तुम्हें नहीं दिखाई पड़तीं ? अगस्त्य ! उसकी बुद्धि और प्रेरणा तुमने और मैंने गढ़ी है । आँखों में यदि अंधापन न हो तो देख लो । तुमने और मैंने कैसा नर-रत्न गढ़ा है, वह अपनी सारी दांपत्य-कला यों ही निरर्थक कर देना चाहता है ।

[एक सिसकी आती है । वह सीढ़ी पर बैठ जाती है । अगस्त्य पागल-सा देखता रह जाता है । ऊँचा सिर करके, कातर-नयनों से वह अगस्त्य की ओर देख रही है । अगस्त्य आँखों पर हाथ रख लेते हैं ।]

अगस्त्य : *(आँखें खोलकर, पास आकर)* जाल में जैसे पक्षी फँस जाता है वैसे तुम मुझे फँसा रही हो । वासना-मूर्ति !

लोपामुद्रा : मैत्रावरुण ! मैंने तो सबकुछ तुम्हें सौंप दिया है । जो कहोगे वही सुन लूँगी । किंतु जन्म धारण करके केवल तुझमें ही मैंने देखा है दिव्य भूमि से उतरकर आया हुआ अपना देव । चलो ! चलो मेरे साथ !

अगस्त्य : *(अस्वस्थ होकर)* नहीं—नहीं—कभी नहीं ।

लोपामुद्रा : *(सखेद)* तो क्या अब यह कहा जाएगा कि लोपामुद्रा ने एक व्यक्ति का वरण किया पर उसने उसे चली जाने दिया ? नहीं—नहीं—सरस्वती माँ ! तू मेरी साक्षी है । *(निश्चयपूर्वक, पर धीरे-धीरे)* तुम बाहर अवश्य ही हिमवान जैसे शीतल दिखाई देते हो, किंतु तुम्हारा हृदय तप्त सुवर्ण के समान धधक रहा है । तुम इस समय मुझे त्याग रहे हो किंतु स्वयं मेरे पीछे दौड़ोगे । दिए हुए हृदय को स्वीकार नहीं कर रहे हो, किंतु हृदय की भेंट चढ़ाने आओगे । अभी प्रेम नहीं दे रहे हो, पर पिछली रात में उसी की याचना करने आओगे ।

[रोहिणी दौड़ती हुई आती है ।]

रोहिणी : *(हाँफते-हाँफते)* भगवती ! भगवती ! चलो ! चलो ! शांबरी की प्रसूति वेला आ पहुँची है, शीघ्र चलो ।

लोपामुद्रा : *(घबराकर)* ओ देव ! यह क्या ? *(निराश होकर)* यह क्या ठान लिया है ? *(खड़ी हो जाती है । अगस्त्य से)* मैत्रावरुण ! मध्यरात्री को यहीं मिलना । मैं बाट देखूँगी । भूल मत जाना । मेरी शपथ है ।

[रोहिणी के साथ झपटती हुई चली जाती है, अगस्त्य विमूढ़ होकर देखते रह जाते हैं । फिर जैसे दम घुट रहा हो ऐसे छटपटाते हैं, थाले पर बैठकर आँखें ढक लेते हैं, सिसक-सिसककर रोने लगते हैं, और इस कारण उनके कंधे हिलते हैं ।]

[परदा गिरता है ।]

पाँचवाँ अंक

स्थान : वही ।

समय : मध्यरात्रि

[चंद्रमा ऊपर चढ़ आया है । निखरी हुई चाँदनी वृक्ष के पत्तों और सरस्वती के नीर को चाँदी से नहला रही है । थाले पर अगस्त्य नींद में पड़े हैं । धीरे-धीरे वसिष्ठ आते हैं और उन्हें सोए देखकर खड़े रह जाते हैं । अगस्त्य को कुछ स्वप्न आ रहा है और उसमें वे निःश्वास छोड़ रहे हैं । वसिष्ठ बड़ी देर तक चिंतातुर हो उन्हें देखते रहते हैं । थोड़ी देर में वे अगस्त्य के सिर पर हाथ रखते हैं । वे चौंककर जागते हैं और चारों ओर भय-व्याकुल दृष्टि से देखते हैं ।]

अगस्त्य : कौन ?

वसिष्ठ : मैं हूँ भाई !

अगस्त्य : *(चंद्र की ओर देखकर)* मैं कितनी देर तक सोया रह गया ? *(चौंककर भय से)* मध्यरात्रि हो गई ?

वसिष्ठ : अभी थोड़ी देर है ।

अगस्त्य : *(उठकर)* अच्छा, तो मैं चलूँ ।

वसिष्ठ : *(धीरे-से)* आप ज्वर से विह्वल हो रहे हैं भाई !

अगस्त्य : हाँ ! अभी मैं थोड़ा अस्वस्थ था ।

वसिष्ठ : मैत्रावरुण अस्वस्थ हो जाएँगे तो पृथ्वी कहाँ जाएगी ?

अगस्त्य : वसिष्ठ ! तुम्हारे-जैसी शांति और संयम मैं अभी तक भी नहीं प्राप्त कर सका हूँ ।

वसिष्ठ : भाई ! पूज्य भाई ! हमने सदा हृदय खोलकर बातें की हैं, इसी से कहता हूँ । यह आपको शोभा नहीं देता । आप जानते हैं कि अभी आपकी कैसी दशा थी ?

अगस्त्य : *(भ्रू भंग करके)* कैसी ?

वसिष्ठ : ऐसी स्थिति में मैंने आपको कभी नहीं देखा । आपको भयंकर स्वप्न आ रहा था ।

अगस्त्य : अच्छा ! *(झिझकते हैं ।)*

वसिष्ठ : क्षण-भर आप निःश्वास छोड़ते, और फिर अगले ही क्षण हँसने लगते; पल-भर आपकी नसें धधकतीं और पलमात्र में हर्ष से नाचने लगतीं ।

अगस्त्य : क्या कहते हो ?

वसिष्ठ : क्षमा करना *(ध्यानपूर्वक अगस्त्य को देखकर)* ऐसा लगता है मानो कोई स्वप्न सुंदरी ही आ गई हो—

अगस्त्य : *(ओठ काटकर)* विचित्र बात है—

वसिष्ठ : *(सखेद)* मानो किसी के बाल आपसे लिपट रहे थे और आप उन्हें अलग कर रहे थे । भाई ! आपके चुंबन वर्षा के बिंदुओं की भाँति बिखर रहे थे । आपका श्वास, मस्त पवन के समान चल रहा था—बड़े वेग से आ-जा रहा था । और—मैत्रावरुण ! आप चौंककर जाग उठे ।

अगस्त्य : *(आत्म-तिरस्कारपूर्वक)* भाई ! मेरी शांति का अपहरण हो गया है ।

वसिष्ठ : देवों के प्रिय महर्षि ! आप तो आर्यों की शुद्धि के अवतार हैं । यह अस्वस्थता निकाल फेंकिए ।

अगस्त्य : वसिष्ठ ! जीवन की जो थोड़ी-सी घड़ियाँ शेष रह गई हैं, उनमें आर्यों की शुद्धि के अतिरिक्त और किसी भी बात की चिंता मुझे नहीं है । मध्यरात्रि में कितनी देर है ?

वसिष्ठ : अभी देर है, क्यों ?

अगस्त्य : कुछ नहीं, चलो । जानते हो ? उस शांबरी का प्रसव काल आ पहुँचा है ?

वसिष्ठ : भारद्वाजी कल प्रातःकाल क्यों आ रही हैं ?

अगस्त्य : *(चौंककर)* कौन ? लोपामुद्रा ? हाँ, क्यों—क्या है ?

वसिष्ठ : *(निःश्वास छोड़कर)* वह चली जाए तो शांति मिले। इस मोहक पुष्प की पंखुड़ी-पंखुड़ी में विषैला गंध है।

[अगस्त्य ओठ काटते हैं और चले जाते हैं। वसिष्ठ पीछे जाते हैं। दूसरी ओर से लोपामुद्रा और रोहिणी आती है। दोनों चिंता में हैं।]

लोपामुद्रा : कठिनाइयाँ घटने के बदले बढ़ती ही जा रही हैं। शांबरी तो थी ही, अब यह पुत्र भी हो गया। इन दोनों के लिए अब क्या किया जाए?

रोहिणी : भगवती! पुत्र भी कैसा अद्‌भुत है? ठीक विश्वरथ का प्रतिबिंब है। माँ के रंग का तो छींटा भी कहीं नहीं है।

लोपामुद्रा : *(निःश्वास छोड़कर)* क्या करूँ? विश्वरथ मानता ही नहीं है, नहीं तो मैं उसे ले जाकर अपने ही पास रखती। किंतु इस समय तो इस पुत्र ने हमारा सब काम ही गड़बड़ा दिया है। घड़ी पर घड़ी बीतती चली जा रही है, सूर्योदय का समय निकट आता जा रहा है और उपाय एक भी नहीं सूझ रहा है। क्या करूँ?

[चिंतातुर खड़ी रह जाती है। पीछे से किसी के आने की ध्वनि सुनाई पड़ती है। दोनों स्वस्थ होकर खड़ी हो जाती हैं।]

ऋक्ष : *(नेपथ्य में)* भगवती यहीं कहीं होंगी।

रोहिणी : यह तो ऋक्ष आ रहा है।

[ऋक्ष और अजीगर्त आते हैं।]

ऋक्ष : भगवती! वंदन करता हूँ। मैत्रावरुणी, वंदन करता हूँ!

लोपामुद्रा : क्यों, ऋक्ष! अजीगर्त! क्या बात है?

अजीगर्त : भगवती! मैं यही कहने आया था कि कल प्रातःकाल आपके साथ अवश्य चलूँगा।

लोपामुद्रा : क्यों? तेरी स्त्री का तो प्रसवकाल है।

ऋक्ष : भगवती! उसका प्रसव हो गया—

अजीगर्त : मरा हुआ पुत्र हुआ है।

लोपामुद्रा : *(चौंककर)* ऐं!

[विचार में पड़ जाते हैं ।]

अजीगर्त : हाँ, मैं तो निश्चित हो गया । अब मैं अपनी स्त्री को उसकी माँ के हाथ सौंपकर आपके साथ चल सकता हूँ ।

ऋक्ष : अवश्य ही ।

लोपामुद्रा : *(निश्चय पर आकर)* ऋक्ष ! उधर नदी के तीर पर विश्वरथ और जमदग्नि बैठे हैं । जाकर विश्वरथ को बुला लाओ ।

ऋक्ष : जैसी आज्ञा । *(जाता है ।)*

लोपामुद्रा : अजीगर्त ! क्या तुम मेरे साथ चलोगे ही ?

अजीगर्त : क्या इसमें कुछ संशय है ?

लोपामुद्रा : सच्ची बात बताऊँ ? *(धीरे-से)* मैं सभी को यहाँ छोड़कर चली जाऊँगी ।

अजीगर्त : *(फीका पड़कर)* क्या, क्या ? हम सबको छोड़कर ? फिर हम जिएँगे कैसे ?

लोपामुद्रा : मैं अकेले तुम्हीं को ले चलूँगी और किसी को नहीं ।

अजीगर्त : *(हाथ जोड़कर)* भगवती ! ले चलो ! ले चलो ! नहीं ले चलोगी तो मैं सिर पटक-पटककर मर जाऊँगा ।

[पैरों पड़ता है ।]

लोपामुद्रा : पर मैं तुम पर विश्वास कैसे करूँ ?

अजीगर्त : विश्वास ! जो कहो वही करने को प्रस्तुत हूँ । आपकी आज्ञा पर अपना शीश तक चढ़ा दूँगा ।

लोपामुद्रा : तो अपनी स्त्री को साथ ले चलोगे ?

अजीगर्त : *(घबराकर)* मेरी स्त्री ? आपने उसे देखा नहीं है । भगवती । वह मनुष्य नहीं, असुर है ।

लोपामुद्रा : उसकी तुझे क्या चिंता है ? मैं हूँ न ? *(धीमे-से)* उसे मरा हुआ बच्चा हुआ है, यह बात कौन-कौन जानता है ?

अजीगर्त : केवल उसकी माँ और ऋक्ष ! और कोई नहीं ।

लोपामुद्रा : तो दोनों से जाकर कह आ कि लोपामुद्रा ने मंत्रबल से बच्चे को जीवित कर दिया है !

अजीगर्त : जीवित !

लोपामुद्रा : हाँ, हाँ, दौड़कर जा–झटपट । अपने पुत्र को ले आ और रोहिणी को सौंप दे । तेरे मरे हुए बच्चे के बदले यह जीता हुआ बच्चा देगी ।

अजीगर्त : *(उलझन में पड़कर)* ऐं ! क्या कह रही हो भगवती ?

लोपामुद्रा : अजीगर्त ! मैंने तुम पर विश्वास किया है–उसके योग्य सिद्ध होना तुम्हारा काम है । तुम्हारी वाणी वश में रह सकेगी न ? बोलो, यदि भंग करोगे तो तुम्हें अग्निदेव की शपथ है ।

अजीगर्त : *(पैरों पड़कर)* भगवती ! मुझ पर विश्वास कीजिए । यदि मैं वचन भंग करूँ तो मुझे अग्निदेव की शपथ है ।

लोपामुद्रा : अच्छी बात है, तो जा, घाट पर नाव तैयार है । तू, तेरी स्त्री और वह बच्चा–तेरे और भी बच्चे हैं क्या ?

अजीगर्त : जी हाँ, एक पुत्र है ।

लोपामुद्रा : उसे भी साथ ले लेना । तुम सब नाव में बैठकर चले चलो । मैं प्रातःकाल चलकर आ पहुँचूँगी ।

अजीगर्त : भगवती ! भगवती ! आपने मुझे कृतार्थ कर दिया ।

लोपामुद्रा : रोहिणी ! जाओ इसके साथ । जैसे बने तैसे, शीघ्र ही काम पूरा करके, शांबरी के पास जाकर बैठो । मैं अभी आती हूँ ।

रोहिणी : जैसी आज्ञा ।

[रोहिणी और अजीगर्त जाते हैं ।]

लोपामुद्रा : *(स्वगत)* चलो, एक टंटा तो दूर हुआ । पर इतने से क्या होगा ? *(थोड़ी देर देखती रहती है ।)* अगस्त्य कैसे मानेंगे ? माँ ! *(आर्त स्वर से)* वह तो देवों का सखा है । वह मेरे हृदय को टूक-टूक किए दे रहा है । उसे देखकर मेरी जीभ लड़खड़ाने लगती है और शरीर में ज्वाला-सी उठने लगती है । आँखों में अँधेरा छाने लगता है और कानों में घंटे का स्वर सुनाई पड़ने लगता है । कैसी विचित्र स्थिति है... माँ ! माँ ! मेरा वह मनोहर मुझे दिला दो । मैं, लोपामुद्रा, आपसे विनती करती हूँ । उसके बिना जीवन व्यर्थ होता दिखाई दे रहा है । माँ ! सभी के लिए सुख है और केवल मेरे ही लिए सुख नहीं है ? सरस्वती माँ ! तुम्हारे अंतराल में लीन मछलियाँ भी शांति पा रही हैं, पर मेरे

हृदय को तनिक-सा भी सुख नहीं है। पत्तों में सरसराता हुआ मंद पवन भी इसे शीतल नहीं कर रहा है। माँ! मध्यरात्री हो आई है। समय निकला जा रहा है—मैं अब उसके बिना अकेली नहीं रह सकती। *(पैरों की आहट सुनाई पड़ती है, लोपामुद्रा रुक जाती है, और विश्वरथ नीचा मुँह किए आता है।)* विश्वरथ! कैसे हो, पुत्रक?

विश्वरथ : भगवती! मुझे क्या होगा? मुझे अब सुख-दुख का भान ही नहीं रह गया है।

लोपामुद्रा : *(उसके कंधे पर हाथ रखकर प्यार से)* पुत्रक! एक वात कहूँ तो दुखी तो नहीं होगे?

विश्वरथ : *(खेदयुक्त स्वर में)* भगवती! सारा संसार भूले हुए स्वप्न के समान हो गया है।

लोपामुद्रा : तो भाई! इस भूले हुए सपने की बात स्मरण दिलाऊँ? शांबरी के पुत्र हुआ है। पर वह पुण्यमाला मृत्यु-लोक में आने से पहले ही यमलोक चला गया है।

विश्वरथ : *(थोड़ी देर देखते रहकर, निःश्वास छोड़ता है।)* चला गया? अच्छा हुआ। उसके माता-पिता से कहीं अधिक लाड़ से यमराज उसका पालन करेंगे। थोड़ी देर में मैं भी उससे जाकर मिल लूँगा।

लोपामुद्रा : विश्वरथ! *(धीरे-से)* और गुरु जी अपनी प्रतिज्ञा तोड़ दें तो?

विश्वरथ : *(चौंककर)* क्या कहा? अगस्त्य मुनि प्रतिज्ञा से विचलित होंगे?

लोपामुद्रा : मेरु के चलायमान होने की बात नहीं सुनी है?

विश्वरथ : किंतु अगस्त्य विचलित नहीं हो सकते।

लोपामुद्रा : यदि वे शांबरी को आर्या स्वीकार कर लें तो...?

विश्वरथ : वह दिन कैसे निकल सकता है।

लोपामुद्रा : किंतु मान लो निकल आए, तो?

विश्वरथ : *(विचार करके)* तो मैं मान लूँगा कि देवों ने मुझ पर बड़ी भारी कृपा की है। भगवती! यदि गुरु का आशीष मिल जाए तो मैं तीन नए लोकों का सृजन कर सकता हूँ।

लोपामुद्रा : मिलेगा, मिलेगा। इन संकुचित दृष्टिवाले आर्यों से देव भी थक

गए हैं ।

विश्वरथ : *(भावावेश में)* गुरु का आशीष यदि मिल जाए तो मैं तुम्हें नहीं जाने दूँगा । तुम्हारे बिना मुझे कौन प्रेरणा देगा ? तुम न रहोगी तो मुझे अंधकार में से प्रकाश में कौन ले जाएगा ?

लोपामुद्रा : पुत्रक ! मैं तो स्वच्छंदविहारिणी हूँ । मेरे शब्दों की अपेक्षा मेरे स्मरण की प्रेरणा तुम्हें अधिक बल देगी । कौशिक ! जहाँ रहूँगी वहीं मैं तेरी ही, सदा तेरी माता होकर रहूँगी ।

[उसे गले लगाती है ।]

विश्वरथ : वरुण के व्रत मुझे कौन समझाएगा ?

लोपामुद्रा : पुत्रक ! वरुण के व्रतों को जैसा तुमने समझा है, वैसा और कौन समझ पाया है ? एक-एक मनुष्य का आर्यत्त्व तू परख सकता है ।

विश्वरथ : नहीं—नहीं—आपके बिना कोई भी मुझे मार्ग दिखानेवाला नहीं है ।

लोपामुद्रा : मार्ग तो खोजनेवाले को मिलता है—देव की कृपा यदि हो तो ।

विश्वरथ : *(सखेद सिर हिलाकर)* आर्य भीतर-ही-भीतर कट-मर रहे हैं; दिवोदास को उपाय नहीं सूझ रहा है; अगस्त्य थक गए हैं; तो मुझे कहाँ से मिलेगा ?

लोपामुद्रा : *(कंधे पर हाथ रखकर)* बेटा, जाते-जाते एक बात कहती जाऊँ ? राजसिंहासन की मोहिनी में मत फँस जाना । मनु वैवस्वत गए और चक्रवर्ती ययाति भी चले गए। कहाँ हैं उनके राजदंड ? कहाँ हैं उनके सिंहासन ? उन्होंने गर्व के चाहे जितने गगनचुंबी शृंग खड़े किए हों, किंतु अंत में तो वे हुए-न-हुए बराबर ही हो गए ! पराक्रम कर-करके वे थक गए, किंतु अंधकार में अँधेरे के अतिरिक्त उन्हें हाथ क्या लगा ?

विश्वरथ : तो—तो—फिर मेरी क्या शक्ति होगी ?

लोपामुद्रा : तुम्हारे वचन जन्हु के जनपति के नहीं, महर्षि के हैं । वत्स ! तुमने तो सूर्यदेव को सदेह देखा है । तुमने इस अवस्था में मंत्रदर्शन कर लिया । वाणी तुम्हारे मुख में आ बसी है । पार्थिव प्रताप की शृंखला को तोड़ फेंको, ऋत के स्वयं दर्शन करो और जगत को कराओ ।

विश्वरथ : *(दीन भाव से)* भगवती ! ज्यों-ज्यों प्रयत्न करता जाता हूँ, त्यों-त्यों अपने को अधूरा ही पाता जा रहा हूँ।

लोपामुद्रा : पुत्रक ! आत्मश्रद्धा धारण करो। जो मंत्र मेरे हृदय में बसा था, वह आज तुम्हारी जिह्वा पर बसा हुआ है। मनुष्य-मात्र को आर्य बनाने का तुम्हारा तत्व देखकर, मैं तो तुम्हें प्रणाम करती हूँ।

विश्वरथ : नहीं, वह तो आपका तत्व है; आपकी प्रेरणा से ही मैं देख रहा हूँ। *(दूर पर दृष्टि डालकर थोड़ी देर चुप खड़ा रह जाता है, और थर-थर काँपता है। थोड़ी देर ऐसे बोलता है जैसे सपने में हो। लोपामुद्रा सम्मानपूर्वक देखती रहती है।)* आर्यत्व देह का वर्ण है या हृदय का तप है ? माँ का गर्भाशय है या देव की कृपा ?···सच बात···है। मैं देख रहा हूँ···इस निरंतर संग्राम का अंत। वरुण ! देवाधिदेव ! असुर ! यदि तुम्हारे व्रत शाश्वत हों तो विश्व को समझा दो ऋत के रहस्य। हे देव ! राजन् ! मुझे चक्षु प्रदान करो। मुझे बुद्धि प्रदान करो ! *(ऊँची आँखें करके ऐसे देख रहा है, मानो मद में हो। थोड़ी देर में वह सचेत होता है और चौंकता है। उसकी दृष्टि लोपामुद्रा पर पड़ती है और वह पैरों पड़ता है।)* भगवती ! देवियों से भी दिव्य मेरी माता ! आज मुझे नवजीवन दिया है आपने। मैंने दर्शन कर लिए।

लोपामुद्रा : किसके ?

विश्वरथ : वरुण के।

लोपामुद्रा : *(गले लगाकर माथा सूँघती है।)* पुत्रक ! देव तुम्हारा कल्याण करें। किसी दिन आर्यों का उद्धार करना। *(चारों ओर देखकर)* चलो, शांबरी अधीर हो रही होगी।

[लोपामुद्रा विश्वरथ के कंधे पर हाथ रखकर लिए जाती है। अगस्त्य आते हैं। वे पागल हो गए हैं और एकाग्र दृष्टि से धरती की ओर देख रहे हैं। तीव्र भावों के संवेग से उनका स्वर काँप रहा है।]

अगस्त्य : मुझे क्या हो गया है ? उसके अतिरिक्त मुझे और कुछ सूझता ही नहीं। *(चौंककर)* मध्यरात्रि हो गई ? *(दाँत पीसकर)* अगस्त्य ! तेरा पुण्य आज समाप्त हो गया है। वसिष्ठ को वचन दिया है, फिर भी अभिसारिका से मिलने को आए बिना जी नहीं माना ? *(घबराकर)* वासनादेवी ! मुझे

छोड़ो—मुझे जाने दो। *(जाने लगता है और फिर रुक जाता है।)* कल प्रातःकाल तो मैं पितृलोक में चला जाऊँगा। एक बार देख लूँ, फिर कब देखूँगा ?

[वृक्ष के थाले पर बैठकर बाट देखता है। थोड़ी देर में दूर से लोपामुद्रा की बाँसुरी का स्वर सुनाई पड़ता है। अगस्त्य खड़े होकर, विह्वल-से होकर, सुनते हैं। स्वर ज्यों-ज्यों पास आता जाता है, त्यों-त्यों अगस्त्य धीरे-धीरे वृक्ष के पीछे हटते जाते हैं। लोपामुद्रा धीरे-धीरे, हाथ में बाँसुरी उछालती हुई और खेदपूर्वक बोलती हुई आती है।]

लोपामुद्रा : मध्यरात्रि हो गई, पर अभी तक नहीं आए, नहीं आए, *(विचार करके)* वनदेवियों ! आज मैं अपनी वेणु के नाद से तुम्हें आमंत्रित नहीं कर सकती। तुम्हारा स्वागत करने के लिए पैर भी नहीं थिरकते। *(थोड़ी देर ठहरकर निःश्वास छोड़ती है।)* वे नहीं आएँगे ? *(पुकारकर)* सुमन-भरे कुंजो ! किसलिए अपनी सुगंध फैला रहे हो ? पक्षियो ! डाल-डाल पर क्यों निद्रा की लहर में झूम रहे हो ? सलिल-तरंगो ! क्यों बही जा रही हो—इतने उत्साह से ? अगस्त्य मेरी बात नहीं मान रहे हैं और मेरा हृदय निराश होता जा रहा है।

अगस्त्य : *(बाहर आकर, भृकुटि चढ़ाकर)* भयंकर सुंदरी ! तुम स्त्री हो, राक्षसी हो कि देवी हो ? कौन हो ?

लोपामुद्रा : *(हर्ष से आगे आकर)* आए—मेरे अगस्त्य आए !

अगस्त्य : हाँ ! मैं तुम्हारी चेष्टा देखने आया हूँ। मैं समझ नहीं पा रहा हूँ कि तुम्हारा तिरस्कार करूँ या अपना ?

लोपामुद्रा : *(दीन भाव से)* किसलिए ? किसलिए, अगस्त्य ! इस प्रकार न बोलो। तुम्हारा हृदय ही तुम्हें मेरे पास ले आया है।

अगस्त्य : *(कँपकँपी आती है)* अब तुम्हारी मोहिनी मेरी समझ में आ रही है।

लोपामुद्रा : *(गिड़गिड़ाकर)* अगस्त्य ! सुने हुए गान तो मधुर होते ही हैं, अनसुने गीतों की ध्वनि उससे भी मधुर होती है। सुना ? *(पास आकर अगस्त्य के कंधे पर हाथ रखती है।)* सुना, मैं यह खड़ी हूँ ? आँखों में प्राण लिए खड़ी हूँ

मैं—एकाग्र।

अगस्त्य : *(पागल के समान)* लोपामुद्रा ! क्यों मुझे सता रही हो ? तुम्हारे ये धनुष के समान ओठ मुझे बेधे डाल रहे हैं, तुम्हारे वचन पाप-पुण्य के सब भेद भुलाए दे रहे हैं।

लोपामुद्रा : तो अगस्त्य तुम क्यों स्वयं जल रहे हो और मुझे जला रहे हो ? मेरी दशा नहीं देख रहे हो ? कभी मुझे भी एकांत में रहना अच्छा लगता था। अपने पूज्य पिता की इस पुण्यभूमि में केवल सरस्वती ही मेरी सहचरी बनकर रहती थी। वह संगीत गाती, मैं वेणु बजाती। हम दोनों ही घूमा करते और मेरे अंग तरंग बन जाते। बालों का छोर उड़ाकर, हाथ-पैर उछालते हुए, मैं रस के ज्वार से भर-भर जाया करती। पक्षियों का कल्लोल मुझे ताल देता और मैं नाचती।

[अगस्त्य मोहांध होकर देखते रह जाते हैं।]

अगस्त्य : लोपामुद्रा ! तुम अद्‌भुत हो।

लोपामुद्रा : नहीं, मैं कुछ भी नहीं हूँ। वह सबकुछ चला गया है। मेरा गीत, हास्य और नृत्य तुम्हारे बिना सूख गया है। प्रणय मुझे जलाकर भस्म कर रहा है। मैं तो केवल तृषा-भर रह गई हूँ—निरंतर शोषित करनेवाली तृषा—तुम्हारे अधरों की, आलिंगन की।

अगस्त्य : *(आँखों पर हाथ रखकर)* तेज की बनी हुई दिव्य प्रतिमा ! तुम मुझे अंधा बना रही हो। *(कुंठित स्वर में)* राक्षसी, देवी, महर्षि—तुम जो भी हो—मैं पैरों पड़ता हूँ। मुझे मुक्त कर दो ! जाने दो मुझे ! यह दुःख और वेदना अब नहीं सही जाती।

लोपामुद्रा : तो मेरे नाथ ! यह सब क्यों सहन कर रहे हो ? *(हाथ फैलाकर)* अमृतरस का दान करो मुझे ! सत्यदर्शी पूर्वजों ने जिस प्रकार पत्नियों को स्वीकार किया, उसी प्रकार मुझे भी स्वीकार कर लो।

अगस्त्य : *(हाथ से छूटती हुई दृढ़ता को स्थिर रखने में असमर्थ)* सच कह रही हो, या कामविह्वल अंगना के रूप में मुझे फँसा रही हो ?

लोपामुद्रा : अविश्वासी ! अब भी संदेह हो रहा है ? तुम्हें देखते ही कुंज-कुंज में नंदनवन दिखाई पड़ता है, वृक्ष-वृक्ष में अमृत के जल-कण संचित

होने लगते हैं, पथ-पथ पर देव अपने पद-चिह्न डाल देते हैं और देव-भूमि का वायु मेरे हृदय में बहने लगता है।

अगस्त्य : *(पास आता है, किंतु फिर झिझककर खड़ा रह जाता है।)* किंतु—किंतु—वसिष्ठ क्या कहेंगे ? भरत क्या कहेंगे ? कहेंगे कि जैसे और सब फँसे वैसे ही अगस्त्य भी तेरी मोहिनी में फँस गया।

लोपामुद्रा : संसार के भय से यदि मुझे स्वीकार नहीं करोगे तो तुम्हारे जैसा अंधा और कोई नहीं हो सकता। *(दुख के साथ)* प्रणय तो परम गहन ऋत है। इस रूप में यदि वह नहीं दिखाई पड़ रहा हो तो—तो—तपोनिधे ! चले जाइए।

अगस्त्य : फिर—तुम क्या करोगी ?

लोपामुद्रा : *(सखेद)* मैं ! *(बैठकर, आँखों में आँसू लिए)* मैं आज इस रात के प्रेम विह्वल अगस्त्य के स्मरणों पर जीवित रहूँगी। स्थान-स्थान पर भटकती फिरूँगी, आर्यों से दूर, तुम्हारे नाम का रटन करती हुई, और किसी दिन जब विरह-वेदना की स्मृति राख हो जाएगी उस दिन से इस कुंज में आकर रहने लगूँगी। *(अगस्त्य प्रेम की ज्वाला में जलता हुआ पास आकर खड़ा हो जाता है। लोपामुद्रा सिसकती हुई धीरे-धीरे बोलती है।)* तब तुम्हारी स्मृतियाँ शांत रात्रि की तारिकाएँ बन जाएँगी और मंद तथा मधुर तेज से मेरे हृदय की गहराइयों में उजाला भरेंगी ? एकांत में मैं गीत गाऊँगी, और उसमें ऐसे विरहगान सुनाऊँगी जो सूर्य ने भी कभी न सुने हों और *(रो पड़ती है)*—और तुम्हारे चुंबन के लिए भूखे ये अधर तथा तुम्हारे हाथों में आबद्ध होने के लिए अधीर रहनेवाले ये हाथ लेकर—मैं—यमलोक चली जाऊँगी। *(हाथों में सिर डाल लेती है।)*

अगस्त्य : रोओ मत लोपामुद्रा ! इधर देखो।

लोपामुद्रा : *(सिसकते हुए)* जाइए।

अगस्त्य : इधर देखो, मेरा रक्त उबल रहा है। *(लोपामुद्रा के सिर पर हाथ फेरते हुए)* तुम्हारे इन स्निग्ध केशों में मेरा हृदय फँस गया है।

लोपामुद्रा : *(आँखें उठाकर)* अगस्त्य ! *(पुकारकर)* मत फँसो—मत फँसो ! तुम आज्ञा देना जानते हो, कातर होना नहीं जानते। तुम प्रताप को समझ सकते हो, प्रणय को नहीं समझ सकते। सर्वस्व समर्पण करने का आनंद तुम्हारे ललाट पर लिखा ही नहीं है।

[फिर हाथों में सिर डाल लेती है ।]

अगस्त्य : *(पास आकर लोपामुद्रा का कपोल स्पर्श करता है ।)* लोपामुद्रा ! इन गुलाब की पंखुड़ियों का सृजन किस वसंत ने किया है ? किस ऋतुराज ने तुम्हारी यौवन को खिलाया है । तुम्हारे मधुर शब्द पीकर मेरी तृषा और भी अधिक प्यासी हो जाती है । मेरी ओर तो देखो ।

[लोपामुद्रा का मुख ऊँचा करना चाहता है ।]

लोपामुद्रा : *(ऊपर देखकर, तिरस्कार से)* यह अगस्त्य मैत्रावरुण बोल रहे हैं ? अभिमानी पुरोहित-श्रेष्ठ ! क्या कह रहे हो, इसका कुछ ध्यान है ?

अगस्त्य : लोपामुद्रा ! तुमने मेरा गर्व चूर-चूर कर दिया है । जो परमपद मुझे प्रतिष्ठा, प्रताप और कीर्ति से भी नहीं मिल सकता था, वह तुमने मुझे दिलवा दिया है । *(भावावेश में)* मेरा अभिमान कहाँ है ? देखो तो सही ! तुम्हारे पैरों के पीछे-पीछे मैं भटकना चाहता हूँ, मानो मैं तुम्हारे पैरों की धूल हूँ । इधर देखो ! उधर देखो !

लोपामुद्रा : *(आँखें ऊपर उठाकर)* सचमुच अगस्त्य !

अगस्त्य : *(हाथ बढ़ाकर)* हाँ, लोपामुद्रा ! आओ–आओ, मेरी सहचरी–मेरी पत्नी ! *(वह लोपामुद्रा को हाथों में बाँध लेते हैं । लोपामुद्रा अगस्त्य का मुख हाथ में लेकर चुंबन करती है ।)*

लोपामुद्रा : नाथ ! मेरी स्वप्न-भरी दृष्टि तुम्हारी तेजस्विता पर मुग्ध हो गई है । हम अकेले हैं, केवल आकाश पर फैलनेवाली चंद्रिका के वसन में हम लिपटे हुए हैं । ··· *(प्यार से आँखें मीचकर)* ले चलो, मुझे एकांत में–वनकुंजों में–पर्वतों और सरिताओं के उस पार । देखो–देखो, वह तारा–तुम्हारे तेज के बिंदु के समान, वह पथ दिखाएगा । चलो, शृंग और सिकता दोनों को ही हम संगीतमय बना दें–अपने प्रणयगान से । *(फिर लिपटकर)* मेरी नाव तैयार है । *(अगस्त्य चलने लगते हैं कि एकाएक ध्यान आ जाने से)* हे देव ! हे देव ! मैं क्या कर रहा हूँ ?

लोपामुद्रा : *(चौंककर)* क्या कर रहे हो ? क्यों ?

अगस्त्य : *(घबराकर)* मैं कैसे चलूँ ? कहाँ चलूँ ? थोड़ी ही देर में तो मेरी प्रतिज्ञा पूरी होने का समय आ पहुँचेगा । *(पुकारकर)* लोपामुद्रा ! मेरे भाग्य में

तुम्हारा सुख नहीं है। इतने वर्षों की तपश्चर्या से मैंने सप्तसिंधु का भविष्य निर्माण किया है; और वह भविष्य इस समय मेरी प्रतिज्ञा पर अवलंबित है।

लोपामुद्रा : *(प्रेम में भीगकर)* मैत्रावरुण ! देवों ने शांबरी को आर्या स्वीकार कर लिया है। तुम नहीं स्वीकार करोगे ?

अगस्त्य : *(सिर हिलाकर)* क्या अनार्या भी कभी आर्या हो सकती है ? देव कैसे स्वीकार कर सकते हैं ?

लोपामुद्रा : विश्वरथ ने और मैंने आँखों से देखा है—देवों ने साक्षी दी है। नाथ ! आर्यत्व रंग में नहीं—हृदय में बसता है; जब तक तुम यह नहीं सिखाओगे, तब तक सप्तसिंधु का—संपूर्ण सृष्टि के भविष्य का—कैसे उद्धार होगा ?

अगस्त्य : *(हँसकर)* मैं अभी उन्मत्त हूँ। तेरे वचनों के प्रति मुझमें एक विचित्र विश्वास जाग रहा है। जैसे तुमने विश्वरथ को अनार्यों का ऋषि बना दिया है, वैसे ही क्या मुझे भी बनाना चाहती हो ?

लोपामुद्रा : अगस्त्य ! विश्वरथ की हँसी न उड़ाओ। वह वीर है—वीरों में भी वीर्यवान—शब्द-संजीवनी का स्वामी। उसे जीने दो। वह किसी दिन द्रव्य बनेगा और ऋत के दर्शन करेगा।

अगस्त्य : इतना अधिक विश्वास है ?

लोपामुद्रा : हाँ, मानव-जीवन के अमर तालपत्र पर वह जैसे मंत्र लिख जाएगा, वैसे किसी ने न तो लिखे हैं और न कोई लिखेगा। *(दीन भाव से)* विश्वरथ मेरा और तुम्हारा मानस-पुत्र है। उसे जीने दो—मैं आँचल पसारकर भिक्षा माँग रही हूँ। मुझे नहीं दोगे ?

अगस्त्य : तुम्हारी याचना में आज्ञा का प्रताप है, प्राण ! किंतु फिर मैं कहाँ रहूँगा ? देवद्रोही, वचनद्रोही—कौन-सा मुँह लेकर मैं जी सकूँगा ? *(निश्चयपूर्वक)* किंतु मेरी आँखें ही यदि अंधी हो गई हों तो मुझे क्यों जीना चाहिए। नहीं—नहीं लोपामुद्रा ! स्वप्न से जागो—मेरी प्यारी—अपने पंथ तो निराले हैं और निराले ही रहेंगे। मेरा जीवन यदि मिथ्या ही हो तो मुझे जीने का अधिकार नहीं है। *(बैठ जाता है।)* जाओ !

लोपामुद्रा : मेरे तपस्वी ! क्या मैं तुममें समाई हुई नहीं हूँ ? तुम मिथ्या होगे तो मुझे भी सत्य से लिपटकर नहीं रहना है और जीना भी नहीं है।

अगस्त्य : और इसीलिए ... जाओ। हम साथ रहने के लिए उत्पन्न ही नहीं

हुए हैं।

लोपामुद्रा : *(उलझन में पड़कर)* हे देव ! देव ! क्या अंत में इन दोनों में से एक को समाप्त होना ही पड़ेगा ?

अगस्त्य : *(धीरे-से सखेद)* यह तो देव की आज्ञा है।

लोपामुद्रा : *(चिल्लाकर)* मेरा जीवनाधार मुझे मिल गया है। उससे अलग होकर मैं कैसे जी सकती हूँ? *(अगस्त्य के कंधे पर हाथ रखकर खड़ी रहती है।)*

अगस्त्य : कोई उपाय नहीं है। जाओ–जाओ–अपने आश्रम को। मुझे विचलित न करो–मुझे तपस्वी की दृढ़ता से मरने दो। *(लोपामुद्रा को अलग करता है।)*

लोपामुद्रा : *(कातर होकर, साश्रु)* कैसे अलग होऊँ? *(हृदय फटा जाता है।)* मैं अलग नहीं हो सकती–नहीं हो सकती।

अगस्त्य : *(काँपते ओठ और रोते स्वर में)* मिल गए–यही बहुत बड़ा लाभ है। जाओ–जाओ मेरी प्राण ! *(आड़े हाथ करके लोपामुद्रा को दूर करता है।)* हम लोग तो तपस्वी हैं–जीवन और मृत्यु दोनों ही समान हैं हमारे लिए।

[एकाएक वृक्ष में कुछ ध्वनि होती है और भैरव भयंकर चीत्कार करके, कूदकर लोपामुद्रा पर झपटता है। चाँदनी में छुरा चमकता है। अगस्त्य के रोकने से पहले ही वह लोपामुद्रा को छुरा मार देता है।]

भैरव : ई–ई–ई–ऊ–

लोपामुद्रा : ओ ! नाथ ! मैं भी साथ आ रही हूँ।

[मूर्छित हो जाती है।]

अगस्त्य : *(भैरव से जूझ पड़ते हैं।)* चांडाल !

भैरव : *(अगस्त्य को छुरा मारने का प्रयत्न करते हुए।)* उग्रकाल प्रसन्न… ।

[विश्वरथ आकर भैरव पर टूट पड़ता है और दोनों भैरव को धरती पर डाल देते हैं। विश्वरथ छुरा ले लेता है। अगस्त्य उठकर

लोपामुद्रा के पास जाते हैं। विश्वरथ भैरव का हाथ पीछे से बाँधकर खड़ा रहता है।]

विश्वरथ : *(क्रोधपूर्वक)* भैरव !

अगस्त्य : *(चिंतातुर बदन से नीचे झुककर)* लोपामुद्रा ! लोपामुद्रा !

रोहिणी : *(पीछे से आकर)* पिता जी ! पिता जी ! शांबरी को किसी ने मार डाला है।

अगस्त्य : *(चौंककर)* शांबरी को ?

विश्वरथ : *(हाँफते हुए)* किस दुष्ट ने ?

भैरव : *(विजय के हर्ष से पागल होकर)* किसने ! मैंने मारा। उग्रकाल की द्रोही शांबरी को ! *(दाँत किटकिटाकर)* और दूसरी यह *(भयंकर हँसी हँसकर)* और तीसरा तू *(हाथ छुड़ाकर विश्वरथ पर झपटता है।)* ई–ई–

[विश्वरथ उसे धरती पर दे मारता है और अपने हाथ के छुरे से उस पर आघात करता है।]

विश्वरथ : जा–जा–अपने उग्रकाल के पास ! *(अगस्त्य उठकर सहायता के लिए आता है। रोहिणी लोपामुद्रा के पास जाती है।)*

भैरव : *(मरते-मरते विजयघोषणा करके)* उग्रकाल प्रसन्न !

[भैरव मर जाता है, और विश्वरथ उस पर से उठकर, छुरा फेंक देता है।]

अगस्त्य : *(उलझन में पड़कर)* शांबरी मर गई, और साथ ही–*(लोपामुद्रा के पास जाकर बैठ जाता है। रोते स्वर में।)* देव ! देव !

विश्वरथ : *(पास आकर)* भगवती।

अगस्त्य : *(वेदना-भरे स्वर में)* गईं–तुम गईं। *(नीचे देखता है।)*

[दिवोदास और वसिष्ठ दौड़ते हुए आते हैं।]

दिवोदास : यह क्या ? *(देखकर रुक जाता है।)* लोपामुद्रा को क्या हो गया है ?

[अगस्त्य नीचे झुककर साश्रु नयनों से लोपामुद्रा का सिर ऊचा कर देते हैं, लोपामुद्रा आँखें खोलती है और अगस्त्य को देखती है। फिर हाथ फैलाकर उनके गले से लिपट जाती है।]

वसिष्ठ : *(कठोर भाव से)* यह क्या है भाई ?

अगस्त्य : *(भर्राए स्वर में)* वसिष्ठ !¨¨यह है मेरी—देवदत्ता !

[वह सिर नीचा करके लोपामुद्रा का चुंबन करते हैं।]

[परदा गिरता है]

चौथा भाग

ऋषि विश्वामित्र

(नाटक)

लोपामुद्रा के इस चौथे भाग में तीसरे भाग का ही कथाप्रवाह आगे बढ़ता है। किंतु इतिहास का क्रम बनाए रखने के लिए अर्जुन (कार्तवीर्य) और तालजंघ, ये दो पौराणिक पात्र सम्मिलित कर लिए गए हैं।

पहला अंक

स्थान : तृत्सुग्राम से कुछ दूरी पर जंगल का निर्जन मार्ग।

[सामने दूरी पर काले खेतों की दो पुरसा ऊँची बाड़ दिखाई देती है। इन काले खेतों में दस्यु बंदियों को बंद रखा गया है। मध्यरात्रि हो चुकी है। पूर्णिमा का चाँद ऊपर चढ़ गया है। बाड़े के भीतर से दुख-भरे रोने या पीड़ा से चिल्लाने की ध्वनि कभी-कभी सुनाई दे जाती है। कभी-कभी उल्लू बोल उठता है और वातावरण भयानक बन जाता है।

गय और एक सैनिक बातें करते हुए आते हैं। गय लगभग पच्चीस वर्ष का उग्र और रूपवान तृत्सु सेनानायक है। उसके वक्ष पर, हाथ पर और पैर पर कवच बँधे हुए हैं। उसकी कमर में तलवार और हाथ में भाला है। सैनिक के हाथ में केवल एक फरसा है। उसकी कमर में चमड़े का कोड़ा लटक रहा है।]

गय : शीघ्रता करो।

सैनिक : अभी इसी समय कौन-सी हड़बड़ी है?

गय : हाँ, हाँ, मेरी स्त्री और मेरा पुत्र इसी समय के लिए हठ पकड़े बैठे हैं।

सैनिक : प्रातःकाल क्या आपत्ति है? इस समय सब दस्यु सोए पड़े होंगे।

गय : इसकी तुम्हें क्यों चिंता हो रही है? दुष्ट! बहाने क्यों बनाता है?

सैनिक : लड़की चाहिए या लड़का?

गय : *(अट्टहास करके)* लड़की, लड़की! बड़ी होगी तो बहुत काम आएगी।

सैनिक : वह तो कदाचित् ही मिले। अच्छी-अच्छी लड़कियाँ तो कभी की चलती बनीं।

गय : मेरा लड़का आठ वर्ष का है। उसे खेलने के लिए छः-सात वर्ष की लड़की चाहिए। है कोई?

सैनिक : दो-तीन ध्यान में हैं।

गय : किंतु ध्यान रखना। मुझे तो अच्छी, मोटी और रूपवती लड़की चाहिए जो बड़ी होने पर सब काम कर सके और जिसे बेचने पर पंद्रह गौएँ प्राप्त हो सकें। समझे?

सैनिक : आज इन काली-कलूटियों के लिए कोई दो गौएँ भी नहीं दे सकता है। आप जैसी चाहते हैं वैसी नहीं मिल सकती।

गय : मिलेगी, मिलेगी। इतनी तो हैं। उनमें से क्या एक भी लड़की नहीं मिलेगी? जाओ, जाओ, शीघ्रता करो। मुझे अभी ही लौट जाना है।

सैनिक : आज इतनी शीघ्रता क्यों है?

गय : विश्वरथ के हर्म्य का घेरा डालना है।

सैनिक : क्यों? क्या बात हो गई?

गय : क्या तू नहीं जानता?

सैनिक : मैं क्या जानूँ? मैं तो अब गाँव जाऊँगा।

गय : विश्वरथ ने शांबरी से विवाह करने का हठ ठान लिया था। इसलिए गुरु अगस्त्य ने आज्ञा दी है कि कल प्रातःकाल तक उसे सौंप दो।

सैनिक : यह तो मैं जानता हूँ।

गय : पर विश्वरथ ने यह निश्चय किया है कि कल प्रातःकाल भरतों को साथ लेकर तृत्सुग्राम छोड़कर चल दिया जाए।

सैनिक : क्यों?

गय : क्योंकि उसे गुरु की आज्ञा मान्य नहीं है।

सैनिक : तब?

गय : तब क्या! गुरु जी ने प्रतिज्ञा कर ली है कि यदि भरत लोग तृत्सुग्राम छोड़कर चले जाएँगे तो वह भी प्राण त्याग देंगे।

सैनिक : बाप रे बाप! अब?

गय : अब क्या? राजा दिवोदास की आज्ञा है कि भरतों को अपना हर्म्य ही

न छोड़ने दिया जाए। इसीलिए तो मैं आज इतना व्यस्त दिखाई दे रहा हूँ।

सैनिक : पर अब विश्वरथ करेगा क्या ?

गय : विश्वरथ ! वह तो उस कलूटी पर जी-जान से मरता है। लाज-हया सब धो बहायी है। और ऊपर से कहता है कि मैंने तो सूर्यदेव का आवाहन करके शांबरी को आर्या बना लिया है।

सैनिक : शांबरी और आर्या ! कहीं बुद्धि चरने चली गई है क्या ?

गय : और क्या ? क्या ये काले-कलूटे भी कहीं आर्य बन सकते हैं ? जाओ ! अब देर न करो।

सैनिक : देवताओं ने इन कलूटों को उत्पन्न ही क्यों कर दिया ?

गय : *(हँसकर)* हमारी सेवा करने के लिए, और क्या ?

> *[सैनिक और गय दोनों मिलकर एक बड़ा-सा द्वार अत्यंत परिश्रम से खोलते हैं, और उसमें से होकर सैनिक भीतर चला जाता है। भीतर जाकर वह बंदियों को कोड़े लगाता सुनाई देता है, और दस्यु स्त्री-पुरुषों की चिल्लाहट भी सुनाई देती है। कुछ बच्चे भी रोते हैं। थोड़ी देर के पश्चात् वह तीन प्रौढ़-वयस्क स्त्रियों को लेकर आता है। प्रत्येक स्त्री के साथ सात-आठ वर्ष की एक-एक लड़की है। स्त्रियों के शरीर पर नाममात्र के लिए ही वस्त्र हैं। बच्चे नंगे हैं। स्त्रियाँ डरती और घबराती हुई आती हैं और अपनी-अपनी लड़की का हाथ थामे हुए हिचकिचाती हुई खड़ी रहती हैं।]*

गय : लाए ?

सैनिक : जी हाँ, तीन हैं। इनमें से जिसे चाहें पसंद कर लें। *(तीनों स्त्रियों को पंक्ति में खड़ा करता है। गय निर्लज्जता से लड़कियों का परीक्षण करता है।)*

गय : *(एक लड़की के पास खड़ा होकर)* यह तो रोगी है।

पहली स्त्री : *(दुखी होकर)* मुझे ले चलो। यहाँ तो मैं मर जाऊँगी।

सैनिक : *(पहली स्त्री का हाथ पकड़कर उसे वेग से झकझोरता है।)* चुप रह निर्लज्ज। तू मर जाएगी तो कौन-सी सूर्य की गति रुक जाएगी। जा। *(वह स्त्री निःश्वास छोड़कर लड़की को लेकर जाने के लिए घूमती है। खड़ी होकर फिर पीछे घूमकर देखती है। सैनिक की बड़ी-बड़ी आँखें देखकर घबरा जाती है*

और घबराई हुई उसी द्वार में से होकर चली जाती है।)

[गय दूसरी स्त्री के पास आकर उसकी लड़की का परीक्षण करता है।]

गय : नीचे उतार। *(दूसरी स्त्री असहाय दशा में लड़की को गोद से उतारती है। गय लड़की के गाल को हाथ लगाता है।)*

दस्यु कन्या : *(रो देती है)* ओ—ओ!

[माता धरती पर बैठकर लड़की को गले लगाती है और उसे चुप कराने का प्रयत्न करती है।]

गय : चुप रह। *(माता को हटाकर लड़की के सिर पर थप्पड़ जमाता है।)* बात-बात में क्यों रोती है? सैनिक! मैं इसी लड़की को ले जाऊँगा। *(तीसरी स्त्री की ओर देखकर)* इसका अब काम नहीं है। यही अच्छी है।

[सैनिक तीसरी स्त्री को धक्का मारकर द्वार की ओर ढकेल देता है। गय लड़की का हाथ पकड़ता है। उसकी माता उससे लिपटती है।]

सैनिक : चल! सावधान यदि बोली तो।

[तीसरी दस्यु स्त्री को बाड़े में भिजवाता है।]

गय : *(सैनिक से)* इस लड़की की माँ को भी ले जाओ।

सैनिक : *(आश्चर्यचकित होकर)* इस लड़की को अकेले ले जाते हैं।

गय : इस औरत का मुँह तो देखो! इसे ले जाकर क्या करूँगा?

[लड़की को उसकी माता से छुड़ा लेता है।]

दस्यु कन्या : *(रोकर)* ओ—ओ! *(माता से लिपट जाती है। माता के साथ जाने के लिए तैयार होती है।)*

गय : *(क्रोध से धक्का देता है।)* तुझे ले जाकर क्या करेंगे? तू जा—लौट जा अपने बाड़े में।

दस्यु स्त्री : *(रोते स्वर में)* क्या मुझे नहीं ले चलते? मुझे भी लेते चलो।

मेरी लड़की मेरे बिना क्या करेगी? *(बैठे-बैठे धरती पर सिर रखकर दुखी होती है।)* ले चलो। आप जो कहेंगे वही काम करूँगी। नहीं तो छोड़ दो मेरी लड़की को मेरे पास। *(वह पुनः लड़की को गले लगाती है।)*

गय: *(लड़की को छुड़ाने का प्रयत्न करता है।)* छोड़ दे री! छोड़ दे।

[माता बैठकर लड़की से लिपट जाती है।]

दस्यु स्त्री: अन्नदाता! मेरी लड़की को अकेली न ले जाइए। मैं उसके बिना मर जाऊँगी। आप जो कहेंगे, वह करूँगी। मेरा आप पर कोई भार न होगा। मेरे सब बच्चों में यही एक अकेली बची है। मेरे पिता! मुझे यहाँ छोड़कर न जाइए।

[लड़की से लिपटकर आक्रंद करती है।]

गय: *(तिरस्कार से)* इन दुष्टाओं को बच्चे कितने प्यारे हैं? *(हाथ का भाला लेकर दस्यु स्त्री को मारता है। उसके शरीर से रक्त बह निकलता है।)* छोड़, छोड़, नहीं तो अभी मार डालूँगा। *(स्त्री चिल्लाती है, उलटा सिर करके लड़की से लिपटकर सिसकियाँ लेती है।)*

दस्यु स्त्री: *(लड़की को छाती से लगाकर)* मारो, हम दोनों को मार डालो। पापी—

गय: *(क्रोध से)* सैनिक! इस राक्षसी को ले जाओ यहाँ से। *(भाले से दस्यु स्त्री को फिर दो-चार घाव करता है। ज्यों-ज्यों घाव लगते हैं त्यों-त्यों दस्यु स्त्री अपनी लड़की को अपने पास रखने के लिए उस पर झुकती है। लड़की फूट-फूटकर रोती है।)* ले मर—मरना हो तो।

दस्यु स्त्री: ओह— ! ओह! *(मूर्छित होकर गिरती है।)*

गय: *(निर्दयता से)* एक नन्हीं-सी लड़की के लिए ये दुष्ट कितना दुःख देते हैं।

(नीचे झुककर लड़की का हाथ पकड़कर खींचता है। सैनिक उस मूर्छित दस्यु स्त्री को हटा देता है। लड़की फूट-फूटकर रोती है। गय लड़की का हाथ पकड़कर उसे झकझोर देता है।) चुप रह, नहीं तो अभी तुझे भी मार डालूँगा। *(रोती हुई लड़की को मारता और घसीटता हुआ ले जाता है। लड़की के रुदन के*

साथ-साथ भीतर के बंदी भी रोने लगते हैं।)

पहला सैनिक : कुत्स! कुत्स! इधर तो आ। *(दूसरा सैनिक आता है।)* अरे भाई! हाथ तो लगाओ। इस दुष्टा को भीतर तो डाल दूँ और प्रवेशद्वार बंद कर दूँ।

दूसरा सैनिक : क्या हुआ है?

पहला सैनिक : अरे! और क्या? सेनानायक गय को इसकी लड़की चाहिए थी और यह दे नहीं रही थी। *(दोनों दस्यु स्त्री को उठाते हैं और बाड़े के प्रवेशद्वार तक ले जाते हैं। लात मारकर भीतर ढकेल देते हैं और द्वार बंद कर देते हैं।*

पहला सैनिक : अरे कुत्स! विश्वरथ को देखा! एकदम पागल हो गया है। इन सबको वह आर्य बनाने चला है। हः—हः—हः।

> *[बातें करते हुए चले जाते हैं। थोड़ी देर में उसी मार्ग से ऋक्ष आता है। वह मार्ग पर ही गिर पड़ता है। उसका सिर एक ओर झुकता है। स्तूप-जैसा उसका बड़ा पेट चाँदनी में चमकने लगता है। उसके हाथ में सुरा का बड़ा-सा घड़ा है। वह मूर्छित है फिर भी उसका हाथ उसके मुँह का स्पर्श करने के लिए प्रयत्नशील है। उसके बड़े-बड़े मोटे-मोटे नथनों में से पृथ्वी को कँपानेवाला निःश्वास निकलता है जिससे मरुत भी ईर्ष्या कर सकते हैं। ऋक्ष आँखें बंद करके पड़े-पड़े कुछ बोलता है।]*

ऋक्ष : दुष्ट अजीगर्त! *(हिचकी लेता है।)* धूर्त! भगवती लोपामुद्रा के साथ जाकर एकांत में बात कर आया। ऐं *(हिचकी लेता है।)* और फिर हाथ से निकल भागा…नीच! *(हाथ से छूटे हुए मदिरापात्र को टटोलने का प्रयत्न करता है।)* अरे, यह क्या? क्या धरती भी बादलों के समान हटना सीख गई है। अरे वाह! क्या चंद्रमा भी चक्कर खाने लगा? अभी इधर चमकता था अब उधर चमकने लगा! हः हः हः हः *(ठठाकर हँसता है।)* बादल भी घूम जाता है। अच्छा! *(बैठना चाहता है किंतु मद की झोंक में गिर पड़ता है। गला भर्रा जाता है।)* आज मेरे गले में आग लगी है। किसी प्रकार भी प्यास बुझती ही नहीं। *(मदिरापात्र ढूँढ़ता है।)* मदिरापात्र कहाँ चला गया? ओह! यह है—यह है।

[उसे उठाने का प्रयत्न करता है पर उसे उठा नहीं पाता।]

ऋक्ष : अरे ! क्या हुआ है ? किसी प्रकार भी आ नहीं रहा है, मुँह के पास ! *(पात्र लेकर मुँह से लगाता है। सोए-सोए पैर हिलाता है।)* अच्छा, मैं झटपट चलूँ नहीं तो अजीगर्त भाग जाएगा। *(वेग से पैर हिलाता है।)* आज इस धरती को क्या हो गया है ? कहाँ चली गई ? पैर को लगती ही नहीं ! कैसी विचित्र बात हो गई है ! ऐं *(पैर रोककर चारों ओर देखता है।)* पूर्णिमा की रात भी कभी-कभी अंधकारपूर्ण हो जाती है। प्यास लगी है तो भी पात्र निकट नहीं आता। चलना चाहता हूँ किंतु धरती निकट नहीं आती। यह क्या हो गया है ? *(चंद्रमा की ओर देखकर)* क्या हुआ है ? वह देखो, चंद्रमा विचित्र ढंग से सामने खड़ा है। पेरे पैर धरती पर नहीं हैं, किंतु बादल पर हैं—और सामने यह गोल टीला खड़ा है। इसीलिए मेरे पैर नहीं दिखाई देते। *(पेट की ओर देखकर)* यह टीला कहाँ देखा था ? *(हँस देता है।)* अरे हाँ, स्मरण आया। यह तो मेरा पेट है ! *(हँसता है। दो दस्यु धीरे-धीरे बातें करते हुए आते हैं। वह सुनता है।)* दूसरी ओर से किसी का स्वर सुनाई पड़ता है। *(चारों ओर देखकर)* हः—हः—हः—हः—मैं—मैं तो गड्ढे में पड़ा हुआ हूँ। *(बड़े परिश्रम से बैठता है और हँसता हुआ विचार करता है।)* कौन बात करता है ? यह तो शंबर का स्वर बोल रहा है। हः—हः—हः—हः—शंबर के गढ़ में पड़े-पड़े वहाँ की लड़कियों से मैंने क्या-क्या नहीं सीखा ? *(ऊपर देखकर स्मरण करता है।)* कोई-कोई तो कैसी रसीली और चटकीली थी ? कैसा आनंद आता था ? धिक्कार है इन लड़वैयों को। चारों ओर रोना-धोना मचा रखा है। जहाँ देखो वहीं मारो-काटो।

[ऋक्ष चुप हो जाता है। दो दस्यु आते हैं। एक वृद्ध है और दूसरा युवा है। दोनों ने मोटे कपड़े का लँगोट लगा रखा है। दोनों डरते हुए बाड़े के पास से होकर चलते हैं। वे ऋक्ष को नहीं देखते। अंत में आगे आकर धीरे-धीरे बाते करते हैं।]

युवा दस्यु : *(हठपूर्वक)* हाँ, हाँ, सच है। हमारी उग्रा बहन को आर्या बन. लिया है।

वृद्ध दस्यु : अरे चुप भी रह। अपनी जाति को तो उसने लीप-पोत बराबर

कर दिया है।

युवा दस्यु : नहीं, नहीं, मुझे स्वतः वृक ने कहा कि उसके कारण हम सबका उद्धार हो जाएगा।

वृद्ध दस्यु : हो चुका–हो चुका। उसे तो उग्रकाल का शाप है।

ऋक्ष : *(सिर पीटते हुए)* उग्रकाल! हाँ··· *(स्मरण करके बड़बड़ाता है।)* ठीक है। कैसा था वह नृत्य! और सुरापान का कैसा आनंद और भोजन के पचने तक लड़कियों के साथ नाचना। *(आनंद की लहर में सिर पीछे डालकर)* हः–हः–हः–हः–चाहे जो भी हो पर उग्रकाल फक्कड़ अवश्य था।

युवा दस्यु : उग्रकाल ने कौन-सा हमें निहाल कर दिया! इतनी विपत्ति में तो ला डाला।

वृद्ध दस्यु : क्या बकता है रे? उग्रकाल सुन लेगा तो प्राण ले लेगा।

युवा दस्यु : उग्रकाल! ऊँ हूँ–

वृद्ध दस्यु : हाँ, हाँ, उग्रकाल देव तो जीते-जागते बैठे हैं।

[ऋक्ष एकदम खड़ा होकर उछलता है, और शंबरगढ़ में जिस प्रकार भैरव को नाचते देखा था, उसी प्रकार नाचने लगता है। वे दस्यु इसे देखकर घबराते हैं और फिर इसे उग्रकाल समझकर लेटकर धरती पर माथा टेकते हैं।]

ऋक्ष : उग्रकाल प्रसन्न। ई-ई-ई-ई-ऊ–

[ऋक्ष नाचता ही रहता है।]

दोनों दस्यु : *(धरती पर से सिर उठाए बिना)* ई-ई-ई-ई-ऊ-ऊ–

ऋक्ष : *(स्वगत)* कौन कहता है कि मैं महर्षि नहीं हूँ? क्या अकेले अगस्त्य की ही पूजा होती है? मेरी भी होती है। *(निकट आकर और दस्युओं को उठाता है और उन्हें सुरापात्र में से दो-दो बूँद सुरा का प्रसाद देता है।)* खड़े हो जाओ। मैं अपने भक्तों पर प्रसन्न हूँ। खड़े हो जाओ। हाथ जोड़ो। *(दस्यु खड़े होकर हाथ जोड़ते हैं।)* चलो, मेरे साथ आओ, घबराओ मत। *(स्वतः सुरा पीता है।)* मैं उग्रकाल हूँ। *(निकट आकर आँखें निकालकर)* क्या तुम अस्वीकार करते हो?

[ऋक्ष दस्युओं के हाथ में हाथ डालता है और जिस प्रकार शंबर के गढ़ में दस्यु नाचा करते थे, उसी प्रकार तीनों नाचते हैं।]

तीनों : ई-ई-ई-ई-ऊ-ऊ–*(थोड़ी देर तीनों नाचते हैं। पैरों की आहट आती है।)*

वृद्ध दस्यु : बाप रे ! कोई आ रहा है। *(ऋक्ष हाथ जोड़कर बाड़े में घुस जाता है। कुत्स और उसका साथी दोनों आते हैं। ऋक्ष उनके सामने उछलकर आता है और दस्युओं के समान नाचता है।)*

ऋक्ष : ई-ई-ई-ई-ऊ-ऊ···ई-ई-ई-ई-ऊ-ऊ–

आर्य सैनिक : अरे, बाप रे बाप। दस्युओं का देव !

[भाग जाते हैं।]

ऋक्ष : *(पेट थामकर हँसता है)* हा-हा-हा-हा ! *(दस्युओं से)* इधर आओ, इधर आओ। घबराओ मत, घ-घ-घबराओ मत। मैं कौन हूँ? ई-ई-ई-ई-ऊ-ऊ–*(तान में आकर)* क्या मुझे पहचानते नहीं ? डरते हो क्या ? मैं इंद्र और उग्रकाल दोनों को काँख में दबाए घूमता हूँ। हा-हा-हा-हा शंबर और दिवोदास दोनों को गोद में खिलाकर बड़ा किया है। हा-हा-हा-हा–विश्वरथ और शांबरी तो मेरे कहे बिना पानी तक नहीं पीते। हा-हा-हा-हा।

वृद्ध दस्यु : *(हाथ जोड़कर)* अन्नदाता ! क्या आप विश्वरथ के वृक को पहचानते हैं ?

ऋक्ष : *(अट्टहास करके)* हो-हो-हो-हा-हा–विश्वरथ का वृक ! वह तो साँझ-सवेरे मेरे पैर दबाता है।

[गौरव से उसकी जीभ लटक आती है।]

युवा दस्यु : वृक तो मेरा मौसिया भाई लगता है। वह कहता था कि विश्वरथ ने हमारी उग्रा बहन को आर्या बना डाला। क्या यह ठीक है ?

ऋक्ष : *(मूर्खतापूर्ण हँसी हँसकर सिर हिलाता है।)* विश्वरथ ने आर्या बना डाला ? ऊँह–विश्वरथ जब चार अँगुली का था तब से तो आर्या बनाने का मार्ग मैंने उसे दिखाया। शंबर के पुर में एक मास तक मैं अकेला ही जितनी चाहता उतनी आर्या बना डालता था।

वृद्ध दस्यु : *(युवा दस्यु के प्रति)* अरे यह तो पूरा पागल जान पड़ता है। चलो, चलें यहाँ से।

युवा दस्यु : भाई! जिसने उग्रकाल की प्रार्थना करके आर्य सैनिक भगा दिए उसे पागल कैसे कहा जाए? *(ऋक्ष से)* अन्नदाता, हमें अब आज्ञा दीजिए।

ऋक्ष : *(ताव से)* कैसी आज्ञा चाहिए? कहो–कहो–मैं दे दूँगा।

वृद्ध दस्यु : हम अपने जाति-भाइयों से मिलने आए हैं।

ऋक्ष : तुम्हारे जाति-भाई? तुम्हारे दस्यु? यहाँ कहाँ हैं मुझे तो कोई दिखाई नहीं देता।

वृद्ध दस्यु : अन्नदाता, वह काला खेत है न?

ऋक्ष : काला खेत? अच्छा! जहाँ तुम्हारे बंदी बंद किए गए हैं वह? मैंने तो कभी देखा ही नहीं है। *(गांभीर्य से)* अच्छा! पर यह काला खेत क्यों? हरा नहीं, धौला नहीं, काला ही क्यों?

[ठठाकर हँसता है।]

युवा दस्यु : अन्नदाता! हमारे लोगों को उसमें बंद किया जाता है इसलिए वह काला कहलाता है।

ऋक्ष : *(स्मरण कर)* नहीं, नहीं। भगवती लोपामुद्रा एक बार कहती थीं–यह काला खेत इसलिए कहलाता है कि हमारे धौले मस्तक पर काला टीका है। हा-हा-हा-हा *(ध्यान से देखने का कष्ट उठाता है।)*

वृद्ध दस्यु : यह काँटे की ऊँची बाड़ है, उसी के पीछे।

ऋक्ष : अच्छा, इसमें कितने दस्यु बंद किए गए हैं?

वृद्ध दस्यु : अब तो आठ सौ या दस सौ रह गए होंगे।

ऋक्ष : बस! और सब कहाँ चले गए?

वृद्ध दस्यु : प्रतिदिन अच्छे-अच्छे दस्युओं को आप लोगों के दास बनाने के लिए निकाल ले जाते हैं। बचे हुए दस्युओं को संध्या होने पर फिर से लाकर बंद कर दिया जाता है।

ऋक्ष : *(ऐंठ से)* क्या बंद कर देते हैं? हमारा विश्वरथ तो दस्युओं को आर्य बना रहा है और राजा दिवोदास उन्हें बंद कर देता है? *(क्रोध का अभिनय करके)* पर तुम क्यों नहीं अब तक बंद किए गए?

युवा दस्यु : हम तो दास हैं, और तृत्सुग्राम में रहते हैं।

ऋक्ष : तब यहाँ क्यों आए हो?

युवा दस्यु : कभी-कभी आधी रात को चोरी-छिपे आते हैं।

ऋक्ष : *(कृपा दिखलाते हुए)* अच्छा, समझा, समझा। तुम कायर हो। *(धूर्तता से हँसते हुए)* दिन में आने का तुममें साहस नहीं है। तुम डरपोक हो।

वृद्ध दस्यु : अन्नदाता! इस समय जो हम आते हैं इसमें भी बड़ा संकट है। यदि पकड़े जाएँ तो हमारे धड़ पर सिर न रह पाए।

ऋक्ष : *(ताव से)* तब हे भीरुओ! हे नपुंसको! हे निःसत्त्वो! इस समय यहाँ क्यों आते हो?

वृद्ध दस्यु : क्या करें अन्नदाता? हमारे संबंधी यहाँ पड़े हैं, इसलिए कभी-कभी मन उचाट हो जाता है और यहाँ खींच लाता है। आज विश्वरथ ने उग्रा को आर्या बनाया है और अब रानी बनाएगा। उसी की बधाई देने हम लोग आए हैं।

ऋक्ष : बधाई! कोई बात है? हमारा विश्वरथ और हम तो दस्युओं का उद्धार करने पर तुले हुए हैं और तुम लोग यों घबरा-घबराकर प्राण दिए जा रहे हो? *(क्रोध से)* धिक्कार है तुम्हें! नपुंसको! मैं दुर्दम का पुत्र ऋक्ष—अगस्त्य का प्रिय शिष्य—और विश्वरथ का मित्र तुम्हें सूचना देता हूँ कि तुम्हारा उद्धार हो गया है। जाओ, नाचो, कूदो, सुरा-पान करो। *(नाचता है।)* उग्रकाल प्रसन्न। ई-ई-ई-ई-ऊ-ऊ—

वृद्ध दस्यु : अन्नदाता! कौन-सा मुँह लेकर हँसे? हमारे भाई-बंधु तो पशुओं की भाँति इस बाड़े में बंद हैं।

ऋक्ष : क्या इसमें स्त्रियाँ भी हैं?

वृद्ध दस्यु : हाँ, पुरुष हैं, स्त्रियाँ हैं, लड़के हैं।

ऋक्ष : *(चकित होकर)* वहाँ बैठे-बैठे वे करते क्या हैं?

वृद्ध दस्यु : करते क्या हैं? कोड़ों की मार खाते हैं, पानी बिना तड़पते हैं, मृत्यु की बाट जोहते बैठे हुए हैं।

ऋक्ष : *(गंभीर होकर सिर हिलाता है।)* भगवती लोपामुद्रा! आपकी बात सत्य है—नितांत सत्य है। हम आर्य लोग बड़े दुष्ट हैं। *(प्रार्थना करते हुए)* हे वरुणदेव! मैं ऋक्ष, लोपामुद्रा का शिष्य, अगस्त्य का शिष्य और दोनों का एक

साथ ही शिष्य, अपने दोनों गुरुओं की सौगंध खाकर कहता हूँ कि यदि मैं प्रत्येक दस्यु का उद्धार न करूँ तो मैं—मैं—*(घबराहट से रुकता है।)* क्या कर डालूँ वह मुझे सूझता ही नहीं। *(हँसता है और सुरा पीता है।)*

वृद्ध दस्यु : किंतु राजा दिवोदास आपको कुछ न करने देगा अन्नदाता!

ऋक्ष : गड़बड़ मत करो। वह दिवोदास होता कौन है? वह किस खेत की मूली है? मैं, हमारा विश्वरथ और हमारी भगवती लोपामुद्रा यदि उद्धार करने बैठें तो किसकी शक्ति है कि वह बीच में विघ्न डाले? विश्वरथ जैसा भरतों का राजा, तुम्हारी आर्यों में श्रेष्ठ शांबरी को रानी बना रहा है, फिर क्या? *(हिचकी लेता है और स्थिर होकर निश्चय करता है।)* चलो, मुझे अपने जाति-भाइयों के पास ले चलो। मैं उनका उद्धार करूँगा। *(खेत के निकट जाता है, ठहरता है।)* क्या यही काला खेत है? निश्चित रूप से?

वृद्ध दस्यु : हाँ अन्नदाता! यही काला खेत है।

ऋक्ष : अच्छा! *(नाचता है।)* उग्रकाल प्रसन्न—ई—ई—ई—ई—ऊ—ऊ—

दस्यु लोग : *(भीतर से)* ई—ई—ई—ई—ऊ—ऊ—

ऋक्ष : *(खड़ा होकर सिर पर हाथ रखता है।)* सुनाई पड़ता है। स्वर सुनाई पड़ता है, पर मुझे मार्ग नहीं दिखाई पड़ता। मुझे भीतर ले चलो। *(युवा दस्यु के हाथ पर हाथ रखता है।)*

वृद्ध दस्यु : अन्नदाता! भीतर जाने का मार्ग नहीं है। द्वार बंद है।

ऋक्ष : उसे खोल दो, मेरी आज्ञा है।

वृद्ध दस्यु : *(युवा दस्यु से)* अरे! यह स्वतः भी मरेगा और हम लोगों को भी मरवा डालेगा, समझे।

ऋक्ष : चलो, खोलो। क्या मेरा कहना नहीं मानते?

वृद्ध दस्यु : अन्नदाता, यह द्वार खुल ही नहीं सकता।

ऋक्ष : क्या बकता है? हटा दो—खोद डालो—जला दो—मैं अग्निदेव का आवाहन करता हूँ।

युवा दस्यु : जलाया जाए, पर कैसे?

ऋक्ष : *(उच्च स्वर में आवाहन करके)* हे अग्निदेव! मैं आपका आवाहन करता हूँ। आप अपने चारों सींगों से इस बाड़े को उलट दीजिए, अपने तीनों पैरों

से इस बाड़े को कुचल डालिए। अपने सातों हाथों से इस बाड़े को हटाकर दस्युओं को मुक्त कर दीजिए। *(दुःखित होकर)* अरे! कहाँ हो? इन दस्युओं को मुक्त करने का मैं प्रयत्न करता हूँ और आप आते भी नहीं? *(उपालंभ देते हुए)* आपको हुआ क्या है? मैं ऋक्ष—दुर्दम का पुत्र, अगस्त्य और लोपामुद्रा का एक साथ शिष्य, आपका आवाहन करता हूँ। चलो, ए दस्युओ! देख क्या रहे हो? अग्नि की स्थापना करो।

युवा दस्यु : पर काहे से?

ऋक्ष : मूर्ख, देखता नहीं? मेरी कमर में यह चकमक बँधा है, उसी से। *(उसे खोलने का प्रयत्न करता है।)* मुझसे खुल ही नहीं रहा है। देखता क्या है? खोल ले, कहीं बँधा पड़ा होगा।

युवा दस्यु : जैसी आज्ञा।

[ऋक्ष की कमर से चकमक खोलता है और बाड़े में आग लगाता है।]

ऋक्ष : *(मंत्र बोलते हुए)* ॐ चत्वारि शृंगा त्रयोऽस्य पादा द्वे शीर्षे सप्त हस्ता सोऽस्यात्रिधा बद्धो वृषको रोरवीत्ति। *(बाड़े में से ज्वालाएँ निकलती हैं।)* वाह! अच्छा चिल्लाया हूँ मैं।

[भीतर बंद किए हुए दस्युओं की वेदनापूर्ण आँखें अदृष्टपूर्व दृश्य देखती हैं। उनके मृत्यु पिंजर का काँटे का द्वार एकदम जल उठता है। ज्वाला के उस पार साक्षात् उग्रकाल आनंद से नाचकर हर्ष की घोषणा करते हुए दृष्टिगोचर होते हैं। उनके शिथिल गात्रों में चेतना आ जाती है। उनके निराश हृदयों में आशा का संचार होता है। रोगग्रस्त रोग भुला देता है। आशा और उत्साह से टकटकी लगाकर वे अपने मोक्षदाता की ओर देखते हैं। अंत में बाड़े का थोड़ा भाग जल जाता है। ऋक्ष के जीवन का आज अपूर्व अवसर है। गरम राख पर दस्यु वृक्ष के तने रखते हैं और उस पर से बाहर आते हैं। जगद्विजयी किसी प्रतापी देवाधिदेव के समान ऋक्ष गर्व से हँसता, डोलता, जीभ निकालता हुआ, थोड़ी-थोड़ी देर में सुरा-पात्र में से सुरा पीता हुआ देखता है।]

दस्यु : उग्रकाल प्रसन्न। ई–ई–ई–ई–ऊ–ऊ–

ऋक्ष : *(नाचकर)* उग्रकाल प्रसन्न। ई–ई–ई–ई–ऊ–ऊ। वत्सो! शत शरद् जीवित रहो।

वृद्ध दस्यु : *(हाथ जोड़कर)* अन्नदाता! इन लोगों को बचाइए। ये सब आपकी शरण में हैं। इन्हें मरने से बचा लीजिए।

ऋक्ष : *(क्रोध में)* किसकी शक्ति है कि मेरे इन दस्युओं को अँगुली तक लगा सके? देखता हूँ।

वृद्ध दस्यु : अन्नदाता! दिन निकलते ही आप तो चले जाएँगे। और फिर बाड़ा तोड़कर निकलने के अपराध में सेनापति इन सबको मार डालेगा।

ऋक्ष : क्या? क्या? हा–हा–हा–हा मेरे भक्तों को सतानेवाला है कौन?

एक दस्यु कैदी : अन्नदाता! हम तो दास हैं।

ऋक्ष : दास! दास! झूठ बात है, अत्यंत झूठ बात है। मैं और मेरा विश्वरथ सबको अभी आर्य बनाए देते हैं।

दो चार दस्यु : *(आश्चर्य से)* आर्य! आर्य!! हमें आर्य बनाएँगे?

वृद्ध दस्यु : भाइयो! आज बड़ी अनहोनी बात हुई है। विश्वरथ भरतश्रेष्ठ ने हमारी उग्रा बहन को आर्या बनाया है और कल महिषी के रूप में अभिषिक्त करनेवाले हैं।

दस्यु : ऐं हमारी उग्रा बहन! ऐं! आर्या? सच–नहीं, यह नहीं हो सकता–ऐं–

ऋक्ष : *(शान से)* मूर्खो! तुम क्या सोचते हो? हम कौन हैं? आज शांबरी आर्या बन गई। कल सवेरे भरतश्रेष्ठ की रानी बन जाएगी। परसों तुम सब आर्य बन जाओगे।

वृद्ध दस्यु : अन्नदाता! वृक भी ऐसा ही कहता था। पर मैं राजा दिवोदास को भली-भाँति पहचानता हूँ, मैं उन्हीं का दास हूँ। वे ऐसा कभी न होने देंगे।

ऋक्ष : *(क्रोध में)* किसकी माँ ने सवासेर सोंठ खाई है कि मेरे बीच में आए! *(एक छोटे लड़के को सामने देखकर)* चल आ, क्या तुझे आर्य बनना है? चल, ले चलूँ अपने मित्र के पास। शी-शी··· *(बालक को सीटी बजाकर खिलाता है। एक युवती दस्यु कन्या, दस्युओं के बीच से निकलकर आती है।)*

सुरा : ऋक्ष! ऋक्ष! क्या मुझे नहीं पहचाना? मैं दागी की छोटी

बहन—*(पैर पड़ती है ।)*

ऋक्ष : *(पहचानते हुए)* कौन, सुरा ! *(उसका सिर हिलाकर)* सुरा ! बड़ी अच्छी लड़की है । *(सुरा ऋक्ष के गले लगती है ।)*

सुरा : ऋक्ष ! ऋक्ष ! मुझे उग्रा बहन के पास ले चलो ।

ऋक्ष : *(गर्व से पैर पटकते हुए सबकी ओर देखकर)* अच्छा, सब चलो । शांबरी हमारी महिषी होनेवाली है । चलो, सब मेरे साथ चलो । चलो, चलो, चलो *(नाचकर)* ई—ई—ई—ई—ऊ—ऊ

[चलने लगता है ।]

एक दस्यु : अन्नदाता ! थोड़ा ठहरिए ।

वृद्ध दस्यु : *(युवा दस्यु से)* अरे, यह मरने का व्यापार है, यह क्या करने बैठा है ?

युवा दस्यु : *(वृद्ध दस्यु से)* इतना होने पर और क्या होनेवाला है ? ये लोग यों भी तो यहाँ मरने ही वाले हैं ।

वृद्ध दस्यु : *(युवा दस्यु से)* पर हम लोग वहाँ व्यर्थ में मारे जाएँगे ।

युवा दस्यु : *(वृद्ध दस्यु से)* अच्छा चलो, चले ही चलें । *(ऋक्ष से)*, अन्नदाता ! आपकी अनुमति हो तो ग्राम में जाकर हम सब दस्युओं को इकट्ठा कर लावें । *(पैर छूता है ।)*

ऋक्ष : जाओ—जाओ । सबको ले जाओ । *(वृद्ध और युवा दस्यु दौड़ते हुए चले जाते हैं ।)*

ऋक्ष : *(दूसरों से)* चलो, हम लोग विश्वरथ के हर्म्य को चलें । ई—ई—ई—ई—ऊ—ऊ

[चलने लगता है । दस्युओं का समूह उसके पीछे-पीछे जाता है ।]

(परदा गिरता है ।)

दूसरा अंक

समय : चार घड़ी पीछे।

[चाँद पश्चिम में दिखाई दे रहा है। सामने सरस्वती का रेतीला प्रदेश है और दूर पर बाएँ कोने में सरस्वती बह रही है।

दाहिहनी ओर कोने में विश्वरथ का हर्म्य दृष्टिगोचर होता है और वहाँ से तीर पर आने के लिए, पत्थर का ढलुआँ मार्ग है। एक पत्थर पर विश्वरथ का भांजा, मित्र और सहपाठी जमदग्नि भार्गव बैठा हुआ है। उसके मुख पर खेद दिखाई दे रहा है।

सामने विश्वरथ का सेनापति प्रतर्दन खड़ा है। उसकी मुखमुद्रा कठोर है तो भी इस समय वह स्वस्थ-सा दिखाई दे रहा है। एक ओर भरतश्रेष्ठ विश्वरथ का विश्वासपात्र दस्यु वृक खड़ा है। वह सशक्त, वृद्ध, काला और चपटी नाकवाला दस्यु है। वह कंधे पर खड्ग रखे हुए मूर्तिवत् खड़ा है। उसके आगे उग्रा का शव पड़ा है, उस पर मृगचर्म ढका हुआ है। पास में एक दास लूक लेकर खड़ा है। शव की बाईं ओर आगे से गाँव का मार्ग है, दाहिनी ओर आगे का तट अगस्त्य के आश्रम की ओर फैला हुआ दिखाई देता है। विश्वरथ आता है। वह केवल धोती पहने हुए है। उसकी भुजा पर भुजबंध बँधा हुआ है। उसके श्वेत मुख के आस-पास बिखरे हुए घुँघराले बाल इधर-उधर उड़ रहे हैं। उसकी तेजपूर्ण आँखें विक्षिप्त हो गई हैं। उसकी सुंदर नाक प्रचंड आवेश से फटी जा रही है। वह दौड़ता, हाँफता हुआ आता है।]

विश्वरथ : *(भर्राए हुए उद्वेगपूर्ण स्वर से)* जमदग्नि ! जमदग्नि ! क्या यह सच है शांबरी को भैरव ने मार डाला ? बताओ न !

[अपने सिर के बाल नोंचता है ।]

जमदग्नि : *(अँगुली से शांबरी का शव दिखाते हुए)* हाँ ।

[विश्वरथ एक झपट्टे में शंव के पास पहुँचता है, और उसके ऊपर ढका हुआ मृगचर्म फेंककर पागल के समान आँखें फाड़कर देखने लगता है ।]

विश्वरथ : ओ—ओ—ओ—*(मूर्छित होकर भूमि पर गिर पड़ता है। जमदग्नि दौड़कर उसके पास जाता है और पास पड़े हुए कमंडल में से पानी लेकर उसके मुख पर छींटे देता है । प्रतर्दन पास आकर खड़ा हो जाता है और चिंता से पंखा झलता है । वृक धीरे से नीचे झुककर शांबरी के शरीर पर फिर से मृगचर्म ढक देता है और पुनः चित्रवत् उसके पास खड़ा हो जाता है ।)*

जमदग्नि : मामा ! विश्वरथ !

[थोड़ी देर में विश्वरथ की मूर्छा टूटती है । जमदग्नि उसे उठाकर बैठाता है । वह घबराई हुई आँखों से प्रतर्दन के कठोर मुख की ओर देखता है । वह इस प्रकार धीरे-धीरे बाल नोंचकर बोलता है मानो स्मरण-शक्ति से कुछ पूछ रहा हो ।]

विश्वरथ : उग्रा ! उग्रा ! मर गई ?

[जमदग्नि विश्वरथ के शरीर पर हाथ फेरता है ।]

विश्वरथ : और भगवती लोपामुद्रा ?

जमदग्नि : दैव ने कृपा करके उन्हें बचा लिया ।

विश्वरथ : और भैरव, उनका घातक ? मर गया ? मैंने मार डाला ?

जमदग्नि : हाँ, हाँ ! तुम शांत हो जाओ भाई, शांत हो जाओ ।

[बाहर घोड़े हिनहिनाते हैं ।]

विश्वरथ : *(चौंककर)* प्रतर्दन ! प्रतर्दन ! प्रतर्दन यह क्या है ?

प्रतर्दन : भरतश्रेष्ठ ! हमारी सेना तैयार है ।

[विश्वरथ बाल नोंचकर पुन: स्मरण करने का प्रयत्न करता है ।]

विश्वरथ : सेना ? किसलिए तैयार है ?

प्रतर्दन : आपने आज्ञा दी थी, इसलिए राजन् ! सर्योदय होने पर हमें तृत्सुग्राम छोड़कर चल देना है न ?

विश्वरथ : *(दोनों हाथों से सिर दबाकर)* हाँ, हाँ, सूर्योदय होने पर तृत्सुग्राम छोड़ देना है⋯सूर्योदय पर शांबरी भी गुरु जी को दे देनी थी । हाँ, हाँ, *(शव की ओर देखकर)* पर शांबरी, मेरी उग्रा है कहाँ ? *(रो देता है ।)* गई, गई, निराधार बेचारी अकेली ही यमलोक चली गई । मेरी—मेरी— निर्दोष उग्रा ! *(फूट-फूटकर रोता है । बहुत देर तक कोई बोलता नहीं ।)*

प्रतर्दन : तो क्या आज्ञा है राजन् ?

विश्वरथ : गुरुवर्य क्या कहते हैं ?

जमदग्नि : गुरुदेव तो भगवती लोपामुद्रा की देख-रेख करने में लगे हैं ।

प्रतर्दन : तो अब क्या करेंगे ?

विश्वरथ : करेंगे क्या ? चलो शांबरी का अग्निदाह कर दिया जाए ।

[प्रतर्दन घबराकर पीछे हटता है । जमदग्नि आँखें फाड़कर देखता है ।]

प्रतर्दन : अग्निदाह ?

विश्वरथ : *(क्रोध से)* क्या शांबरी के प्रेत को भी भटकने देना होगा ?

प्रतर्दन : *(ससंभ्रम)* नहीं—नहीं, राजन् ! मैं समझा कि उसे गाड़ना पड़ेगा ।

विश्वरथ : वह तो मेरी पत्नी थी प्रतर्दन ! सूर्यदेव के द्वारा स्वीकृत आर्या—मेरी मानी हुई, भरतों की महिषी । अग्नि उसे यमलोक में ले जाएगा । *(वृक से)* वृक ! इसे श्मशान ले चलने की तैयारी करो ।

प्रतर्दन : *(दुखित होकर)* कौशिक ! कौशिक ! कुछ तो विचार करो ! हमारी कुछ तो सुन लो ! जहाँ से हमारे महर्षि अंगिरा और भरद्वाज पितृलोक में पधारे वहाँ—वहाँ शांबरी का अग्निदाह कैसे हो सकता है । राजन् ! राजन ! आपको क्या हो गया है ? पितरों का भी आपको विचार नहीं रहा ? आप क्या करने बैठे हो ?

[घुटनों के बल बैठकर हाथ जोड़ता है।]

विश्वरथ : *(ऊपर देखकर)* देव! देव! इन आर्यों के अभिमान से तो मैं ऊब गया हूँ—क्या आप नहीं ऊबे? *(थोड़ी देर चुप रहता है। प्रतर्दन से)* सच बात है, सच बात है। प्रतर्दन! जिन आर्यों ने इसके पिता को, इसकी जाति को और इसे सता-सताकर मार डाला उनकी श्मशान भूमि में शांबरी की राख भी क्यों गिरे? सच बात है। *(वृक से)* वृक! तू तो मेरा कहना मानेगा न?

वृक : *(हाथ जोड़कर घुटनों के बल खड़ा होता है।)* अन्नदाता! आज्ञा कीजिए! मैं आपका दास हूँ।

विश्वरथ : *(खड़ा होकर वृक से)* मेरी निष्कलंक उग्रा के प्रेत को किसी भी अभिमानी आर्य का स्पर्श नहीं होना चाहिए। सरस्वती देवी यहीं मेरे हर्म्य के सामने बहती हैं। मेरे तप में बल होगा तो यहीं शोचिष्केश अग्निदेव आएँगे और उग्रा के शव को ले जाएँगे। यहीं यह पतितपावनी स्रोतस्विनी उसकी अस्थियाँ अपने अंतर में समाविष्ट करेंगी। *(प्रतर्दन से)* जाओ प्रतर्दन! मुझे किसी की आवश्यकता नहीं है। *(जमदग्नि से)* तुम भी जाओ।

जमदग्नि : क्यों घबराए जा रहे हो विश्वरथ? देव ने जिसे आर्या स्वीकार कर लिया है उसकी मानव कैसे अवगणना कर सकता है? चलो वृक! हम अग्निदाह की तैयारी करते हैं। विश्वरथ! शांत हो जाओ। मैं सब व्यवस्था किए देता हूँ।

[जमदग्नि और वृक जाते हैं। विश्वरथ थोड़ी देर में शांबरी के शव के पास जाता है, मृगचर्म हटाता है, और देखता है। फिर ढककर आह भरता हुआ एक पत्थर पर आकर बैठ जाता है, और विचारशून्य-सा होकर भूमि की ओर देखता है। नायक गय और एक तृत्सु सैनिक ग्राम के मार्ग से आते हैं और बीच-बीच में बात करते जाते हैं।]

गय : तुम यहीं छिपकर खड़े रहो और आवश्यकता पड़ने पर मुझे बुला लेना। एक भी भरत को यहाँ से भागने नहीं देना। राजा अतिथिग्व की आज्ञा है। समझे?

तृत्सु सैनिक : *(शव की ओर निर्देश करके)* नायक! वह देखो? उस

शांबरी का शव है। कहते हैं कि एक ही चोट में भैरव ने सिर और धड़ अलग-अलग कर दिए।

गय : चलो, झंझट मिटा।

[गय जाता है। तृत्सु सैनिक छिपकर खड़ा रहता है। जमदग्नि वृक और दो दास आते हैं। दासों के कंधों पर लकड़ी के गट्ठे हैं।]

जमदग्नि : वृक, यहीं चिता बिठाओ।

वृक : जैसी आज्ञा।

[जमदग्नि जाता है। वृक और दास चिता बैठाते हैं। विश्वरथ मूर्छित के समान बैठा रहता है। भरतों के नायक प्रतर्दन और प्रतीप आते हैं। प्रतीप लगभग तीस वर्ष का युवा आर्य है। वह शस्त्रसज्जित है।]

प्रतीप : सेनापति!

प्रतर्दन : कहिए देव!

प्रतीप : देखा? तृत्सुओं ने चारों ओर पहरा बैठा दिया है।

प्रतर्दन : कोई चिंता नहीं। अभी हमें जाने में देर है। और फिर शांबरी के मर जाने से सब टंटा भी मिट गया है। पर हमारे सैनिक भी तो तैयार हैं।

प्रतीप : अच्छा! पर अब हम भी यहाँ रहना नहीं चाहते। सबका जी ऊब गया है।

[पौ फटती है। दूर तट पर मनुष्यों का झुंड आता दिखाई देता है।]

प्रतर्दन : *(ध्यान से देखकर)* यह क्या है? बड़े विराट् सर्प जैसा यह क्या आ रहा है?

[ध्यान से देखता है।]

प्रतीप : बाप रे! यह क्या है?

प्रतर्दन : यह तो दस्युओं का झुंड-का-झुंड आता जान पड़ता है।

प्रतीप : *(ध्यान से देखकर)* सेनापति! देखो तो सही। कोई तो एक मनुष्य को कंधे पर उठाए हुए हैं, कोई किसी को सहारा देकर आगे बढ़ा रहा है, और

कोई-कोई अपंग अपने को ही घिसियाता हुआ ला रहा है। क्या वह मूर्ख उन सबको यहाँ ला रहा है? चलो, देखा तो जाए!

[प्रतर्दन और प्रतीप जाते हैं। अँधेरा कम होता है। प्रातःकाल की वेला होने लगती है। जमदग्नि आता है।]

जमदग्नि : विश्वरथ! उषा उदित हो गई है। चलो उठो। अग्निदाह का समय हो गया है, उठो!

विश्वरथ : चलो।

[दोनों उठते हैं। वृक और दास चिता तैयार कर लेते हैं। जमदग्नि नदी में से कमंडलु भरकर लाता है, उग्रा पर जल छिड़कता है। दोनों मिलकर शव को उठानेवाले हैं।]

ऋक्ष : *(नेपथ्य में)* विश्वरथ भरतश्रेष्ठ की जय! महर्षि कौशिक की जय!

दस्यु लोग : *(नेपथ्य में)* महर्षि की जय! विश्वरथ की जय!

[विश्वरथ और जमदग्नि शव उठाना छोड़कर उधर देखते हैं।]

विश्वरथ : यह क्या?

जमदग्नि : यह तो वही ऋक्ष है। ऐसे समय भी इसको चेत नहीं है?

तृत्सु सैनिक : *(स्वगत)* अरे! यह क्या? मरे—*(दौड़ जाता है।)*

विश्वरथ : इसके साथ ये सब कौन हैं?—देखो—देखो—

[ऋक्ष यथासंभव शीघ्रता से आता है।]

ऋक्ष : *(आकर उपालंभ देने का आडंबर करते हुए)* विश्वरथ! कौशिक! भरतश्रेष्ठ! यहाँ क्या कर रहे हो? मेरे इन सब दासों का उद्धार करो। इन्हें आर्य बना लो।

विश्वरथ : क्या है?

[पहले चार-पाँच सशक्त दस्यु और सुरा आते हैं। फिर दुखी, पीड़ित, घायल, लँगड़े, लूले दस्यु आते हैं। किसी ने एक वृद्ध को कंधे पर उठा रखा है। कोई किसी को आगे बढ़ा रहा है। कोई

अपने आपको घिसिया रहा है । लड़के और स्त्रियाँ भी आती हैं । विश्वरथ अश्रुपूर्ण नेत्रों से इस दुखमय जनसमूह को देखता है ।]

विश्वरथ : *(अवरुद्ध कंठ से)* ऋक्ष ! इन सबको कहाँ से ले आए हो ?

ऋक्ष : *(धृष्टता से)* हे कौशिक ! सूर्यदेव के लाड़ले ! ये सब तुम्हारी रानी के संबंधी हैं । इन्हें दुष्ट तृत्सुओं ने काले खेत में गंदे पशुओं के समान बंद कर रखा था, मैं इन्हें छुड़ा लाया हूँ । हे महर्षि तुल्य कौशिक ! ये भूखे, दुखी, वेदनाग्रस्त दास आशापूर्ण नेत्रों से आपकी प्रार्थना कर रहे हैं । इनका उद्धार करो ।

दस्यु : *(पैर पकड़कर)* उद्धार कीजिए हमारा ।

विश्वरथ : शांबरी के स्वजनो ! अच्छा हुआ, तुम ठीक समय पर आ गए । *(आह भरता है ।)* मेरी और तुम्हारी शांबरी यह मृत्युलोक छोड़कर चली गई ।

[मृगचर्म हटाकर, शव दिखाता है । उसका सिर मृगचर्म के झटके से फिसलकर दूर जा गिरता है और फटे हुए निश्चेतन भयानक नेत्रों से सबके हृदय विदीर्ण कर डालता है ।]

दस्यु : *(फूट-फूटकर रोते हुए)* हाय, हाय ! ओह, ओह, अरे ! मेरी—उग्रा बहन !—ऐ मेरी उग्रा बहन !

[सुरा चिल्लाकर शव पर गिर पड़ती है । सब रोते हैं । विश्वरथ और जमदग्नि भी अश्रुस्राव करते हैं । तृत्सु सैनिक गय नायक को लेकर आता है ।]

तृत्सु सैनिक : नायक ! नायक ! काले खेत में से दास छूटकर भाग आए । देखो—यह देखो !

गय : काले खेत में से ? कैसे ? *(सबको देखकर)* देव इंद्र ! मैं यह क्या देखता हूँ ? *(जाते हुए)* क्या देखते हो ? *(जाता है । नेपथ्य में)* मारो, मारो, उस काले रंगवाले को ।

[प्रतर्दन, प्रतीप और थोड़े-से भरत सैनिक, विश्वरथ के हर्म्य के द्वार में से निकलकर मार्ग पर आ जाते हैं ।]

प्रतर्दन : गय ! क्यों बढ़े चले आ रहे हो ? क्या भरतश्रेष्ठ को मारने के लिए आ रहे हो ? *(अपने सैनिकों से)* भरतो, भरतो ! दौड़ो ! दौड़ो ! अपने राजा को बचाओ।

[बाईं ओर स्थित गाँव के मार्ग पर गय तृत्सु सैनिकों को लेकर बढ़ता चला आता है। दाहिनी ओर से हर्म्य के मार्ग से होते हुए प्रतर्दन और भरत सैनिक नंगी तलवार लेकर निकल आते हैं। विश्वरथ पर शस्त्र उठाकर बढ़ते हुए गय को देखकर प्रतर्दन भी धनुष पर बाण चढ़ाकर छोड़ देता है। गय बीच में आकर बिंधकर भूमि पर गिर पड़ता है। प्रतर्दन तलवार लेकर अपने स्वामी को बचाने के लिए दौड़ आता है। ऋक्ष पहले भूमि पर लेट जाता है, और फिर हाथ और पैर के बल धीरे-से रेंगकर रची हुई चिता के पीछे छिप जाता है।]

प्रतर्दन : दुष्ट ! हमारे स्वामी पर आक्रमण करना चाहता है ? यह ले ! *(तृत्सु लोग दस्युओं को शस्त्रों से मारते हैं। भरत तृत्सुओं पर प्रहार करते हैं।)* भरत श्रेष्ठ की जय।

विश्वरथ : अरे ! अरे ! यह क्या है ?

प्रतर्दन : दुष्ट तृत्सु हमारे प्राण लेना चाहते हैं। यह तलवार लीजिए। *(एक तलवार विश्वरथ को और दूसरी जमदग्नि को देता है। विश्वरथ खिन्नवदन से दूर खड़ा होकर युद्ध देखता है।)*

अलग-अलग स्वर : ओह बाप रे··· ओह अरे··· मरे–ओह–ओह मेरे उग्रकाल ! ई–ई–ई–ई–ऊ–ऊ–ऊ··· ओ··· ओ··· ओह। मारो··· काट डालो इस कलूटे को··· दिवोदास अतिथिग्व की जय··· मारो··· भरतों का संहार करो··· तृत्सुश्रेष्ठ की जय··· भरतश्रेष्ठ की जय··· कौशिक को बचाओ··· तृत्सुओं का संहार करो··· भरतों की जय··· भारती की जय···

विश्वरथ : *(खेदपूर्वक, स्वगत)* जय ! हाँ, जयघोष करो। तुम्हारे द्वेष का, तुम्हारी ईर्ष्या का, तुम्हारे वर्णाभिमान का ! इस निर्दोष के रुधिर से अपना आर्यत्व धो डालो। तुम उसके योग्य नहीं हो। *(कड़ाई से देखता है। मार-काट चलती है।)*

एक तृत्सु : *(दूसरे तृत्सु से)* यह उस अमावस्या का शव है । *(शव की ओर दौड़ता है ।)*

विश्वरथ : *(भयंकर स्वर के बीच में तलवार रखकर)* चंडाल ! क्या मृत्यु आई है ? *(आगे बढ़े हुए तृत्सुओं और शव के बीच में शस्त्र उठाकर विश्वरथ खड़ा हो जाता है । दिवोदास अतिथिग्व का पुत्र सुदास हाथ में तलवार लेकर दौड़ता हुआ आता है । वह नीचे से ऊपर तक काँप रहा है । युवराज सुदास पच्चीस वर्ष का पतला और ऊँचा युवक है ।)*

सुदास : *(ऊँचे स्वर से)* तृत्सुओ ! आगे बढ़ो ! मारो इन निर्लज्ज भरतों को !

प्रतर्दन : *(विश्वरथ से)* कौशिक ! सावधान, सुदास आप पर आक्रमण करना चाहता है ।

कोलाहल : ओह—ओ मारो—सुदास की जय—कौशिक की जय—संहार करो···

[थोड़ी मार-काट रंगमंच पर और शेष दाईं ओर नेपथ्य में होती है ।]

विश्वरथ : *(भयंकर स्वर से)* सुदास ! रोको अपने तृत्सुओं को । जो इस शव को छेड़ेगा, उसके प्राण ले लूँगा ।

सुदास : *(रोषपूर्ण होकर)* शांबरी, शांबरी ? इसका एक कण भी न रहने दूँगा । *(उग्रा के शव की ओर बढ़ता है ।)*

विश्वरथ : *(दृढ़ता से बीच में आकर खड़ा हो जाता है ।)* सुदास, क्या हम लोग इसी प्रकार परस्पर कट मरेंगे ? इतने वर्षों तक साथ रहने के पश्चात् ! *(दिवोदास अतिथिग्व दौड़ता आता है । यह तृत्सुओं का राजा वृद्ध है, पर सशक्त है । इस समय वह शस्त्रों से सुसज्जित नहीं है ।)*

दिवोदास : सुदास ! विश्वरथ ! यह कैसी भ्रातृहत्या प्रारंभ की है ? क्या कर रहे हो ?

सुदास : *(क्रोध से)* पिता जी, आप बीच में न पड़िए । इस समय मुझे कुछ न कहिए । आज या तो मैं ही नहीं रहूँगा या विश्वरथ ही नहीं रहेगा । *(दिवोदास उसे पकड़ता है पर वह छूटने का प्रयत्न करता है ।)*

विश्वरथ : *(भयंकर बनकर)* अतिथिग्व ! यदि उग्रा के शव को छेड़ा तो मैं इसे बिना मारे नहीं छोड़ूँगा।

सुदास : मारो, मारो तुममें शक्ति हो तो ! *(दिवोदास के हाथ से छूटकर निकल जाता है और विश्वरथ की ओर बढ़ता है।)* तृत्सुओ ! आओ ! क्या देखते हो ? *(मारने के लिए हाथ उठाता है।)*

विश्वरथ : *(दाँत पीसकर)* लो, तो यह लो।

दिवोदास : मूर्ख ! विश्वरथ तुझे अभी मार डालेगा। *(सुदास विश्वरथ पर प्रहार करने बढ़ता है। दिवोदास असमंजस में पड़कर देखता रहता है। भरतों और तृत्सुओं के बीच मार-काट होती है। उस मार-काट के बीच में उग्रा का शव नदी में डाल दिया जाता है। विश्वरथ सुदास का खड्ग तोड़ देता है और उस पर कूदकर उसे भूमि पर गिरा देता है।)*

विश्वरथ : अतिथिग्व ! ले जाओ अपने इस पुत्र को। इस मदांध को पराजय के बिना मोक्ष नहीं मिलेगा।

दिवोदास : भाई ! भाई ! यह सब क्या राग छेड़ा है ? भ्रातृहत्या–

विश्वरथ : मैं क्या करूँ ? देखो इन अपने शूरों का शौर्य। अपंग दासों की हत्या की। अब शवों को जीतने निकले हैं–

[गाँव की ओर अग्नि की ज्वालाएँ उठती दिखाई देती हैं। विश्वरथ बोलता हुआ एकदम रुक जाता है। दिवोदास का हाथ पकड़कर राजन् ! राजन् ! देखो। देखो, अग्निदेव आपके ग्राम पर कुपित हो गए हैं।]

दिवोदास : *(देखकर)* अरे रे ! ग्राम में आग लगी है।

तृत्सु सैनिक : *(लड़ना बंद करके)* आग–आग, अरे बाप रे !

[सुदास भूमि पर से उठकर लज्जित होकर नीचे देखता हुआ विश्वरथ की ओर द्वेष-दृष्टि से घूरता हुआ चला जाता है।]

विश्वरथ : *(प्रचंड स्वर से)* प्रतर्दन ! भरतो ! ठहरो, ठहरो। शस्त्र डाल दो। तृत्सुओं पर अग्निदेव ने कोप किया है।

[सब लड़ते हुए रुक जाते हैं। दो तृत्सु सैनिक दौड़ते हुए आते हैं।]

तृत्सु सैनिक : राजन्! राजन्! दौड़िए, दौड़िए। तृत्सुग्राम जला दिया गया है। उसकी रक्षा के लिए दौड़िए।

दिवोदास : *(ऊपर की ओर देखकर, खिन्नता से)* देव! हे देव! क्या हमें मार डालने पर उतारू हो गए हो? इतने वर्षों के पश्चात्? *(सैनिक के प्रति)* जाओ, हम अभी शस्त्र लेकर आते हैं। *(विश्वरथ से)* विश्वरथ! विश्वरथ! शांत करो अपना क्रोध। क्षमा कर दो तृत्सुओं को। देवता भी तुम्हारी सहायता कर रहे हैं। *(अग्नि की बढ़ती हुई लपटें देखकर)* हाय! हाय! क्या होनेवाला है?

विश्वरथ : *(प्रेम से, निकट आकर)* अतिथिग्व! तृत्सु पराए नहीं हैं। क्या अपने कुलवालों पर कभी क्रोध हो सकता है? आप निश्चिंत रहें। मैं जा रहा हूँ। *(भरतों से)* भरतो! भरतो! ग्राम में चलो! *(प्रतर्दन से)* प्रतर्दन! क्या भरत तैयार हैं?

प्रतर्दन : जी हाँ, क्यों? क्या ग्राम छोड़कर चलना है?

विश्वरथ : प्रतर्दन! तृत्सुओं पर स्वयं देवताओं ने कोप किया है। अब हमारा स्थान तो यहीं है। चलो, अपने साथियों को ले आओ। हम लोग तृत्सुग्राम की रक्षा करेंगे। *(दिवोदास से)* राजन्! आप शस्त्र लेकर चले आइए। *(प्रतीप के प्रति)* प्रतीप! तुम और ऋक्ष यहीं रहो। दस्युओं को सँभालकर हमारे हर्म्य में पहुँचा दो और शवों की अंतिम क्रिया की व्यवस्था करो। ऋक्ष कहाँ चला गया? *(चारों ओर देखकर)* क्या नहीं है? समाप्त तो नहीं हो गया? और *(जमदग्नि से)* जमदग्नि! अपना पवनवेगी अश्व लेकर भरतों के ग्राम में जाओ। जहाँ से संभव हो वहाँ से मनुष्य और अन्न भिजवा दो। *(आग देखकर)* बाप रे बाप! कितना कोप हुआ है! तृत्सुओं को पूरा ग्राम ही नया बनाना होगा। जमदग्नि! सबकुछ भिजवा दो और महाअथर्वण को भी कहला दो। और प्रतीप! यदि शांबरी का शव मिल जाए तो उसे सँभालकर रखना। बेचारी दीन तो दीन ही रह गई—जीवित रहने पर भी मरने पर भी। *(प्रतर्दन को लेकर विश्वरथ ग्राम की ओर चला जाता है। पीछे प्रतीप के अतिरिक्त अन्य भरत जाते हैं। तृत्सु सैनिक अतिथिग्व के आस-पास आज्ञा की प्रतीक्षा करते हुए खड़े रहते हैं।)*

दिवोदास : *(विश्वरथ की ओर देखकर)* यह मनुष्य नहीं देव है। सुदास।

सुदास ! कहाँ गया ? *(सैनिकों सें)* सैनिको ! क्या देखते हो ? जाओ ! जाओ विश्वरथ के साथ, और उसकी सहायता करो ! मैं अभी आता हूँ।

[दाहिनी ओर जाता है। सैनिक ग्राम के मार्ग से बाईं ओर जाते हैं। प्रतीप धीरे-धीरे हर्म्य में जाता है। आग की ज्वालाएँ बढ़ती हैं, और ग्राम में से लोगों की चिल्लाहट सुनाई पड़ती है।]

[परदा गिरता है और तुरंत ही उठता है।]

दूसरा प्रवेश

समय : कुछ काल पश्चात् ।

स्थान : वही ।

[बहुत-से शव हटा दिए गए हैं । दो-चार शव व्यवस्थित रूप से रखे हुए हैं । ग्राम में आग जल रही है । चिल्लाहट सुनाई देती है । महर्षि वसिष्ठ मुनि अगस्त्य को जल्दी से लेकर आते हैं । अगस्त्य की बड़ी-बड़ी आँखों में इस समय खेद है । उनका मुख चिता और जागरण से अस्वस्थ है । वे भारी हृदय से चल रहे हैं । धोती पहने हुए हैं, कंधे पर दुपट्टा डाले हुए हैं, और पैर में खड़ाऊँ पहने हैं । पीछे छिपा हुआ ऋक्ष बाहर निकलकर चुपचाप चिता पर आसन जमाकर बैठता है ।]

वसिष्ठ : *(कटुता से)* देखो ! देखो मैत्रावरुण, देवों का कोप ! हमारा वर्षों का किया कराया सबकुछ मिट्टी में मिला दिया है । आर्यों और दस्युओं के मिलकर बहते हुए रक्त से भगवती सरस्वती का जल अपवित्र हो रहा है । शंबर-कन्या के शव के स्पर्श से अगस्त्य का पुण्यतीर्थ दूषित हुआ है । और पच्चीस वर्षों के प्रयत्न से उज्ज्वल बना हुआ तृत्सुग्राम जलकर भस्म हो रहा है । ऋत-प्रिय देव पापाचार कब तक सहन कर सकते हैं ?

[ऋक्ष सिर धुनता है और इस प्रकार गंभीर तथा अपार्थिव स्वर से बोलता है मानो मंत्र पढ़ता हो ।]

ऋक्ष : हे मुनिवर्य ? ऋषि लोपामुद्रा जो कहती हैं वह सत्य है । हम अपने

अभिमान के कारण यह भी नहीं पहचान पा रहे हैं कि ऋषि क्या है। *(दोनों ऋक्ष चौंककर पीछे देखते हैं।)*

वसिष्ठ : *(तिरस्कार से)* कौन, दुर्दम पुत्र ?

ऋक्ष : जी हाँ—मैं हूँ दुर्दम का पुत्र। मुनिवर ! आपके अभिमान से प्रेरित होकर आपके शिष्यों ने मेरे शिष्यों का बिना कारण विनाश किया है।

अगस्त्य : तेरे शिष्य ? क्या बकता है ?

ऋक्ष : *(महापुरुष का आडंबर करते हुए)* हे मैत्रावरुण के प्रतापी पुत्र ! जिन्होंने तृत्सुओं का संहार किया, जिनके शव यह सरस्वती बहाये लिए जा रही है, वे सब मेरे शिष्य थे।

वसिष्ठ : ये दस्यु तेरे शिष्य कब से हो गए ? कहीं तेरा माथा तो नहीं घूम गया है ?

ऋक्ष : *(निर्लज्जता से)* हे तृत्सुओं के पुरोहित ! ऋषियों के आचार से पतित होकर, असभ्य भाषा का उच्चारण मत करो। हे मुनिवर ! ये सब जन्म से दस्यु थे, यह सच है। किंतु मैंने वरुण, इंद्र, सूर्य, अग्नि, और आदित्यों के साथ देवताओं का आवाहन किया। उन सबने उपस्थित होकर मेरे इन शिष्यों को विशुद्ध कर दिया और मैंने उन्हें आर्य बनाया।

वसिष्ठ : *(अधीरता से)* बहुत अच्छा।

ऋक्ष : *(ताव से खड़ा होकर आगे आता है)* और हे ऋषि वसिष्ठ ! आपके दुर्बुद्धियुक्त तृत्सुओं ने इन्हें मार डाला, घायल किया, डुबो दिया। मेरा—अगस्त्य और लोपामुद्रा के इस शिष्य का—ऋषि ऋक्ष का—तुम तृत्सुओं को शाप है। *(हास्यजनक क्रोध से आकाश की ओर देखता है)* दीन-निरीह गौ के समान मेरी संतान का विनाश ! *(उच्च स्वर से)* देव ! देव ! इंद्र ! आओ, और अपने वज्र से इन अभिमानियों का संहार करो।

[तिरस्कार से भरतों के हर्म्य में चला जाता है। दोनों ऋषि थोड़ी देर तक चुपचाप देखते रह जाते हैं।]

अगस्त्य : यह अभी तक मूर्ख था। पर आज तो इसके भाषण में मुझे गहरा अर्थ दिखाई दे रहा है।

वसिष्ठ : मैत्रावरुण ! यह लोपामुद्रा अपने विश्वरथ जैसे न जाने कितने ही

वृत्रासुर से भी भयंकर देव-द्वेष्टा उत्पन्न करेगी।

अगस्त्य : ऋक्ष ने अभी जो उस साध्वी के वचन कहे वे क्या असत्य हैं ? हम अपने ही अभिमान के कारण ऋत को नहीं पहचान पा रहे हैं।

वसिष्ठ : मैत्रावरुण ! मैंने आज तक सत्य के अतिरिक्त कुछ नहीं कहा है और आज भी नहीं कहूँगा। जिसके वचन आपके हृदय में घर किए हुए हैं उसने क्या-क्या किया है वह आप भी नहीं समझ सकते। वह आई और विश्वरथ पागल हुआ, आप तपोभ्रष्ट हुए। सप्तसिंधु को एक करने के लिए आपने वर्षों तक प्रयत्न किए। किंतु जब वह एक हो रहा था, उसी समय उसके खंड-खंड करने की उसने आपको प्रेरणा की। आज उसने दासों को आर्य बनाने का रहस्य भरतों के हाथ में देकर आर्यों की विशुद्धि का संहार किया है। क्या उसके कृत्यों को देखकर अभी आपकी आँखें नहीं खुलीं ?

अगस्त्य : *(शांति से)* नहीं ! अभी हमें उसके बहुत-से कृत्य देखने हैं और यदि देव की कृपा रही तो बहुतों में भागी भी बनना होगा।

वसिष्ठ : तो भाई ! अपने वसिष्ठ का संकल्प सुन लो—भारद्वाजी लोपामुद्रा द्वारा फैलाया हुआ यह विष यदि मेरी तपस्या से नहीं उतरा तो मैं प्राण दे दूँगा। और अब से जहाँ यह रहेगी वहाँ मैं नहीं रहूँगा, जहाँ मैं रहूँगा वहाँ वह नहीं रहेगी।

अगस्त्य : *(खेदपूर्वक)* वसिष्ठ ! क्या तुम भी विवेक खो बैठे हो ? वह यहाँ नहीं रहेगी इसलिए तुम्हारा मार्ग में बाधा नहीं देगी। किंतु जहाँ वह रहेगी वहाँ मैं रहूँगा—यह तो निश्चित है।

वसिष्ठ : अच्छी बात है, तो मैं ही चला जाता हूँ। मुझे यह सबकुछ नहीं चाहिए। *(आग की लपटें बढ़ती हैं।)* देव ! देव ! अब तो तृत्सुओं पर दया कीजिए।

अगस्त्य : *(शव दिखाकर)* मैं जानता था कि यह अत्याचार देव सहन नहीं करेंगे।

वसिष्ठ : *(स्थिरता से देखकर)* मुझे भी विश्वास था। यह अत्याचार देव सहन कर ही नहीं सकते।

[चले जाते हैं।]

[अगस्त्य एक पत्थर पर बैठते हैं और धीरे-धीरे विचारमग्न होकर बोलने लगते हैं ।]

अगस्त्य : क्या वसिष्ठ सत्य कहते हैं ? क्या मेरा किया-कराया समाप्त हो गया ? मैंने आज तक सिंधु की एकता साधने के लिए जीवन समर्पित किया । पर आज देख रहा हूँ, घर-घर वैमनस्य छाया हुआ है । तृत्सु, भरत, शृंजय और पुरु सब जैसे थे वैसे ही आज भी हैं–अभिमानी, लोभ और द्वेष में लिप्त । शंबर-जैसी महाशक्ति का विनाश हो जाने से वह ऐक्य प्राप्त हो सकेगा यह केवल भ्रम सिद्ध हुआ । *(नीचे देखते हैं ।)* शत्रु का विनाश हुआ, किंतु हृदय में अमृत-स्रोत का प्रादुर्भाव नहीं हुआ । उलटे विजय की सुरा ने दंभ और द्वेष सहस्र गुना बढ़ा दिया है । लोपामुद्रा ! तुम्हारे प्रत्येक शब्द में सत्य का सत्व है । मेरे समान अभिमानी पुरोहित की समझ में यह सत्य कैसे आ सकता है ? दिवोदास को विजय का लोभ है, सुदास को राज्य का मद है, प्रतर्दन को भरतों के शौर्य का गर्व है, वसिष्ठ को अपनी विशुद्धि का अहंकार है, मुझे इन सबका अभिमान, इन सबको एकत्र रखने का लोभ और दस्युओं का संहार करने का मोह है । ऐसी परिस्थिति में सत्य कहाँ से मेरी समझ में आ सकता है, और ऋत कहाँ से मुझे दिखाई दे सकता है ? लोपामुद्रा की बात सत्य है । अभिमान के कारण हम ऋत को पहचान नहीं सकते । आर्यों का तपोबल इतना हीन हो गया । *(विचार करते हैं ।)* मेरा तप किस दिन परिपूर्ण होगा ? एकांत में, गिरिशृंग पर देव को प्रिय इस तपस्वी की– ? मैं *(ऊपर देखकर)* देव ! देव ! यह कलह, यह गर्व, यह दुष्टता शमित करने का कोई उपाय बताओ ! नहीं, पर कैसे प्राप्त हो ? त्याग के बिना यह तपोबल कहाँ से प्राप्त हो ? मैंने जहाँ पैर रक्खा वहीं विद्या और कीर्ति, विजय और सिद्धि मेरे सामने आ खड़ी हुईं । मैंने उनका सत्कार किया, उन्हें अपनाया, किसी का मैंने त्याग नहीं किया । मेरी समझ में सत्य कहाँ आ सकता है ? आज जब मेरा सोचा हुआ न हो सका–अभिमान दब गया–किया-कराया धूल में मिल गया–तब दीनता आई है । जब तक मैं अभिमानी पुरोहित था तब तक दीनता कहाँ से आ सकती थी ? ...दीनता मुझे दिव्य चक्षु प्रदान करती है । मैं कल विश्वरथ को नहीं समझ सका, आज उसे समझता हूँ । शांबरी ने उसे स्नेह प्रदान किया, दस्युओं में उसे आर्यत्व दिखाई दिया और उसके लिए उसने भरतकुल का राज्य, गुरु और जीवन का मोह सब छोड़ दिया । लोपामुद्रा !

तुम्हारे शब्दों के अतिरिक्त मुझे कुछ सुनाई नहीं देता… वह है वीरों में वीर… मेरी लोपामुद्रा! यह दिव्य दृष्टि तुम्हें कहाँ से प्राप्त हुई… और तुम मुझे कहाँ से प्राप्त हुईं?

[गय का आठ वर्ष का रूपवान पुत्र शक्ति और उसी अवस्था की एक दस्यु-कन्या—काली—भय व्याकुल होकर दौड़े आते हैं। शक्ति चिल्लाकर रोता है। काली उसे भाव से हाथ पकड़कर खींचती है।]

शक्ति : *(सिसकियाँ लेते हुए)* ओ मेरी माँ—माँ—*(रोता है।)* ओह! अग्नि आए—*(चारों ओर देखकर काँपता है।)*

[काली आर्य भाषा बोलने में असमर्थ होने के कारण अधिकांश हाथ के संकेतों व भावभंगी से अपने मन की बात दर्शाती है। वह शक्ति के कंधे पर हाथ रखकर बोलती है।]

काली : *(गले मिलकर)* चुप रहो—*(हाथ से शक्ति की आँखें पोंछती है।)* शी… शी… शी… नहीं है… नहीं है। कहाँ है? अग्नि… माँ! माँ! माँ! *(ओठ दबाकर बुलाती है और शक्ति के सिर पर हाथ फेरती है।)*

अगस्त्य : *(स्वगत)* आर्यबटु और दस्यु-कन्या। अग्निदेव ने दोनों को एक कर दिया है।

शक्ति : *(रोता है)* ओ—माँ! माँ! ओ पिता जी! *(बैठना चाहता है। वहाँ पड़े हुए गय नायक के शव पर उसकी दृष्टि पड़ती है। वह दौड़कर उससे लिपट जाता है, और नीचे सिर करके रोता है।)* पिता जी! पिता जी! गय नायक! ओ, ओ, पिता जी! उठिए, मेरी माता जल गई…

काली : *(पीछे आकर शव को देखती है और हाथ पकड़कर शक्ति को उठाकर दूर ले जाती है।)* नहीं—नहीं—नहीं उग्रकाल के चरणों में। *(हाथ से ऐसा संकेत करती है कि गय मर गया है, आकाश में चला गया है।)*

शक्ति : *(हाथ छुड़ाने का प्रयत्न करता है।)* नहीं… मेरे पिता जी मुझे छोड़… पिता जी… पिता जी…

काली : *(शक्ति को गले लगाकर जाने नहीं देती।)* मैं जानती हूँ,

पहचानती हूँ—मेरी माता को इन्होंने ही *(मार डालने का संकेत करती है)* और मुझे भी—पकड़कर—पकड़कर *(हाथ के संकेत से बताती है कि हाथ पकड़कर खींच लाया और थप्पड़ मारे।)* पर…गए…उड़ गए…उग्रकाल…गए। *(दोनों हाथ से 'उड़ गया' का संकेत करती है।)*

शक्ति : *(रोते हुए)* माता गई…पिता भी गए…ओ बाप रे! ओ मेरे पिता जी!

[धाढ़ मारकर रोता है। काली उसके सिर पर हाथ फेरकर अपनी गोदी में सुलाती है। पीछे अगस्त्य खड़े-खड़े आँसू पोंछते हैं।]

अगस्त्य : *(स्वगत)* अगस्त्य! मूर्ख! *(कटुता से)* तुम जानते थे कि दस्युओं के विनाश में आर्यों का उद्धार है।

[शक्ति रोते-रोते सो जाता है। काली उस पर हाथ फेरते-फेरते झपकी लेने लगती है।]

अगस्त्य : लोपामुद्रा यदि इस समय होती तो कितना अच्छा होता?

[विचार में मग्न होकर दोनों बालकों को देखते हैं। अगस्त्य की कन्या रोहिणी भावपूर्वक आती है।]

रोहिणी : पिता जी! पिता जी!!

अगस्त्य : क्यों बेटी?

रोहिणी : तब से कहाँ थे? भगवती बुलाती हैं। मैंने सोचा आप ग्राम में गए होंगे। यह तो ऋक्ष ने बताया कि आप यहाँ हैं।

अगस्त्य : बेटी! यहाँ से हटना मुझे अच्छा नहीं लगता। यहाँ विनष्ट दस्यु-प्रजा के शव पड़े हैं। द्वेष और अभिमान में भ्रातृहत्या करनेवाले आर्य भी यहीं पड़े हैं। और देखो! देखो! *(शक्ति और काली की ओर निर्देश करते हुए)* मनुष्य और देव के कोप ने इन्हें आर्य बना दिया है, यह भी मैं देख रहा हूँ।

रोहिणी : पर पिता जी! आश्रम में तो चलिए। विश्वरथ ने तो मुझे पगली बना दिया है।

अगस्त्य : क्यों?

रोहिणी : जले हुओं और घायलों को वे हमारे आश्रम में मेरे लिए ही भेज रहे हैं।

अगस्त्य : *(प्रसन्न होकर)* रोहिणी ! हर्ष मनाओ, उत्सव करो। आज वह तृत्सुओं का पिता बन रहा है, और तुझे उनकी माता बना रहा है। *(हँसकर रोहिणी के गाल पर धीरे-से चपत लगाता है। रोहिणी लज्जित होकर नीचे देखती है।)* जो होता है वह अच्छे के लिए—अरे, यह क्या है रोहिणी ?

[एकदम पागल बनी हुई गौओं का झुंड दौड़ता हुआ आता है, और इधर-उधर मार्ग खोजकर आश्रम के मार्ग पर चल पड़ता है। अगस्त्य बीच में आकर शक्ति और काली को उठा लेते हैं। रोहिणी के साथ वे हर्म्य की पैड़ियों पर चढ़ जाते हैं।]

शक्ति और काली : *(भयभीत होकर रोते हैं)* ओ⋯ओ।

अगस्त्य : घबराओ मत।

[रोहिणी के हाथ में काली को सौंप देते हैं। इतने में एक आर्य दौड़ता हुआ आता है और फिसलकर गिर जाता है। पीछे एक दस्यु दौड़ता हुआ आता है और गिरे हुए आर्य पर सख्त चोट करता है।]

दस्यु : ले ! उग्रकाल प्रसन्न ! ले !

अगस्त्य : *(नीचे उतरकर)* अरे दुष्ट !

[चार तृत्सु और पाँच-छः दस्यु परस्पर मारते-चिल्लाते, लड़ते-झगड़ते हुए आते हैं। एक आर्य उनमें से एक दस्यु को भूमि पर गिरा देता और उसका गला दबाता है।]

अलग-अलग स्वर : चांडाल⋯पापी⋯काले⋯लेता⋯जा⋯ई⋯ई⋯ई⋯ऊ⋯ऊ⋯धूर्त गौरांग⋯ले⋯स्मरण कर अपने ई⋯ऊ को⋯मार तो। *(मारपीट होती है।)*

अगस्त्य : *(शक्ति को रोहिणी के हाथ सौंपकर)* क्या करते हो पापियो ?

[नीचे उतरने के लिए घूमते हैं। विश्वरथ और छः भरत आगे बढ़ आते हैं। प्रत्येक के हाथ में कोई-न-कोई शस्त्र है।]

विश्वरथ : *(ऊँचे स्वर में)* शांत होते हो या नहीं ? *(मारपीट में उसे कोई सुनता नहीं ।)* भरतो ! पकड़ो ! मारो ! बाँधो इन दुष्टों को । *(सब भरत सहसा तृत्सुओं और दस्युओं पर टूट पड़ते हैं । शस्त्र उठाकर उन्हें भूमि पर पटक उनकी छाती पर शस्त्र रखते हैं । और भरत लोग मारपीट करनेवालों को रस्सी में बाँध लेते हैं । अगस्त्य क्रोध में दौड़ते हुए आते हैं और विश्वरथ को पकड़ लेते हैं ।)*

अगस्त्य : *(क्रोध से)* तुम पागल हो गए हो ? *(विश्वरथ अगस्त्य के पंजे से छूटकर अट्टहास करता है ।)*

विश्वरथ : *(विजयोल्लास भरे स्वर से)* गुरुवर्य ! जब सभी पागल हैं तब एक अधिक हो तो क्या हुआ ? *(तृत्सुओं और दस्युओं को पकड़े खड़े हुए भरतों से)* भरतो ! दस्युओं को अपने हर्म्य में ले जाकर वृक को सौंप दो । तृत्सुओं को राजा दिवोदास को सौंप आओ । उनके पास ऐसे बहुत-से पागल एकत्र हुए होंगे ।

भरत : जैसी आज्ञा । *(तृत्सुओं व दस्युओं को ले जाते हैं ।)*

अगस्त्य : *(प्रेम और प्रशंसा से देखकर)* वत्स ! समझा; अब समझा ।

[विश्वरथ के कंधे पर हाथ रखता है । रोहिणी बच्चों को लेकर नीचे उतरती है ।]

विश्वरथ : *(लज्जित होकर हँसता है ।)* चाहे जैसा हूँ पर हूँ तो आपका शिष्य ! क्यों रोहिणी ! गुरुदेव क्रोध तो भुला देंगे न ?

अगस्त्य : *(विश्रथ का सिर सूँघते हुए)* पुत्र ! विजय प्राप्त करो । *(आँसू पोंछते हैं ।)*

[परदा गिरता है ।]

तीसरा अंक

स्थान : वही।

समय : दो मास पश्चात्।

[मध्य रात्रि होने आई है। विश्वरथ के हर्म्य में आनंदोत्सव मनाए जाने की ध्वनि आती है। उसमें लूक भी जलती दिखाई देती है। विश्वरथ और रोहिणी का विवाह हो रहा है। किसी समय मंत्रोच्चार और किसी समय हँसने का स्वर हर्म्य में से आता है। मृदंग की ध्वनि सुनाई पड़ रही है।

ग्राम में से दो आर्य और पाँच आर्याएँ अच्छे वस्त्राभूषण धारण करके हँसते और कल्लोलें करते हुए आते हैं। आगे-आगे एक लूकधारी चलता है। ये सब हर्म्य में शीघ्रता से प्रवेश कर जाते हैं।

ऋक्ष आता है। वह मदमत्त है। चारों ओर देखता हुआ अपने विचारों में मस्त होकर वह दस्युओं के समान नाचने लगता है।]

ऋक्ष : ई⋯ई⋯ऊ⋯ऊ

[वृक सामने से आता है और रुक जाता है।]

वृक : अरे ऋक्ष ! ऋक्ष ! यह क्या करते हो ? क्या इस शुभ प्रसंग पर कोई विघ्न खड़ा करने आए हो ?

ऋक्ष : विघ्न ! विघ्न ! विघ्नों का नाश करनेवाले हम बैठे हैं सो ? हमारे शिष्य आज भी आनंद न मनाएँ—विश्वरथ जैसे का विवाह होता है तब भी ? यह भी कोई बात है ?

वृक : क्या करने जा रहे हो ?

ऋक्ष : मेरे शिष्य अपनी इच्छानुसार आनंद मनाएँ यही आज्ञा लेने जा रहा हूँ ।

वृक : किंतु यदि राजा दिवोदास रुष्ट हुए तो ?

ऋक्ष : जाओ–जाओ । विश्वरथ हाँ कह दें तो उन्हें कौन पूछता है ? दिवोदास ? ऊँह ! ऊँह ! ऊँह !

वृक : और भगवान् वसिष्ठ ?

ऋक्ष : अरे उनकी तो हम चिंता ही कहाँ करते हैं ? अच्छा उनसे पूछ लेना ठीक होगा । *(विचार करके)* आनंद आएगा । *(तीन स्त्रियाँ विभिन्न रंग के वस्त्र धारण करके तालियाँ बजाती हुई आती हैं । आगे एक लूकधारी चलता है । स्त्रियाँ ऋक्ष को नशे में देखकर मुँह बनाती हुई हर्म्य की ओर चली जाती हैं ।)* क्यों, थोड़ा इधर भी आँख घुमातीं ?

[सब ठहाका मारकर ऊपर दौड़ जाती हैं । वृक भी जाता है । गौतम और अन्य दो तृत्सु मघवन आते हैं । उनके साथ में भी लूकधारी हैं । वे दूर से ऋक्ष को नमस्कार करते हैं ।]

गौतम मघवन : कहो कैसे हो ? आनंद में तो हो ?

ऋक्ष : हाँ, हम आनंद में हैं । हमारे तप की वृद्धि ही हुआ करती है ।

दूसरा तृत्सु मघवन : यह तो आपको देखने से ही स्पष्ट होता है । पर यह क्या ? हमने सुना है कि कौशिक बस कल ही तृत्सुग्राम से विदा होनेवाले हैं । क्या यह सच है ?

ऋक्ष : पूछो अपने दिवोदास से, और उससे भी अधिक विद्वान् उसके पुत्र सुदास से । आज संध्या समय ही कुछ बातें पक्की कर आए हैं । विश्वरथ को और हम सबको कल एकदम तड़के ही निकाल देंगे । *(तिरस्कार से)* धिक्कार है ! *(ताव से)* तुम्हें अग्नि से और दस्युओं से बचाया, तुम्हारे घर खड़े कर दिए, और अब जब काम निकल गया तो चलो बाहर जाओ–धिक्कार है ! धिक्कार है तुम कृतघ्नों को !

तीसरा तृत्सु मघवन : *(दूसरे से)* सुना ? हमारे कौशिक अपने गाँव जा रहे हैं ।

दूसरा तृत्सु मघवन : *(उग्रता से)* यों कहो न कि कौशिक को हमारे राजा

गाँव से बाहर निकाल रहे हैं।

तीसरा तृत्सु मघवन : यह बात सच है। मैंने भी सुना है। कहते हैं कि युवराज...

दूसरा तृत्सु मघवन : हाँ–हाँ, पक्की बात है। उसने कहा कि तुमने धन दिया और धेनुएँ दीं, हमारे दास तुमने बदले में लिए। उसका लेखा लगा लो। जो कुछ हिसाब निकले वह ले लो और जाओ।

तीसरा तृत्सु मघवन : ऐसे मंगल प्रसंग पर भी उसकी जीभ चुप नहीं रही।

गौतम मघवन : जब वह छोटा था तभी से वह विश्वरथ से जलता है। एक बार उसे डुबाने की कोशिश भी तो उसी ने की थी।

[स्त्री-पुरुषों की टोली आनंद मनाती हुई आती है। सब एक-दूसरे को नमस्कार करते हैं। नए आनेवाले हर्म्य में जाते हैं। साथ में गिरता-पड़ता ॠक्ष भी थोड़ी दूर तक जाता है और एक लड़की को छूता है। वह उसे धक्का देती है।]

तीसरा तृत्सु मघवन : अरे जाने दे! कोई सुन लेगा।

दूसरा तृत्सु मघवन : सुनेगा तो क्या हुआ? आज कौशिक न होते तो न जाने कितने तृत्सु घर के बाहर पड़े होते और कितनों की धेनुएँ हरी जातीं! जानते हो कितने तृत्सुओं को उसने जलने से बचाया; कितनों के घर बँधवा दिए; कितनों के जले हुए धान्य की भरपाई कर दी? आज वे न होते तो... और विवाह के प्रसंग पर इस बेचारे को और सबको रुष्ट किया!

तीसरा तृत्सु मघवन : इसी को कहते हैं बीज भूनकर बोना।

गौतम मघवन : और हम तृत्सु भी तो भरत ही हैं न? उन्होंने क्या हम लोगों को कभी दो समझा है? नहीं तो ये भरतों के राजा हमारे यहाँ आकर रहते किसलिए?

दूसरा तृत्सु मघवन : *(गौतम से)* तुम्हारे जैसे मघवन जब कुछ बोलेगें ही नहीं तब और होगा क्या? तृत्सुओं में कृतज्ञता तो नाम मात्र को नहीं रह गई है। विश्वरथ को चले जाने दो, फिर देखना तुम्हारा क्या तेज रहता है!

तीसरा तृत्सु मघवन : भाई, दिवोदास राजा है। जो करे सो ठीक है।

दूसरा तृत्सु मघवन : राजा है इसलिए चाहे जो करे? वाह!

तीसरा तृत्सु मघवन : अरे सँभलकर धीरे-धीरे बातचीत करो, कोई सुन लेगा।

दूसरा तृत्सु मघवन : मुझे किसी के बाप की धौंस नहीं है। बहुत होगा तो मैं भरतग्राम में जाकर रह लूँगा।

गौतम मघवन : क्या कहते हो ? अपने लोगों को छोड़कर कहीं जाया जाता है ?

तीसरा तृत्सु मघवन : देखो, देखो, भगवान् मैत्रावरुण आ रहे हैं।

दूसरा तृत्सु मघवन : *(पहले के प्रति)* मघवन ! साहस हो तो कहो भगवान् से। नहीं तो मैं कहूँ ? फिर मत कहना कि सँभलकर नहीं बोलता।

[अगस्त्य अपने हर्म्य की ओर से आते हैं। आगे एक शिष्य लूक लेकर चलता है।]

तृत्सु मघवन : पधारिए गुरुदेव !

अगस्त्य : शत शरद् जियो वत्सो ! कहो, कैसे हो मघवनो ! आनंद है ! क्यों *(पहले तृत्सु से)* तुम्हारा दौहित्र अब कैसा है ?

गौतम मघवन : जी वह तो सिंह जैसा है—आपकी कृपा से कौशिक का युवराज बन बैठा है।

अगस्त्य : भाग्यवान् है न ? माता-पिता तो मर गए पर ऐसे योग्य माता-पिता के हाथ में सौंप गए। चलो, चलते हो न ?

गौतम मघवन : *(प्रसन्न होकर)* कौशिक उसके पिता की अपेक्षा शक्ति की अधिक सँभाल रखते हैं।

दूसरा मघवन : *(पहले तृत्सु से)* कहते हो या मैं कहूँ ?

गौतम मघवन : चलिए। पर भगवन ! आज इस मंगल-प्रसंग पर यह क्या विपत्ति आ गई है ?

अगस्त्य : विपत्ति ? कौन-सी ?

गौतम मघवन : गुरुवर्य ! हमारे कौशिक यह ग्राम छोड़कर चले जाएँ इससे बढ़कर और कौन-सी बड़ी विपत्ति हो सकती है ?

अगस्त्य : *(आश्चर्यचकित होकर)* विश्वरथ कहाँ जाते हैं ?

गौतम : क्या आप नहीं जानते ? कल प्रातः विश्वरथ अपने भरतों को साथ

लेकर भरतग्राम के लिए प्रस्थान करनेवाले हैं।

अगस्त्य : किसने कहा ?

गौतम मघवन : पूरा गाँव कहता है। किसी ने कौशिक के मुँह से सुना। किसी ने युवराज सुदास के मुँह से सुना। *(अगस्त्य ओंठ चबाकर भ्रूभंग करके खड़े रहते हैं। तीनों तृत्सु देखते हैं।)*

अगस्त्य : कब निश्चित हुआ ?

गौतम मघवन : मैं क्या जानूँ ?

दूसरा तृत्सु मघवन : अरे भगवान् से सच कह दो न! *(अगस्त्य से)* भगवन्, हमने विश्वस्त सूत्र से सुना है कि थोड़े दिन पहले राजा दिवोदास ने कौशिक को बुलवाया और कहा कि तुमने तृत्सुओं के लिए घर बनवाए और धेनुओं के लिए जो धान्य दिया उनका मूल्य ले लो–

अगस्त्य : *(चौंककर)* क्या ?

गौतम मघवन : हाँ भगवन्–और कहा कि तुम जो हमारे दास ले गए हो उनका मूल्य दे दो, और विवाह होने के बाद चले जाओ।

अगस्त्य : *(क्रोध रोककर)* अच्छा, फिर ?

गौतम मघवन : फिर क्या ? विश्वरथ ने निश्चय कर लिया कि सूर्योदय के समय चले जाएँगे।

अगस्त्य : यह है तुम्हारे विवाहोत्सव मनाने की रीति ?

दूसरा तृत्सु मघवन : हमारी रीति ? हमारी अपेक्षा तो कुत्ते अच्छे। जिसका खाएँ उसे तो नहीं काटेंगे।

गौतम मघवन : हमारा तो रक्त खौलता है।

अगस्त्य : क्या विश्वरथ ने लेखा लगाया।

दूसरा तृत्सु मघवन : लेखा ? वह तो देवता है। कहा कि आप स्वतः लेखा लगा लें और जो बचे वह तृत्सुओं में बाँट लें। मैंने दुष्ट पणियों का धंधा प्रारंभ नहीं किया है। लेखा लगाकर ब्याज गिनना आर्य का काम नहीं है–*(बोलते-बोलते आवेश आ जाने से अटकता है।)*

गौतम मघवन : *(दूसरे तृत्सु से)* अरे कितना आवेश में आ गया है।

दूसरा तृत्सु मघवन : भगवन्! आप ही बताइए। आवेश न आए तो क्या हो ? हमारी माँ-बहनें तो अभी से आँसू बहा रही हैं। कौशिक का विवाह न हो

रहा होता तो हम लोग युवराज के हर्म्य में जाकर कांड रच देते।

[शंखनाद होता है।]

तीसरा तृत्सु मघवन : जान पड़ता है राजा दिवोदास और युवराज आ रहे हैं।

अगस्त्य : तुम लोग जाओ, विवाहोत्सव का आनंद लूटो। सब ठीक हो जाएगा।

[तीनों तृत्सु जाते हैं। राजा दिवोदास, युवराज सुदास और वसिष्ठ आश्रम की ओर से आते हैं। वसिष्ठ अत्यंत गंभीर हैं और मौन धारण करके खड़े रहते हैं। दिवोदास रुग्ण जान पड़ते हैं। वे लकड़ी के सहारे चल रहे हैं और बोलते-बोलते थक जाते हैं।]

वसिष्ठ, दिवोदास, सुदास : प्रणाम भगवन्! नमस्कार!

अगस्त्य : *(हाथ बढ़ाकर)* शत शरद् जियो राजन्! *(कड़ाई से)* मैं यह क्या सुन रहा हूँ?

दिवोदास : *(घबराकर)* क्या? क्या?

अगस्त्य : *(सुदास की ओर देखकर)* विश्वरथ को तुमने तृत्सुग्राम से निकाल दिया है?

दिवोदास : नहीं तो। *(रुकता है।)*

अगस्त्य : जानते हो वह कल जा रहा है?

दिवोदास : *(घबराकर)* जी हाँ, सुदास से पूछिए।

अगस्त्य : सुदास तो बालक है। उससे क्या पूछें? मैंने और विश्वरथ ने जो कुछ किया है क्या उसका यही पुरस्कार है, अतिथिग्व?

सुदास : *(बात काटकर)* गुरुवर्य!

अगस्त्य : तुममें तो कृतज्ञता भी नहीं है युवराज। तुम तो जन्म से ही ईर्ष्यालु हो। विश्वरथ ने नया ग्राम बसाया, निर्धन तृत्सुओं को धनवान बनाया, रुग्ण भटके हुओं को जीवनदान दिया, जले हुए कोठों में धन-धान्य भर दिया। और क्या चाहिए? और क्या चाहिए तुम्हें?

सुदास : *(आकुल होकर)* क्या चाहिए? पूछिए उसी से—और क्या

चाहिए ? उसके कारण भगवान् वसिष्ठ ने पुरोहित पद लगभग छोड़ दिया है। आप और भगवती तो उसके पिता-माता हैं। तृत्सु भी उसके पीछे पागल हो गए हैं। हमारे योद्धा लोग भी जाकर प्रतर्दन से शस्त्र-विद्या सीखने लग गए। अब हम दोनों का ग्राम से बाहर निकालना-भर बच रहा है।

दिवोदास : *(असहाय अवस्था में)* मैत्रावरुण ! मैं तो अब निर्बल हो रहा हूँ। और सुदास यह हठ पकड़ बैठा है।

अगस्त्य : *(ओंठ चबाकर, क्रोध से)* यह बात है ? जानते हो भरत और तृत्सुओं को एक करने के लिए तुम्हारे पिता ने और मैंने जीवन बिता दिया। और जब वे एक हुए तब तुम उन्हें अलग-अलग करने पर उतारू हुए हो।

दिवोदास : मैं क्या करूँ ? मैं तो वृद्ध हो गया। कल आँखें मूँद लूँगा तब तो जो है वह सुदास को ही सँभालना होगा न !

अगस्त्य : सँभालनेवाला तो वज्रधारी इंद्र है। *(सुदास से)* क्या तुमने यह सोचकर यह चाल चली है कि मैं तृत्सुग्राम छोड़कर जानेवाला हूँ। धन्य है तुम्हें सुदास ! यह मंगल अवसर है, इसीलिए कुछ नहीं बोलता। पर *(भय दिखाकर)* स्मरण रक्खो कि जो भी तृत्सुओं से वैर बढ़ाएगा उसे मुझसे निपटना पड़ेगा। समझे ?

[सब एक साथ हर्म्य में जाने के लिए घूमते हैं। ऋक्ष सामने आकर अगस्त्य को प्रणिपात करता है।]

ऋक्ष : गुरुदेव ! हे ऋषि मैत्रावरुण !

अगस्त्य : क्यों ? क्या है ?

ऋक्ष : आज मेरे शिष्य-अर्थात् दस्यु लोग नृत्य करके उत्सव की शोभा बढ़ाना चाहते हैं। *(हँसकर)* कहिए भगवन्, आपकी क्या आज्ञा है ?

अगस्त्य : विश्वरथ क्या कहता है ?

ऋक्ष : आपकी अनुमति हो तो उनकी भी अनुमति है।

अगस्त्य : तो मैं अनुमति देता हूँ।

ऋक्ष : *(वसिष्ठ से आडंबरपूर्ण नम्रता के साथ)* हे मुनिवर्य ! यदि दास लोग नृत्य करें, उसमें आपको कोई आपत्ति तो नहीं है ?

वसिष्ठ : *(तिरस्कार से)* भगवान् मैत्रावरुण की आज्ञा ही आज्ञा है।

ऋक्ष : *(कूदकर)* चलो। दोनों महर्षियों की आज्ञा हो गई। ई—ई—ई—ऊ—ऊ—

अगस्त्य : चलो।

[ऋक्ष के अतिरिक्त सब हर्म्य में चले जाते हैं। ऋक्ष मार्ग में खड़ा-खड़ा हँसता है। वृक हर्म्य में से निकलकर आश्रम की ओर जाने के लिए घूमता है।]

ऋक्ष : देखो वृक ! जाओ, सबको ले आओ। मेरी सुरा से कहना कि जल्दी आए। भगवान् मैत्रावरुण, भगवती लोपामुद्रा, मुनि वसिष्ठ और विश्वरथ कौशिक चारों ने आज्ञा दी है। शंबर के गढ़ में जिस प्रकार उत्सव मनाते थे उसी प्रकार यहाँ भी दस्युगण आज उत्सव मनावें। आज वे आर्य हो गए हैं। जाओ, ये ऋषि के वचन हैं।

वृक : इसमें से कुछ उलटा न हो तो ठीक होगा।

ऋक्ष : अरे होगा क्या ? वृक ! तुम्हें हम पर श्रद्धा ही नहीं है।

वृक : भाई ! दिन-पर-दिन बढ़ती ही जाती है।

ऋक्ष : *(अभिमान से)* तुम हमें भाई न कहो वृक ! मुझे भगवान् न कहो तो न सही, पर यदि तुम मुझे ऋषि या महर्षि नहीं कहोगे तो अच्छा न होगा। फिर तुम्हारे सब लोग—।

वृक : *(हँसकर)* समझा ! समझा ! हे ऋषि—।

ऋक्ष : ऋषिवर्य—।

वृक : हे ऋषिवर्य ! मैं आपके शिष्यों को बुलाता हूँ।

ऋक्ष : तैयार होकर सब इस पेड़ के पीछे खड़े रहें। सप्तपदी के होते ही नाचने लगेंगे। सुरा को न भूलना।

वृक : आप भी—।

ऋक्ष : हम अपने शिष्यों को नहीं छोड़ सकते *(तीन आर्य स्त्रियाँ शीघ्रता से हर्म्य की ओर जाती हैं। ऋक्ष इन तीनों की ओर हँसता हुआ देखता है।)*

पहली स्त्री : हाय मैया ! बस कल ही—।

दूसरी स्त्री : उस सुदास की करतूत—।

तीसरी स्त्री : क्यों न होगी ? सुवर्ण-जैसी रोहिणी हाथ से चली गई, फिर ?

दूसरी स्त्री : जले उसका मुँह ।

[वह चली जाती है। थोड़ी देर में विवाह हो चुकने के स्वर–मंत्रोच्चार, शंखनाद, घंटानाद, लोगों की हँसी आदि– हर्म्य में से सुनाई देते हैं। ऋक्ष एक ओर जाकर ई-ई-ऊ-ऊ चिल्लाता है। छिपे हुए दस्यु स्त्री-पुरुष हँसते हुए दौड़ आते हैं। प्रत्येक ने पैरों में घुँघरू बाँधे हैं। कमर में ढोलक बाँधी है। वृक ढोलक और घुँघरू लाकर ऋक्ष को देता है। वह स्वतः सब बाँध लेता है। सभी दस्यु नाचना आरंभ करते हैं। बीच में ऋक्ष घूमता है।]

ऋक्ष : *(नाचते हुए)* ई-ई-ई-ई-ऊ-ऊ-ऊ-ऊ-ऊ-ऊ-ऊ-ई-ई-ई–

[यह शब्द सुनकर सब हर्म्य में से निकलकर ओसारे में दौड़ आते हैं और दस्युओं का नाच देखते हैं। आगे विश्वरथ है। उसने फूल के हार और स्वर्ण के अलंकार धारण किए हैं। वह धीरे-धीरे ढाल पर उतरकर हँसता हुआ खड़ा रहता है। वह निकट आता है। ई-ई-ऊ-ऊ की किलकारी लगाकर सब दस्यु उसके पैर के आगे सो जाते हैं।]

विश्वरथ : *(सबको उठाकर)* ऋक्ष! भाइयो! उठो, उठो, मैं उग्रकाल नहीं हूँ। तुम्हारा विश्वामित्र हूँ। अंदर आओ। गुरुदेव आज्ञा है?

अगस्त्य : *(ओसारे में से)* हाँ, वत्स!

भरत, दस्यु और तृत्सु : मैत्रावरुण की जय! विश्वामित्र कौशिक की जय!

[सब दस्युओं सहित हर्म्य में चले जाते हैं। केवल वसिष्ठ अंदर नहीं जाते वे सबके पीछे रह जाते हैं और फिर सिर नीचा कर धीरे-धीरे मार्ग से हटकर किनारे पर चले जाते हैं।]

वसिष्ठ : *(स्वगत, धीरे-धीरे)* देव! देव! यह मुझसे नहीं देखा जाता। अगस्त्य के परम पवित्र पुण्यधाम में दस्युओं के देव की यह आराधना मुझसे नहीं सुनी जाती। या तो मैं ही इस संसार का नहीं हूँ या यह संसार ही मेरा नहीं है,

(आश्रम की ओर धीरे-धीरे जाने के लिए घूमता है।) पैर मुझे आश्रम की ओर ले जाते हैं। नहीं, नहीं, दूषित आश्रम में कैसे तप कर सकता हूँ? इस भ्रष्ट तीर पर स्नान, ध्यान और आवाहन कैसे हो सकेगा? शाप द्वारा भस्मीभूत इस भूमि में कैसे रहूँ?

> *[थोड़ी देर तक नीचे देखकर पीछे हटते हैं। काली हँसती और दौड़ती हुई हर्म्य में से आती है। पीछे शक्ति भी हँसता-हँसता दौड़ता है। खेल में अपने को भूले हुए ये दोनों वसिष्ठ से टकराकर भूमि पर गिर पड़ते हैं। वसिष्ठ कठोर दृष्टि से देखने लगते हैं।]*

काली : *(झूठ-मूठ रोती है)* ओ-ओ!

शक्ति : *(वसिष्ठ को देखता है, पहचानता है, और एकदम खड़ा होकर घबराकर पैर छूता है।)* भगवन्! भूल हुई, इस काली ने मुझे गिरा दिया।

काली : *(खड़ी होकर)* मैंने कहाँ गिरा दिया? तुम मुझे पकड़ने आए और अपने आप ही गिर पड़े।

शक्ति : पैर पड़! पैर पड़! ये तो भगवान् हैं।

काली : *(हाथ जोड़ती है।)* भगवन्!

वसिष्ठ : (कठोरतापूर्वक शक्ति से) क्यों शक्ति, तू गय नायक का पुत्र है न? क्यों?

शक्ति : *(घबराकर हाथ जोड़कर)* जी हाँ,। मैं आपके शक्ति का संबंधी लगता हूँ।

वसिष्ठ : *(भ्रू भंग से)* और यह क्या वही लड़की है जिसने तुझे जलते घर में से निकाला था?

काली : *(हँसकर ताव से)* जी हाँ! मेरा नाम काली है। मैं भी आपके शक्ति की सखी हूँ।

वसिष्ठ : *(स्वगत, उग्र स्वर से)* मेरे पुत्र शक्ति की सखी! *(काँपते हैं।)*

काली : *(प्रसन्न होकर)* हम नित्य उस पेड़ पर चढ़कर बैठते हैं, और वह नित्य मुझे ऊपर चढ़ाता है और मैं उसे गिरा देती हूँ। *(हँसती है पर वसिष्ठ की मुखमुद्रा देखकर चुप हो जाती है। वसिष्ठ दूर चले जाते हैं। बच्चे घबराकर देखते हैं और फिर धीरे-धीरे डरते-डरते हर्म्य में चले जाते हैं।)*

वसिष्ठ : *(स्वगत)* वसिष्ठ ऊपर चढ़ना चाहता है और दस्युकन्या उसे नीचे गिराती जा रही है। ठीक ही बात है। इस समय विशुद्धि की जड़ें उखड़ रही हैं, तब विद्या और तप क्या कर सकते हैं? *(जाते हुए बच्चों की ओर देखकर)* ये आगामी कल के माता-पिता आर्य-वंशजों के पितर! इनकी संतान अगस्त्य और वसिष्ठ की संतान कहाएगी। और उस समय आर्य लोग दूध के समान गौरवर्णी न होकर काले रंग के हो जाएँगे। तब आर्यों की संतान विभूति—सत्य और ऋत—सबका लोप हो जाएगा। तब उग्रदेव वरुण और इंद्र सिंहासन पर बैठेंगे। *(गद्गद कंठ से)* देव! देवाधिदेव! मुझसे यह नहीं सहा जाता। तपश्चर्या, विद्या का सेवन और दान, वे शुद्धि के संरक्षण के निमित्त अभ्यास विग्रह—सभी निरर्थक हो गए। निष्फलता सामने आकर खड़ी है—वृत्र तुल्य विकराल देव! इस समय आपने मुझे क्यों छोड़ दिया?… मुझे कुछ नहीं सूझ रहा है देवो! वसिष्ठो! पितरो! आशाविहीन अंधकार मुझे मौन कर रहा है। जो स्पष्ट था वह भी अंधकारमय हो रहा है। मैं निराधार हूँ, फँस गया हूँ। कोई तो मार्ग दिखाओ? *(दो लड़कियाँ हाथ हिलाती हुई निकलती हैं और वसिष्ठ को देखे बिना ही बातें करती हैं।)*

पहली लड़की : भगवती नृत्य करेंगी तब देखना।

दूसरी लड़की : अरे माता जी? इतनी बड़ी होकर? *(दोनों अगस्त्य के आश्रम में चली जाती हैं। वसिष्ठ एक ओर खड़े-खड़े उनकी ओर दूर से देखते हैं।)*

वसिष्ठ : *(स्वगत)* भगवती नृत्य करती है!—ठीक तो है। नागिन नृत्य करती है और देखनेवाले को विष चढ़ता है। और आर्यों की विशुद्धि को कलुषित कर वह चली जाती है। *(निःश्वास छोड़कर)* मैं उसकी किस प्रकार समानता कर सकता हूँ? वह हँसती है, बोलती है, नृत्य करती है—बंसरी बजाती है—और पुरुष, स्त्रियों व बालकों, महर्षियों और राजाओं को पागल बनाती है; दस्युओं के महान् द्वेष्टा दिवोदास दस्युओं को दासत्व से मुक्त करते हैं; आर्यश्रेष्ठ दासकन्या को पत्नी बनाते हैं, उसे आर्या की पदवी देते हैं; जीवन-भर समर यज्ञ में अनार्यों की आहुति देनेवाले अगस्त्य आज उनके उद्धार की आकांक्षा रखते हैं; ये पुण्यतीर्थ अनार्यों के देवताओं के जयघोष से गूँजते हैं। इस भयंकर स्त्री ने क्या करना शेष छोड़ा? अब रह क्या गया? *(ऊपर देखकर)* इंद्र! वरुण! मरुत!

अग्नि ! कब तक हमारी अधोगति देखा करोगे ? जब कुपित हुए थे तब भी भरत तृत्सुओं को कटकर नहीं मर जाने दिया । जनपद जला देने पर भी हमारे आश्रम पूर्णतः बचा लिए ! रोष किया—तो उस रोष को रोक क्यों लिया ?

[एक अपंग दस्यु वृद्धा हाथ में लकड़ी लेकर घिसटती हुई आती है । उसे आँखों से दिखाई नहीं देता इसलिए माथे पर हाथ रखकर चलती है ।]

वृद्धा : भैया ! भैया ! कौशिक के हर्म्य का मार्ग किधर को है ? *(खाँसकर)* मैं तो इतने वर्षों में मार्ग ही भूल गई । आँखों से दीखता नहीं है भैया ! *(आँखों पर हाथ रखकर वसिष्ठ को देखने का प्रयत्न करती है ।)*

वसिष्ठ : कौन है, माता ?

वृद्धा : बेटा, जहाँ कौशिक का विवाह होता है, वहाँ मुझे जाना है । सब मुझे छोड़कर चले गए मानो मैं मर गई होऊँ । हाँ—हाँ—*(हँसती है ।)* मैं भी ऐसी कि घिसटती-घिसटती चली ही आई । ऐसा दिन फिर कहाँ देखने को मिलेगा ?

वसिष्ठ : *(तिरस्कार से)* क्यों, बहुत हर्ष हो रहा है ?

वृद्धा : मैं तो दिवोदास के पिता से नित्य कहती थी⋯ *(हाँपकर)* वह मेरी सुनता ही नहीं था⋯ कि एक दिन हमारा भी हाथ थामनेवाला कोई आएगा । आज उग्रकाल ने इस कौशिक को भिजवाया है । जिए वह सौ शरद् तक ।—इसलिए बंद होने से पहले इन आँखों को तो ठंडा कर लूँ । भैया ! तनिक हाथ का सहारा भी तो दो । *(हाथ बढ़ाती है । वसिष्ठ दूर हटते हैं ।)*

वसिष्ठ : इधर से जाओ । वह सामने ही तो हर्म्य है ।

वृद्धा : भैया, अपने हाथ का सहारा तो दे । मैं अकेली नहीं चढ़ सकती ।

वसिष्ठ : नहीं, जाना हो तो अपने आप जाओ । *(स्पर्श-दोष हो जाने की आशंका से वसिष्ठ दूर हट जाते हैं ।)*

वृद्धा : *(क्रोध में)* आह ! *(खाँसती है, लकड़ी उठाती है ।)* क्यों रे ! इसी हाथ से दूध पीकर तेरा राजा दिवोदास बड़ा हुआ और तू उसे पकड़ने में छुआ जाता है ? और⋯तू क्या समझे ? *(तिरस्कार से हँसती है ।)* यदि मैं काली न होती तो मेरा पुत्र कब का तृत्सुओं का स्वामी बन जाता । जानता है ?

वसिष्ठ : *(खेदपूर्वक)* मैं नहीं जानता था कि तुममें आर्यश्रेष्ठ की जननी

बनने की अभिलाषा थी। क्षमा करना माता, तुम जाओ–अपने मार्ग से। तुम्हारा हाथ थामनेवाले तो बहुत से हैं पर आज इस वसिष्ठ का हाथ थामनेवाला कोई नहीं है।

वृद्धा : *(लकड़ी ठोंकती जाती है।)* वसिष्ठ ? गुरु वसिष्ठ ? बाप रे ! *(जाती है।)*

वसिष्ठ : *(स्वगत)* वसिष्ठ ! मैं वसिष्ठ ! देव वरुण ! यह वसिष्ठ कौन ? यह जटा ? यह अस्थिचर्म का पिंजर ? यह कमंडल ? इनमें से कौन–क्या वसिष्ठ है ? अगस्त्य का भाई वसिष्ठ है या तृत्सुओं का पुरोहित ? या यह आश्रम ? या शिष्य ?–कौन–क्या–वसिष्ठ है ?··· यह देह यहाँ पड़ा है–खाता है, पीता है, सोता है। *(कटुता से)* वह तपोनिधि नहीं है, उसके तप का अंत हो गया। वह ऋषि नहीं है, भाई की प्रीति के पाश में पड़ा हुआ पक्षी है। वह कुल-पति नहीं है, शिष्यों को भिक्षावृत्ति दिलानेवाला द्रव्यार्थी है। पुरोहित नहीं है, कोई इसके वचन माननेवाला नहीं है। *(ओंठ चबाकर देखता है शक्ति और काली दौड़ते हुए आते हैं। और उन्हें बैठा देखकर पुनः दौड़ जाते हैं।)* नहीं–नहीं–नहीं–वसिष्ठ इनमें से कोई नहीं है। *(विजयपूर्ण स्वर से)* वसिष्ठ तो पितरों की परम विशुद्धि है, उसी विशुद्धि से यह वसिष्ठ बना है। उस विशुद्धि के बिना यह वसिष्ठ रह कैसे सकता है ?··· सप्तसिंधु में भले ही प्रलय हो–मुझे क्या ? वसिष्ठ और विशुद्धि पृथक् कैसे हो सकते हैं ?··· जिसके लिए जीवित हूँ वही सत्य है। यह आश्रम, प्रतिष्ठा और देह तो केवल उस विशुद्धि की छाया हैं। छाया के बिना वस्तु रह सकती है, पर वस्तु के बिना छाया कैसे रह सकती है ? जब तप का मध्याह्न तपता है तब सत्य अकेला रहता है–छाया के बिना जब वह अस्त होता है तब केवल छाया दृष्टिगोचर होती है–सत्य को पाना कठिन हो जाता है। मेरा तप अस्ताचल पर पहुँच गया है या मध्याह्न में है। *(खड़ा होकर चारों ओर छाया देखता है।)* मध्याह्न में है या अस्ताचल पर ? अणुमात्र विशुद्धि की लंबी फैली हुई विराट छाया है··· या··· बिना छाया की शुद्धिमात्र है ? नहीं, नहीं, वसिष्ठ तो सदा ही विशुद्ध है–मन, वाणी और कर्म से। *(निश्चयपूर्वक)* मेरा तप मध्याह्न में है। छाया, विलुप्त हो जा ! वसिष्ठ, तू आर्यों की निर्मलता का सनातन ज्योतिस्तंभ है। *(सरस्वती की ओर देखता है।)* भाई को कहना निरर्थक है। ···साध्वी को भी क्यों कहा जाए ? उसकी पतिभक्ति यदि मध्याह्न

में होगी तो वह भी छाया को छोड़कर निर्मल स्वरूप से चमकेगी— मुझे खोजती हुई चली आएगी। ···माता सरस्वती ! तुम्हारी गोद में हूँ। मुझे वहाँ ले चलो, जहाँ इस पापाचार की दुर्गंध न हो। वहाँ—जहाँ वसिष्ठों की विशुद्धि निर्मल रहे ? *(सरस्वती में कूदते हैं और उस पार जाने के लिए तैरते हैं।)*

[परदा गिरता है, और तुरंत ही पुनः उठता है।]

दूसरा प्रवेश

स्थान : वही।

[हर्म्य में से बीस-पच्चीस स्त्रियाँ एक-दूसरी का हाथ पकड़कर हँसती हुई ढाल पर से उतरी चली आती हैं। उनमें रोहिणी भी है। उसने पुष्प और स्वर्ण के आभूषण पहिने हैं।]

पहली युवती : चलो—चलो—चलो—।

दूसरी युवती : मैत्रावरुणी ! आज तुम नाहीं नहीं कर सकतीं।

पहली युवती : सखियो ! इस प्रकार क्यों खींचतान करती हो ?

चौथी युवती : कल तो आप जानेवाली हैं।

रोहिणी : पर मैं थक गई हूँ बहन !

दूसरी युवती : कल भरतग्राम में जाकर थकावट मिटा लेना।

चौथी युवती : क्यों, क्या तापस कन्या से राजमहिषी बनी, इसलिए ?

रोहिणी : चलो—चलो !

[रास प्रारंभ करती हैं। कुछ पुरुष ओसारे में देखने के लिए बढ़ आते हैं, और धीरे-धीरे पास आते हैं। रास थोड़ी देर चलता है—अर्थात् एक-एक स्त्री एक-एक पुरुष का हाथ पकड़कर रास में सम्मिलित करती है। सब हँसते और कल्लोल करते हुए धक्का-मुक्की करते हैं।]

पहली युवती : चलो।

रोहिणी : चलो-चलो।

पहला पुरुष : जैसी मैत्रावरुणी की आज्ञा।

दूसरा पुरुष : चलो–चलो । *(पुरुष स्त्रियों मे सम्मिलित होते हैं।)*

अनेक स्वर : देखो⋯देखो⋯हा⋯हा⋯हा⋯अरे मुझे क्या कहते हो⋯नहीं⋯ नहीं⋯नहीं⋯हाँ⋯ *(स्त्री-पुरुष रास आरंभ करते हैं। अगस्त्य, दिवोदास, विश्वरथ और सुदास ओसारे पर आते हैं।)*

पहली युवती : *(महापुरुषों की ओर देखकर)* भगवान् आए ।

दूसरी : *(लज्जित होकर)* राजन् ?

युवतियाँ : *(गाती और घूमती हुईं, रुककर)* ओह माँ !

[सब लज्जित होकर खड़ी हो जाती हैं। चारों ढाल से उतरकर नीचे आते हैं।]

अगस्त्य : *(हँसकर)* रुक क्यों गईं ? क्या हमें नहीं आना चाहिए था ?

रोहिणी : पिता जी, आप सब क्यों आए ? हमारे रंग में भंग हो गया । भगवती कहाँ हैं ? हम उनकी बाट देखती हैं न !

अगस्त्य : भगवती आश्रम में गई हैं । हम भी तुम्हारे नृत्य में सम्मिलित होनेवाले हैं ।

रोहिणी : चलो, यह तो बहुत ही अच्छा हुआ ।

अगस्त्य : तुममें से अभी कोई थका नहीं है ? रात तो बीतने को आ गई है ।

एक युवती : नहीं, हम तो रोहिणी के चले जाने पर ही घर जाएँगी ।

अगस्त्य : अरे, पर रोहिणी को कुछ विश्राम तो लेने दो–और यह विश्वरथ–*(विश्वरथ और रोहिणी की ओर अर्थपूर्ण दृष्टि से देखते हैं।)*

पहली युवती : ठीक है । हा ! हा ! हा ! हम उस ओर देखेंगे ।

रोहिणी : *(लज्जित होकर)* नहीं, नहीं ! मैं आती हूँ ।

दूसरी युवती : जाने पर वह कहाँ लौटकर आनेवाली है ?

[चार महापुरुषों के अतिरिक्त सब आश्रम की ओर चले जाते हैं।]

दिवोदास : मैत्रावरुण ! आपने भी जाने का पक्का निश्चय कर लिया ?

अगस्त्य : *(कटुता से)* मैं अभी कौशिक का पुरोहित हूँ न ! आप भरतों को भेज रहे हैं तो मुझे भी उनके साथ ही जाना चाहिए ।

दिवोदास : भेज रहे हैं ? आप ऐसा कहते हैं ?

सुदास : किसी समय तो भरतश्रेष्ठ को अपने ग्राम में जाकर राज्य करना ही पड़ता न ?

अगस्त्य : *(उग्रता से)* अभी—आज और इस ढंग से ?

विश्वरथ : गुरुवर्य ! मुझे जाने में तनिक भी आपत्ति नहीं है । सुदास सत्य कहता है—कभी तो मुझे जाना ही पड़ता न । पर आज मेरे दुख की सीमा नहीं है ।

अगस्त्य : मैं समझता हूँ, वत्स !

विश्वरथ : *(दिवोदास से)* राजन् ! इस समय मैं अपना दुख किससे कहूँ ? मैंने तृत्सुओं के लिए जो कुछ किया वह धन के लोभ से किया; मैं इन दासों को साथ ले जाता हूँ, वह मूल्य देकर ले जाता हूँ; मुझे आपने पणि से भी नीच समझा, यही मुझे खलता है ।

दिवोदास : *(विश्वरथ के कंधे पर हाथ रखकर)* वत्स ! वत्स ! ऐसा मत समझो । मैंने तुम्हें पुत्र-तुल्य माना है ।

अगस्त्य : मेरा शिष्य महर्षि के समान न होता तो इस अपमान के बदले तृत्सुओं के प्राण ले लेता ।

विश्वरथ : *(खेद से)* पर आज आप मुझे पराए के समान ढकेल दे रहे हैं ।

दिवोदास : तुम जानते हो पुत्रक ! मैं तो वृद्ध और दुर्बल हो गया हूँ, और सुदास की यही इच्छा है ।

विश्वरथ : *(मानो वेदना होती हो)* मैं जानता हूँ—भली प्रकार जानता हूँ । उसे ऐसा लगता है मानो मैंने तृत्सुओं के हृदय उसके पास से चुरा लिए हों, मानो मैं उसका युवराज पद ले लेना चाहता हूँ । राजन्, मैं आपको किस प्रकार विश्वास दिलाऊँ कि मेरा हृदय शुद्ध है ।

दिवोदास : यह बात नहीं है ।

विश्वरथ : *(खेदपूर्वक)* राजन् ! गुरुवर्य के प्रताप से बाल्यकाल से मैंने तृत्सुग्राम को अपना घर माना है । आपको मैंने पिता के समान समझा है, तृत्सुओं को मैंने भरतों से अधिक प्रिय माना है—आपके और भगवान् के प्रयत्न सफल करने के लिए ।

दिवोदास : *(भावपूर्ण होकर)* नहीं, नहीं पुत्रक ! तुमने हमारे सपने मूर्तिमान किए हैं ।

विश्वरथ : *(खेद से)* और आज—मैं आपको दोष नहीं देता। मुझे आप अलग करते हैं ··· सुदास की बात ठीक है। दो युवराज कैसे साथ रह सकते हैं? पर राजन्! राजन्! *(भावावेश में)* हम दो पुत्रों की इच्छा में भरत और तृत्सुओं के टुकड़े हो जाएँगे।

दिवोदास : नहीं-नहीं-नहीं-नही—

सुदास : (गर्व से) विश्वरथ, मुझे तुमसे ईर्ष्या नहीं है।

विश्वरथ : नहीं कहने से सत्य कहीं असत्य हो सकता है, भाई?

अगस्त्य : कुछ नहीं वत्स! यह समस्त मानव कुल ही राजाओं के कामक्रोध का हवि बनने के लिए सर्जित किया गया है। जब मैंने आर्यों को एक करने का विचार किया था तब भी यह सत्य मेरी दृष्टि से बाहर न था।

दिवोदास : मैं वचन देता हूँ, मैत्रावरुण! अपने जीते जी मैं भरत और तृत्सुओं को पृथक् न होने दूँगा।

विश्वरथ : राजन्, भरत और तृत्सुओं के बीच धन का लेन-देन प्रारंभ किया, मुझे भरतग्राम चले जाने को कह दिया। अब और रह ही क्या गया? मैं अपमान समझकर युद्ध करूँ या आज्ञा मानकर सिर चढ़ाऊँ, परिणाम तो एक ही होगा।

दिवोदास : *(दुखी होकर)* वत्स!

सुदास : पिता जी फिर थोड़ी देर में विश्वरथ को तो विदा करने आना ही है न! चलिए हो आएँ।

दिवोदास : *(निराश्रित होकर)* चलो भाई! *(सुदास के साथ जाता है।)*

विश्वरथ : *(भावावेश में)* गुरुदेव! गुरुदेव! संस्कार, विद्या और सद्भाव तीनों के बंधन सबको बाँधते हैं, पर वे राजाओं को क्यों नहीं स्पर्श करते? उनका द्वेष ही उनकी समृद्धि है, जनपद मात्र उनके द्वेष की अभिवृद्धि करने का साधन है।

अगस्त्य : पुत्रक! इस समय यह सब विचार छोड़ दो, भरतग्राम चलकर निश्चितता से बात करेंगे। चलो, तैयारी कर ली जाए।

विश्वरथ : जैसी आज्ञा। *(अगस्त्य जाते हैं, स्वगत)* देव! देव! क्या, क्या मुझे सुखी न होने दोगे!

[सुदास शीघ्रता से लौट आता है।]

सुदास : विश्वरथ एक बात कहना भूल गया।

विश्वरथ : कहो भाई।

सुदास : उस गय के पुत्र शक्ति को साथ न ले जाना।

विश्वरथ : शक्ति ? अरेरे—इस पितृ-विहीन बालक का आज पुनः पिता मर जाएगा।

सुदास : *(हठ से)* वह हमारा तृत्सु मघवन है। तृत्सुओं के राजा दिवोदास बैठे हैं।

विश्वरथ : सच बात है। *(निःश्वास छोड़कर)* सुदास ! सुदास ! क्या हम लोग कभी भाई-भाई बनकर रहेंगे ही नहीं ?

सुदास : रहेंगे, किसी दिन *(अपमानपूर्वक)* जब तृत्सुश्रेष्ठ होंगे, तब, जब तुम मेरे तेज से चमकोगे, तब। *(जाता है।)*

विश्वरथ : तेज ! तेज !—पागल ? तेज के दाता तो देव सविता हैं। क्या किसी को तेज भी माँगा हुआ मिला है ?... पर उसकी बात झूठी नहीं है। उसके पिता मुझे बड़ा पुत्र मानें, उसके गुरु मुझे पट्टशिष्य मानें, उसकी प्रजा मुझे अपना माने, यह सब वह कैसे सहन कर सकता है ? यदि द्वेष न होता तो न जाने संसार कैसे चलता ? तब तो निर्मल रात्रि के व्योम में चमकनेवाले तारों के समान मनुष्य भी एक-दूसरे का तेज बढ़ाते हुए चमकते... पर क्या द्वेष को जीता नहीं जा सकता है ? देव, क्या आपकी शक्ति की भी सीमा है ?

[सेनापति प्रतर्दन आता है।]

प्रतर्दन : राजन् ! सब तैयार है। आप रथ पर चलेंगे या घोड़े पर ?

विश्वरथ : घोषा माँ कहाँ हैं ? और महाअथर्वण ?

प्रतर्दन : घोषा माँ, सत्या माता और महाअथर्वण तो भरद्वाज के आश्रम में गए हैं, अभी लौटते होंगे। आप घोड़े पर ही चलेंगे न ?

विश्वरथ : *(खेद से)* हाँ... प्रतर्दन, क्या चलने की बहुत शीघ्रता है ?

प्रतर्दन : *(अधीर होकर)* दिवोदास ने अपमानित करके निकाल दिया। अब यहाँ रहना कैसे सहन हो सकता है ? मेरे तो रोम-रोम में अग्नि जल रही है कि कब इन सबके प्राण ले लूँ।

विश्वरथ : एक मूर्ख के द्वेष के बदले इतने तृत्सुओं के प्राण लेना

चाहते हो ?

प्रतर्दन : उनका युवराज है न ?

विश्वरथ : तुम्हारे-जैसे अभिमान से पागल लोगों के प्रताप से ही बेचारी निर्दोष जातियों के बीच बैर बढ़ता है। देव ! ऐसों से कब उद्धार करेंगे ?

प्रतर्दन : *(हँसकर)* आप तो ऋषि होते जा रहे हैं। इस समय मैं ऐसी बात सोचना ही नहीं चाहता।

विश्वरथ : तुम्हारा उत्साह अभी ठंडा नहीं पड़ा ?

प्रतर्दन : कैसे ठंडा पड़ सकता है ? इसी दिन की प्रतीक्षा करते-करते तो मेरा जीवन बीता है।

विश्वरथ : क्या धरा है इन बातों में ?

प्रतर्दन : ऐसा क्यों कहते हैं ? कुशिक का राजदंड, उनसे भी अधिक प्रतापी प्रपौत्र के हाथ में सौंपने का आज मुझे सौभाग्य प्राप्त हुआ है।

विश्वरथ : प्रतर्दन ! पितातुल्य प्रतर्दन। इस राजदंड में ऐसी कौन-सी मोहिनी है ? भगवती ने एक बार मुझसे पूछा था—मनु गए, ययाति गए, कहाँ हैं उनके राजदंड ? वही प्रश्न क्या आज मैं तुमसे भी पूछूँ ? कहाँ बचे हैं किसी के राजदंड ?

प्रतर्दन : मैं महर्षि नहीं हूँ, केवल सेनापति हूँ। इसीलिए मैं क्या उत्तर दूँ ! किंतु इतना अवश्य जानता हूँ कि प्रतापी राजदंड के द्वारा ही मनुष्यगण देवताओं की स्पर्धा करते हैं।

विश्वरथ : प्रतर्दन ! राजदंड का अर्थ है मद, मोह और अहंकार की पराकाष्ठा। क्यों, ठीक है न ? अपने काम-क्रोध के लिए जनपद जला डालने का—मनुष्यमात्र को अपने अभिमान-चक्र के नीचे कुचल डालने का अधिकार—क्यों यही है न ? राजदंडों के भार के नीचे विद्या, तप, शांति, सौजन्य और सद्भाव सब कुचल डाले गए हैं, यह क्या नहीं देखते हो ?

प्रतर्दन : यदि राजदंड न हो तो सत्य और ऋत की रक्षा कौन करेगा ?

प्रतर्दन : राजा वरुण का सनातन ऋत क्या इतना प्रभावहीन हो गया है कि उड़ते हुए पक्षियों की चंचल छाया के समान वह राजाओं के बिना सुरक्षित ही नहीं रखा जा सकता ! राजदंड न हो तो क्या मैं विश्वरथ न रहूँगा ?

प्रतर्दन : यह सब मैं नहीं समझता। गाधि राजा ने मुझे अपना जो राजदंड

सँभाल रखने को दिया था उसे आज मैं अधिक प्रतापी और तेजस्वी बनाकर आपको सौंप रहा हूँ।

विश्वरथ : तुम यह बात कैसे समझोगे प्रतर्दन? भरतों का राजदंड सँभालने की योग्यता तो तुम्हारे हाथ में है, मेरे हाथ निर्बल हैं—निरर्थक हैं।

प्रतर्दन : *(हँसकर)* नहीं, नहीं, यह क्या कहते हैं? इस समय आप थके हुए हैं। थोड़ा स्वस्थ हो लीजिए *(जाता है।)*

विश्वरथ : *(रोते हुए स्वर में, स्वगत)* हाँ, थक गया हूँ इन सब राजदंडों के भार से, सचमुच थक गया हूँ।

[आती हुई रोहिणी अंतिम शब्द सुन लेती है।]

रोहिणी : मैं भी थक गई हूँ।

विश्वरथ : किस बात से?

रोहिणी : कोई मुझे छोड़ता ही नहीं। कब प्रातःकाल हो कि मैं आपके साथ रथ में एकांत में बैठूँ।

विश्वरथ : रोहिणी, सच-सच बताना, तुम अगस्त्य की सत्यदर्शी कन्या हो? *(उसके कंधे पर हाथ रखता है।)*

विश्वरथ : रोहिणी, मेरी आँखों में अंधकार छाया हुआ है। राजा वरुण और पितृगण मुझे कुछ प्रकाश दिखा रहे हैं, पर मुझसे वह देखा नहीं जाता। जब तक वह न देखूँगा तब तक मैं ऐसा ही उदास रहूँगा। एक बात पूछूँ सखी, सच-सच कहोगी?

रोहिणी : पूछिए! सच कहूँगी। पर बुरा लगे तो क्रोध न कीजिएगा समझे!

विश्वरथ : बताओ तुमने किस से विवाह किया है। तुमने भरतों के राजदंड से विवाह किया है या सप्तसिंधु के सुविख्यात धनुर्धर से? या तुमने विवाह किया है मेरे विशाल जनपदों से? या पृथ्वी को कंपित कर देनेवाली विशाल सेना से? क्या देवता-जैसे तेजस्वी और कमनीय पुरुष का वरण किया है या लोगों के हृदय आकृष्ट करनेवाले विजयी वीर का? बताओ तुमने किसका वरण किया है।

रोहिणी : *(लज्जित होकर)* कहीं ऐसी बातें भी पूछी जाती है? आप ही बताइए कि आपने किस रूप में मुझसे विवाह किया है।

विश्वरथ : *(निराश होकर)* मैं इस अंधकार को भेदना चाहता हूँ। तुम

मेरी सहधर्मचारिणी बनी हो। मेरी सहायता करो···तुमने विश्वरथ से विवाह किया है वह किस गुण पर? मेरा जी इस समय घबरा रहा है।

रोहिणी : विश्वरथ! मैं आर्ष हृदय से अपरिचित नहीं हूँ। आपके हृदय में राजा वरुण बसने की तैयारी कर रहे हैं।

विश्वरथ : *(हठ से)* रोहिणी, मेरा वरण करते समय तुमने क्या देखा?

रोहिणी : कौशिक, राजदंड और धनुर्विद्या, सेना और समृद्धि मेरे लिए तुच्छ हैं—ऐसा कहना भी असत्य होगा। आपकी क्रांति से मैं विह्वल नहीं हुई हूँ यह भी कैसे कहूँ? लोकभक्ति के गंधपुष्प, जब आप पर चढ़ रहे थे तब से मैं पागल बनी हूँ यह भी सत्य है। पर···

विश्वरथ : पर···

रोहिणी : कौशिक! यह है तो मैं प्रसन्न हूँ। किंतु यह न भी होता तो भी मैं तुम्हारा ही वरण करती। मुझे तो सहधर्माचार साधना है। अमृत को द्रवित कर देनेवाले आपके हृदय के साथ, देवताओं द्वारा प्रेरित की हुई आपकी बुद्धि के साथ, सर्वग्राही आपकी आर्ष दृष्टि के साथ। मेरे विश्वरथ तो इन सबके समन्वय हैं।

विश्वरथ : इस प्रसंग पर इस प्रकार तुम्हें दुखी करता हूँ उससे तुम्हें असंतोष तो नहीं होता?

रोहिणी : मुझे आत्म-मंथन से असंतोष नहीं होता भरत! जब साथ में किया गया आनंद सहधर्माचार है, तब एक साथ पड़े हुए आँसू भी धर्माचार क्यों न हों? साथ भोगे हुए विलास-वैभव सहधर्माचार हैं तब एक साथ किए हुए तप क्यों न हों? कौशिक, आपकी अंतर्व्यथा के साथ व्यथा का अनुभव करना, आपके प्रेरणामय उड्डयन के साथ उड़ना, आपके तप में सानुकूल होना, इन सबसे बढ़कर सुंदर सहधर्माचार और क्या हो सकता है?

विश्वरथ : पर मैं मनस्वी हूँ, आत्मावलंबी हूँ। बहुत बार मैं भग्नांश हो जाता हूँ। मेरा आत्मविश्वास जाता रहता है, देवता मुझे पागल बनाते हैं। तब मैं बुद्धिहीन बन जाता हूँ। और उस समय यदि राज्य सिंहासन का तेज न हो, या वैभव का आश्वासन न हो, तो यह सहधर्माचार तुमसे कैसे सहन किया जाएगा? तब हमारे दुख का पार न रहेगा। *(नीचे देखता है।)*

रोहिणी : नहीं विश्वरथ! *(उसका मुँह ऊँचा करके)* वह दिन कभी नहीं

आएगा। मैं अपनी कोमलता से आपको सांत्वना न दूँ—अपने पूज्य भाव से आपको प्रभावशाली न बनाऊँ—अपनी अचल श्रद्धा से आपमें आत्मविश्वास की प्रेरणा न करूँ तब न ? प्रियतमा के पूज्य भाव और श्रद्धा में अद्‌भुत संजीवनी होती है। इस मंत्र के बिना पुरुष भग्नांश और बुद्धिहीन बन गए हैं।

विश्वरथ : *(धीरे-धीरे)* रोहिणी ! तुम्हारी बात सच है। भक्त की भक्ति चलायमान हो तो देव भी दुर्बल बन जाते हैं। तुम्हारी श्रद्धा ही मेरा बाहुबल, तुम्हारा पूज्यभाव ही मेरा कवच और तुम्हारी प्रेरणा ही मेरा जयघोष है। मुझे यह सब प्रदान करो, मैं महर्षि-सिद्धि-संघों में स्थान प्राप्त करूँगा।

रोहिणी : मेरे ऋषिवर्य ! मेरी एक ही अभिलाषा है—तन्मय होने की। कौशिक—

[आगे शक्ति और काली दौड़ते आते हैं। पीछे एक तृत्सु सैनिक आता है। बच्चे विश्वरथ से लिपट जाते हैं।]

शक्ति : भरतश्रेष्ठ ! मैं आपके साथ चलूँगा, यहाँ नहीं रहूँगा।

काली : मैं भी चलूँगी।

तृत्सु सैनिक : युवराज ने शक्ति को बुलाया है।

रोहिणी : क्यों ? उन्हें क्या आवश्यकता हुई ?

विश्वरथ : *(कटुता से)* क्योंकि मैं तृत्सु मघवन का पालन-पोषण करके उसका राज्य ले लेना चाहता हूँ।

रोहिणी : ओह ! यहाँ तक ?

शक्ति : *(पैर पटककर)* नहीं, नहीं—मैं चलूँगा आपके ही साथ; बस, आपके ही साथ। यहाँ नहीं रहूँगा।

विश्वरथ : *(सैनिक से)* जाओ, सुदास से कहो, अभी जाने में देरी है। मैं स्वतः बात करूँगा।

शक्ति : मैं यहाँ नहीं रहूँगा।

[शीघ्र ही स्त्रियाँ और पुरुष आ पहुँचते हैं और दोनों को घेर लेते हैं।]

पहली युवती : इतने में ही जाने का समय हो गया ?

दूसरी युवती : *(आँसू पोंछकर रोहिणी से लिपटकर)* रोहिणी ! क्या चली

जाओगी?

रोहिणी : और क्या? क्या जन्म-भर यहीं रहूँ?

दूसरी युवती : और कौशिकराज! फिर आप कब दर्शन देंगे?

विश्वरथ : *(निस्तेज हँसी हँसकर)* जब भी देवों की आज्ञा होगी।

[तीन मघवन आते हैं।]

गौतम मघवन : *(विश्वरथ से)* विश्वरथ! तो फिर जा ही रहे हैं?

पहली स्त्री : *(दोनों से)* आपके बिना सब कैसे रह सकेंगे? इनका जाना सुनकर तो मेरे लड़के घबरा गए हैं।

अगस्त्य का शिष्य : *(रोहिणी से)* हम भी थोड़े ही दिनों में भरतग्राम आनेवाले हैं।

दूसरा तृत्सु मघवन : हमारे दुःख का तो पार नहीं रहा।

तीसरी युवती : *(रोहिणी से)* विवाह हो जाने पर एक दिन भी नहीं रही?

तीसरा तृत्सु मघवन : हम तो आज निस्तेज हो गए हैं।

विश्वरथ : *(स्नेहपूर्ण स्वर में)* यह सब क्या करते हो? मुझे प्रोत्साहन दो, निरुत्साह क्यों कर रहे हो?

गौतम मघवन : आप तो अपने घर लौट रहे हैं, पर हम तो आज अनाथ बन गए।

विश्वरथ : *(खेद से)* मघवन! मैं घर नहीं जा रहा हूँ, घर छोड़कर जा रहा हूँ। अपने हृदय की व्यथा मैं किससे कहूँ? मघवन! यहाँ मेरा बालपन बीता, आधी युवावस्था बीत गई। यहाँ मैंने रो-हँसकर न जाने कितने सुंदर दिन-रात आनंद में काट दिए। इन पैड़ियों पर मेरी न जाने कितनी सुंदर स्मृति-कणिकाएँ बिखरी पड़ी हैं।

[दिवोदास, सुदास और तृत्सु योद्धा आते हैं। धीरे-धीरे अंधकार कम हो जाता है।]

दिवोदास : ओह! इतनी ही देर में जाने का भी समय हो गया?

गौतम मघवन : राजन्, आप ही क्या कौशिकराज को जाने दे रहे हैं।

विश्वरथ : यह बात न छेड़ो मघवन? राजदंड तो राजा का बंधन है। अब

कैसे रह सकता हूँ ? मैं रह जाऊँ तो मेरा और राजा दिवोदास दोनों का राजदंड दूषित हो जाए। हम ऐसा क्यों होने दें ?

स्त्री : *(अक्षत चढ़ाकर)* पर कौशिक ! फिर दर्शन दोगे न ?

विश्वरथ : माता ! मेरा बस चले तो मैं आप सबको अपने साथ ले चलूँ, पर न तो मैं ही रह सकता हूँ, और न आप लोगों को ही साथ ले चल सकता हूँ।

पहली स्त्री : *(मुँह फुलाकर)* जितना आप भरतों को प्रेम करते हैं उतना हम लोगों को थोड़े ही करते हैं। हम जानती हैं न ! *(आँसू पोंछती है।)*

विश्वरथ : रोओ मत, रोओ मत। मैं फिर आऊँगा। *(सबकी आँखों में आँसू देखकर)* मैं जानता हूँ कि यहाँ के घर-घर में मैं अपने स्वजन छोड़कर जा रहा हूँ...।

पहली युवती : *(दुख से)* छोड़ जाइए—जाइए।

विश्वरथ : *(आर्त स्वर से)* मैं आप लोगों को छोड़कर नहीं जा रहा हूँ, बहन ! मैं आपका हृदय यहीं छोड़े जा रहा हूँ और स्नेहपूर्ण स्मृतियों के आघात को साथ लिए जा रहा हूँ।

ऋक्ष : *(वेग से आकर)* कौशिक ! कुछ सुना ?

विश्वरथ : क्या ?

ऋक्ष : *(आडंबर से)* महर्षि वसिष्ठ तृत्सुग्राम छोड़कर चले गए।

दिवोदास : *(चौंककर)* क्या बकते हो ?

बहुत से स्वर : ऐं ऐं... क्या ! हा... हा... अरे... किसने कहा ?

ऋक्ष : हे राजा अतिथिग्व ! धीवर लोग कह रहे हैं कि ऋषि मैत्रावरुण आपका ग्राम छोड़कर सरस्वती पार करके बहुत दूर वन में चले गए हैं ? महर्षि अगस्त्य ने भी बहुत ढूँढा पर आश्रम में वे कहीं नहीं दिखाई पड़े।

दिवोदास : *(घबराकर)* अरे रे ! हमारे ऊपर यह क्या विपत्ति आई ?

विश्वरथ : घबराओ मत अतिथिग्व ! उनका मन द्विविधा में था। हमारे जाते ही वे फिर लौट आएँगे—अवश्य।

सुदास : *(कटाक्ष से)* उन्हें तो यह भूमि पाप से लदी हुई जान पड़ती थी।

ऋक्ष : कौशिकश्रेष्ठ ! अब प्रस्थान की तैयारी करनी है या नहीं ? ये मेरे शिष्य बड़ी हड़बड़ी मचा रहे हैं।

विश्वरथ : मुझे और क्या तैयारी करनी है ? तृत्सुश्रेष्ठ ! आप पिता तुल्य

हैं। जब भी काम पड़े, आज्ञा दीजिएगा, मैं अवश्य उपस्थित होऊँगा।

दिवोदास : *(गले लगाकर सिर सूँघता है।)* पुत्रक! और जब मैं न भी रहूँ तो तब भी सुदास को भाई मानना; और तृत्सु *(चारों ओर देखकर)* तो तुम्हारे हैं ही।

विश्वरथ : अतिथिग्व! मेरी बात तो सुदास नहीं मानेगा, कदाचित् आपकी मान जाए। इसलिए मेरी ओर से इसे विश्वास दिलवा दीजिए कि मैंने सदा इसे सहोदर भाई ही माना है और सदा मानता भी रहूँगा। और तृत्सुश्रेष्ठ! तृत्सु तो मेरे ही हैं; और मैं भी सदा उनका ही हूँ। *(आँसुओं से गला रुँधता है।)* और राजन्! जाते-जाते क्या मेरी एक प्रार्थना स्वीकार करेंगे? अस्वीकार न कीजिएगा। यह मेरी अंतिम प्रार्थना है—पुत्रभाव से।

दिवोदास : कहो, कहो वत्स, क्या है?

विश्वरथ : *(दुखित होकर)* यह हर्म्य, यहाँ का मेरा सब धनधान्य और लेखा करके जो आपने दिया है वह सब—

सुदास : *(क्रोध में)* वह सब?

विश्वरथ : क्रोध न करो भाई! इसमें मेरा कोई स्वार्थ नहीं है। पर ये स्वजन हैं—*(ओठ चबाकर, स्वस्थ होकर)* राजन्, यह सब तृत्सुओं को बाँट देना। *(अधिक नहीं बोल सकता।)*

दिवोदास : *(गले लगाकर)* कौशिक! कौशिक! तुम दानवीर हो।

सुदास : *(क्रोध में)* पर—

विश्वरथ : *(विनती करते हुए)* भाई, जाते-जाते तो मेरी बात रख लो।

सुदास : पर तृत्सु—

गौतम मघवन : युवराज! विश्वामित्र हमें देते हैं और हम लेंगे। हमें लज्जा नहीं लगती। भरतों से हमने क्या नहीं लिया?

विश्वरथ : *(हाथ जोड़कर)* मघवन, बड़ा अनुग्रह किया आपने।

दिवोदास : भाई मैं तुम्हारा दिया हुआ स्वीकार करता हूँ।

[शंख बजाता है।]

विश्वरथ : अरे! जाने का समय हो गया। भाइयो! बहनो! माताओ! अब मुझे आज्ञा दो। *(शक्ति आकर लिपटता है।)*

शक्ति : नहीं, नहीं। मैं आपके साथ चलूँगा।

काली : *(लिपटकर)* मैं भी।

विश्वरथ : *(समझाकर)* देखो तुम तो तृत्सु मघवन हो। बड़े होना तो मेरे साथ चलना।

शक्ति : *(रोकर गिड़गिड़ाकर)* नहीं अभी ही! मैं नहीं रहूँगा। नहीं–नहीं आप कहते थे न··· *(रोता है)* मैं नहीं रहूँगा–मैं नहीं रहूँगा।

विश्वरथ : *(दिवोदास के प्रति)* राजन्, इन बच्चों का जी इस समय क्यों दुखाया जाए? मैं इन्हें भरतग्राम से फिर भिजवा दूँ तो?

सुदास : *(दृढ़ता से)* कौशिक, शक्ति तो तृत्सुओं में श्रेष्ठ मघवन है–हमारी नाक है। उसे नहीं ले जा सकते।

विश्वरथ : मैं जानता हूँ। *(विवशता के साथ)* पर इसे मैं समझाऊँ कैसे? देखो शक्ति, युवराज जो कहते हैं, वह मानो। तुम्हारा घर यहाँ है, तुम्हारे दादा-दादी यहाँ हैं।

शक्ति : नहीं–नहीं, मैं नहीं रहूँगा–नहीं रहूँगा–नहीं रहूँगा–*(पैर पकड़कर गिड़गिड़ाता है।) बस आपके साथ, अभी इस समय, बस–*

दिवोदास : *(शक्ति को समझाता है)* पुत्र–

सुदास : *(क्रोध से)* मैं समझाता हूँ। चल, पागल मत बन। *(शक्ति का हाथ पकड़ता है।)* तू दूसरों के साथ नहीं जा सकता। *(बलपूर्वक विश्वरथ के पास से खींच लेता है।)* ले जाओ उस निर्लज्ज को, यदि उसकी इच्छा हो तो!

विश्वरथ : *(होंठ दबाकर)* नहीं, इसे भी शक्ति के साथ ही रखो।

काली : *(शक्ति से लिपटती है।)* शक्ति–शक्ति–

[दोनों बच्चे रोते गिड़गिड़ाते हैं।]

शक्ति : *(रोते हुए)* नहीं रहूँगा–नहीं रहूँगा–बस, नहीं रहूँगा।

[सुदास के हाथ से छूटने का प्रयत्न करता है, चिल्लाता है, और सुदास को काटने लगता है।]

सुदास : *(शक्ति को छोड़कर)* अरे तेरा मुँह काला हो–

शक्ति : *(छूटकर)* ले चलिए कौशिक! *(विश्वरथ से लिपटता है।)* मैं तो

चलूँगा।

सुदास : *(दौड़कर शक्ति के बाल पकड़ता है।)* अभागे तेरी मृत्यु आई है। *(मारने लगता है।)*

गौतम मघवन : क्या करते हो युवराज ?

विश्वरथ : सुदास ! सावधान–

[बीच में आकर शक्ति को बचाता है। उसकी आँखों में से चिनगारियाँ निकलती हैं। आधे क्षण तक सब पीछे हटते हैं। सुदास तलवार पर हाथ रखता है। सेनापति प्रतर्दन शीघ्रता से हाथ में राजदंड लेकर आता है।]

प्रतर्दन : भरतश्रेष्ठ ! लीजिए आपका राजदंड। सब तैयार हैं, आपकी *(राजदंड विश्वरथ को देता है।)* प्रतीक्षा करते हैं।

सुदास : *(धमकी देकर)* विश्वरथ, इस लड़के को छोड़ दो···।

प्रतर्दन : *(चकित होकर)* क्या है ?

विश्वरथ : *(क्रोध रोककर)* सुदास ! तुम्हें प्रसन्न करने के लिए मैं चुपचाप तृत्सुग्राम छोड़ता हूँ, तृत्सुओं को छोड़ता हूँ। पर धमकी देकर तुम मुझसे कुछ नहीं करा सकते–समझे !

सुदास : *(पीछे हटकर)* यदि शक्ति हो तो ले जाओ। फिर देखेंगे, हम ही हैं या तुम ही हो।

गौतम मघवन : विश्वामित्र ! आप कुछ न बोलिए, व्यर्थ ही वैर बढ़ेगा।

रोहिणी : *(विनती करते हुए)* विश्वरथ ! छोड़िए इस हठ को।

विश्वरथ : *(शांत होकर, शक्ति से)* मेरे पुत्रक ! मैं तुम्हें नहीं ले जा सकता। नहीं–नहीं··· वत्स रोओ मत··· धैर्य रक्खो। *(गले लगाकर उसके आँसू पोंछता है।)* देखो, मैं फिर आऊँगा··· फिर आऊँगा···।

[शक्ति रोता है। विश्वरथ की आँखों में आँसू आते हैं।]

शक्ति और काली : *(रोते हुए)* नहीं-नहीं-नहीं।

विश्वरथ : *(दुलार करते हुए)* पुत्रक ! पुत्रक !

[उसका कंठ रुँध जाता है। वह दोनों बच्चों को गले लगाकर खड़ा होता है। वृद्ध, स्थूल और गौरवान्वित घोषा माँ आती हैं।]

घोषा माँ : *(आते-आते)* वत्स ! अब चलो देरी होती है।

विश्वरथ : *(रोकर)* मैं कैसे चलूँ माँ ? माँ ! पैर ही नहीं उठते। देव ! *(आकाश की ओर देखकर प्रार्थना करता है।)* मैं नहीं जा सकता। मैं अंधकार में लीन हूँ। मुझे अपनी तेजोमूर्ति के दर्शन दीजिए—मार्ग दिखाइए। *(ऊँची आँखें करके अचेत-सा देखता है। सब स्तब्ध होकर देखते हैं। प्रातःकाल का सुनहरा प्रकाश बादल को जगा देता है।)* दर्शन दो देवी !

[लोपामुद्रा आती हैं। सुनहरे प्रकाश में उनका मुख स्वर्ण के रंग-सा चमकता है।]

लोपामुद्रा : *(आते हुए)* वत्स ! चलो, कितना विलंब है ?

विश्वरथ : *(अर्धचेतन के समान)* देव ! देव ! मैं यहाँ से पग नहीं उठा सकता। *(सहसा सचेत होकर विनती करता है।)* भगवती ! मेरी माता ! आपने मुझे कहा था न—मनु और ययाति भी गए—कहाँ हैं उनके राजदंड ?

लोपामुद्रा : *(न समझकर)* क्या है वत्स ?

[पास आकर विश्वरथ के कंधे पर हाथ रखती है।]

विश्वरथ : *(प्रेरणा से तेजस्वी मुख ऊँचा करके)* मनु और ययाति के राजदंड कालक्रम से गए, तो मैं अपना राजदंड स्वेच्छा से क्यों न जाने दूँ ? *(राजदंड फेंक देता है।)* भगवती ! *(लोपामुद्रा की विनती करके)* राजदंड तो बंधन है—*(दंड की ओर देखता है।)* जनपति का और जनपद दोनों का—मुझे नहीं चाहिए।

[लोपामुद्रा के आगे घुटनों के बल बैठकर हाथ जोड़कर विनती करता है।]

भगवती : आपने मुझे विश्वामित्र कहा था तो मुझे विश्वामित्र—इन सबका मित्र होने दीजिए··· विद्या और तप ही मेरी राज्यलक्ष्मी···

[अचेत होकर गिर पड़ता है। लोपामुद्रा उठा लेती हैं।]

[परदा गिरता है।]

चौथा अंक

समय : प्रातःकाल।

स्थान : ऋक्ष के घर का छोटा और गंदा बाड़ा।

[एक ओर काँटों का ढेर है, दूसरी ओर दो गाएँ बँधी हैं, पेड़ के नीचे एक छोटी झोंपड़ी है। झोंपड़ी के छप्पर पर पेड़ के नीचे छिपकर सुरा बैठी है। झोंपड़ी के सामने एक चक्की है।

अहाते का द्वार खोलकर जयंत तृत्सु आता है और ऋक्ष को ज्यों-त्यों अंदर लाता है। ऋक्ष नशे में है और हाँपता हुआ चलता है।]

ऋक्ष : *(ठोकर खाते हुए)* क्या मेरा ही घर है? तुम्हें विश्वास तो है? विश्वास तो है न?

जयंत तृत्सु : *(मदमत्त के समान हँसकर)* क्या तुम्हें विश्वास नहीं है?

ऋक्ष : *(हँसकर)* मुझे विश्वास हो या न हो इससे तुम्हें क्या? तुम्हें विश्वास होना चाहिए। क्या विश्वास है?

जयंत तृत्सु : *(ठोकर खाकर)* मुझे विश्वास है कि तुम्हें ऐसा विश्वास है कि मुझे विश्वास हो या न हो–

ऋक्ष : पर विश्वास हो या न हो–

मृगा पौरवी : *(झोंपडी में से बोलकर)* आया नामडुबाऊ! पापी! घुमंतू! कुल-कलंक!

[ऋक्ष आँखें फाड़कर देखता है और माथे पर हाथ ठोकता है।

उसका मद कुछ-कुछ उतरता है और वह डरते-डरते चारों ओर देखता है ।]

ऋक्ष : *(धीरे-से)* जयंत ! जा ! भाग जा ! मुझे विश्वास हो गया, यह मेरा ही घर है । मेरी माता के अतिरिक्त तृत्सुग्राम में और कौन इतने वेग से ऐसी गालियाँ दे सकता है ?

[मृगा पौरवी बाहर आती है । वह साठ वर्ष की सशक्त और भयंकर स्त्री है । उसके हाथ में एक मिट्टी के बर्तन में जूठन है ।]

मृगा पौरवी : *(चिल्लाकर)* साथ और कौन दुष्ट है ? *(जयंत भाग जाता है ।)* न जाने कैसी-कैसी माताओं की संतानें यहाँ आती हैं—मेरे लड़के को बिगाड़ने ? और तू *(आकर ऋक्ष का कान पकड़कर)* दुष्ट, घुमंतू, अधम, मोटे—

ऋक्ष : *(धीरे-से)* ओ—ओ—अंबा ! जानती नहीं ? मैं भगवान् अगस्त्य का शिष्य और ऋषि ऋक्ष हूँ । आपको देवता लोग, आपको···

[हँसता है और बैठ जाता है । मृगा क्रोध में सब जूठन ऋक्ष के शरीर पर डालती है ।]

सुरा : *(छप्पर से)* मी—आ—ऊँ !

[मृगा छप्पर की ओर देखती है ।]

मृगा पौरवी : ठहर बिल्ली ! तुझे भी ठीक करती हूँ ! *(ऋक्ष से)* और तू भगवान् अगस्त्य का शिष्य बनता है ? तेरा मुँह ही बता रहा है कुलकलंक ! न पढ़ा—न लिखा, सारे गाँव में थू-थू होती है । और यह सब मुझे सुनना पड़ता है । उन नकटों का गुरु ऋषि ऋक्ष । तू कहाँ से मेरी कोख से जन्मा ?

ऋक्ष : *(टहलते हुए)* हे अंबा ! यह बात तो बिल्कुल ठीक है पर मैं कौशिक का प्रिय मित्र हूँ । सावधान ! यदि मेरे प्रिय शिष्यों को कुछ बुरा-भला कहा तो··· ।

मृगा पौरवी : कौशिक का मित्र ? वह भगोड़ा तो गोवंत पर्वत पर छिपा बैठा है ।

ऋक्ष : और उसकी माता तुम्हारे-जैसी नहीं है, फिर भी ? पर हे अंबाओं में श्रेष्ठ ! तो तुम यों कहना चाहती हो कि मेरा मित्र तुम्हें पूछे बिना देव की आराधना भी न करे ? हे अंबाओं में कर्कशा !

मृगा पौरवी : *(क्रोधित होकर मारने बढ़ती है ।)* मुझे गाली देता है ? दुष्ट ! पापी ! नौ महीने तेरा पत्थर-सा भार मैंने ढोया है और···

ऋक्ष : अरे ! अरे ! मेरे शिष्य क्या कहेंगे ? *(विचित्रता सूचित करके)* सप्तसिंधु में पूज्य ऋषि की यह दुर्दशा ? देव ! देव ! आप क्या देख रहे हैं ? आपका वज्र कहाँ गया ? अरे ! अरे ! सुरा ! तू भी कहाँ मर गई ? दौड़-दौड़, सहायता के लिए दौड़ ।

सुरा : *(छप्पर पर से)* मी···आ···ऊँ···यहाँ हूँ । जीती हूँ, ऊपर बैठी हूँ, तब तक मीआऊँ ।

[मृगा पत्थर लेकर सुरा को मारती है ।]

मृगा : *(खीजकर)* हँसती है ? हँसती है ? *(अपना हाथ दबाकर)* मारते-मारते मेरा हाथ दुख गया ।

ऋक्ष : तो हे अंबा ! अब अपने देवतुल्य पुत्र को मारने का काम कल के लिए छोड़ रखो ।

मृगा : मैंने तुझे क्यों जन्म दिया···

ऋक्ष : यह आश्चर्य प्रगट करते-करते तो पच्चीस वर्ष हो गए । पर वह न मिटा, तो नहीं ही मिटा और अब मिटनेवाला भी नहीं है ।

मृगा : लोग तुम पर थूकें, तेरा मित्र जाकर पर्वत में छिपकर बैठे, तू इधर-उधर घूमता रहे—रात-दिन सब सुरापान करें—और तू उस नकटी के भरोसे मुझे यहाँ छोड़ जाए ! *(सिर पीटकर)* मैं मर क्यों न गई ? *(सिसकियाँ लेती है ।)* ओह-ओह—

ऋक्ष : *(शांत भाव से)* हे अंबा ! यदि आप मरी हों तो पुनः न मरें और अब मरनेवाली हों तो मरी हुई नहीं कहला सकतीं । और *(क्रोध का ढोंग कर)* क्यों रे सुरा ! मेरी माता को सताती है ?

मृगा : जिसके घर में नकटी होती है वह तो सुख की नींद सोता है और यह नकटी मेरे प्राण लिए डाल रही है । उतर नीचे ! *(सुरा हँसती है ।)* देखो तो

सही ! कैसी बिल्ली-जैसी ऊपर चढ़ी बैठती है ! दिन-भर खी-खी, खी-खी करती रहती है ।

सुरा : *(ऊपर से)* मीआऊँ !

मृगा : दुष्ट नकटी बिल्ली ! तू उतर तो सही, तेरी हड्डियाँ चूर-चूर कर डालूँगी । और *(ऋक्ष से)* घुमक्कड़ लोग कहते हैं कि तू इस बिल्ली को आर्या बनानेवाला है । यह सब किया तो मैं तेरे प्राण ले लूँगी । सुनता है या नहीं ?

ऋक्ष : वह तो कब की आर्या बन चुकी है ।

मृगा : क्या बकता है ? अब समझी ? तभी गोरी को माँ तेरे लिए कहती थी कि तेरे साथ अपनी कन्या का ब्याह नहीं करेगी । गोरी-जैसी सोने की पुतली तुझे कौन देगा ।

ऋक्ष : अंबा ! इन अनुभवों के पश्चात् मुझे इस बात का तनिक भी मोह नहीं रहा । नहीं विवाह करेगी, दुर्भाग्य उसका ! ऋषि ऋक्ष-जैसे जामाता से हाथ धोएगी । मुझे तनिक भी चिंता नहीं है । जो मेरे पैर न धोए वह मेरे लिए तो मरी हुई ही समझो !

मृगा : पितरों को तारने की तुझे कहाँ से चिंता होगी ? तू तो पितरों पर घास छोड़ेगा—घास ।

ऋक्ष : माँ ! तुम घबराओ मत । विश्वरथ ने उग्रा को पत्नी बनाया—

सुरा : *(ऊपर से)* मीआऊँ । मैं नहीं कहती थी कि मैं आपके पुत्र की पत्नी होनेवाली हूँ ? मी—आ—ऊँ...

मृगा : *(क्रोध से काँपकर)* क्या कहा ? प्राण ले लूँगी दोनों के—प्राण !

ऋक्ष : पर अंबा ! सुरा तो उग्रा की मौसी और शंबर की रानी की बहन लगती है । तुम्हारी सौ गोरियाँ उसके आगे पानी भरें—पानी ।

मृगा : *(शोकसूचक स्वर में)* हाय ! हाय ! दुष्ट तू यह क्या करने बैठा है ? कौशिक था तब तक तो उसका सहारा था । अब तो तूने कुत्ते की मौत मरने की ठानी है ।

ऋक्ष : अंबा ! पागलपन की बात न करो—

मृगा : *(हाथ उठाकर)* आया बड़ा बुद्धिमान कहीं का—

ऋक्ष : सुरा ! मैं पागल हूँ ?

सुरा : *(ऊपर से)* कौन कहता है ? झूठी बात है । मीआऊँ...

ऋक्ष : देखो मैं कहता नहीं था ? इस पूरे तृत्सुग्राम में तुम अकेली ही मुझे पागल कहती हो और इसी प्रकार मुझसे व्यवहार करती हो।

मृगा : इस प्रकार हाँ-हाँ कहकर ही तो यह नकटी तुझे पागल बनाती है।

ऋक्ष : हे अंबा ! 'हाँ' कहनेवाली पत्नी 'ना' कहनेवाली सहस्र माताओं से कहीं अधिक मूल्यवान है।

मृगा : *(पुनः मारती है।)* दुष्ट ! तू मुझे भी पागल बनाने बैठा है ? मैं कहे देती हूँ, यदि इस नकटी से विवाह किया तो मैं सरस्वती में डूब मरूँगी।

ऋक्ष : तो हे अंबा ! मैं तुम्हें विधिपूर्वक पिंडदान दूँगा।

मृगा : तू तो किसी भी प्रकार मुझे मारना चाहता है। ले मार–मार। *(रो देती है।)*

[चिल्लाती हुई झोंपड़ी में चली जाती है।]

सुरा : ऋक्ष ! देखो, वे चली गईं क्या ?

ऋक्ष : फिर मुझे ऋक्ष कहा ? अरे भगवान् कहो–आर्यश्रेष्ठ कहो ! और कुछ नहीं है कहने को ?

सुरा : *(ऊपर से आँखें नचाकर)* ऋक्ष ! तुम कहो तो भगवान् कहूँ–कहो 'मीआऊँ' कहूँ।

ऋक्ष : 'तुम' नहीं 'आप'–

सुरा : हाँ, हाँ, 'आप'। पर तुम देखो तो सही–

ऋक्ष : नीचे उतरो–

सुरा : *(डरती हुई)* क्या चली गईं ?

ऋक्ष : हाँ, हाँ, उतरो। *(सुरा छप्पर पर से नीचे कूदती है।)* कब से ऊपर बैठी हो ?

सुरा : सवेरे से। क्या करूँ ?

[पास खड़ा हुआ घड़ा लाकर पानी से ऋक्ष के शरीर पर की जूठन धोने लगती है।]

ऋक्ष : यह जो तुम छप्पर पर चढ़ बैठती हो यह मुझे तनिक भी अच्छा नहीं लगता। अभी तक न मैंने तनिक सुना है, न देखा है कि कोई ऋषि पत्नी छप्पर

पर चढ़ बैठती हो।

सुरा : पर क्या ऐसी अंबा मिलने पर भी ऋषि पत्नियाँ छप्पर पर नहीं चढ़ेंगी ? यदि मैं छप्पर पर जाकर न बैठूँ तो मुझे अंबा मार ही डालें। *(ऋक्ष को धोती है।)*

ऋक्ष : पीछे से धोओ—पीछे से। अरे ! पर छप्पर पर चढ़कर 'मीआऊँ' क्यों बोलती हो ?

सुरा : पर यदि ऋषिपत्नी को कोई बिल्ली कहे तो वह क्या करे ? *(ऋक्ष का सिर धोते हुए)* सीधे बैठो न ! कितना सिर हिलाते हो !

ऋक्ष : *(निःश्वास छोड़कर)* सुरा ! कितने बुरे दिन आ गए हैं। मुझे कोई सुरापात्र भी उधार नहीं देता ! क्या करें सुरा ?

सुरा : *(हाथ धोकर सामने आकर)* इसमें तुम्हारा ही दोष है।

ऋक्ष : *(नाक पर अँगुली रखकर)* फिर कहा—

सुरा : भूल गई—आपको। कौशिक को आपने ही जाने दिया न।

ऋक्ष : उसे तो दुष्ट सुदास ने निकाल दिया। उसी से तो इस समय हम सबने उसे इस प्रकार चिढ़ाया।

सुरा : *(गंभीर होकर)* यदि कौशिक न आए तो हम सब कहीं के न रहेंगे।

ऋक्ष : सच बात है सुरा ! वही कौशिक था तब लोग इस ऋक्ष ऋषि के चरण पूजते थे। इस समय उसे सब मार्ग के बेकार रोड़े के समान ठोकर लगाते चलते हैं। और ऋक्ष जैसे-का-तैसा बना रहा है। समय बड़ा बलवान होता है। क्या किया जाए ?

सुरा : कौशिक लौटकर नहीं आएँगे तो ये हम सबको मार डालेंगे।

ऋक्ष : भगवती तो अभी हैं और वसिष्ठ चले गए।

सुरा : पर हमें आर्य कोई नहीं बनाएगा ऋक्ष ! फिर आप मुझे पत्नी कैसे बनाएँगे ? अंबा मुझे बेच देंगी··· *(दयार्द्र होकर)* मैं मर जाऊँगी। *(आँसू पोंछती है।)*

ऋक्ष : रोओ मत—रोओ मत··· सुरा ! *(सुरा सिसकियाँ लेती है)* तुम रोती हो और मेरा जी घबराता है। मैं क्या करूँ ? *(सुरा को गले लगाता है।)*

सुरा : *(सिसकियाँ लेते हुए)* मुझे बेच देंगी—काम कर करके मैं मर जाऊँगी। और बूढ़ी होने पर··· ओह··· ओह··· *(घबराती है।)*

ऋक्ष : पर मैं तो हूँ।

सुरा : आपको भी सब मार डालेंगे।

ऋक्ष : तो उसमें क्या ? छप्पर चढ़ना तो आता है और इसका कोई मार्ग ढूँढ़ना नहीं आता ?

सुरा : यदि कौशिक न आए तो हमने निश्चय कर लिया है, हम प्राण दे देंगी।

ऋक्ष : 'हम' कौन ?

सुरा : हम पाँच उग्रा बहन की संबंधिनी हैं। दोपहर में नदी पर हम सब इकट्ठी हुई थीं। यदि कौशिक न आए तो हमें अपने को गाय, गधे आदि के समान बिकवाना नहीं है। हम डूब मरेंगी। जहाँ उग्रा बहन गईं वहीं हम भी चली जाएँगी।

ऋक्ष : *(अधीर होकर)* तब ? पर तब मैं क्या करूँगा ? कोई उपाय निकालो—उपाय।

सुरा : एक उपाय है। पर आपमें साहस कहाँ है ?

ऋक्ष : तुम भी ऐसा कहती हो ? कौन-सा उपाय है ?

सुरा : चलो, हम लोग गोवंत पर्वत पर चले चलें। वहाँ जाकर कौशिक से कहें कि यदि आप न चले तो हम लोग आपके चरणों में प्राण दे देंगे।

ऋक्ष : *(भयभीत होकर)* वे न आए तो ! वे तो बहुत हठीले हैं। क्या हमें प्राण देने होंगे ? ऐसी बात ?

सुरा : मैं तो अवश्य प्राण दे दूँगी।

ऋक्ष : पर मैं ?

सुरा : कौशिक न आए तो यहाँ आपको कोई टके को नहीं पूछेगा, और लौट आए तो ऋक्ष ऋषि के घर क्या कमी रहेगी !

ऋक्ष : पर तुम तो चरणों में प्राण देने की बात करती हो न ! अरे, हाँ। इस समय रोहिणी और वृक भी जानेवाले हैं।

सुरा : क्यों ?

ऋक्ष : मैत्रावरुणी कहती हैं कि यदि कौशिक न आए तो मैं भी यहाँ नहीं रहती। *(विचार करके)* ठीक—ठीक सुरा ! तुम्हारी बात एकदम सच्ची है। कौन कहता है कि तुम्हें देवों ने आर्या नहीं बनाया ? हम जाएँगे और चरणों में

पड़ेंगे। बस, वे अवश्य जाएँगे। रोहिणी भी वहीं है। हा—हा—हम लोगों को वे मरने नहीं देंगी। चलो इसी समय—नहीं तो देर हो जाएगी। *(विचार करके)* पर—पर रात में कोई खा जाएगा तो?

सुरा : डरते हो क्या? मेरी आँखें बिल्ली से भी अच्छी हैं।

ऋक्ष : *(प्रसन्न होकर)* सुरा! सुरा! तुम सचमुच मेरी पत्नी बनने के लिए ही उत्पन्न हुई हो। *(पुनः गले लगाता है।)* चलो।

सुरा : *(आँखें नचाकर)* पर अंबा मारेंगी तब मैं छप्पर पर चढ़ जाऊँगी, समझे!

ऋक्ष : अच्छा—अच्छा, चढ़ जाना। और कुछ?

सुरा : और यदि वे मुझे बिल्ली कहेंगी तो मैं भी 'मीआऊँ' करूँगी—

ऋक्ष : अच्छा, करना। पर जब वह बिल्ली कहें तभी, नहीं तो नहीं।

सुरा : हाँ, यह मान गई।

[दोनो जातें हैं।]

[परदा गिरता है।]

दूसरा प्रवेश

समय : दूसरे दिवस का ब्राह्म मुहूर्त।
स्थान : गोवंत पर्वत के एक शृंग पर, एक वृक्ष के नीचे।

[अनशन और जागरण के कारण विश्वरथ अशक्त पड़े हैं। वह ज्यों-त्यों करके हाथ टेककर उठ बैठते हैं। उनके स्वर में वेदना का स्वर सदा सुनाई दिया करता है। आकाश के तारे जगमगाते हैं। सप्तर्षि हीरों से मँढ़े हुए महाऋक्ष के समान भव्य उत्तर दिशा के सहारे लटके हैं।]

विश्वरथ : कब तक? पाँच बार व्योम-मार्ग से आए और गए! सप्तर्षियो! पाँच बार आपने दर्शन दिए। अब तो अन्न और नींद के बिना मेरा सिर घूमता है। आवाहन करते-करते मेरा गला बैठ गया है। *(हाथ जोड़कर विनती करते हुए)* भरतश्रेष्ठ कुशिक! ययाति और मनु! पितृदेव! राजा वरुण! आप पक्षियों को मार्ग दिखाते हैं, मुझे क्यों नहीं दिखाते? मैंने कौन-से पाप किए हैं? *(नीचे सिर करके)* मैं क्या करूँ? क्या भरतों का राजदंड छोड़ दूँ? महर्षियों के ही चरणों का अनुसरण करूँ या मुनियों का व्रत लेकर वन में विचरण करूँ। *(विचार करके)* और रोहिणी की, घोषा माँ की, भरतों और तृत्सुओं की क्या गति होगी? और मेरी ओर दीनता से देखनेवाले दस्यु-समूह का क्या होगा? *(उसका गला भर्रा जाता है। थककर विनती करते हुए)* पितरो! पितरो! आपको भी अपने पुत्र पर दया नहीं आती? आज्ञा कीजिए।

[उसे चक्कर आ जाता है और वह पृथ्वी पर गिर पड़ता है। उसके पश्चात् जब वह बोलता है तब उसकी आँखों में तंद्रा और आश्चर्य

के भाव दृष्टिगोचर होते हैं। उसके समस्त व्यवहार में नींद में बोलने-चलनेवाले की अपरिचित कृत्रिमता दृष्टिगोचर होती है। वह ऊँचा बैठ जाता है, ऊपर देखता है, और चारों ओर दृष्टि घुमाता है। उसके व्यवहार में स्वप्न और दिव्य दर्शन दोनों का मिश्रित प्रभाव दिखाई पड़ता है।]

विश्वरथ : कौन है ?

[जहाँ वह सोया हुआ है वहाँ से दूर—कुछ दूरी पर, एक वृत्त बनता है और उसमें लोपामुद्रा धीरे-से आ खड़ी होती हैं। उनकी आँखें विश्वरथ को भावपूर्ण दृष्टि से देखती हैं। विश्वरथ पूज्यभाव से, पर आँखें फाड़कर देखता है।]

लोपामुद्रा : मैं, मैं कवियों और मंत्रद्रष्टा ऋषियों की सुमेधा, वरप्रदा—उनके द्वारा सर्जित दिव्य रूपों की दिव्यता··· ।

विश्वरथ : *(हाथ जोड़कर)* माता ! उषा की प्रतिमूर्ति ! सृष्टि की परम सौंदर्यमयी चेतना ! मार्ग दिखाइए न !

लोपामुद्रा : मार्ग दिखाई देता है—पर उसे, जो पृथ्वी के रहस्यों को जानता है, द्यावा पृथिवी को चलानेवाले सर्वदर्शी ऋषियों को।

विश्वरथ : आप मेरी हँसी उड़ाती हैं··· ।

लोपामुद्रा : देखो, मैं दिखाती हूँ।

विश्वरथ : दिखाइए ! दिखाइए।

[लोपामुद्रा सहज ही ऊपर उठती है और अदृश्य हो जाती हैं। विश्वरथ निद्रित के समान ढुलक जाता है। थोड़ी देर पश्चात् पुनः तेज का वृत्त बनता है। विश्वरथ सहसा आँखें खोलता है, काँपता है और भयातुर होकर देखता रहता है। वृत्त में चर्म से सुसज्जित कंधे पर बाण और तूणीर धारण किए हुए वृद्ध और प्रचंड कुशिक दिखाई देते हैं।]

कुशिक : वत्स ! मेरे वंशजों के शिरोमणि !

[वे विश्वरथ के सिर के पास तक उतर आते हैं। फिर कुछ ऊपर जाकर बिना सहारे खड़े रहते हैं।]

विश्वरथ : *(चौंककर)* कौन ? कौन ? ओ··· *(आँखों पर हाथ रखते हुए)* कौन, पितामह कुशिक ?

कुशिक : मैं सहस्र संतानों का पिता, आज पितृलोक में बैठा-बैठा तुझे देखकर प्रसन्न हूँ।

विश्वरथ : *(विनयपूर्वक सिर झुकाकर)* कहिए। कहिए भरतोत्तम ! मैं अंधा हूँ, मुझे प्रेरणा दीजिए।

कुशिक : सिंधु के तीर पर मैं जब संतानों को समृद्ध करता था, तब मेरे हृदय की एक अभिलाषा थी··· जब मैं शत ग्रामों में भरतों को बसाता, धरा कंपित करता और गर्जना करता था—तब एक ही थी मेरे हृदय की अभिलाषा।

विश्वरथ : क्या ? क्या ?

कुशिक : एक पुत्र—

विश्वरथ : पुत्र तो सहस्र थे न !

कुशिक : एक पुत्र। जो भरतों को धरा का स्वामी बनाए···रेणु से सूर्य को छा दे।

विश्वरथ : भरतों के प्रताप से आज भी सप्तसिंधु गूँजता है।

कुशिक : एक पुत्र···जो भरतों का पिता हो। एक पुत्र···जो भारत का विश्वकर्मा···तू है वह।

[कुशिक का वृत्त हट जाता है।]

विश्वरथ : मैं···मुझमें यह शक्ति नहीं है भरतश्रेष्ठ ! ओ··· *(वृत्त अदृश्य हो जाता है। एक पल में सहसा वह आँखें मलता हुआ बैठ जाता है और उनींदी दशा में बोलता है।)* पितामह कुशिक ने क्या कहा ? क्या मैं पितृभक्ति-विहीन हूँ ? नहीं—नहीं—जब तक एक भी भरत रहेगा, पितर तर्पण के प्यासे न रहेंगे। *(झोंक में)* उनके कहने का क्या अर्थ है ? क्या राजदंड लिए बिना पितरों की तृप्ति नहीं होगी ?···पितरो ! स्पष्ट क्यों नहीं कहते ? *(वह नींद के मारे सिर नीचे झुका लेता है। उसके सिर के सामने वृत्त होता है। वृत्त में सुवर्ण कवच आदि से सुसज्जित हाथ में चमकता भाला लेकर चक्रवर्ती ययाति आते हैं। उनके मुख*

पर महत्वाकांक्षा है।)

ययाति : पुत्रक ! जा मेरा अधूरा काम पूरा कर !

विश्वरथ : *(हाथ जोड़कर)* कौन-सा, पुण्यस्मरण ययाति ? चक्रवर्तियों में श्रेष्ठ ?

ययाति : मेरा अधूरा काम पूरा कर।

विश्वरथ : आपका अधूरा काम ! आपके पाद-स्पर्श से पृथ्वी मनुजों की हुई, दानव मनुष्याधीन हुए। सप्तसिंधु छोड़कर वृत्र भी गिरी-गह्वरों में जा छिपा और क्या काम अधूरा बच रहा है ?

[ययाति खेद से देखते हैं।]

ययाति : कौशिक ! इन तुच्छ मनुष्यों ने पग-पग पर निराशा के काँटे बिखेरे हैं। बाहुबल के मद से मेरा हृदय उछलता था; सुवर्ण कवच से सज्जित मैं स्वर्ग के शृंगों का उलंघन करता हुआ आगे बढ़ा—पर हार गया और स्वर्ग से गिरा; मिट्टी में पड़ा रहा; मेरा राजदंड टूट गया।

विश्वरथ : *(निराशा से)* तो आर्यों में श्रेष्ठ ! मुझसे वह नहीं जुड़ेगा।

ययाति : विनाश और विभूति के बीच रुका पड़ा है यह एकमात्र राजदंड।

विश्वरथ : विनयशील मानव समूहों को कुचलने की मुझमें शक्ति नहीं है।

ययाति : *(अत्यंत खिन्न होकर)* कवि उशनस ने मेरा राजदंड बनाया… वाक्पति ने इंद्र का वज्र बनाया…दोनों कौन धारण करेगा ? अधूरा काम कौन करेगा ?

[अदृश्य होते हैं। विश्वरथ पृथ्वी पर सिर डालता है और फिर सहसा जागता है।]

विश्वरथ : मैंने क्या सुना ? पितरो ! क्या कहते हो ? मार्ग दिखाते हो या भुलभुलैया में भटकाते हो ? क्या राजदंड छोड़कर विभूतियों का नाश होने दूँ ? *(आर्त स्वर में)* कुछ समझ में नहीं आता…मुझे मरने दो—मरने दो ! यमराज ! यजमान तोड़ो मेरे बंधन !

[फिर सो जाता है। वृत्त होता है और उसमें फिर एक महापुरुष

आते हैं। विश्वरथ घबराया हुआ आँखें फाड़कर देखता है।]

कवि उशनस : गाधि की दिव्य विद्या के धनी ! द्यावा पृथिवी के संयोग के समान आनंद को चारुचित्रदर्शी कवि के अतिरिक्त और कौन भोगेगा ? *(अदृश्य होते हैं।)*

अगस्त्य : *(वृत्त में अस्पष्ट रूप में आकर)* वत्स ! मेरी विद्या की अभिबृद्धि कौन करेगा ? *(अदृश्य होते हैं।)*

गाधि : *(वृत्त में अस्पष्ट रूप से)* पुत्र ! मेरे कुल को पिंड कौन देगा ? *(अदृश्य होते हैं।)*

रोहिणी : *(वृत्त में विनती करती है।)*... और मैं... *(अदृश्य होती है।)*

जमदग्नि : *(वृत्त में प्रार्थना करते हुए)* माता... विश्वरथ... *(अदृश्य होता है।)*

लोपामुद्रा : *(वृत्त में)* जो साहस छोड़ बैठे वह मेरा नहीं हो सकता। उठो, साहस बाँधो–द्यावा पृथिवी वेधस के चरणों पर पड़े हैं। *(अदृश्य होती है।)*

संतान : *(वृत्त में)* पिता... पिता...

[अदृश्य होती है। विश्वरथ आँखें मलता हुआ उठता है।]

विश्वरथ : यह क्या ? मेरा हृदय कहना नहीं मानता। पितरो !... देवो !... क्या मुझे पागल बना देना चाहते हो ?

[नींद की झोंक में पुनः सो जाता है। वृत्त बनता है, उसमें मनु आते हैं। पीछे से नौका में से उतरकर आता हुआ आर्य समूह दिखाई देता है।]

मनु : अत्यंत शीत हिम और उछलते हुए जल में से, पशुओं की गर्जना से गूँजते हुए पर्वतों और वनों में से होकर एक बार मैं आर्यों को सप्तसिंधु में लाया–दुस्तर कठिनाइयों को पार करके। कौशिक ! मेरे वत्स !

विश्वरथ : मनुकूल के सर्जक...

[विश्वरथ जागता है।]

मनु : लेजा–लेजा अपने स्वजनों को–भावी की विकट दुस्तरता के

पार—बंधन से मुक्ति में—अंधकार से प्रकाश में—जैसे मैं लाया था वैसे—

विश्वरथ: *(आँखें मलकर)* मनु !⋯मनुज मात्र के पिता ! *(व्याकुल होकर)* यह सब मैं कैसे कर सकता हूँ ? मुझमें शक्ति नहीं, बुद्धि नहीं, श्रद्धा नहीं।

[वृत्त के पास जाता है, उसमें लोपामुद्रा दिखाई देती हैं।]

लोपामुद्रा: मैं हूँ⋯

विश्वरथ: आप तो अगस्त्य की भार्या—

[वृत्त स्थिर होता है।]

लोपामुद्रा: मैं⋯आर्या हृदय की आशा⋯शक्ति, बुद्धि और श्रद्धा, सबसे अलग⋯फिर भी सबमें⋯और सब मुझमें⋯वरप्रदा।

विश्वरथ: *(हाथ जोड़कर)* आज्ञा कीजिए⋯मार्ग दिखाइए।

लोपामुद्रा: मार्ग दिखाएगा पक्षियों के मार्ग का जाननेवाला, चलो⋯

[विश्वरथ निद्रित-सा उठ खड़ा होता है।]

विश्वरथ: तैयार हूँ⋯ *(वृत्त आगे चलता है, पीछे विश्वरथ निद्रित-सी दशा में पग बढ़ाता है।)* भगवती ! क्या यह देव हैं, द्यावापृथिवी के नाथ ?⋯ओ⋯ *(चौंककर वृत्त में खड़ी लोपामुद्रा को देखता है।)* भगवती जो थीं, वह तो नहीं हैं⋯यह क्या ?⋯आपका मुख फीका पड़ गया है⋯ओह⋯मानो आप भी पितृलोक में पहुँच गई हों⋯मैं नहीं देख सकता। *(आँखों पर हाथ रखता है।)* नहीं, नहीं⋯ *(काँपता है। वृत्त में लोपामुद्रा बड़ी हो जाती हैं।)* आप तो मानव से भी अधिक विराट् अंगोंवाली बन गई हैं।

लोपामुद्रा: चलो⋯पितृलोक के पार⋯

विश्वरथ: कैसे चलूँ ? आपके मुख से देवमुखवाला स्वर निकलता है⋯भगवती ! *(पग बढ़ाता है।)* ओह⋯ओह⋯ओ⋯ *(खड़ा हो जाता है।)* चल नहीं सकता⋯मेरे गात्र शिथिल हैं⋯ *(लोपामुद्रा हाथ पकड़ती हैं। चारों ओर प्रकाश फैल जाता है। प्रकाश में ये ही दो जन दिखलाई देते हैं। विश्वरथ अंधे के समान होकर हाथ जोड़ता है।)* पितरो !⋯मैं आपके द्वार पर आया तो हूँ,

पर अपनी जीवन-सीमा का मैंने उल्लंघन नहीं किया है··· गोत्रजों को पिंडदान दिए बिना मैं··· क्षमा··· क्षमा···

[घुटनों के बल बैठकर हाथ जोड़ता है। लोपामुद्रा चारों ओर फैलते हुए हरे प्रकाश में मिल जाती हैं। विनयशील स्वर में विश्वरथ बोलता रहता है।]

विश्वरथ : देवाधिदेव ! मैं अशक्त होकर मरने को पड़ा हूँ। अपनी शक्ति में से मुझे भी भाग दीजिए—प्रथम, मध्यम और अंतिम आदि सब शक्तियों में से। हे अग्नि ! मुझे वर्चस प्रदान करो—तेजोमय करो ! अक्षय आश्रम के दाता इंद्र ! मुझे सहस्रधा शक्ति दो—ऐसी शक्ति जिसमें पुरुषत्व समा जाए। कवि ! देव ! आपकी उदारता निःसीम है। मेरी बुद्धि प्रेरित कीजिए।

[प्रकाश के दूसरी ओर सूर्य का सुवर्णमय बिंब चमकता है। विश्वरथ आँखों पर हाथ रख लेता है।]

दिशाएँ : किसी ओर भी मार्ग मत ढूँढो, मत ढूँढो नरशार्दूल !

विश्वरथ : *(घबराकर)* क्या करूँ ?

देववाणी : श्रद्धा विहीन, अशक्त हे !

देव पितरों से तुम्हें क्या काम है ?
त्याग तृष्णा स्थिर बनो, तुम स्थिर बनो,
रोक लो—अपने चरण क्षण पर तुरत,
दृष्टि को दो भेद तुम क्षण के परे,
निरख लो, हे निरख लो, वह सत्य क्षण का,
होम कर दो क्षण मनस्वी,
जीव तुम तत्क्षण
क्षण तुम्हें क्षण का सुपथ दिखलाएगा !

[प्रकाश धुँधला होने लगता है। चारों ओर से मंत्रोच्चार होता और विश्वरथ पागल-जैसा सुना करता है।]

सविता सम सत्य दिखाते हुए
त्वष्टासम रूप दिखाते हुए

विधि सब दिव्याभा जगाते हुए
मेधावी बनो कवि विश्व के मित्र।
ऋत की लो शरण खोज
ऋत मय हो धरो ओज।
उठकर निज बल से सप्त भवन तुम भर दो,
हो बल के स्वामी सर्व भुवन जय कर दो,
कवि ! सत्य सरूप द्वय का सर्जन कर दो।

विश्वरथ : ओह–ओह–

[अचेत होकर गिरता है। अंधकार छा जाता है।]

[परदा गिरता है और तुरंत उठता है।]

तीसरा प्रवेश

स्थान : वही ।

[अचेत होकर विश्वरथ पृथ्वी पर गिर पड़ा है । रोहिणी और वृक आते हैं। रोहिणी विश्वरथ को पड़ा हुआ देखकर व्याकुल होता है ।]

रोहिणी : *(चिल्लाकर)* मेरे प्रियतम ! *(विश्वरथ का भली प्रकार परीक्षण करके)* वृक ! वे गए ··· पितृलोक ··· में ··· मुझे छोड़कर ··· *(रोती है)* ··· कौशिक ! कौशिक ! तुम अकेले ही चले गए ··· अपनी रोहिणी को अकेली छोड़कर चले गए ··· कौशिक ! तुमने पाँच दिन का सौभाग्य भी मेरे लिए नहीं छोड़ा । कठोर हृदय ! इस नवोढ़ा को *(सिसकियाँ लेकर)* अपने बचपन की सखी को छोड़कर ··· तुमने कहा था मैं तुम्हें कभी अकेला नहीं छोड़ूँगा, वह भूल गए ? विश्वरथ मेरी आशा ··· मेरे जीवन ··· मेरे स्वर्ग ··· तुम गए ? मेरा आँखों में अँधेरा छा गया है ।

[विश्वरथ पर सिर रखकर रोती है । वृक विश्वरथ का परीक्षण करता है और उसके हाथ-पैर मलता है ।]

वृक : *(दुख से)* गौरांग के देवो ! उग्रदेव ! दौड़ो, सहायता के लिए ।

[विश्वरथ हिलता है ।]

विश्वरथ : ओह ··· *(आँख खोलता है ।)* कौन, वृक ? और रोहिणी ? *(बैठता है)* क्या हुआ ? क्या हुआ ? रोहिणी ! रोहिणी ! *(रोहिणी को गले लगाता है ।)*

रोहिणी : *(सहर्ष)* कौशिक ! लौट आए··· *(उपालंभ देकर)* मुझे छोड़कर चले गए थे ?···सबकुछ छोड़ा और अंत में मुझे भी ?

[विश्वरथ उसे फिर गले लगाता है ।]

विश्वरथ : रोहिणी ! तुम तो मेरी अस्थि से, मेरे चर्म से, मेरी बुद्धि से बनी हो । तुम्हें कैसे छोड़ सकता हूँ ? मेरे हृदय की शीतल छाया, मेरी एकांत संपूर्ण सहचरी ! तुम्हें छोड़कर भला मैं कहाँ जा सकता हूँ ।

रोहिणी : तब मुझे छोड़कर चले क्यों गए थे ?

विश्वरथ : देवों की आज्ञा । रोहिणी ! *(भयग्रस्त होकर मानपूर्वक)* मुझे पितरों और देवों ने आज्ञा दी थी ।

रोहिणी : *(चौंककर)* ऐं···

विश्वरथ : यहीं आए थे हमारे पितर कुशिक, ययाति और मानवों के पिता मनु··· और *(पूज्य भाव से)* वरुण और सूर्य देव की आज्ञा हुई–

रोहिणी : नाथ ! मुझे आपमें श्रद्धा है । आप विश्वविजेता होंगे ।

विश्वरथ : *(सरलता से)* मुझे अब द्वेष और कलह की दुंदुभी का मोह नहीं रहा ।

रोहिणी : पर आप लौट तो चलेंगे न ? गुरुदेव, भगवती, घोषा माँ, भरत और तृत्सु आपकी प्रतीक्षा कर रहे हैं ।

विश्वरथ : हाँ, चलूँगा । मुझे आज्ञा मिली है ।

रोहिणी : *(विश्वरथ से लिपटकर)* मेरे तपस्वी ! आपके तप के आगे सप्तऋषियों का तेज भी धुँधला हो जाएगा । चलिए, हम लोग चलते हैं ।

विश्वरथ : हाँ, पर मैं छह दिन से भूखा हूँ । स्नान के पश्चात् भोजन करके चलेंगे ।

रोहिणी : तो वृक, जाओ गुरुदेव को सूचना दे आओ । *(वृक*

जाना चाहता है। इतनें में लँगड़ाता हुआ ऋक्ष और थकी हुई सुरा आती है।)

ऋक्ष : अरी सुरा ! तूने तो मुझे जीवित ही मार डाला।

सुरा : अरे ! ये हैं कौशिक और ये रहीं आपके गुरु की पुत्री। बढ़िए, बढ़िए।

[ऋक्ष को ढकेलती है।]

ऋक्ष : *(दौड़कर पैर छूता है)* ऐं—मेरे कौशिक ! *(लंबी साँस लेकर रोता है।)* आप क्यों चले आए ? मैं तो व्याकुल हो गया—मेरे शिष्य सब व्याकुल हो गए...

[पैर पकड़कर उस पर सिर रखता है।]

कौशिक : *(ऋक्ष को उठाने का प्रयत्न करता है।)* ऋक्ष ! क्या करते हो ? उठो !

ऋक्ष : *(लेट जाता है।)* नहीं उठूँगा। जब तक आप लौटकर नहीं चलेंगे तब तक बस यहीं पड़ा रहूँगा—मर जाऊँगा—मेरे शव को बस यहीं-के-यहीं गिद्ध खा जाएँगे। यदि आप नहीं चले तो मैं किस अर्थ का रहूँगा ? कोई मुझे दो कौड़ी को नहीं पूछेगा। मुझे ऋषिपद कौन दिलाएगा ? कौशिक ! मेरे समान—तपस्विनी अगस्त्यकन्या के समान—ऋषियों और सिद्धों के समान—देव मात्र—

विश्वरथ : *(हँसकर)* बहुत हुआ ! बहुत हुआ !

ऋक्ष : *(चिल्ला-चिल्लाकर)* बहुत नहीं हुआ। ले जाए बिना छोड़ूँगा नहीं। नहीं चलोगे तो मेरी और इस सुरा की हत्या तुम्हारे सिर चढ़ेगी। लो मार डालो ! अपने इस बाल मित्र के टुकड़े-टुकड़े कर डालो।

विश्वरथ : *(हँसकर)* अच्छा ! जैसी तुम्हारी इच्छा। मैं चलूँगा, अवश्य चलूँगा।

ऋक्ष : *(आँसू पोंछकर)* नहीं तो बस मैं इन चरणों में प्राण ही दे दूँगा।

विश्वरथ : उठो ! उठो ! मैं चलता हूँ। बस अब तो मान गए।

ऋक्ष : *(खड़ा होकर)* सचमुच ! सचमुच ! सचमुच !

विश्वरथ : *(ऋक्ष की पीठ ठोककर)* देव और पितरों ने भी यही आज्ञा दी है और तुम अब प्राण देने को तैयार हो जाओ तो मैं क्या नहीं कर सकता हूँ ? अभी चलूँगा । बस ठीक ?

ऋक्ष : कौशिक ! आपने बड़ा अनुग्रह किया । आपके बिना इस दुर्दम के पुत्र ऋक्ष का तीनों लोकों में कोई नहीं है । कौशिक ! चल रहे हो न ? *(पुनः पूछता है । विश्वरथ सिर हिलाकर 'हाँ' कहता है ।)* मेरे विश्वरथ··· *(हाथ फैलाकर विश्वरथ को गले लगाता है ।)*

रोहिणी : वृक ! तुम जाओ, जाकर गुरुदेव से कह आओ कि हम मध्याह्न के पश्चात् आ रहे हैं ।

ऋक्ष : वृक ! वृक क्यों कहने जाएगा ? मैं क्या मर गया हूँ ? मैं ही जाता हूँ···

विश्वरथ : पर तुम थके होगे ।

ऋक्ष : कभी नहीं । ऋक्ष के बिना कौशिक के शुभ समाचार और कौन ले जा सकता है ? किसकी सामर्थ्य है ?

रोहिणी : पर थोड़ा–

ऋक्ष : नहीं, नहीं यह चला । *(लँगड़ाता हुआ चला जाता है ।)*

विश्वरथ : वृक ! वह गया तो है पर उसकी बात कदाचित् ही कोई मानेगा । तुम भी जाओ, और सुरा को भी साथ लेते जाओ । जाओ !

सुरा : कौशिक ! *(पैर पकड़ती है ।)*

विश्वरथ : *(उठाकर)* सुरा ! ऋक्ष की पत्नी होगी ? ऋक्ष कहता था ।

सुरा : *(आँखें नचाकर, मुँह बनाकर)* पर आप मुझे आर्या नहीं बनाएँगे न !

रोहिणी : *(उपहास में)* क्यों, बहुत अधीर हुई हो ? *(सुरा को चपत लगाती है ? सुरा हँसती-हँसती चली जाती है । विश्वरथ से)*–और मैं भी अधीर बनी हुई हूँ, समझे !

विश्वरथ : और मेरा धैर्य भी कम हो गया है ।

[दोनों गले मिलते हैं ।]

[परदा गिरता है]

पाँचवाँ अंक

समय : उसी दिन, दोपहर पीछे।

स्थान : अगस्त्य के आश्रम के निकट शृंजयों के राजा सोमक का हर्म्य।

[अग्निशाला में अग्नि मंद है। चार-पाँच पीढ़े रक्खे हैं। यह हर्म्य विश्वरथ और दिवोदास के हर्म्य की अपेक्षा साधारण है और सोमक की परिमित समृद्धि का परिचय देता है। एक सैनिक बैठा है। सुदास घबराए हुए मुख से चारों ओर क्षोभ से देखता हुआ आता है। वह बोलने में भी हिचकिचाता है।]

सुदास : क्या शृंजयराज हैं?

शृंजय सैनिक : अहा! कौन युवराज, सुदास! पधारिए, पधारिए, राजा बाहर गए हैं।

सुदास : कब तक आएँगे? *(अग्निकुंड के पास बैठता है।)*

शृंजय सैनिक : अब आने ही चाहिए। वे तो मुनि मैत्रावरुण के पास गए हैं।

सुदास : अच्छा, तो मैं बैठता हूँ। क्या यह सत्य है कि युवराज वीतहव्य सेना लेकर जानेवाले हैं।

शृंजय सैनिक : यह तो मैं नहीं जानता, पर हाँ, कुछ बात चल अवश्य रही है। *(जाता है।)*

[सुदास सिर पर हाथ रखकर हताश-सा बना बैठता है। सोमक का पुत्र वीतहव्य आता है। वह लगभग सत्रह वर्ष का उत्साही

और रूपवान कुमार है। वह उत्साह से उछलता-कूदता आता है।]

वीतहव्य : मेरा नाम किसने लिया?

सुदास : मैंने। तुम कहाँ जा रहे हो वीतहव्य?

वीतहव्य : यह तो नहीं जानता; पर मैं सेना लेकर विजय करने जा रहा हूँ। हमारा अर्जुन बुलाने आया है।

सुदास : कौन, हैहयराज महिष्मत का पुत्र? हाँ, मैंने अभी पाँच दिन पहले उसे राजा सोमक के साथ देखा था।

वीतहव्य : *(प्रसन्नता से)* कैसा बलवान है? है तो मेरे बराबर ही पर उसके पिता उसके साथ दो सहस्र सैनिक भेज रहे हैं। *(खिन्न होकर)* मुझे तो शृंज्जयराज बीस भी नहीं देते। पर अब दो सौ अश्वारोही देनेवाले हैं।

सुदास : किसलिए?

वीतहव्य : *(हर्ष से)* मैं अर्जुन के नगर जाऊँगा और फिर हम लोग नागों पर आक्रमण करेंगे। वहाँ से लौटकर तो मैं इतनी बड़ी सेना बना लूँगा कि फिर देखना! अच्छा चलता हूँ। अर्जुन क्यों नहीं आया? *(जाता है।)*

सुदास : *(कटुता)* इतने से लड़के में भी कितना उत्साह है। *(निराशा से पृथ्वी की ओर देखता है।)* संपूर्ण सप्तसिंधु में मैं ही अकेला अभागा हूँ। मेरे भाग्य में राज्य नहीं, सेना नहीं, गुरु नहीं। सब है, पर एक के दुष्ट पाप से मेरे हाथ में कुछ नहीं रहा। *(सिर पर हाथ रखकर देखता रहता है। विनती करते हुए)* इंद्र! देव! क्या मुझे इस प्रकार जीवित ही मारने के लिए जन्म दिया है? *(थोड़ी देर अग्नि की ओर देखता रहता है।)* सबमें मैं ही अकेला निराधार... *(दाँत पीसकर)* ऐसा जी करता है कि उसे जान से मार डालूँ। पर हो कैसे? देव उसका रक्षण किया ही करते हैं। *(थोड़ी देर तक देखकर)* ऐसा जी करता है... *(दाँत पीसकर)* मैं क्या करूँ? *(थोड़ी देर तक देखता रहता है। आँखों में से आँसू गिरते हैं।)* ऐसा निरुपाय हूँ, मुझसे कुछ होता नहीं।

[चुपचाप देखता रहता है। थोड़ी देर में बाहर पैरों की आहट होती है, इसलिए शांत हो जाता है। सोमक आता है, वह लगभग पैंतालीस वर्ष का है। हट्टा-कट्टा जान पड़ता है और आँखें छोटी

करके उपहास में बोलने का उसे अभ्यास है।)

सोमक : कौन, सुदास ? तुम कहाँ से इस समय ? यहाँ ?

सुदास : शृञ्जयराज ! *(गला रुँधता है।)*

सोमक : क्यों, क्या बात है ?

सुदास : सोमक ! *(करुणार्द्र हो जाता है)* मैं आपकी – आपकी··· *(बोलने में हिचकिचाता है।)* शरण में आया हूँ। *(पैर पड़ता है।)*

सोमक : शरण में ? क्या हुआ है ? *(सुदास को उठाता है। उपहास में)* क्या पागल हुए हो ? जाओ अपने हर्म्य में जाकर सो जाओ। *(बैठता है।)*

सुदास : शृंजयों के पति ! मैं यहीं बैठता हूँ। *(बैठता है।)* आपके अग्निकुंड के आश्रय में। और जब तक आप मेरी याचना स्वीकार न करेंगे तब तक यहीं बैठा रहूँगा।

सोमक : *(हँसकर)* सुदास ! कहाँ तुम दिवोदास-जैसे प्रतापी राजा के लाडले पुत्र, और कहाँ मैं शृंजयों का साधारण राजा ! आज तुम्हें हुआ क्या है, कुछ समझ में नहीं आता ?

सुदास : हँसिए, हँसिए, सोमक, जितना हँस सकें उतना हँसिए। पर जब तक मेरे आँसू न पोंछेंगे तब तक मैं नहीं हँसूँगा। वरुण के विशाल राज्य में मैं अकेला ही निराश्रय, निःसत्व, निराधार भटक रहा हूँ। और केवल आपके आश्रय की आशा से जी रहा हूँ।

सोमक : अच्छा भाई ! जो कहना हो सो कहो, पर शीघ्रता करो। भगवान् मैत्रावरुण अभी आ पहुँचेंगे।

सुदास : *(चौंककर)* ऐं ! सोमक ! दो वर्ष पहले आपके और राजा दिवोदास के बीच बीस गाँवों के लिए झगड़ा हुआ था, स्मरण है ? मैं जब तृत्सुपति हो जाऊँगा, तब आपको बीस के सौ दूँगा। तब तो आप संतुष्ट होंगे ?

सोमक : ओहो ! इस समय इस उदारता का कोई कारण ?

सुदास : जो ठीक समझिए कहिए और जो प्रतिज्ञा करानी हो वह भी करा लीजिए–

सोमक : पर उसके बदले आप मुझसे क्या चाहते हैं वह तो बताइए।

सुदास : *(चारों ओर देखकर)* मुझे··· मुझे इस कौशिक से छुड़ाओ। मैं पैरों पड़ता हूँ। *(हाथ जोड़ता है।)*

सोमक : पर उसके पास धरा क्या है ? उसके पास से तुमने राज्य छुड़वा लिया है, और छह दिन से वह सर्वस्व त्यागकर गोवंत पर्वत पर देवों का आवाहन कर रहा है ।

सुदास : *(कटुता से)* और साथ में शृंजयों के और तृत्सुओं के मेरे माता-पिता के और तुम्हारे स्त्री-पुत्रों के हृदय बाँधकर लेता गया है तीन दिन से गोवंत के पास गाँव बसने लगा है ।

सोमक : पर वह लौटें तब न !

सुदास : लौटेगा । भरतों, तृत्सुओं और शृंजयों पर राज्य करना किसे अच्छा नहीं लगता है ?

सोमक : पर वह तो सबकुछ छोड़ गया है ।

सुदास : सब सुना कीजिए । मैं तो उसे छुटपन से पहचानता हूँ ! वह बड़ा पाखंडी है ।

सोमक : *(हँसकर)* अच्छा ! समझा !

सुदास : *(हाथ जोड़कर)* हँसिए मत, हँसिए मत सोमक मैं तो मृत-तुल्य हो गया हूँ । आप चाहें तो मुझे दास बना लीजिए, पर इस कौशिक से मेरी रक्षा कीजिए, नाहीं न कीजिएगा ।

सोमक : राजा दिवोदास का पुत्र याचना करे तो उसे नाहीं की जा सकती है ? पर इसके लिए मुझे ही आपने क्यों खोज निकाला ? और भी तो बहुत से राजा लोग पड़े हैं ।

सुदास : इसलिए कि आपको भी भरतों का बढ़ता हुआ प्रताप खटकता है । आपको भी तृत्सुओं के बढ़ते हुए राज्य में भाग चाहिए ।

सोमक : किसने कहा ?

सुदास : मैं जानता हूँ ।

सोमक : *(हँसकर)* तभी मुझे इस राज्य का भाग देने आए हो ।

सुदास : कौशिक के साथ रहकर मुझे महान् जनपद नहीं चाहिए । कौशिकरहित एक ग्राम भी मुझे बहुत है । मुझे उत्तर दीजिए शृंजयराज ! सहायता कीजिएगा न ?

सोमक : *(थोड़ी देर विचार करके)* सुदास ! आज से नहीं, बालपन से ही तुममें द्वेष बहुत है ।

सुदास : *(हाथ जोड़कर)* तो मेरे द्वेष को संतुष्ट करने के साधन कीजिए। आपका भी लाभ है। इतना मूल्य और कौन देगा?

सोमक : देव और गुरु का विरोध करके जो लाभ चाहता है वह मूर्ख है; क्या बिना मूल्य दिए तुम्हारा द्वेष पूरा नहीं हो सकता?

सुदास : *(कटुता से)* कभी नहीं तृप्त होगा—इस लोक में या परलोक में। उसने मुझे भिखमंगा बना दिया है। मैं राजा दिवोदास की आँखों का तारा था; आज वे मेरा त्याग करने को तैयार हो गए हैं।

सोमक : ईर्ष्यालु और अंधा—दोनों समान हैं। बिना मूल्य दिए ही सबल होना तुम्हारे हाथ में है। सच बताऊँ?

सुदास : कहिए—कहिए—जो कहना है सो कहिए। पर मेरी याचना न ठुकराइए।

सोमक : तुम तो जन्म-भर अंधे रहे हो, अब साथ में क्या मुझे भी अंधा बनाना चाहते हो? सुदास! तुम बचपन से ही कौशिक से ईर्ष्या करते-करते थक गए—

सुदास : हाँ, पर कुछ नहीं हुआ। देव उसकी रक्षा करते हैं।

सोमक : देवों ने तुम्हें मूर्ख बनाया है। जब छोटे थे तब तुमने उसे मार डालने का प्रयत्न किया और वह गुरु का स्नेहपात्र बन गया। शंबर के दुर्ग से उसे मुक्त कराए जाने का भी तुमने विरोध किया और अपने पिता जी को रुष्ट किया—

सुदास : कहिए—कहिए।

सोमक : तो जो मैं कहता हूँ सुनो। पुरुकुत्स जैसे प्रतापी राजा की पुत्री से विश्वरथ का विवाह न होने देने के लिए तुमने अगस्त्य की देवी तुल्या पुत्री का त्याग किया और समस्त आर्यों द्वारा तिरस्कृत हुए।

सुदास : आपने कैसे जाना?

सोमक : क्या मैं ईर्ष्यालु हूँ जो मेरी आँखों से भी दिखाई न दे? विश्वरथ को विवाहोत्सव के आनंद से वंचित करने के लिए उस शुभ अवसर पर तुम पणि से भी अधिक कृपण बनकर लेन-देन का लेखा करने बैठे—और तृत्सुओं के हृदय सिंहासन से गिर पड़े। कहीं विश्वरथ इन भरतों और तृत्सुओं को एक न कर दे इसलिए तुमने उसे तृत्सुग्राम में से बाहर निकाल दिया, पर आज कौशिक महर्षि

हो गया—और तुम समस्त सप्तसिंधु के लिए कलंकरूप बन गए। हा—हा—हा... और अब मुझे भी साथ में घसीटना चाहते हो?

सुदास : *(भ्रू भंग कर)* देव तो हैं—

सोमक : देव सब देते हैं, पर जो स्वतः आँखें फोड़ ले उसे वे दृष्टि नहीं देते। जिसके पिता नहीं, जन नहीं, गुरु नहीं, उसे देव क्या सहायता दे सकते हैं?

सुदास : *(मरते हुए प्राणी के समान आक्रंद करते हुए)* तब मैं मर गया—जीवित ही मर गया।

सोमक : क्या नेत्र दूँ? जी जाओगे। पर तुम लोगे नहीं, मेरा विश्वास है।

सुदास : *(निराशा से)* कहिए—कहिए—इतना कहा तो और सब भी कह डालिए।

सोमक : जो साध्य नहीं, उसकी धारणा से क्या लाभ?

सुदास : *(दाँत पीसकर)* अर्थात् मेरे लिए यह स्वार्थ-साधन असाध्य है? सबके लिए यह असाध्य नहीं तो मेरे लिए ही असाध्य क्यों हो?

सोमक : *(उपहास से)* कौशिक के प्रताप को रोकना आज असंभव, असाध्य और अकल्प्य है। और कुछ कहना है?

सुदास : तो क्या करूँ?

सोमक : जो सब करते हैं, वही करो। सिर झुकाकर उसका महत्त्व स्वीकार करो, उसके प्रताप को अंगीकार करो।

सुदास : *(खड़ा होकर)* भगवती लोपामुद्रा भी मुझे प्रातःकाल यही कहती थीं। पर नहीं, मैं इसे कभी स्वीकार नहीं करूँगा—कभी नहीं, कभी नहीं।

सोमक : *(हँसकर)* अंधे! यह उसके तेज का मध्याह्न है—जाकर ठंडी छाया खोजो। जब उसकी संध्या होगी तब जगत् तुम्हारा होगा।

सुदास : नहीं, इसके पहले तो मैं समाप्त हो जाऊँगा।

सोमक : क्या अधिक जीने की साध है? तो जैसा पक्षी करते हैं वैसा करो। जहाँ शांतिपूर्वक सोया न जा सके वहाँ से उड़ जाओ। कम-से-कम ईर्ष्याग्नि का तो शमन होगा।

सुदास : कभी नहीं शमन होगा।

[बाहर पैर की आहट और किसी का अट्टहास सुनाई देता है।]

सोमक : जान पड़ता है, अर्जुन आ गया।

सुदास : आपके मामा हैहयराज का पुत्र ! वह कब जानेवाला है ?

सोमक : कल प्रातःकाल।

[अर्जुन कार्तवीर्य आता है। वह लगभग अठारह वर्ष का है पर बहुत ही ऊँचा और सशक्त है। धूप में भटकने के कारण उसका रंग ताँबे जैसा हो गया है। उसकी आँखें विकराल और चंचल हैं। हिंसक पशु के मुख के समान उसके मुख पर भी हिंस्र-छवि है। उसका स्वर गंभीर गर्जन करता हुआ निकलता है। उसके शरीर पर व्याघ्रचर्म है और हाथ में बड़ी-सी गदा है। उसका वृद्ध सेनापति तालजंघ पीछे-पीछे आ रहा है। वह लँगड़ा और आँख से काना है। उसके मुख पर क्रूरता विराजमान है। वह मितभाषी है, और एक पीढ़े पर जाकर बैठ जाता है।]

अर्जुन : *(तुच्छवृत्ति से)* शृंजयपति ! आपके इस सप्तसिंधु से तो मैं तंग आ गया।

सोमक : *(हँसकर)* क्यों, क्या बात है ? अभी से तंग आ जाओगे तो पार कैसे पड़ेगा। कल तो यहाँ की राजकन्या से विवाह करने का विचार करते थे।

अर्जुन : ये सब तीन कौड़ी के लोग कितना अभिमान करते हैं ?

सोमक : अरे क्या बकते हो अर्जुन ! यदि तुम जीभ को लगाम न दोगे तो मैं खड़ा नहीं होने दूँगा; और कोई शाप दे देगा, वह ऊपर से।

अर्जुन : इसी से तो तंग आ गया हूँ। हमारा शूरसेन प्रदेश अच्छा है। कोई मेरी जीभ तो बंद नहीं करता।

सोमक : *(तिरस्कार से)* सप्तसिंधु के संस्कार के बिना वाणी पर संयम नहीं आएगा। पर भगवान् महाअथर्वण ने क्या कहा ?

अर्जुन : ऋचीक—

सोमक : फिर भूल की ! तुम्हारी जीभ कब नियंत्रण में आएगी ? भगवान् ऋचीक ने क्या कहा ?

सेनापति तालजंघ : कार्तवीर्य ! अन्नदाता ने क्या कहा था ? शृंजयराज जो कहें वही करना चाहिए।

अर्जुन : *(निर्लज्जता से हँसकर)* अच्छा यों ही सही। भगवान् ने उदारता से कहा—*(अनुकरण करता है)* वत्स! मेरी प्रतिज्ञा तो दृढ़ है। महिष्मती कृतवीर्य के जीवित रहते मैं हैहयों का छोड़ा हुआ गुरुपद पुनः न लूँगा। जब तुम सिंहासन पर बैठना तब मुझे निमंत्रित करना। मैं जीवित होऊँगा तो आऊँगा, नहीं तो मेरा जमदग्नि तो है ही। *(अनुकरण रोककर)* ओहो! आए बड़े जमदग्नि!

सोमक : अर्जुन! सावधान! इस भूमि में देव और ऋषि पूज्य समझे जाते हैं। उनकी हँसी नहीं करनी चाहिए। तुम्हारे पिता का काम भी तीस वर्षों के पश्चात् गुरु बिना न चला।

सुदास : शृंजयराज! क्या भगवान् महाअथर्वण को ले जाने के लिए कार्तवीर्य आया है?

सोमक : हाँ, पर वे तो नाहीं कर रहे हैं।

अर्जुन : *(तुच्छता से)* यह सुदास—उस वृद्ध राजा का पुत्र? हाँ, वही न जो पहले कौशिक से लड़ा था?

सुदास : *(गर्व से)* हाँ, मैं सुदास, दिवोदास का पुत्र—तृत्सुओं का युवराज।

अर्जुन : *(तिरस्कार से)* और मैं अर्जुन—हैहयराज का पुत्र। उस दिन तुम हार गए। तुम्हारे स्थान पर मैं होता तो—*(भयंकर द्वेष से देखता है।)*

सुदास : तो?

अर्जुन : एक—*(गदा से आघात करना सूचित करता है।)*

सुदास : *(स्वगत)* कोई है तो सही?

अर्जुन : पर यहाँ तो जो सोमकराज कहें वही सच। यह न हो, वह न हो, तो उसकी बात ही कैसे हो सकती है? *(अनुकरण करते हुए)* कहते हैं वामदेव और सौ भृगु भिजवा दूँगा—

सोमक : चलो ठीक हुआ।

अर्जुन : क्या करूँ? हैहयराज ने रोक दिया है, नहीं तो गुरु को पकड़कर उठा ले जाता।

सोमक : ऐसा नहीं कहना चाहिए। गुरु और देवों के बिना जगत् मिथ्या है। समझे? मेरा वीतहव्य दो सौ अश्वारोही योद्धा लेकर आएगा।

अर्जुन : और अगस्त्य क्या कहते हैं?

सोमक : फिर वही कहा? भगवान् मैत्रावरुण—

सुदास : क्या मुनि मैत्रावरुण भी साथ जाते हैं ?

सोमक : अर्जुन निमंत्रण दे आया है। गुरुदेव अभी बात करने आते ही होंगे।

अर्जुन : गुरुदेव ने *(अनुकरण करके)* अभी कृपा नहीं की।

सोमक : वे आएँ तो तुम्हारा बेड़ा पार हो जाए। सप्तसिंधु की समस्त शस्त्रास्त्र विद्या आ गई, समझो।

सुदास : पर इन सबका वहाँ क्या काम है ?

सोमक : हैहयराज महिष्मत कहते हैं कि नागों पर बड़ा भारी आक्रमण किया जाए।

अर्जुन : उसकी पत्नी बहुत अच्छी है।

सोमक : *(क्रोध से)* सावधान अर्जुन ! तुम तत्काल अपने जनपद को लौट जाओ।

अर्जुन : *(हँसकर)* उसमें क्या है ? *(सोमक का भ्रू-भंग देखता है और रुकता है।)* आपके यहाँ कितने भगवान् और भगवती हैं ?

सोमक : हैहयराज ने तुम्हें विद्याभ्यास के लिए भिजवाया होता तो कुछ सीखते—तुम्हारे इन सब अनार्य लक्षणों की तो सीमा हो गई है !

अर्जुन : कौन कहता है कि मैं अनार्य हूँ, और यदि हूँ तो उसमें बुरा क्या है ? अपने वीतहव्य को मेरे साथ आने दीजिए; थोड़ा-बहुत विद्याभ्यास भी करा दूँगा।

सोमक : वह अगस्त्य का शिष्य है।

अर्जुन : अगस्त्य भगवान् और उनकी भगवती दोनों आएँ तो...

सोमक : फिर बोले ?

[सैनिक आता है।]

सैकिन : राजन् ! भगवान् ऋचीक के पुत्र और वामदेव आए हैं।

सोमक : अच्छा ! *(सुदास से)* सुदास ! अब तुम्हारी बात फिर होगी। मैंने जो कहा उस पर विचार करना।

सुदास : अर्थात् मुझे तो आप निराश करके निकाल ही रहे हैं।

सोमक : धूल उछालने से सूर्य अस्त नहीं हो सकता; वह फिर लौटकर

तुम्हारी आँखों में ही गिरेगी।

[सुदास जाना चाहता है।]

सोमक : इस मार्ग से नहीं—पीछे के मार्ग से जाओ। *(सुदास निर्दिष्ट मार्ग से चला जाता है।)* हैहय ! अपनी जीभ और अपना व्यवहार वश में नहीं रखोगे तो मैं खड़ा नहीं होने दूँगा।

तालजंघ : सुना कार्तवीर्य ?

अर्जुन : *(निर्लज्जता से हँसकर)* हुं !

सोमक : सरस्वती तट पर हो तो कुछ सीखकर जाओ।

अर्जुन : सरस्वती तट मुझे क्या सिखाएगा ?

सोमक : अपने पिता जी से कहना कि थोड़े वर्ष किसी गुरु के पास छोड़ दें तो कुछ सीख जाओगे।

अर्जुन : *(गर्व से)* हा-हा-हा सब गुरुओं को वहीं उठा ले जाऊँ तो।

सोमक : अर्जुन ! गदा रख दो ! गुरु जी के आगे गदा लेकर बैठना ठीक नहीं होगा।

अर्जुन : मैं जब नमस्कार करूँगा तब मेरे साथ यह भी करेगी। यह तो मेरा तीसरा हाथ है।

सोमक : नहीं, ऐसा नहीं होगा।

[अर्जुन की गदा लेकर सोमक दूर रखता है। जमदग्नि और वामदेव आते हैं। ऋषि का शिष्य वामदेव अधेड़ अवस्था का है।]

जमदग्नि : शृंजयराज ! गुरुदेव अभी आते हैं।

अर्जुन : अच्छा।

सोमक : ठीक है ! कौशिक का कोई समाचार ?

जमदग्नि : *(खेद से)* कुछ भी नहीं। कौन जाने देवों ने क्या करने की ठानी है !

सोमक : सब ठीक ही होगा। क्या आप अर्जुन के साथ नहीं जा रहे हैं ?

जमदग्नि : नहीं, विश्वरथ को छोड़कर मैं कहीं नहीं जाऊँगा।

अर्जुन : उसे भी साथ ले लो।

[सब इस धृष्टता पर हँस पड़ते हैं। वीतहव्य दौड़ता हुआ हर्षित होकर आता है।]

वीतहव्य : गुरुदेव आ गए।

[अगस्त्य धीरे-धीरे गंभीर और स्वथ भाव से आते हैं। सब पैर पड़ते हैं। अर्जुन न चाहते हुए भी ज्यों-त्यों पैर पड़ता है।]

सोमक आदि : हम वंदना करते हैं।

अगस्त्य : शतं जीव।

[अगस्त्य बैठते हैं। और सब भी आस-पास बैठते हैं।]

सोमक : हम आपकी ही आज्ञा की प्रतीक्षा में बैठे हैं।

अगस्त्य : राजा महिष्मत का छोटा पुत्र, क्यों ?

सोमक : गुरुदेव ! क्या आपने हैहयराज को देखा है ?

अगस्त्य : मैं विद्याभ्यास करता था तब एक बार की मुझे स्मृति है। इस अर्जुन जैसे ही थे।

अर्जुन : अच्छा ? क्या हैहयराज को आपने देखा है ? उन्हें स्मरण नहीं है। आपके गुरु के घर पर अतिथि बनकर आए होंगे।

अगस्त्य : *(हँसकर)* हाँ, अनिमंत्रित तो अतिथिराज ही हुए। वे गुरु जी की गौएँ चुरा ले जाने के विचार से आए थे।

अर्जुन : *(निर्लज्जता से हँसकर)* हा-हा-हा, और कितनी चुरा ले गए ?

अगस्त्य : उन्हें उनके साथी लौटा ले गए।

अर्जुन : क्यों ?

अगस्त्य : अपने बाण से मैंने उनका पैर बेध दिया था, इसी से। कहो, अब तुम्हारे पिता जी को क्या चाहिए ?

अर्जुन : हैहयराज वृद्ध हो गए हैं, इसलिए उन्होंने अपने गुरु को बुलवाया है।

अगस्त्य : भगवान् महाअथर्वण ने तो जाना अस्वीकार कर दिया। क्यों जमदग्नि तुम जाओगे ?

जमदग्नि : विश्वरथ को छोड़कर मैं कहाँ जा सकता हूँ ?

सोमक : पर वामदेव और सौ भृगुओं को भिजवाने का वचन दिया है।

अगस्त्य : तीस वर्ष तक तुम्हारा देश विद्याविहीन रहा।

अर्जुन : हाँ··· और अभी तक है।

अगस्त्य : कैसी दुर्दशा है!

अर्जुन : इसमें दुर्दशा क्या है?

अगस्त्य : तो मेरा चलना निरर्थक है।'

वीतहव्य : नहीं, नहीं गुरुदेव! चलिए न!

सोमक : नहीं, नहीं भगवन्! अर्जुन का कहना न मानिएगा। इस वृद्ध सेनानी ने मुझे सब समझा दिया है।

अगस्त्य : क्या?

सोमक : मैंने आपसे कहा न गुरुदेव! मंत्रोच्चार और यज्ञविहीन शूरसेन और अवंति की भूमि पर से देवों की कृपा हट गई है। आर्यों की नागों-जैसी दुर्दशा हो रही है और राजा महिष्मत भी उनके पीछे पड़े हैं।

अर्जुन : ज़रा वृद्ध–

सेनापति तालजंघ : कृपानाथ! महिष्मत ने आपसे मंत्रबल और शस्त्रविद्या दोनों की याचना की है। यदि भगवान् पधारने की कृपा करें तो।

अगस्त्य : इस समय मैं कुछ नहीं कर सकता।

जमदग्नि : अभी तो कौशिक ही की चिंता लगी है।

सोमक : देव, इंद्र और आपकी कृपा से उसका तो कल्याण हो ही जाएगा।

अर्जुन : हमारे यहाँ इससे भी विशाल जनपद और समृद्धि है।

अगस्त्य : उनका मुझे मोह नहीं है। पर यदि देव की कृपाविहीन भूमि में ऋत की स्थापना होती हो, तो ही मैं सरस्वती-तट छोड़ सकता हूँ।

वीतहव्य : *(विनयपूर्वक)* भगवन्, यह क्या कहते हैं?

[सोमक उसका हाथ दबाकर रोकता है।]

अगस्त्य : शूरसेन-जनपद का विस्तार कितना है?

सेनापति तालजंघ : जैसे-जैसे आगे बढ़ें वैसे-वैसे विस्तार बढ़ता जाता है अब तो हमने अवंति नाम का जनपद बसाया है।

अर्जुन : थोड़े ही समय में पृथ्वी के छोर तक पहुँच जाएँगे।

वीतहव्य : *(उत्साह से)* हाँ, हाँ।

सेनापति तालजंघ : आप आएँ तभी—नहीं तो नहीं।

सोमक : भगवान् ! देवों के द्वेष्टाओं से लड़ने में ही हमारे शूरवीर का शौर्य बढ़ेगा। इसीलिए तो मैं वीतहव्य को भेजने की सोच रहा हूँ।

वामदेव : भगवन् ! आर्यों के बाहुवीर्य को यदि मार्ग मिले तो सूर्य के मार्ग तक सप्तसिंधु की सीमाएँ खींच ले चलें।

सोमक : शंबर तो गया—गुरुदेव और राजा दिवोदास के प्रताप से। अब यदि हमारे बाहुबल को मार्ग ही न मिला तो हम लोग आपस में ही कट मरेंगे।

जमदग्नि : पर सप्तसिंधु का क्या होगा ?

सोमक : विश्वरथ तो है ही। क्यों, गुरुदेव ने क्या निश्चय किया ?

अगस्त्य : देव ने अभी आज्ञा ही नहीं की है।

सेनापति तालजंघ : देव कब आज्ञा करेंगे ?

अगस्त्य : जब सप्तसिंधु का भार मेरे सिर पर से देव उठा लेंगे, तब।

सोमक : तब राजा महिष्मत को क्या संदेश भिजवाऊँ ?

अगस्त्य : यही कि देव का आवाहन करें और ऋत का पालन करें। सप्तसिंधु ऋत की रक्षा के लिए रक्त बहा सकता है, किसी के विनाश के लिए नहीं।

वीतहव्य : यह क्या कहते हैं, गुरुदेव ?

अगस्त्य : *(हँसकर)* पुत्रक ! तुम यह नहीं समझ सकते ? *(अर्जुन से)* कार्तवीर्य ! अपने पिता से जाकर कहना कि यदि हमें बुलाने की इच्छा हो तो—

अर्जुन : है, है। आपके चलने-भर की देर है।

अगस्त्य : हैहयराज स्वतः आकर कहें।

अर्जुन : पर मैं तो कह रहा हूँ।

अगस्त्य : तुम्हें यह अधिकार प्राप्त नहीं हुआ है।

सोमक : गुरुदेव ! आपकी बात सच है। राजा महिष्मत के आए बिना ठीक व्यवस्था नहीं होगी और *(वामदेव से)* आप ?

जमदग्नि : गुरुदेव की इच्छा ही महाअर्थवण की इच्छा है।

[बाहर हल्ला सुनाई देता है। कौशिक और मैत्रावरुण की जय का घोष हो रहा है। सब एकचित्त होकर सुनते हैं। ऋक्ष

धूल-धूसरित है, किंतु हँसता है, लँगड़ाता और हाँपता हुआ दौड़ा आता है। उसके पीछे-पीछे चार-पाँच व्यक्ति भी आते हैं।]

ऋक्ष : गुरुदेव ! हे मुनियों में उत्तम ! आप कहाँ हैं ?

लोग : *(बाहर)* महर्षि कौशिक की जय ! महर्षि कौशिक की जय !

अगस्त्य : क्या है ?

ऋक्ष : भगवान् अगस्त्य ! मेरा प्रणाम। *(चरण छूता है)* गोवंत पर्वत पर से महर्षि विश्वामित्र उतरकर आ रहे हैं। चलिए, चलिए।

जमदग्नि : *(हर्ष से)* ऐं ! थोड़ा विस्तार से कहो, क्या बात है ?

ऋक्ष : अपने प्रिय मित्र का विरह सहन करने में अशक्त मैं—दुर्दम का पुत्र और आपका शिष्य—देवों का आवाहन करने के लिए कौशिक के पास गोवंत पर्वत पर गया—

अगस्त्य : कल तो तू यहीं था।

ऋक्ष : रात में गया—देव मुझे खींच ले गए। हे भगवन् ! पर्वत पर पितृलोक से लौटे हुए भगवान् विश्वामित्र मिले।

जमदग्नि : ऐं !

ऋक्ष : भगवन्, एक अक्षर भी असत्य कहता होऊँ तो आपकी और देवों की शपथ। मैंने कहा—लौट चलो, नहीं तो प्राण त्याग करता हूँ। भगवान् विश्वामित्र ने कहा—पितरों की आज्ञा हुई है—मैं लौट चलता हूँ। ऋक्ष ! प्रिय वयस्य ! जाकर गुरुदेव को, भगवती को, भरतों और तृत्सुओं को सूचना दो। और मैं दौड़ता आया। देखते नहीं इन पैरों में छाले पड़ गए हैं। यह रक्त की धारा बह रही है।

['भगवती लोपामुद्रा की जय' की ध्वनि होती है। द्वार पर खड़े लोग मार्ग छोड़ते हैं और लोपामुद्रा तथा वृक आते हैं। लोपामुद्रा के नेत्र तेजस्वी और उल्लसित हैं। उसके मुख पर विजय का मोहक हास्य है। अर्जुन धृष्टता से लोपामुद्रा की ओर देखता है।]

लोपामुद्रा : *(हर्ष से)* मैत्रावरुण ! पुत्रक आता है।

वृक : *(चरण छूकर)* हाँ भगवन्, दो घड़ी में कौशिक उतर आएँगे।

अगस्त्य : रोहिणी कहाँ है ?

वृक : कौशिक के पास रह गई हैं। *(आँखें पोंछकर)* हाँ, भगवन्! भगवन्! कौशिक तो देव बन गए हैं।

ऋक्ष : मैं वही कहता हूँ कि विश्वामित्र तो महर्षियों में श्रेष्ठ बन गए हैं। पितरों ने अपने मुख से उनका सत्कार किया है।

अगस्त्य : *(आँखें बंद करके प्रार्थना करते हुए)* इंद्र! आपका औदार्य निःसीम है। वज्रधारी! हमारी प्रार्थना सुनकर आपने शक्ति दी है।

लोपामुद्रा : मुनिवर्य! सप्तसिंधु पर देवों की कृपा है।

अगस्त्य : *(हँसकर)* और हम पर भी।

लोपामुद्रा : चलिए, हम लोग लिवाने चलें। शृंजयराज! क्या आप चलेंगे? वृक! क्या राजा दिवोदास को सूचना भिजवाई?

ऋक्ष : मैंने पूरे गाँव में सूचना दे दी है।

सोमक : वीतहव्य! जाओ अपनी माता को बुला लाओ।

वीतहव्य : *(हर्षित होकर)* हाँ, हाँ, कौशिक महर्षि हो गए!

लोपामुद्रा : मैत्रावरुण! क्या अर्जुन से कह दिया?

अगस्त्य : *(क्षण-भर आँखें बंद करके)* अर्जुन! जाकर अपने पिता से कहना कि देवों ने अगस्त्य को आने की अनुमति दे दी है।

अर्जुन, सोमक, तालजंघ : *(सहर्ष)* ऐं सचमुच!

अगस्त्य : हाँ। मुझे इसमें देववाणी सुनाई देती है। अर्जुन! राजा महिष्मत से कहना कि आकर मुझसे मिलें। यदि मुझे विश्वास हुआ कि वहाँ देवाज्ञा पाली जाएगी तो चलूँगा। साथ में चलेंगे दो सौ देवज्ञ तपस्वी, वामदेव और दो सौ भृगु; वीतहव्य और पाँच सौ शृंजय, एक सहस्र तृत्सु और एक सहस्र भरत। और राजा वरुण का ऋत सर्वत्र स्थापित होगा।

[सब स्तब्ध हो जाते हैं]

लोपामुद्रा : *(प्रशंसापूर्ण होकर)* मैत्रावरुण! मैत्रावरुण! धन्य है। क्या सप्तसिंधु की सीमाएँ दिगंत तक ले जानेवाले हो।

अगस्त्य : जहाँ ऋत प्रवृत्त होता है, वहीं सप्तसिंधु है। पर राजा महिष्मत पहले मिलें तो सही। चलो!

[सब जाने के लिए उठते हैं।]

अर्जुन : *(लोपामुद्रा से)* आप भी चलेंगी न ?

लोपामुद्रा : भगवान् मैत्रावरुण की जैसी आज्ञा होगी।

अर्जुन : अगर आप चलें तो मैं अपने पिता को सिर पर उठाकर ले आऊँ।

लोपामुद्रा : उतावले न बनो वत्स ! हमें ले चलना इतना सरल नहीं है। चलो, चलते हो न सोमक ? क्या पौरवी चली गईं ?

सोमक : लगता है चली गईं।

अगस्त्य : चलो, *(सब जाते हैं। सुदास पीछे से बाहर आता है।)*

सुदास : तृत्सु, शृंजय, वीतहव्य, अगस्त्य और लोपामुद्रा—सब सप्तसिंधु की दिग्विजय करेंगे? देव मुझे भूल नहीं गए हैं। *(दुष्टता से हँसकर)* कौशिक ! सप्तसिंधु को संगठित करो। तुम्हारा मध्याह्न है, मैं ठंडी छाया खोजूँगा। जब तुम्हारी संध्या होगी—तब तुम्हारा किया हुआ सब मेरा ही हो जाएगा... हा...हा।

[परदा गिरता है।]

छठा अंक

समय : लगभग चार घड़ी पश्चात्।

स्थान : गोवंत पर्वत।

[स्त्री-पुरुषों की टोलियाँ—भरत, तृत्सु और शृंजय, मघवन सैनिक सब एकत्रित हैं, और अधिक संख्या में आ रहे हैं। लोग मृदंग, रणशृंग, शंख, और मँजीरे बजाते हैं। कोई नाचते हैं, कोई अबीर-गुलाल उड़ाते हैं और सब गोवंत पर से उतरकर आती हुई पैड़ियों की ओर टकटकी लगाकर देखते है। बीच-बीच में 'कौशिक की जय', 'मैत्रावरुण की जय' आदि घोष हुआ करता है।]

भरत, तृत्सु : कौशिकराज की जय!

दस्यु : ऋषि विश्वामित्र की जय!

सब : जय! जय!! जय!!!

[ऋक्ष आता है। साथ में कितने ही मित्र और मघवन हैं। लोग उसके पैर पड़ते हैं। सब उसे घेर लेते हैं और उसकी बात सुनते हैं। ऋक्ष की शान का पार नहीं है।]

ऋक्ष : अरे! फिर मैं गया, बस, पैर ही पकड़कर बैठ गया—चलिए, बस चलिए! न चलेंगे तो मर जाता हूँ—प्राण छोड़ता हूँ—मेरे शिष्य प्राण छोड़ते हैं—*(सब प्रशंसापूर्वक देखते हैं।)* भरत, तृत्सु प्राण छोड़ते हैं। कौशिक कहने लगे—नहीं, मुझे पितरों की आज्ञा नहीं है। मैंने कहा—पितर मुझे मरने न देंगे। न आएँगे तो ऋक्ष की मृत्यु होगी, आपके चरणों के पास। देव आपको क्षमा न

करेंगे। और फिर समान देदीप्यमान विश्वामित्र महर्षि रो दिए।

सुननेवाले : ऐं! ऐं! क्या कहते हो?

ऋक्ष : *(शान से)* क्या कहता हूँ! मुझे कभी असत्य बोलते सुना है? कौशिक की आँखों से आँसू गिरने लगे। उन्होंने गद्‌गद कंठ से कहा—ऋक्ष! प्रिय मित्र, मेरे दाहिने हाथ! मैं सब देख सकता हूँ, पर तुम्हें मरते नहीं देख सकता। चलो, मैं चलता हूँ।

जयंत, तृत्सु : धन्यवाद ऋक्ष! तुमने हमारी लाज रख ली। *(धीरे से)* उस दुष्ट सुदास ने तो तृत्सुओं को कलंकित किया—पर तुमने हमें विशुद्ध कर दिया।

दो-चार व्यक्ति : धन्य है दुर्दम के पुत्र!

ऋक्ष : चाहे जैसा हूँ पर मैं हूँ तो तृत्सु। क्या अपनी कीर्ति को कलंकित होने दूँगा? *(शान से चारों ओर देखता है।)*

जयंत तृत्सु : धन्य है ऋक्ष!

एक मघवन : ऋक्ष न होता तो हम लोग मर ही गए होते! धन्य है! धन्य है!

दस्यु : ऋषि ऋक्ष की जय!

लोग : जय! जय!! जय!!!

[गय का पुत्र शक्ति और काली दोनों गौतम मघवन के साथ आते हैं। शक्ति दौड़ता हुआ ऋक्ष के पास जाता है।]

शक्ति : ऋक्ष! ऋक्ष! कौशिक कहाँ है?

ऋक्ष : अभी आनेवाले हैं।

शक्ति : अब तो मुझे छोड़कर नहीं जाएँगे न?

ऋक्ष : *(साहसपूर्वक)* क्या जाएँगे? मुझसे कहना? मैं पकड़ रखूँगा हा—हा··· *(सब हँसते हैं।)*

लोग : धन्य है! ऋषि ऋक्ष की जय!··· आए, गुरुदेव आए, राजा आए। मुनि अगस्त्य की जय! राजा दिवोदास की जय! कौशिक की जय! ऋषि विश्वामित्र की जय!

[अगस्त्य, लोपामुद्रा, दिवोदास और उसका परिवार, विश्वरथ का परिवार, सोमक का परिवार और अर्जुन आते हैं। लोग हटकर

मार्ग देते हैं, प्रणिपात करते हैं, और 'जय' बोलते हैं।]

दिवोदास : *(गद्‌गद कंठ से धीरे-से)* मुनिवर्य ! आज मेरे हर्ष का पार नहीं है। नहीं तो मैं अपने चांडाल पुत्र को कभी क्षमा न करता।

अगस्त्य : सुदास को सँभालकर रखना। यह दिन-पर-दिन असंयत होता चला जा रहा है।

दिवोदास : वह दुष्ट भी है, द्वेषी भी है। कौशिक को देखते ही उसका रक्त खौलने लगता है। मैं इसे क्या करूँ ? देखिए ! अभी भी नहीं आया।

अगस्त्य : घबराइए नहीं। कौशिक में द्वेष जीतने का तपोबल है।

शक्ति : गुरुदेव ! आए—कौशिक आए···

[सब गोवंत पर्वत की ओर देखते हैं। पैड़ियों पर कृश किंतु तेजस्वी विश्वरथ हाथ में दंड लेकर उतरे चले आते हुए दिखाई देते हैं। साथ में रोहिणी उनका कमंडल लिए आ रही है। दोनों को देखकर लोग जयघोष करते हैं और बाजे बजाते हैं। दोनों उतरते हैं, अस्ताचल की ओर जाते हुए सूर्य का लाल प्रकाश उनके ऊपर पड़कर उन्हें सुवर्ण रंगीन बना रहा है।]

लोग : विश्वामित्र कौशिक की जय ! जय ! जय ! जय ! जय !

[दोनों उतरकर आते हैं। नीचे आकर विश्वरथ दौड़कर अगस्त्य को साष्टांग दंडवत् करते हैं।]

विश्वरथ : गुरुदेव ! भगवती !

[सबकी आँखों में आँसू हैं। अगस्त्य उन्हें उठाकर गले लगाते हैं।]

अगस्त्य : *(करुण स्वर से)* वत्स उठो ! अब तुम्हारे प्रणिपात के योग्य मैं नहीं हूँ।

लोपामुद्रा : *(गले मिलकर)* मेरे पुत्रक ! मेरे बालकवि !

[घोषा माँ गले लगाती हैं।]

घोषा माँ : *(रोती हुई)* बेटा !

दिवोदास : कौशिक ! मुझसे गले मिलो ! गले मिलो ! पुत्र से भी अधिक प्रिय तुमने मुझे जीवित ही तार दिया । यदि तुम न होते तो मैं पश्चाताप करके मर जाता ।

विश्वरथ : *(सरलता से)* पितरों ने मुझे लौटाकर भेजा है ।

सेनापति प्रतर्दन : भरतों के नाथ ! अब अपने भरतों पर कृपा कीजिए ।

विश्वरथ : *(मृदु हँसी हँसकर)* मेरे प्रतर्दन ! शस्त्र और स्वर्ण की छाया में तो मैं नहीं रह सकता । निर्धनता की शांति ही मेरी समृद्धि है । पृथ्वी फल देगी; सरस्वती जल पिलाएगी; वृक्षराज छाया करेंगे; धरा शैया होगी । मुझे फिर किस बात की कमी रहेगी ।

[हँसते हैं ।]

लोपामुद्रा : *(कंधे पर हाथ रखकर)* त्यागियों में श्रेष्ठ !

[लोगों में धक्का-मुक्की होती है । पीछे से लोगों को हटाते हुए सैनिक आते हैं और उस मार्ग से सुदास आता है । उसे देखकर लोगों के मुख पर व्यग्रता, क्रोध और अधीरता के भाव दिखाई देते हैं । सुदास आगे आता है । वृद्ध जनों के माथे पर भ्रू-भंग है ।]

लोग : *(मन-ही-मन)* कहाँ से आया ? इसका क्या काम था ? ऊँह !

सुदास : *(आगे आकर)* हटो—

दिवोदास : *(उग्रता से)* क्यों आया है ?

[सुदास सहसा विश्वरथ के सामने पृथ्वी पर गिरकर उसके चरण पकड़ता है । सब आश्चर्यचकित होकर चुप हो जाते हैं ।]

सुदास : *(विनयपूर्वक)* कौशिक ! कौशिक ! क्षमा करो ! मेरे अपराध क्षमा करो ! मैं पैर पड़ता हूँ । *(विश्वरथ आश्चर्यपूर्वक उसे उठाता है और गले लगाता है ।)*

विश्वरथ : भाई सुदास ! क्या कहते हो ? तुम्हारा दोष ? तुम्हारे कारण तो देव और पितरों ने सदेह मेरा सत्कार किया, भाई !

सुदास : *(हाथ जोड़कर)* कौशिक ! बोलिए ! बोलिए मुझे क्षमा किया।

दिवोदास : *(आश्चर्य और साश्रु)* क्या यह मेरा सुदास बोल रहा है ?

कौशिक : *(सुदास के कंधे पर हाथ रखकर)* पर जब मैंने अपराध समझा ही नहीं तो क्षमा काहे की ?

सुदास : तो कौशिक ! कौशिक ! मुझे भिक्षा दीजिए—तृत्सुओं का पुरोहित पद स्वीकार कीजिए। *(दिवोदास से)* पिता जी ! आज्ञा दीजिए।

[यह अकल्पित वचन सुनकर लोग स्तब्ध हो जाते हैं।]

अगस्त्य : *(सहर्ष और भावपूर्ण होकर)* ऐं !

लोपामुद्रा : *(ऊपर आँखें उठाकर प्रार्थना करती हुई)* द्यावापृथिवी के नाथ ! आपके सोचते ही आशा पूरी होने में कितनी देर लग सकती है ?

कौशिक : *(पीछे हटकर, गहरे विचार में)* क्या कहते हो सुदास ?

सुदास : *(बहुत ही आग्रह के साथ)* विश्वरथ ! तुम तो आज महर्षियों में भी श्रेष्ठ हो। तुम्हारे बिना तृत्सु क्या करेंगे ? वसिष्ठ द्वारा रिक्त किया हुआ वह स्थान दूसरा कौन सुशोभित कर सकता है ? पिता जी ! *(दिवोदास के पैर पकड़कर)* मैं पैर पड़ता हूँ, मेरी इतनी याचना स्वीकार कीजिए।

दिवोदास : *(अश्रुपूर्ण नेत्रों से)* पुत्र ! देव ने तुझे आज सचमुच सद्बुद्धि प्रदान की है। पर मैं गुरुदेव को प्रतिष्ठित करना चाहता था।

सुदास : नहीं, नहीं। गुरुदेव महिष्मत राजा की सहायता के लिए जा रहे हैं और मैं गुरुदेव के साथ जा रहा हूँ। *(सब फिर स्तब्ध होते हैं। विश्वरथ से)* कौशिक ! तुम्हारा मध्याह्न ज्वलंत होकर चमके, यही मेरी देव इंद्र से प्रार्थना है।

अगस्त्य : *(सुदास के कंधे पर हाथ रखकर)* धन्य है सुदास ! धन्य है ! देव तुम्हारी जिह्वा पर आ बसे हैं। देव ! देव ! *(ऊँची आँखें करके प्रार्थना करते हुए)* हमारे सामने और हमारे मध्य में शक्ति का वास हो। आज हमें वीरों की संघ-रूसी शक्ति मिली है। वज्रधारी ! बल के ईश ! हम जब लोकों को जीतें। *(विश्वरथ गहरे विचार में हैं, उनसे)* विश्वरथ ! विश्वरथ ! क्या विचार करते हो ! देव की आज्ञा हो चुकी है।

[सब चुप होकर टकटकी लगाकर विश्वरथ की ओर देखते हैं। वह धीरे-से हाथ जोड़कर मुख ऊँचा करते हैं। उनकी आँखें आकाश की ओर देखती हैं। उनकी आँखों में आँसू हैं, स्वर में कंप है।]

विश्वरथ : देव ! पितृगण ! आपने आज्ञा दी। मैं शिरोधार्य करता हूँ। मुझे ऋत से न विचलित होने देना।

[नेपथ्य से 'विश्वामित्र की जय', बाजे और जयघोष की ध्वनि थोड़ी देर तक सुनाई देती है।]

[परदा गिरता है।]

● ● ●